A Corrupção da Carne

Título original:
The Way of all Flesh

Publicado por acordo celebrado com Canongate Books Ltd,
14 High Street, Edinburgh EH1 1TE – United Kingdom

Tradução:
Jorge Lima

Revisão:
Joana Baudouin

Capa:
Joana Carvalho

Design de capa: by Rafela Romaya
Caduceus © Private Collection /
Fotografia de capa: © Ken Welsh / Bridgeman Images

Biblioteca Nacional de Portugal – Catalogação na Publicação

PARRY, Ambrose

A corrupção da carne. – 1ª ed. – (Fora de coleção)
ISBN 978-989-9124-24-0

CDU 821.111-312.4"20"

Depósito Legal n.º 503256/22

Paginação:
João Jegundo

Impressão e acabamento:
Publito - Braga

para
Minotauro
agosto de 2022

MINOTAURO, uma chancela de Edições Almedina, S.A.
Avenida Emídio Navarro, 81, 3D - 3000-151 Coimbra – Portugal

A CORRUPÇÃO DA CARNE

AMBROSE PARRY

MINOTAURO

Dedicado a Natalie

UM

Nenhuma história decente deveria começar pela morte de uma prostituta e, por isso, mil desculpas, pois não é tema que pessoas respeitáveis gostem de aprofundar. Foi, no entanto, o facto de achar que a boa gente de Edimburgo evitaria o tema que lançou Will Raven, no decurso do inverno de 1847, no seu trajecto fatídico. Raven não desejaria que ninguém visse na descoberta da pobre Evie Lawson o início da sua própria história, mas o que verdadeiramente o motivava era a determinação em que não fosse também o fim da dela.

Fora dar com ela quatro lances de escada acima da rua, no Canongate, numas minúsculas águas-furtadas frias e tortas. O sítio tresandava a álcool e suor, mal temperados por uma nota misericordiosa de algo mais perfumado: um almíscar feminino, claramente, ainda que baratucho e do tipo que só pode ser usado por uma mulher que vende o próprio corpo. Com esses odores nas narinas, se cerrasse os olhos conseguiria imaginá-la ainda ali, prestes a descer à rua talvez pela terceira ou quarta vez em outras tantas horas. Mas tinha os olhos bem abertos, e não precisara de verificar a ausência de pulso para se convencer do contrário.

Raven vira já morte que chegasse para saber que a passagem dela deste mundo para o outro não fora fácil. Os lençóis da cama estavam enrodilhados em volta do corpo, num testemunho de maiores contorções do que alguma vez simulara na sua paixão contrafeita, e temeu que se tivessem prolongado por mais tempo que as de qualquer dos seus clientes. O corpo, longe de estar em repouso, encontrava-se em estado de contorção, como se a dor que a levara desta para melhor a afligisse ainda, e a morte não a tivesse libertado. O sobrolho permanecia franzido, os lábios apartados. Marcas de espuma ornavam os cantos da boca.

Pousou-lhe a mão no braço, para logo a retirar. O frio, contrariamente ao que seria de esperar, chocou-o. Não era a primeira vez que manipulava um cadáver, mas raramente o fizera com algum que tivesse conhecido quente. Nesse momento de contacto, algo de primordial dentro de si comoveu-se com a forma como ela se transformara de pessoa em coisa.

Muitos, antes dele, a tinham visto transformar-se naquele quarto: de somatório dos seus desejos em vaso maldito para o seu sémen indesejado, adorada primeiro, para logo ser desprezada no momento em que o vertiam.

Mas não ele. Sempre que ali se tinham deitado, a única transformação que o movia era o desejo de a elevar acima daquilo. Ele não era só mais um cliente. Eram amigos. Ou não eram? Por isso, ela partilhava com ele as suas esperanças de um dia arranjar trabalho como criada de servir numa casa respeitável. Por isso, também, ele prometera indagar em nome dela, assim que começasse a mover-se nos círculos certos.

Por isso ela o procurara a pedir ajuda.

Não quis revelar para que queria o dinheiro, apenas que o caso era urgente. Raven conjeturou que ela o devesse a alguém, mas era inútil tentar obrigá-la a revelar a quem. Evie era demasiado experimentada na impostura para ceder. Parecera, ainda assim, imensamente aliviada e chorosamente grata por ele ter conseguido a soma. Não lhe disse onde, escondendo a preocupação de que pudesse ter-se endividado junto do mesmíssimo usurário, transferindo, na prática, para si a dívida de Evie.

O valor era de dois guinéus, que lhe daria para viver durante várias semanas e, portanto, uma maquia que não tinha meios imediatos de saldar. Mas não se preocupara. Queria ajudar. Sabia que muitos troçariam da ideia, mas, se Evie acreditava poder reinventar-se como criada de servir, ele estava preparado para acreditar duas vezes mais em nome dela.

O dinheiro, porém, não a salvara, e agora não havia escapatória.

Passou o olhar pelo quarto. Os cotos de duas velas sustinham-se nos gargalos de garrafas de *gin*, enquanto um terceiro há muito derretera e se consumira. Na minúscula lareira, as brasas brilhavam debilmente, e teriam sido, noutras circunstâncias, reavivadas por ela horas antes com o carvão de um balde próximo. Junto à cama havia uma bacia baixa com água, trapos húmidos dispostos nas bordas e um jarro ao lado. Era o que usava para se lavar no fim. Perto, no meio do chão, uma garrafa de *gin* tombada. Uma pequena poça indiciava que pouco líquido restaria no interior quando se entornara.

A garrafa não tinha rótulo, pelo que a sua proveniência era desconhecida e, portanto, suspeita. Não seria a primeira vez que um destilador mixordeiro de vão de escada produzia inadvertidamente uma mistela letal. A complicar esta hipótese, havia uma garrafa de *brandy* ainda meio cheia no parapeito da janela. Deveria ter sido trazida por um cliente.

Raven interrogou-se se o mesmo indivíduo teria presenciado o estertor de Evie e deixado para trás a garrafa na sua pressa de escapar às sequelas do caso. A ser assim, porque não pedira socorro? Possivelmente porque, para alguns, ser encontrado com uma prostituta doente não era melhor que ser encontrado com uma prostituta morta, por isso, para quê atrair atenções sobre si próprio? Assim era Edimburgo, às vossas ordens: decoro público, pecado privado, cidade de mil identidades secretas.

Aye. Às vezes nem precisavam de derramar o sémen para o recipiente se transformar.

Perscrutou uma vez mais o vazio vítreo dos olhos dela, a máscara contorcida, caricatura do seu rosto. Teve de engolir em seco para eliminar o aperto que sentia na garganta. Raven vira-a pela primeira vez havia quatro anos, apenas um menino da escola, interno na George Heriot. Recordava os sussurros ocultos pelas mãos dos rapazes mais velhos que sabiam a verdade do que observavam quando a espiavam a caminhar ao longo de Cowgate. Estavam cheios daquela curiosa mistura de fascínio libidinoso e zombaria receosa, temerosos do que os seus próprios instintos lhes faziam sentir. Desejavam-na tanto quanto a odiavam, mesmo então. Nada mudara.

Nessa idade, o futuro parecia inatingível, mesmo enquanto Raven corria para o alcançar. Ela surgira-lhe como a emissária de um mundo no qual não lhe era ainda permitido habitar. Por essa razão, olhava-a como alguém acima de si, mesmo depois de descobrir que o futuro se encontrava inevitavelmente ali, e com que facilidade certas coisas *eram* atingíveis.

Ela parecia tão mais velha, tão mais mundana, até ele acabar por compreender que ela vira apenas uma pequena parte sombria do mundo, e de longe mais do que qualquer mulher deveria. Mulher? Rapariga. Soube mais tarde que era quase um ano mais nova que ele. Evie teria catorze anos quando a vira em Cowgate. Como crescera no seu espírito entre esse momento e a primeira vez que a possuíra: uma promessa de verdadeira feminilidade, e tudo o que ele sonhava que tal promessa tinha para oferecer.

O mundo dela fora acanhado e esquálido. Merecia contemplar um mundo mais amplo, um mundo melhor. Por isso lhe dera o dinheiro. Agora, este desaparecera, e ela também — e Raven não fazia ideia do que a sua dívida pagara.

Por momentos, sentiu as lágrimas aflorarem-lhe aos olhos, mas um instinto de vigilância advertiu-o de que tinha de sair daquele lugar antes que o vissem.

Saiu do quarto com pés de lã, fechando a porta com cuidado. Sentia-se ladrão e cobarde ao descer sorrateiramente as escadas, abandonando-a para preservar a sua reputação. Das proximidades da casa, ouviu os sons de cópula, os gritos exagerados de uma mulher jovem simulando o êxtase para apressar o fim.

Perguntou-se quem encontraria agora o corpo de Evie. A senhoria, com toda a probabilidade: a terrivelmente manhosa Effie Peake. Embora preferisse simular ignorância sempre que lhe convinha, pouco lhe escapava do que ocorresse sob o seu teto, exceto se já tivesse sucumbido por essa noite aos efeitos do *gin*. Raven achou que seria ainda demasiado cedo para isso, e daí a leveza dos seus passos.

Saiu pelas traseiras, por entre os montes de esterco, emergindo de um beco no Canongate, a uns bons quarenta metros a oeste da rua de Evie. Sob o céu negro, o ar estava frio, mas longe de límpido. Os odores a excrementos eram inescapáveis por ali, devido às inúmeras vidas que se amontoavam umas sobre as outras no labirinto fétido que era a Cidade Velha, como na *Torre de Babel* de Brueghel ou no *Mapa do Inferno* de Botticelli.

Raven sabia que devia recolher ao seu quartinho frio e triste de Bakehouse Close para passar uma última noite. Esperava-o todo um recomeço no dia seguinte, e deveria prepará-lo descansando adequadamente. Mas sabia, igualmente, que o sono tardaria a chegar depois de tudo o que acabara de presenciar. Não era uma noite para a solidão, nem para a sobriedade.

O único antídoto para o seu confronto com a morte era o abraço caloroso da vida, ainda que esse abraço fosse malcheiroso, suado e grosseiro.

DOIS

A taberna do Aitken era um atoleiro de corpos, um tumulto ensurdecedor de vozes masculinas sempre em crescendo, para se fazerem ouvir umas sobre as outras, e tudo envolvido num espesso nevoeiro de fumo de cachimbo. Raven, ele próprio, não fumava cachimbo, mas apreciava o seu odor doce nas narinas, ainda mais num estabelecimento como aquele, em que encobria tantos outros cheiros.

Postou-se de pé junto ao balcão, diante da garrafeira, bebericando *ale*, sem falar com ninguém em particular, sozinho mas não solitário. A taberna era um sítio caloroso onde podia perder-se, e a vibrante cacofonia convinha-lhe mais que o silêncio para pano de fundo dos seus pensamentos. Mas gostava igualmente da diversão proporcionada por escutar conversas individuais, como pequenas vinhetas expostas para seu desfrute. As conversas incidiam sobre a nova Caledonian Railway Station, em vias de construção no fim de Princes Street, expressando-se receios acerca da possibilidade de chegarem de Glasgow pelos carris hordas de irlandeses famintos.

Sempre que virava a cabeça via rostos que reconhecia, alguns de muito antes de lhe ser permitida a entrada num estabelecimento como aquele. A Cidade Velha fervilhava com a presença de milhares de pessoas, vislumbradas na rua para nunca mais serem vistas; ao mesmo tempo, porém, assemelhava-se a uma aldeia. Havia sempre caras conhecidas para onde quer que se olhasse — e sempre olhos conhecidos pousados sobre nós.

Apercebeu-se de um homem de chapéu velho esfarrapado que olhara mais de uma vez na sua direção. Raven não o reconheceu, mas o outro, a ele, aparentemente sim, e havia pouco afeto no seu olhar. Alguém com quem brigara, certamente, embora a mesma bebida que provavelmente precipitara a luta lhe tivesse igualmente esbatido a memória. A avaliar pela expressão azeda do seu rosto, o homem do chapéu esfarrapado devia ter saído a perder.

Na verdade, a bebida não poderia, por si só, ter sido a causa, pelo menos da parte de Raven. Havia nele, por vezes, um desejo sombrio, contra o qual procurava aprender a precaver-se, embora não o suficiente para o dominar. Sentira-o fervilhar dentro de si nessa noite, naquelas escuras águas-furtadas, e não sabia, honestamente, dizer se viera ali afogá-lo ou alimentá-lo.

Sustentou uma vez mais o olhar do homem do chapéu esfarrapado, o que levou este a dirigir-se apressadamente à porta da saída. Fê-lo numa pose mais resoluta do que se observaria na maior parte dos homens que saem de uma taberna, lançando um último olhar na direção de Raven antes de desaparecer na noite.

Regressou à sua *ale*, afastando o outro do pensamento.

Ao erguer de novo a caneca, sentiu uma palmada nas costas, e uma mão agarrar-lhe o ombro. Instintivamente, rodou sobre os tacões, de punho cerrado e cotovelo puxado atrás, pronto a passar ao ataque.

— Calma, Raven. Isso não é maneira de tratar um colega. Pelo menos um colega que ainda tem moedas nos bolsos suficientes para matar a sede.

Era o seu amigo Henry, que, provavelmente, não vira na multidão.

— As minhas desculpas — respondeu. — A cautela nunca é demais no Aitken hoje em dia, porque os padrões baixaram e até ouvi dizer que já deixam entrar cirurgiões.

— Não esperava ver um homem com o teu potencial ainda a frequentar uma pousada da Cidade Velha. Não estás prestes a mudar-te para pastagens mais frescas? Vais entrar com o pé esquerdo se te apresentares ao teu novo empregador depois de uma noitada de cerveja.

Raven sabia que Henry não falava a sério, mas não deixou de aceitar a observação como uma advertência oportuna para não perder a conta às bebidas. Uma ou duas seriam perfeitamente adequadas para o ajudar a dormir, mas, agora que tinha companhia, uma ou duas não seriam provavelmente a conta final.

— Então e tu? — replicou Raven. — Não tens obrigações amanhã de manhã?

— Por acaso até tenho, mas como esperava que o meu velho amigo Will Raven estivesse indisposto, procurei a assistência de um outro colaborador meu, o Sr. John Cevada, para esquecer as desgraças ocorridas hoje lá no trabalho.

Henry atirou algumas moedas para a mesa e as canecas foram reabastecidas. Raven agradeceu e ficou a vê-lo dar um longo gole na cerveja.

— Um turno difícil, foi? — inquiriu.

— Cabeças rachadas, ossos quebrados e mais uma morte por peritonite. Mais uma mulher jovem, coitada. Não pudemos fazer nada por ela. O Professor Syme não conseguiu determinar a causa do óbito, o que o levou a um estado elevado de irritabilidade, cuja culpa, evidentemente, era de todos menos dele próprio.

— Nesse caso vai haver autópsia, não vai?

— Vai. É uma pena não poderes estar presente. De certeza que davas um contributo melhor do que o nosso patologista atual. Metade das vezes, está tão cheio de álcool no sistema como os espécimes do seu laboratório.

— Uma mulher jovem, disseste tu? — inquiriu Raven, a pensar naquela que há pouco deixara. Evie não teria direito a tantas atenções quando fosse encontrada.

— Sim, porquê?

— Por nada.

Henry deu um longo gole e olhou pensativamente Raven, que percebeu estar sob escrutínio rigoroso. Henry era o homem dos diagnósticos, e não apenas dos diagnósticos dos males do corpo.

— Estás bem, Raven? — perguntou em tom sincero.

— Vou ficar melhor depois de engolir isto — respondeu, fazendo um esforço por parecer mais alegre. Henry, porém, não se deixava enganar facilmente.

— É só que... estás com uma expressão no rosto que eu há muito aprendi a recear. Não partilho o teu apetite perverso pelo caos, nem me apetece dar comigo a tratar-te das feridas quando devia mas é estar a descansar.

Raven sabia que não tinha margem para protestar. Todas as observações eram verdadeiras, incluindo o vislumbre daquele desejo obscuro que receava ainda estar em si nessa noite. Felizmente, graças à companhia de Henry, tinha a certeza de que nessa ocasião a *ale* o saciaria.

Tens o diabo dentro de ti, costumava dizer-lhe a mãe, em pequeno. Por vezes dizia-o gracejando, outras nem tanto.

— Eu agora sou um homem com perspetivas de carreira, Henry — tranquilizou-o, tomando a iniciativa de pagar e pedindo com um gesto mais duas cervejas —, e não faço tenções de as comprometer.

— Um homem com perspetivas de carreira, realmente — replicou Henry. — Embora a razão pela qual o respeitável Professor de Obstetrícia haveria de conceder um lugar tão cobiçado a um réprobo como tu permaneça para mim um mistério.

Por maior relutância que tivesse em o admitir, a questão também dava que pensar a Raven. Trabalhara duramente para conquistar a aprovação do professor, mas concorrera com vários candidatos ao estágio igualmente diligentes e empenhados. Não tinha nenhuma explicação sólida para ter ficado em primeiro, e não lhe agradava especular demasiado acerca da precariedade de tal capricho.

«O professor tem origens humildes» — era esta a máxima explicação que conseguia adiantar, uma resposta que dificilmente satisfaria Henry mais do que a ele próprio. «Talvez ele acredite que tais oportunidades não devem ser privilégio exclusivo dos bem-nascidos.»

«Ou talvez tenha perdido uma aposta, e tu sejas a penalização.»

A bebida fluiu, e com ela as velhas histórias, o que ajudou. A imagem de Evie tremeluzia para dentro e para fora da sua visão, como as velas gotejantes do quarto dela. Mas ouvir Henry recordou a Raven o mundo que Evie não chegara a poder ver, recordou-lhe a oportunidade que o esperava a ele na outra margem da North Bridge. Um pouco da sua afeição por aquele local, e pela Cidade Velha em geral, morrera nessa noite. Era tempo de deixar tudo para trás e, se alguém acreditava em novos começos, era Will Raven. Já se reinventara uma vez e preparava-se para o fazer novamente.

Várias canecas depois, estavam do lado de fora do Aitken a ver as suas expirações transformar-se em vapor ao ar frio da noite.

— Gostei de te ver — disse Henry. — Mas é melhor ir ver se durmo alguma coisa. O Syme opera amanhã, e quando lhe cheira a tabaco e cerveja da véspera nos assistentes fica logo irritadiço.

— *Aye*, «irritadiço» é a palavra certa para definir o Syme — retorquiu Raven. — Entretanto, eu volto para casa da Sr.ª Cherry para passar a última noite.

— Aposto que vais ter saudades dela e das suas papas de aveia grumosas — atirou Henry de longe ao virar para South Bridge na direção do Infirmary. — Para já não falar na sua personalidade esfuziante.

— Não tenho dúvidas de que ela e o Syme estariam bem um para o outro — replicou Raven enquanto atravessava a estrada dirigindo-se a leste, rumo a casa.

Sabia que havia aspetos do tempo que ali passara que poderia olhar um dia com nostalgia, terna ou magoada, mas o seu alojamento não faria seguramente parte deles. Ma Cherry era uma velha intratável cuja única semelhança com o seu nome residia no facto de ser redonda e vermelhusca, visto que de doce nada tinha. Era amarga como cera dos ouvidos e seca como um cadáver no deserto, mas a sua casa de hóspedes era uma das mais baratas da cidade; ligeiramente apenas acima de um asilo de desvalidos em termos de conforto e limpeza.

Um chuvisco frio caiu à sua volta, tocado pelo vento, enquanto descia a High Street na direção de Netherbow. As nuvens tinham-se acumulado e a luz do luar desaparecera desde que se dirigira ao Aitken. Reparou que alguns dos candeeiros da rua permaneciam apagados, tornando quase impossível a tarefa de evitar os montes de lama sobre o pavimento. Amaldiçoou interiormente o acendedor de candeeiros que não executara o que Raven considerava ser uma tarefa simples. Caso ele próprio fosse tão incompetente, perder-se-iam vidas.

A iluminação pública enquadrava-se nas incumbências da esquadra de polícia, tal como a limpeza das sarjetas. A sua grande prioridade, no entanto, era a investigação e a recuperação de bens roubados. Se cumprissem esse como os seus outros deveres, pensou para consigo, todos os ladrões dos Lothians poderiam dormir descansados.

Ao aproximar-se de Bakehouse Close, pisou algo de macio e o seu sapato esquerdo começou a encher-se de água; pelo menos, esperava que fosse água. Saltitou durante alguns metros, tentando sacudir o que quer que se lhe agarrara à sola do sapato. Apercebeu-se então de que um vulto saíra de uma porta e demorava-se à sua frente. Perguntou-se por que esperava ele, e porque continuava fora de casa com a chuva cada vez mais intensa. Aproximou-se então o suficiente para lhe ver o rosto; no escuro cada vez mais intenso estava suficientemente próximo para cheirar a podridão rançosa dos seus dentes cariados.

Raven não o conhecia pelo nome, mas já o vira antes: era um dos homens de Flint. Alcunhara-o de Weasel, devido aos seus modos furtivos e traços fisionómicos de roedor. Weasel não lhe parecia do tipo capaz de confrontar Raven sozinho, pelo que devia contar com um cúmplice por perto. Provavelmente o indivíduo com ar de bronco que o acompanhava da última vez: Peg, batizara-o Raven, devido ao dente único que sobressaía no meio da ruína que era a sua boca. Provavelmente passara por ele momentos atrás sem disso se aperceber. Estaria escondido noutra porta, pronto a cortar-lhe alguma tentativa de fuga.

Apercebeu-se de que aquele encontro não fora mero fruto do acaso. Recordou o homem que o fitara fixamente antes de abandonar tão resolutamente a taberna.

— Sr. Raven, não está a tentar evitar-me, pois não?

— Como não me ocorre nada que me recomendasse a sua companhia, a minha intenção geral *seria* de facto evitá-lo, mas não me apercebi de que era procurado.

— Qualquer um que deva dinheiro ao Sr. Flint será procurado. Mas pode garantir a minha retirada de cena assim que honrar a sua dívida.

— Honrar a minha dívida? Ainda nem tem quinze dias. Por isso, porque é que não antecipa a tal retirada de cena e me sai da frente?

Raven passou roçando pelo indivíduo e retomou a caminhada. Weasel não tentou apanhá-lo, nem o seguiu de imediato. Estaria talvez à espera de que o cúmplice se lhe juntasse. Ele e Peg estavam habituados a quebrar os ossos a homens já quebrados, e um qualquer instinto cobarde detetara porventura em Raven maior propensão para dar luta. A *ale* poderia ter apagado o que ardia nele antes, mas a visão daquele miserável reacendera-o.

Caminhou lentamente, consciente dos passos atrás de si. No meio do escuro, procurava uma arma improvisada. Qualquer objeto serviria tal propósito: bastava saber usá-lo. O pé embateu-lhe em algo feito de madeira e dobrou-se para o apanhar. Era um pau lascado, mas suficientemente sólido.

Voltou-se e ergueu-se num só movimento, com o pau puxado atrás na mão direita. Mas algo lhe explodiu dentro da cabeça. Via luz por toda a parte e sentiu um movimento semelhante a uma chicotada, como se o seu corpo inerte fosse puxado como um peso morto pelo ímpeto da sua cabeça. Estatelou-se nas pedras molhadas da calçada com um matraquear dos ossos, demasiado depressa para tentar, sequer, amortecer a queda.

Abriu os olhos esbugalhados e olhou para cima. A pancada tornara-o insensível, pensou para consigo próprio, pois estava a ter visões. Estava um monstro sobre si. Um gigante.

Foi arrastado da rua para o negrume de um beco por uma criatura que teria de ter mais de dois metros de altura. Só a cabeça tinha o dobro do volume da de um homem normal, e a testa transbordava de forma irreal, como um afloramento rochoso na borda de uma falésia. Raven estava paralisado pela dor e pelo choque, incapaz de reagir quando viu aquele Gargântua empinar-se diante dele e fazer descer um tacão sobre ele. O som do seu próprio grito ressoou pelas paredes enquanto a dor irrompia dentro de si. Reagiu contorcendo-se, enrolando os membros à volta do corpo, após o que sentiu mais um golpe violento, vibrado através do tronco descomunal da perna do seu agressor.

O Gargântua acocorou-se e sentou-se então em cima de Raven, prendendo-lhe os braços ao chão com o simples peso das coxas. Tudo no brutamontes parecia alongado e desproporcionado, como se certas partes do seu corpo tivessem simplesmente continuado a crescer, deixando o resto para trás. Quando abria a boca, havia até espaços entre os dentes que indicavam que as gengivas tinham continuado a alastrar em volta.

A dor era indescritível, e agravada pela noção de que os punhos do Gargântua estavam livres para fazer chover ainda mais golpes e causar maiores estragos. Dose nenhuma de álcool teria sido suficiente para lhe atordoar os sentidos ao longo da provação, caso contrário correria mais *whisky* nos blocos operatórios do que no Aitken.

Uma tempestade assolava-lhe a mente, quase lhe impossibilitando pensar no meio de tal agonia e confusão, mas uma coisa parecia clara: não havia a menor hipótese de oferecer qualquer resistência. Se este monstro tencionasse matá-lo, ele morreria ali mesmo naquele beco.

O rosto do Gargântua era uma visão tremendamente grotesca, mais feroz e distorcida que qualquer gárgula proeminente da parede de uma igreja, mas eram os seus dedos espessos como salsichas que obscureciam o olhar de Raven. Com as mãos imobilizadas sem apelo nem agravo, estava inteiramente à mercê dos estragos que aqueles punhos descomunais decidissem infligir.

Sentiu-se aliviado ao vê-los orientarem-se para lhe revistar os bolsos, mas o alívio foi sol de pouca dura, ao lembrar-se de que pouco poderiam encontrar neles. O Gargântua segurou na palma da mão as poucas moedas que restavam a Raven. Nessa altura, Weasel emergiu das sombras, metendo o dinheiro ao bolso e acocorando-se ao lado do monstro.

— *Aye*, já não tem a língua tão solta, pois não, Sr. Raven?

Weasel tirou uma faca do bolso e exibiu-a à escassa luz do beco, assegurando-se de que Raven a visse. Tinha uns dez centímetros de comprimento, com uma lâmina fina, e um trapo sujo de sangue enrolado no cabo de madeira para melhor manuseamento.

Raven rezou em silêncio por um desfecho rápido para a sua tribulação. Talvez uma facada de baixo para cima sob as costelas. O pericárdio encher-se-ia de sangue, o coração deixaria de bater e tudo estaria consumado.

— Ora bem, agora que consegui a sua atenção, vamos lá tratar como deve ser da questão da sua dívida ao Sr. Flint.

Raven mal conseguiu encontrar fôlego para falar, com o peso do monstro a esmagá-lo e a dor ainda a dominar-lhe o tronco. Weasel pareceu aperceber-se disso e ordenou ao brutamontes que se erguesse apenas o suficiente para que Raven conseguisse emitir um suspiro.

— Ora bem, parece que o meu amigo estava a esconder a candeia debaixo do alqueire. Desde que lhe emprestámos a maquia, tomámos conhecimento de que o senhor é filho de um advogado afamado de St. Andrews. Sendo assim, reavaliámos a sua situação e o Sr. Flint resolveu antecipar a data do reembolso.

Sentiu um novo peso sobre si, embora o Gargântua tivesse aliviado a pressão. Era o fardo de uma mentira devolvido ao seu autor, de acordo com a lei das consequências imprevistas.

— O meu pai morreu há muito tempo — disse a custo. — Acha que se eu tivesse podido pedir-lhe o dinheiro emprestado vinha ter com usurários capazes de me retalharem a garganta?

— Até pode ser que isso seja verdade, mas o filho de um advogado há de ter outras conexões para tempos de necessidade.

— Não tenho. Mas, como eu disse ao Flint quando ele me emprestou o dinheiro, tenho boas perspetivas de carreira. Quando começar a ganhar, vou poder pagar com juros.

Weasel aproximou-se um pouco mais. O seu bafo pedia meças ao fedor do esgoto.

— Ah, vai haver juros, sim. Mas, para um homem de sabedura, parece que não percebeu lá muito bem a questão. O Sr. Flint não espera por perspetivas de carreira. Quando alguém lhe deve dinheiro, arranja forma de o desencantar. — Pressionou a faca contra a bochecha esquerda de Raven.

— E só para que saiba, nós, usurários, não nos limitamos a retalhar gargantas.

Fez deslizar a lâmina, lenta e profundamente, sempre fixando Raven nos olhos.

— Um lembretezinho para lhe recordar as suas prioridades — acrescentou.

Deu uma palmadinha no ombro do Gargântua para lhe dizer que ficavam por ali. Pôs-se de pé, soltando Raven e permitindo-lhe levar a mão ao rosto. O sangue jorrou-lhe por entre os dedos enquanto apalpava ao de leve a ferida.

Weasel rodou então sobre um tacão e pontapeou Raven no estômago, ainda deitado no chão.

— Desenrasque mas é o dinheiro — disse. — Senão, da próxima, vai um olho.

TRÊS

Durante alguns momentos, Raven permaneceu estendido no escuro, concentrando-se unicamente em respirar. Após a partida dos seus agressores, sentiu-se percorrido por uma onda de alívio, uma euforia irreprimível pelo facto de não estar morto. Infelizmente, esta manifestou-se numa necessidade inesperada de se rir, a qual se revelou de longe mais contida devido ao protesto das suas costelas. Estariam partidas?, perguntou-se. Que danos tinha sofrido? Teria contusões em alguns dos seus órgãos? Conseguia imaginar o sangue a gotejar entre as camadas da pleura, pressionando o seu pulmão maltratado, constrangendo a sua expansão, mesmo agora que o brutamontes se tinha retirado.

Afastou a imagem do pensamento. A única coisa que interessava era que ainda respirava, por agora, e, enquanto assim fosse, tinha boas perspetivas.

Levou de novo a mão à maçã do rosto. Estava encharcada em sangue e pastosa, como um pêssego tocado. A ferida era profunda e extensa. Não podia regressar a casa da Sr.ª Cherry sem tratar de a fazer examinar.

Arrastou-se até Infirmary Street, onde decidiu que seria melhor evitar a portaria e as perguntas difíceis que inevitavelmente o seu aspeto ditaria. Em alternativa, seguiu ao longo do muro até à secção preferida pelos cirurgiões para saltarem clandestinamente para o interior. Henry e os seus pares utilizavam esse expediente de ingresso quando pretendiam desviar as atenções das suas excursões a altas horas da noite, visto que tais comportamentos eram suscetíveis de os fazerem ser chamados à direção. Dado o seu estado debilitado, necessitou de várias tentativas, mas lá conseguiu transpor o muro e depois entrar por uma janela baixa que era sempre deixada destrancada precisamente para esse efeito.

Cambaleou pelo corredor fora, encostando-se à parede sempre que a sua respiração se tornava mais difícil e dolorosa. Passou sorrateiramente sem incidentes o bloco operatório e ouviu um ressonar sonoro vindo imediatamente de trás da porta. O som provinha provavelmente das enfermeiras do turno da noite, que emborcavam frequentemente os vinhos e bebidas brancas destinados aos pacientes, de modo a assegurarem a si próprias uma boa noite de sono.

Raven conseguiu chegar à porta de Henry e bateu repetidamente, receando, a cada segundo em que não obtinha resposta, que o amigo se encontrasse em estado de estupor pós-alcoólico. Ao fim de algum tempo, a porta rodou para dentro e o rosto exausto e desgrenhado de Henry assomou à soleira. A sua reação inicial foi de horror perante a criatura que o visitava a meio da noite, até finalmente o reconhecer.

— Deus do Céu, Raven. Que é que te aconteceu?

— Alguém levou a mal o facto de eu não ter nada que valesse a pena roubar.

— É melhor levar-te para o andar de baixo. Vamos ter de te coser.

— Já diagnostiquei isso a mim próprio — respondeu Raven. — Conheces algum cirurgião competente?

Henry olhou-o fixamente.

— Não abuses da sorte.

Deitou-se na cama e tentou descontrair, mas a tarefa não era fácil, considerando que Henry se aproximava do seu rosto lacerado com uma grande agulha de sutura na mão. Tentou recordar-se de quantas vezes o amigo reabastecera a caneca, procurando deduzir daí a sua capacidade de suturar. A verdade era que, bêbado ou sóbrio, nenhum trabalho de agulha, por mais qualificado que fosse, o livraria de uma cicatriz, a qual seria o primeiro traço em que todos reparariam nele de futuro. Isso, por sua vez, teria provavelmente ramificações na sua carreira, mas de momento não podia dar-se ao luxo de pensar nisso. A sua prioridade mais imediata era permanecer imóvel, mas as dores que o atormentavam e a visão da agulha de Henry militavam ativamente contra isso.

— Eu sei que não é fácil, mas tenho de te pedir que evites contorcer-te e, depois de eu começar, de estremeceres. É que parte da ferida está próxima do teu olho e, se eu não conseguir cosê-la bem, vai ficar descaída.

— Nesse caso terei de ser rebatizado Isaías — replicou ele.

— Porquê? — inquiriu Henry; até que lhe ocorreu a resposta. — Santa Mãe de Deus, Raven.

A expressão do olhar de Henry era mais divertida do que o gracejo, mas qualquer alívio que tivesse proporcionado a Raven teve lugar com custos pesados para as suas costelas.

Imobilizou-se e tentou transportar-se para fora do instante e do local, de modo a alhear-se dos procedimentos clínicos. Infelizmente, o seu primeiro destino, de forma bastante involuntária, foi o quarto de Evie, e a imagem do seu corpo retorcido aflorou-lhe à mente no preciso instante em que a agulha de Henry lhe atravessava a bochecha pela primeira vez. Sentiu-a abrir caminho através da pele, até à camada macia por debaixo. Não conseguiu deixar de visualizar a sua curvatura unindo ambas as bordas da ferida antes de reemergir, altura em que sentiu o puxar do fio categute através da sua já devastada face. Doeu-lhe muito mais do que a navalha de Weasel, cuja ação se limitara a dois ou três segundos.

Levantou uma mão quando Henry se preparava para dar início à segunda cosedura.

— Tens algum éter? — perguntou.

Henry olhou-o com ar desaprovador. — Não. Vais ter de tolerar a dor. Não vou propriamente amputar-te uma perna.

— Para ti, é fácil de dizer. Alguma vez levaste pontos na cara?

— Não, e essa minha sorte poderá estar relacionada com o facto de não ter tendência para protestar em vão, nem para andar à pancada com vadios da Cidade Velha.

— Eu não andei à panc... ai!

— Para de falar — advertiu Henry, recomeçando. — Se não ficas quieto com a bochecha, não consigo fazer o meu trabalho.

Raven lançou-lhe um olhar ingrato.

— O éter, em todo o caso, parece que nem sempre funciona — disse-lhe Henry, puxando o categute do segundo laço. — O Syme acaba de desistir de o usar e, depois de alguém morrer recentemente disso, acho que foi o último prego no caixão.

— Alguém morreu do éter?

— Sim. Algures lá em baixo em Inglaterra. O médico-legista disse que a morte resultou diretamente do éter, mas o Simpson continua a defendê-lo. — Fez uma pausa. — Podes perguntar-lhe tu mesmo amanhã, quando começares o estágio.

Henry prosseguiu o seu trabalho com a agulha, com a cabeça inclinada para baixo, sobre o rosto de Raven. Estava suficientemente perto dele para que Raven lhe cheirasse o hálito de cerveja. Não obstante, tinha a mão firme, e o paciente habituou-se ao ritmo de perfurar a pele e puxar o fio. Nenhum dos pontos era menos doloroso que o anterior, mas, ao mesmo tempo, nenhuns eram mais dolorosos que a dor nas costelas.

Henry deu um passo atrás para examinar o trabalho das suas mãos. — Não está mal — declarou. — Na volta, só devia fazer as minhas cirurgias depois de atestar a pança no Aitken.

Encharcou um pano de algodão em água fria e aplicou-o à ferida. A frescura do tecido era surpreendentemente calmante, a única sensação agradável que Raven experimentara desde o seu último gole de cerveja.

— Não posso mandar-te de volta aos braços da Sr.ª Cherry com esse aspeto — disse Henry. — Vou dar-te uma dose de láudano e deitar-te na minha cama. Eu durmo no chão no resto da noite.

— Estou em dívida para contigo, Henry, a sério. Mas por favor não voltes a aludir aos braços da Sr.ª Cherry. No meu estado atual, a simples imagem é suficiente para me fazer vomitar.

Henry fitou-o com um dos seus olhares perscrutadores, mas havia malandrice no seu tom de voz.

— Tu sabes que ela fornece serviços extra por uma pequena quantia, não sabes? — perguntou. — Aposto que muitos dos jovens hóspedes dela procuraram conforto nos seus braços. Ela é viúva e faz-lhe falta o dinheiro. Não há vergonha nenhuma nisso. Quer dizer, entre a cicatriz e o olho descaído, podes ter de começar a rever os teus padrões.

Henry conduziu Raven à sua cama, onde o depositou cuidadosamente. Doía-lhe em mais sítios ao mesmo tempo do que alguma vez lhe doera num só. Tinha a cara cheia de fio categute e, piadas à parte, podia realmente ter de alterar as suas expectativas relativamente às suas possibilidades de casamento. Mas tudo poderia ter sido muito pior. Ainda estava vivo, e o dia seguinte seria um novo dia.

— Ora bem — disse Henry —, vamos lá buscar-te o láudano. E se estiveres para vomitar, por favor lembra-te que eu estou no chão ao teu lado e aponta para os meus pés, e não para a cabeça.

QUATRO

Sarah demorava-se no gabinete do professor quando a campainha tocou, numa interrupção indesejada mas inevitável do seu momento de tranquilidade. Levava a cabo as suas obrigações sem pressas e cuidadosamente, pois adorava estar naquela divisão da casa. Era um santuário de calma isolado do caos do resto da casa, mas as suas oportunidades de aí buscar asilo eram raras e em geral de pouca dura.

Dera-se a algum trabalho a preparar o lume, assegurando que houvesse um monte abundante de carvão na lareira. Esta era acesa tanto de inverno como de verão para garantir o conforto dos pacientes que o médico ali examinava, mas aquele dia era particularmente frio e o ar do gabinete estava a levar bastante tempo a aquecer. Formara-se um pouco de gelo do lado de dentro da janela, ao lado da secretária do professor, um padrão delicado de folhagens semelhantes a fetos que desapareciam quando ela respirava sobre eles. Limpou a humidade resultante com um pano e admirou a vista durante alguns momentos. Num dia límpido como aquele, a vista alcançava Fife. Era, pelo menos, o que lhe tinham dito. Ela própria nunca se aventurara muito além dos arredores de Edimburgo.

Sobre a secretária junto à janela empilhavam-se livros e manuscritos que Sarah tinha de contornar na limpeza sem os perturbar. Ao longo do tempo, aperfeiçoara a sua técnica, uma competência adquirida através de dolorosas tentativas e erros, incluindo resgatar da lareira pedaços de papel desgarrados.

O gabinete nem sempre parecera tão acolhedor. Quando ela entrara ao serviço do Dr. Simpson, sentira-se perfeitamente aterrorizada com aquilo com que se confrontara ali. Encostado a uma parede havia um armário alto, sobre cujas várias prateleiras repousavam frascos contendo espécimes anatómicos: todo o tipo de órgãos humanos imersos em líquido amarelado. E mais perturbador ainda era o facto de muitos deles se encontrarem lesionados, afetados por doenças ou malformados, como se a sua simples presença não fosse suficientemente desconcertante.

Com o passar do tempo, tudo aquilo passara a fasciná-la, incluindo o frasco que continha dois bebés minúsculos, face a face, unidos ao longo do esterno. Quando o vira pela primeira vez, Sarah fora assolada por questões relativas à proveniência da coisa e como fora obtida. Interrogou-se igualmente acerca da decência de se guardar um tal espécime, preservando aquilo que eram manifestamente restos humanos, em lugar de os enterrar. Seria correto exibir tal coisa? E seria, de alguma forma, errado olhá-la?

Debaixo das prateleiras havia um armário onde se guardavam os materiais pedagógicos do médico para as suas aulas de obstetrícia. Sarah não tinha a certeza se a exploração do conteúdo do armário seria permitida, mas, por não lhe ter sido especificamente vedada, satisfez a sua curiosidade nas poucas ocasiões em que o tempo lho permitiu. Continha uma estranha coleção de ossos pélvicos e instrumentos obstétricos, cujas utilizações não podia senão tentar adivinhar. Havia fórceps, claro, com os quais estava familiarizada, mas também outros instrumentos mais misteriosos, rotulados de cefalótribos, cranioclastos e perfuradores. Nomes que, por si só, sugeriam algo de brutal, e não conseguia imaginar que papel teriam na vinda ao mundo de uma criança.

À imagem do seu proprietário, havia uma clara falta de método na organização do gabinete, em geral, e da biblioteca em particular, que Sarah teria remediado caso dispusesse de tempo para tal. Os livros pareciam localizados aleatoriamente nas prateleiras. Por exemplo, havia um compêndio de Shakespeare encadernado em cabedal vermelho ensanduichado entre a Bíblia doméstica e a *Edinburgh Pharmacopoeia*, e Sarah recordava que uma lista dos animais de estimação da família fora por algum motivo inscrita no interior da capa.

Tocou reverencialmente cada lombada enquanto lia os respetivos títulos: *Natural Theology* de Paley, *The Anatomy and Physiology of the Human Body*, as *Antiquities* de Adam, ou os *Principles of Surgery* de Syme. Assomou então à porta a cabeça de Jarvis.

— *Miss* Grindlay chama-a — disse, revirando os olhos ao sair.

Sarah deixou as pontas dos dedos permanecer por mais alguns momentos nas lombadas dos livros encadernados em cabedal. Era uma das maiores frustrações do seu trabalho: acesso fácil a uma coleção eclética de livros, mas oportunidades muito limitadas de os ler. A mão pousou-lhe num livro que nunca antes vira. Retirou-o da prateleira e enfiou-o no bolso.

Ao sair do gabinete e dirigindo-se às escadas, foi apanhada por uma tempestade de jornais precipitados dos andares de cima. O médico, manifestamente, descia ao andar de baixo. Gostava de ler os jornais diários — o *Scotsman* e o *Caledonian Mercury* — na sua totalidade antes de sair da cama, e achava divertido lançá-los da balaustrada enquanto descia as escadas. O gesto era deveras apreciado pelos dois filhos mais velhos, David e Walter, que gostavam de fazer bolas com o papel e atirá-las um ao outro e ao pessoal; não tão apreciado por Jarvis, que tinha de limpar tudo. Sarah manobrou por entre os jornais que caíam, as crianças excitadas e o mordomo maldisposto, e subiu as escadas.

Entrou no quarto da Tia Mina, no terceiro piso, e confrontou-se com o caos habitual. Todo o conteúdo do guarda-fatos de *Miss* Mina Grindlay parecia ter sido espalhado pelo quarto. Vestidos e saias ocupavam todos os espaços disponíveis, a cama, cadeiras e chão. A própria Mina vestia ainda as suas roupas de dormir, segurando um vestido frente ao espelho antes de o rejeitar, tal como todos os outros.

— Até que enfim, Sarah. Onde raio é que tu estavas?

Sarah partiu do princípio de que a pergunta era retórica, pelo que permaneceu em silêncio. Mina mostrava-se continuamente frustrada pelo facto de Sarah ter de cumprir outras obrigações em casa, indiferente ao facto de que, por ser a única criada de dentro, caso não acendesse as lareiras, levasse os chás, limpasse os quartos e servisse as refeições, não haveria mais ninguém que o fizesse. A Sr.ª Lyndsay raramente deixava a cozinha e Jarvis, mordomo, camareiro e faz-tudo em geral, não tinha mãos a medir a ocupar-se do médico.

— Quantas vezes é que eu já disse — prosseguiu Mina — que uma mulher do meu estatuto deve ter uma criada pessoal?

Praticamente todas as vezes que eu entro aqui, pensou Sarah.

— Seguramente que não estão à espera de que eu me vista a mim própria.

— A Sr.ª Simpson parece que consegue — sugeriu Sarah.

Os olhos de Mina faiscaram e Sarah percebeu imediatamente que falara demais. Preparava-se para pedir desculpa, mas Mina já começara a falar, e interrompê-la só aumentaria a transgressão.

— A minha irmã é casada e, ainda por cima, está de luto. A sua escolha de vestuário é uma coisa simplicíssima.

Sarah pensou na Sr.ª Simpson, na pesada bombazine preta que usava há meses, pálida e macilenta por passar demasiado tempo dentro de casa.

— Mas, Sarah, tens mesmo de te abster de dar voz a tudo o que te passa pela cabeça. As tuas opiniões, a não ser que te peçam especificamente o contrário, deves guardá-las para ti própria. Eu fui indulgente para contigo quando estavas há pouco tempo no lugar, mas se calhar prestei-te um mau serviço ao não te disciplinar. Receio bem que um dia fales demais junto de alguém menos compreensivo do que eu e a tua língua te mande para a rua.

— Sim, minha senhora — retorquiu Sarah, baixando os olhos em sinal de contrição.

— Há muitas razões que recomendam a disciplina simples de controlar a língua. Eu própria tenho de o fazer muitas vezes quando discordo do modo como a minha irmã entende dirigir a sua casa. Eu, aqui, sou uma simples hóspede, e sinto-me grata por isso, tal como tu deves sentir-te grata pelo lugar que ocupas. Cada uma de nós tem as suas obrigações, e vestir bem constitui uma obrigação essencial de uma mulher da minha posição.

Mina indicou com um gesto a montanha de roupa sobre a cama, mostrando que esperava que Sarah a ajudasse a escolher o que vestir.

— Que tal este? — perguntou Sarah levantando um modesto vestido de seda cinzento com gola de renda que engomara e passara a ferro ainda no dia anterior.

Mina olhou-o durante alguns minutos, ponderando se seria adequado.

— Ah, vai ter de ser — disse —, embora eu receie bem que seja um pouco simplório demais para fazer os homens pegarem nas canetas para me escreverem um soneto.

À guisa de resposta, Sarah olhou para mesa de escrever de Mina. Como sempre, havia uma carta em vias de ser escrita, e junto dela um romance.

— O que anda a ler? — inquiriu Sarah, ciente de que o tema da literatura serviria seguramente para afastar a sua impertinência da mente da senhora.

— Um romance chamado *Jane Eyre*, de Currer Bell. Acabei-o agora. Não conhecia o autor.

— E gostou?

— Essa questão, neste caso, é complexa. Preferia discuti-la com alguém informado, por isso, podes levá-lo e lê-lo.

— Obrigada, minha senhora.

Sarah enfiou o livro no bolso, junto do outro exemplar que acabara de trazer da biblioteca.

Agora que fora escolhido um vestido aceitável, Mina enfiou o corpete e ficou de pé de mãos nas ancas enquanto Sarah pegava nos cordões e os puxava.

— Mais apertado — exigiu Mina.

— Assim não vai conseguir respirar — respondeu Sarah enquanto puxava de novo os cordões.

— Disparate — retorquiu Mina. — Eu ainda não desmaiei, apesar de todas as senhoras minhas conhecidas o fazerem com regularidade. Algumas com uma certa teatralidade — acrescentou, com um esboço de sorriso a brincar-lhe nos lábios.

Depois de Mina adequadamente vestida, Sarah teve de se lhe ocupar do penteado. Isso consumiu-lhe bastante mais tempo do que o necessário para apertar um espartilho. Foi necessário aplicar uma bandolete de goma para assegurar que o cabelo, uma vez penteado, assim permanecesse ao longo do resto do dia. O cabelo foi então dividido a meio à frente, entrançado e enrolado em volta das orelhas. Uma segunda divisão foi feita no cimo da cabeça, de orelha a orelha, e o cabelo enrolado num carrapito apertado junto à nuca. A tarefa exigia paciência e precisão, duas qualidades que pareciam faltar a Sarah no tocante a penteados.

— É por isto que eu preciso de uma criada pessoal — observou Mina ao seu reflexo no espelho, de lábios franzidos perante os esforços de Sarah. — Eu sei que tu fazes o melhor que podes, Sarah, mas eu nunca hei de atrair um marido se não tiver o tipo certo de ajuda.

— Não podia estar mais de acordo, *Miss* Grindlay — replicou Sarah, pousando com ar grato escova, pente e alfinetes de cabelo.

— O problema é que uma ajuda boa e fiável é tão difícil de encontrar. Olha para as dificuldades que a Sr.ª Simpson tem tido para tentar arranjar uma ama adequada para as crianças.

A rápida rotação de amas não constituía mistério algum para Sarah. Os Simpson tinham três filhos: David, Walter e o bebé James. David e Walter raramente se encontravam confinados ao quarto de brincar do último andar da casa, sendo a sua natural curiosidade sempre vista com complacência, e anteriores titulares do cargo tinham-se mostrado relutantes com um comportamento não apenas permitido, mas encorajado. Outro fator era a aparente relutância da Sr.ª Simpson em conceder total responsabilidade a quem quer que fosse pelos seus filhos, presumivelmente em consequência de ter já perdido dois de terra idade.

— Os Sheldrake acabam de ficar sem uma das suas criadas de dentro — prosseguiu Mina, voltando-se na cadeira para se dirigir diretamente a Sarah.

— Qual?

— Acho que se chamava Rose. Conhece-la?

— Vagamente, só. A outra criada de dentro, a Milly, é que conheço um pouco melhor. O que é que aconteceu?

— Fugiu. Assim, sem mais nem menos. Embora haja rumores de que andava com um rapaz jovem. Na verdade, os rumores são de que andava com vários.

Mina voltou-se de novo para o espelho e aplicou um pouco de *rouge* às maçãs do rosto. Sarah preparou-o com álcool retificado, água e cochonilha em pó. Perguntou-se por que razão se consideraria tão errado uma criada suscitar a atenção masculina quando esse parecia constituir o objetivo predominante de Mina.

— Ainda na semana passada estive com ela — observou. — À porta da Kennington e Jenner.

— Como é que ela te pareceu? — inquiriu Mina, voltando-se de novo na cadeira.

— Pareceu-me bem — respondeu Sarah, sempre ciente de que o dever a obrigava a dar uma resposta neutral.

Rose, na verdade, teria parecido bem a qualquer pessoa que nunca a tivesse visto, mas Sarah surpreendera-se com a sua postura taciturna. Encontrara Rose e a patroa desta quando saíam da loja de Princes Street. A Sr.ª Sheldrake detivera-se a trocar palavras amáveis com uma conhecida, permitindo a Sarah e Rose fazer o mesmo, ainda que de forma mais constrangida. Como Sarah dissera a Mina, sentia maior familiaridade com a colega de Rose, Milly, e mais à vontade na sua companhia. Rose era «vivaça». Segundo Milly, uma forma mais delicada de descrever uma rapariga que Sarah considerava volúvel e cheia de si, e lhe suscitava uma desconfiança instintiva.

Rose parecera estranhamente reservada nesse dia, como que sobrecarregada por um fardo mais pesado que os embrulhos que levava. Estava pálida, tinha os olhos inchados, e mal respondera às perguntas delicadas de Sarah a respeito da sua saúde.

Sarah olhara de relance a patroa de Rose, uma mulher entroncada com idade próxima da Sr.ª Simpson, mas que parecia consideravelmente mais velha. Tal devia-se em parte ao seu aspeto físico, que não lhe parecia inspirar grandes cuidados, e em parte à sua expressão austera. Sarah perguntou-se, de forma pouco caridosa, com que se pareceria o marido dela, sem nunca ter visto o Sr. Sheldrake.

Era um facto conhecido que a Sr.ª Sheldrake tinha mau génio, cujas consequências se faziam sentir sobre o pessoal. Rose sofria-as, sem dúvida, mais do que a maioria, mas esse desânimo inerte parecia mais o resultado de uma reprimenda vigorosa. Seria talvez cumulativo, pensou Sarah com tristeza, preocupada com o seu próprio futuro. Se a vida no serviço doméstico conseguia fazer desvanecer a luz de alguém como Rose, o que não lhe faria a ela?

— Então, Sarah, não fiques aí especada — disse Mina, esquecendo rapidamente o tema do desaparecimento de Rose. — De certeza que tens outras coisas a tratar.

Assim dispensada, Sarah deixou o quarto e dirigiu-se ao andar de baixo, pensando nas muitas tarefas que poderia ter concluído no tempo que levara a comprimir Mina num vestido e a subjugar-lhe o cabelo. Como de costume, havia mais coisas a fazer do que horas para as levar a cabo, e nesse dia havia a tarefa suplementar de arejar um dos quartos de reserva para a chegada do novo estagiário do médico.

Sarah perguntou-se até que ponto ele poderia ser persuadido a interessar-se por Mina. Isso, pelo menos, poderia fazer que valesse a pena o trabalho suplementar que a sua presença geraria.

CINCO

Uma rabanada de vento fustigou Raven quando atravessava a North Bridge, obrigando-o a segurar o chapéu com uma mão. O frio cortante fez o calor de agosto parecer a recordação de uma era esquecida, contendo em si a promessa dura e certa do inverno. Havia, porém, outras promessas naquele vento. As rajadas eram frias mas revigorantes, dissipando o fedor penetrante que o rodeara nesses últimos anos. Ali, do outro lado da ponte, havia outra Edimburgo.

Virou para Princes Street e passou pela Duncan e Flockhart, onde vislumbrou o seu reflexo na janela da drogaria. No vidro recordou-se de que, por mais que o fedor da Cidade Velha pudesse dissipar-se, a sua marca assinalá-lo-ia para o resto da vida. Tinha o lado esquerdo do rosto inchado e ferido, e os pontos destacavam-se ao longo da curva contundida da maçã do rosto. Por debaixo do chapéu, tinha o cabelo espetado em ângulos bizarros, empastelado aqui e ali por sangue seco. Chegado a Queen Street, era tão provável o Dr. Simpson mandá-lo para a cama, enquanto paciente, como dar-lhe as boas-vindas ao seu consultório.

O passeio, ali, era mais largo, e as multidões menos densas. As pessoas por quem passava exibiam posturas eretas e confiantes, caminhando de forma simultaneamente determinada e sem pressa, enquanto viam as montras. A Cidade Velha, pelo contrário, mais parecia um formigueiro, e os seus habitantes apresentavam-se curvados por entre as suas vielas sinuosas. Até à estrada parecia faltar a lama e o esterco que se amontoavam continuamente nas ruelas do Canongate.

Ao virar para Queen Street, um *brougham* puxado por dois vigorosos garanhões deteve-se mesmo à sua frente, levando Raven a perguntar-se distraidamente se o cocheiro não teria treinado os seus animais para se aliviarem apenas nas zonas mais pobres da cidade.

O número 52 era uma das habitações maiores desse trecho da rua, distribuindo-se por cinco pisos, incluindo a cave. Amplos degraus, limpos e recentemente varridos, conduziam do passeio a uma grande entrada frontal, enquadrada por dois pilares de cada lado. Até os corrimãos pareciam ter sido pintados há pouco tempo, transmitindo a impressão de que se encontraria limpeza e ordem no interior. Isso fê-lo pensar como estava atrasado, devido ao láudano de Henry. Refletiu sobre o que poderia adiantar a título de explicação. Talvez o aspeto do seu rosto fosse justificação suficiente. E talvez lhe fosse dito que a oferta de estágio lhe fora retirada por não ter mostrado decoro suficiente para ser pontual no seu primeiro dia.

Raven ajeitou o chapéu, tentando não se concentrar no estado da sua roupa, enquanto estendia mão para a maçaneta de latão. Antes de conseguir agarrá-la, a porta começou a abrir-se e um colosso de cão saltou pela abertura, quase o derrubando. O animal prosseguiu para o *brougham* que esperava, cuja porta o cocheiro mantinha aberta, como se a carruagem tivesse sido chamada pelo próprio cão.

Este foi seguido por uma figura envolta num volumoso sobretudo preto e chapéu alto. O Professor James Simpson parecia igualmente concentrado na carruagem até a atenção lhe ser tomada pelo desgraçado que vacilava à entrada da sua porta.

O novo patrão de Raven deteve-se e olhou-o de cima a baixo. Pareceu momentaneamente confuso antes de franzir uma sobrancelha, assinalando que tivera lugar algum tipo de dedução.

— Sr. Raven. Nem um momento adiantado, mas a menos de um momento de chegar atrasado.

Simpson indicou com um gesto largo que o seu novo aprendiz deveria seguir o cão para o interior da carruagem.

— Temos de nos ocupar de um caso urgente — caso se sinta capaz disso — acrescentou em tom levemente jocoso.

Raven sorriu, ou pelo menos tentou. Era difícil perceber exatamente o comportamento da sua face lesionada. Subiu para a carruagem e tentou arranjar espaço para si ao lado do cão, que parecia relutante em conceder ao recém-chegado parte alguma da sua posição no assento.

Ainda mal conseguira reclamar para si próprio uma pequena fração dos estofos quando o Dr. Simpson ocupou o seu lugar em frente e ordenou ao cocheiro que seguisse. A carruagem arrancou a uma velocidade considerável e o cão pôs imediatamente a cabeça de fora da janela, de língua projetada enquanto arfava prazenteiramente.

Raven não partilhou a sua satisfação, antes estremeceu enquanto chocalhavam sobre as pedras do caminho, acometido de dores como se as rodas lhe trilhassem as costelas. O médico não deixou de se aperceber, analisando atentamente o seu rosto ferido. Raven perguntou-se se deveria congeminar alguma explicação mais plausível para os seus ferimentos, ou se tal, pelo contrário, ainda lhe traria mais problemas, por mentir ao seu empregador logo no primeiro dia.

— Se calhar devia tê-lo deixado ao cuidado da nossa criada, a Sarah — disse Simpson em tom pensativo.

— A vossa criada? — inquiriu Raven, incapacitado pelo seu desconforto de moderar um tom de desilusão. Perguntou-se se seria esta a forma subtil de Simpson lhe transmitir desagrado pelo seu atraso, menorizando-lhe as maleitas ao insinuar que não inspiravam maiores cuidados do que uma chávena de chá quente.

— Ela é mais que uma simples criada — retorquiu Simpson. — Ajuda a cuidar dos doentes: curativos, ligaduras, e assim por diante. Uma jovem bastante capaz.

— Estou certo de que não preciso de ajuda — disse Raven, posto que as suas costelas lhe gritassem o contrário. Tinha esperança de que o paciente que iam ver pudesse ser atendido rapidamente.

— O que lhe aconteceu?

— Se não se importa, preferia não voltar a esse tema — retorquiu, denotando, ao menos, honestidade. — Bastará dizer que estou satisfeito por ter deixado para trás a Cidade Velha.

O *brougham* virou à esquerda para Castle Street, fazendo Raven interrogar-se sobre qual seria o destino: Charlotte Square, talvez, ou uma das belas mansões de Randolph Crescent. No banco em frente, o Dr. Simpson examinava a mala, com uma expressão de rosto que denotava a preocupação com poder ter-se esquecido de algum equipamento fundamental na sua saída apressada.

— Para onde vamos, Professor?

— Vamos dar assistência a uma certa Sr.ª Fraser. Elspeth, se não me engano no nome. Não tive o prazer de lhe ser apresentado.

— Uma senhora bem? — arriscou Raven, antevendo na promessa de se mudar para círculos mais exclusivos um bálsamo para as suas feridas.

— Sem dúvida, embora seja pouco provável que a encontremos no seu melhor.

No sopé da colina, a carruagem virou de novo à esquerda, dirigindo-se para leste, afastando-se do castelo. Raven especulou que talvez a Sr.ª Fraser estivesse hospedada num dos imponentes hotéis de Princes Street. Ouvira dizer que muitas senhoras de posses se deslocavam frequentemente do campo para poderem ser atendidas por médicos da craveira de Simpson.

O *brougham*, porém, não parou junto de nenhuma delas, continuando a percorrer toda a Princes Street antes de virar à direita para a North Bridge e o levar diretamente ao local exato que julgava ter deixado para trás.

A carruagem deteve-se do lado de fora de um edifício decrépito situado a poucos metros daquele outro onde encontrara Evie na noite anterior, e mesmo ao virar da esquina do seu próprio antigo local de alojamento. Enquanto descia do *brougham*, perguntou-se se a Sr.ª Cherry não estaria porventura em vias de lhe lançar os pertences para a rua, uma vez que se mudaria nesse mesmo dia e já deveria ter voltado para recolhê-los de manhã. Perguntou-se, igualmente, se Evie já fora encontrada. Se não, não tardaria a sê-lo. Em breve o fedor se tornaria demasiado óbvio, mesmo naquele beco esquálido.

Simpson saiu da carruagem seguido pelo cão. Perscrutou momentaneamente as portas das casas e as montras das lojas, após o que enveredou por um beco estreito e escassamente iluminado, com o cão a trotar atrás de si.

Na cabeça dorida de Raven imperava a confusão. O que fazia no Canongate um homem da estatura e reputação do Dr. Simpson? Onde estavam as senhoras ricas da Cidade Nova que tinha sido levado a julgar que encontrariam? E as mansões imponentes onde viviam as esposas e filhas perfumadas dos membros da alta sociedade?

Raven seguiu o seu novo patrão pelo passadiço e viu-se confrontado com o odor familiar a amoníaco, como que de couves cozidas em urina. Parecia que a Sr.ª Cherry tinha andado a partilhar as suas receitas no bairro. Subiram três andares por uma escada escura. Simpson seguia em ritmo vivo, enquanto Raven acusava o esforço nas coxas e uma dor lhe palpitava no peito combalido.

— É sempre no último andar — observou o professor, com irritante boa disposição.

A porta foi franqueada pelo típico habitante masculino daquelas paragens, barba por fazer e sem os dentes da frente. Raven espantava-se constantemente com o facto de viver tão perto das pessoas sem, no entanto, jamais as ter visto, ou pelo menos reparado nelas mais do que na avaliação apressada de constituírem ou não potencial ameaça. O simples avistamento deste indivíduo seria habitualmente suficiente para inspecionar os bolsos, mas o esforço seria inútil, depois de já esvaziados por Weasel e Gargântua.

Não obstante a sua aparência desmazelada, o homem não cheirava demasiado mal, o que constituiu motivo de algum alívio. Já o mesmo, porém, não se podia dizer da divisão à qual foram conduzidos. O pivete atingiu-o em cheio no rosto, numa combinação impiedosa de sangue, suor e matérias fecais. Observou uma ténue manifestação de desconforto na face de Simpson, antes de o médico dissimular a sua reação por detrás de um calmo véu de delicadeza.

O homem da casa deteve-se por momentos no limiar da porta antes de se retirar com visível alívio.

A Sr.ª Fraser estava deitada no meio de um emaranhado de lençóis visivelmente sebentos, com o rosto contorcido pelas dores. Raven afastou do pensamento a imagem de Evie nos estertores por que passara, e confinou-se ao ali e agora, apesar de estes pouco mais agradáveis serem. A paciente encontrava-se manifestamente em trabalho de parto, no meio das maiores dificuldades, encharcada em suor e com o rosto tingido de uma cor roxa nada natural. Era escanzelada e malnutrida, semelhante a muitos dos seus até então vizinhos, e a quase todos os pacientes que encontrara tanto no seu trabalho clínico como a caminhar pelas salas da Royal Infirmary.

Simpson pareceu indiferente ao que o rodeava, o que não pareceu de bom augúrio a Raven. Na verdade, não tinha grande vontade de passar o tempo a dedicar-se aos pobres quando havia dinheiro a ganhar com os ricos, particularmente dadas as ameaças que recaíam sobre o seu olho caso não pagasse o que devia.

O médico desfez-se do seu grande sobretudo preto e arregaçou as mangas.

— Vamos lá a ver, então, de que se trata — disse, enquanto realizava o seu exame inicial.

Alguns momentos depois, declarou que o colo do útero ainda não se dilatara completamente e afirmou-se satisfeito em esperar pelo desenrolar dos acontecimentos. Instalou-se numa cadeira junto à única janela, onde começou a ler o seu livro. O cão enroscou-se a seu lado no soalho, mostrando que era suficientemente versado nos hábitos do dono para saber que deviam preparar-se para uma missão demorada.

— Gosto de aproveitar os pedacinhos de tempo — explicou, indicando o exemplar sobre o seu regaço. — Alguns dos meus melhores artigos foram escritos à cabeceira dos meus pacientes.

Raven ocupou o único outro assento do quarto, um banco de três pernas, capaz de lhe espetar o traseiro com farpas de madeira. Baixou-se relutantemente para se sentar, pensando como preferiria, idealmente, esperar numa hospedaria próxima, o que lhe fez recordar que não trazia dinheiro nenhum consigo, e muito pouco, também, lhe sobrara no quarto em casa da Sr.ª Cherry. Não teria outra opção senão adquirir hábitos mais abstémios. Se ao menos o tivesse feito um dia mais cedo.

À falta de leituras que lhe pudessem servir de entretenimento, o tempo pareceu correr mais devagar. Raven levou instintivamente a mão ao relógio, mas lembrou-se de que já não o tinha. Gargântua vasculhara-lhe os bolsos e descobrira o seu único objeto de valor. Na verdade, o velho relógio era de baixo valor monetário e de pouco serviria para reduzir o montante em dívida, ainda que o monstro o entregasse a Flint, do que, em todo o caso, duvidava. Mas sentia vivamente a sua falta, uma vez que lhe fora oferecido pelo pai. Constituía, por isso, uma recordação valiosa, por não lhe deixar esquecer que o velho safado nada mais lhe dera digno de se possuir.

Não sem alguma dificuldade, levantou-se e deslocou o banco para um canto do quarto, na esperança de, assim, poder apoiar a cabeça na parede e talvez dormitar um pouco. Mudou de ideias quando viu o estuque húmido e descascado, aparentemente mantido inteiro por montículos de bolor negro. Teve, então, de se contentar com sentar-se direito e deixar a cabeça descair para o peito.

Em determinado momento deveria ter dormitado, pois foi repentinamente arrancado ao doce alívio do esquecimento por um grito da paciente. O láudano que fora prodigamente aplicado à Sr.ª Fraser por uma parteira local antes da chegada deles tinha, manifestamente, deixado de fazer efeito. E havia uma jovem de expressão preocupada — quando chegara?, interrogou-se — que enchia uma bacia com água de um jarro.

Simpson olhou o seu novo aprendiz enquanto lavava as mãos.

— Ah, Sr. Raven. Acordou. Está na hora de reexaminar a paciente e decidir qual o melhor plano de ação a seguir.

Raven lavou igualmente as mãos na bacia e ficou a observar Simpson enquanto este realizava o exame, mas pouco conseguiu ver. Um cobertor fora estendido sobre os joelhos da mulher, impedindo a visão. O médico voltou-se então para ele.

— Gostaria de examinar também a paciente?

Dificilmente conseguiria lembrar-se de algo que lhe apetecesse menos nesse momento, mas não se tratava de um convite. Encheu-se de ânimo e recordou por momentos o quanto trabalhara para alcançar aquela posição.

Introduziu as mãos por debaixo do cobertor, cerrando os olhos enquanto procurava descortinar a posição da cabeça da criança relativamente à pélvis materna. Guiando-se unicamente pelo tato, as suas mãos inexperientes não eram tão delicadas como as do médico, e a mulher gemeu no seu desconforto, olhando-o de quando em vez com uma expressão de ressentimento a raiar a violência. Sentia-se cada vez mais tentado a afastar o cobertor. Se era para aprender alguma coisa daquela interação, seria melhor, pensou para consigo, que ao menos conseguisse ver algo do que fazia.

— Quais são as suas conclusões? — inquiriu Simpson, em voz baixa e calma. Raven perguntou-se se o tom dele se destinava a tranquilizá-lo, ou à paciente, mas teve o efeito de lhe recordar que não devia ser ele quem experimentava a maior ansiedade.

— A cabeça da criança está imobilizada na cintura pélvica — declarou, surpreendido com a sua própria convicção. — Não desceu como deveria ter acontecido.

Simpson acenou com a cabeça em sinal de concordância, olhando-o pensativamente.

— E como devemos então proceder?

— Fórceps? — arriscou Raven, mais como questão do que como afirmação factual.

A mera menção do temido instrumento suscitou um sonoro gemido da Sr.ª Fraser, enquanto a rapariga que lhe enxugava diligentemente a testa interrompeu a tarefa e começou a chorar.

— Não tenha receio — disse-lhe o médico, sempre em tom contido. — Colabore mais um pouco connosco e vamos pôr o pequenino cá fora com toda a segurança.

Voltou-se para Raven em voz deliberadamente mais baixa, inaudível aos outros no meio dos gritos e gemidos.

— A cabeça ainda não penetrou na cintura pélvica, por isso ainda está demasiado alta até mesmo para o fórceps longo. Neste caso, parece-me que virar o bebé seria a melhor opção.

O médico pegou na sua mala e procurou no interior, acabando por retirar uma folha de papel e um lápis grosso. Apoiando-se na mesa salpicada de cera, desenhou uma forma cónica, apontando-a como se nela residisse a explicação para tudo. A incompreensão de Raven espelhou-se suficientemente na sua expressão para que Simpson acrescentasse algumas setas, na tentativa de clarificar o significado do seu diagrama.

— Pode-se considerar que a criança, como um todo, tem forma cónica, sendo o respetivo ápex, ou seja, a parte mais estreita, os pés. O crânio pode igualmente ser visto como um cone, cuja parte mais estreita é a base. Fazendo a criança dar a volta no útero, os pés podem ser puxados em primeiro lugar através da pélvis, distendendo as passagens maternas com vista ao trânsito da parte mais larga. Primeiro puxamos os pés, e a seguir usamo-los para puxar o corpo todo, bem como a cabeça, que é parcialmente compressível.

Raven só vagamente assimilou a noção exposta, mas acenou vigorosamente com a cabeça de modo a evitar mais explicações.

Os gritos provocavam-lhe dor de cabeça e queria, tanto como a Sr.ª Fraser, que tudo aquilo terminasse o mais depressa possível.

Simpson retirou então da mala uma garrafa de cor âmbar.

— Este caso é ideal para éter — disse, segurando o recipiente como evidência das suas intenções.

Raven já vira o éter ser utilizado na sala de operações. O paciente protestara vigorosamente contra a sua falta de efeito, sem se aperceber minimamente de que o seu pé gangrenado lhe era amputado enquanto falava. Raven ficara assombrado, mas havia quem defendesse que o sucesso fora apenas parcial, argumentando que o objetivo do anestésico era precisamente fazer o paciente ficar insensível sem, portanto, causar perturbações.

Inalara-o ele próprio numa sessão da Edinburgh Medico-Chirurgical Society, pouco tempo após a descoberta dos seus efeitos anestésicos. Causava tonturas desagradáveis e um efeito cambaleante. Isso, por sua vez, originava uma hilaridade de curta duração, mas ele não adormecera como acontecera ao outro. Perguntara-se se seria, porventura, de alguma forma, resistente aos seus efeitos.

Observou Simpson enquanto este vertia uma porção do fluido num pedaço de esponja. O ar encheu-se de imediato de um odor pungente, bem-vindo pelo facto de mascarar parcialmente os outros odores que perpassavam ainda o quarto. A esponja foi então suspensa sobre o nariz e a boca da paciente. Esta começou por se afastar dos vapores, antes de e rapariga dizer carinhosamente: «É o éter, Ellie, como foi com a Moira.»

A reputação do agente, manifestamente, precedia-o, e Ellie inspirou então decididamente o vapor, desfalecendo rápida e facilmente.

— É importante administrar uma dose narcotizante — explicou o médico —, a fim de evitar o estádio primário de hilaridade, que é potencialmente nocivo.

Falava do éter com conhecimento de causa e entusiasmo, exatamente como Henry sugerira. Havia os que já o desconsideravam como novidade passageira, mas Simpson não estava, claramente, nesse número.

Instruiu Raven a encarregar-se da esponja soporífera enquanto ele se atarefava na outra extremidade.

— O éter é especialmente útil quando se tenta dar a volta ao bebé ou se utilizam instrumentos — explicou, enquanto introduzia a mão no útero da paciente. A ausência de reação da Sr.ª Fraser, em contraste com as suas anteriores convulsões dolorosas, foi a melhor demonstração das suas palavras.

— Encontrei um joelho — relatou o professor, com um sorriso.

Estando as atividades de Simpson, em grande medida, ocultas pelo cobertor, Raven olhou para mulher adormecida; esta, porém, não dormia. Jazia completamente imóvel, quase como se suspensa num domínio algures entre a vida e a morte. Transformara-se numa efígie de si própria, uma figura moldada em cera. Raven tivera dificuldade em se convencer de que alguma vez acordaria, e recordou, alarmado, a menção de Henry a uma morte recente ocorrida após a administração do produto.

Poucos minutos depois, Simpson anunciou a saída dos pés e das pernas. O corpo e a cabeça seguiram-se rapidamente, numa erupção abundante de sangue e líquido amniótico que formaram uma poça aos pés do médico.

Simpson retirou o bebé de debaixo do cobertor, exibindo-o ao jeito de um ilusionista que retira uma pomba da cartola. Era um rapaz. O bebé começou a chorar vigorosamente. O éter, pelos vistos, não exercera grande efeito sobre ele.

Depois de embrulhado, o recém-nascido foi entregue à rapariga, que se mantivera imóvel como uma estátua, de olhos arregalados, enquanto o parto tinha lugar. Abandonou, então, a pose imóvel e começou a cantar baixinho ao bebé, procurando acalmar o seu choro furioso.

A mãe manteve-se adormecida enquanto a placenta era retirada e o bebé lavado e seco. Acordou, então, como que de um sono natural e mostrou-se confundida por as suas provações terem chegado ao fim .

Enquanto a criança era depositada nos braços da mãe deslumbrada, a rapariga foi dar a notícia ao novo pai. O Sr. Fraser entrou no quarto, a princípio hesitante, quase totalmente incrédulo. Olhou Simpson como que a solicitar autorização, antes de se aproximar e pousar delicadamente uma mão na cabeça do seu filho recém-nascido.

Raven surpreendeu-se por ver lágrimas aflorar aos olhos do Sr. Fraser. Não o imaginava do género. Dito isso, tinha de haver uma grande fonte de alívio a jorrar dentro dele, uma vez que o resultado, em casos de parto obstruído, costumava ser tudo menos certo. Mais surpreendido ficou ainda Raven ao descobrir os seus próprios olhos marejados de lágrimas. Talvez um efeito de tudo o que acontecera na noite da véspera, mas a verdade era que sentia aquele sítio húmido e esquálido transformado por momentos num lugar de esperança e felicidade.

O Sr. Fraser enxugou os olhos na sua manga sebenta, após o que se voltou para apertar a mão do médico enquanto vasculhava no bolso o pagamento devido. Raven vislumbrou a moeda modesta na palma da mão encardida do homem. Parecia uma quantia miserável como retribuição dos serviços de alguém da reputação do Dr. Simpson, particularmente quando realizara ele próprio pessoalmente o serviço.

Simpson pareceu, também ele, examinar as moedas apresentadas. Claramente não chegavam, e Raven preparou-se para uma troca de palavras embaraçosa. Em vez disso, porém, o médico estendeu o braço e fechou delicadamente os dedos do Sr. Fraser em torno do dinheiro.

— Nã, nã. Guarde lá isso — disse, com um sorriso.

Pegou na mala, acenou para se despedir da Sr.ª Fraser, que dava agora peito ao filho, e conduziu Raven para fora do quarto.

Saíram para o Canongate. Raven saboreou a brisa fresca no rosto. Imaginou que levava consigo tudo o que lhe aderira à pele nas últimas horas, sentindo-se como se tivesse estado confinado ao próprio útero da Sr.ª Fraser.

Simpson olhava em volta em busca da sua carruagem, que não se encontrava onde a haviam deixado, talvez porque o cocheiro tivesse decidido dar uma volta para aliviar a monotonia durante as muitas horas que tinham passado no parto. Raven também passou o olhar pela rua, e foi então que se apercebeu de um pequeno ajuntamento do lado de fora de um beco, do outro lado da rua. O beco de Evie.

Aproximou-se, como que movido por uma compulsão involuntária. Dois homens carregavam um corpo embrulhado numa mortalha até uma carreta que os aguardava na estrada. A mortalha era cinzenta e esfarrapada nas pontas, indicando ter sido utilizada inúmeras vezes. Nada de requintado, nada de novo para vestir a pobre Evie, nem mesmo na morte.

Havia vários rostos que lhe eram familiares, de outras prostitutas, espalhadas pelo passeio. Algumas delas, conhecera-as por intermédio de Evie, e outras conhecia-as apenas de vista. Estava igualmente presente Effie Peake, a senhoria de Evie. Raven manteve-se de cabeça baixa. Não lhe apetecia ser reconhecido, e menos ainda cumprimentado.

Havia um agente da polícia à entrada do beco, observando o transporte do cadáver para a carreta. Raven ouviu alguém perguntar-lhe o que acontecera. «É só mais uma pega morta», respondeu o polícia em tom neutro, sem sequer um lamento na voz. «Matou-se com a bebida, é o que parece.»

As palavras ecoaram incessantemente na cabeça de Raven. Sentiu um vazio abrir-se dentro de si, algo mais fundo que a vergonha.

É só mais uma pega morta.

Aquela não era a mulher que ele conhecia. Evie merecia ser mais do que isso.

SEIS

Sarah passou o olhar pela sala de espera e observou com um franzir de sobrolho que havia ainda muitos pacientes para atender. A súbita partida do Dr. Simpson resultara num inevitável atraso, uma vez que o Dr. George Keith, seu assistente, fora deixado sozinho a tratar de todos os restantes. Sarah gostava de George, mas este era lento e tinha tendência para admoestar os pacientes, o que ela não apreciava. Perguntava-se se deveria pedir ao Dr. Duncan para ir dar uma ajuda, mas achou que seria improvável que ele acedesse. Estava sempre demasiadamente ocupado com as suas experiências, embora tal não fosse, porventura, negativo em si mesmo. Tinha um modo de ser tremendamente frio, e parecia mais talhado para lidar com substâncias químicas do que com pessoas.

Ela preferia, de longe, ver trabalhar o Dr. Simpson, mas isso era uma ocorrência relativamente rara. Atendia, fundamentalmente, os doentes mais ricos no andar de cima, onde Jarvis desempenhava um papel equivalente ao de Sarah. A bem da justiça, havia que dizer que Jarvis estava mais habilitado a lidar com a clientela lá de cima, raramente se deixando intimidar com as suas reclamações. Ostentava uma indiferença saudável perante o seu estatuto social, e por consequência raramente se deixava atemorizar ou ficava sem resposta.

Jarvis era um homem alto, o que dificultava aos outros olhá-lo, fisicamente falando, de cima para baixo. Era igualmente muito exigente com a sua aparência, apresentando-se com grande elegância e dignidade, confiança e articulação. Sarah pensava frequentemente que, com outro tipo de vestuário, poderia ele próprio passar por membro das classes altas. Um dia, vira o mordomo ser abordado por um cavalheiro que brandia um jornal enrolado com modos bastante ameaçadores.

— Estou há mais de uma hora à espera de ser atendido pelo Dr. Simpson — dissera ele —, o que me parece francamente inaceitável. Vim até cá de Jedburgh.

— Ai sim? — retorquira Jarvis de modo fulminante. — O último paciente era do Japão.

Sarah olhou de novo a triste assembleia que atulhava a sala de espera do andar de baixo que constituía os seus domínios. Eram umas pobres almas, padecendo de inúmeras maleitas, que Sarah lograva frequentemente diagnosticar apenas com um olhar. Escrofulose, tísica, tinha e sarna saltavam frequentemente à vista. O som da tosse e da expetoração era tão vulgar que já nem dele se apercebia, embora fosse omnipresente.

Soltou um suspiro ao aperceber-se das horas no relógio sobre a lareira. Havia sempre tanto trabalho a fazer, e tão pouco tempo para os prazeres que outros davam por adquiridos. Apalpou os livros que ainda lhe pesavam no bolso e perguntou a si própria se teria ainda tempo para os abrir nesse dia.

Foi despertada das suas divagações pelo som de alguém a descer as escadas. Olhou, esperando ver Jarvis, mas era Mina.

— Sarah, fartei-me de tocar a campainha da sala de estar e ninguém respondeu.

— A Sr.ª Lyndsay nem sempre ouve a campainha quando está na copa, minha senhora.

Era certamente essa a tese invocada pela Sr.ª Lyndsay. A cozinheira insistia no facto de ser surda de um ouvido, razão pela qual a campainha permanecia por vezes desatendida, mas Sarah suspeitava de que os motivos eram outros. A Sr.ª Lyndsay não gostava de ser interrompida enquanto cozinhava.

— Preciso de um chá. Ando às voltas com o mesmo pano de renda há uma hora. Que padrão tão difícil.

— Não lhe acalmaria mais o espírito ler um livro? — sugeriu Sarah.

A expressão do rosto de Mina indicou que essa era uma noção tão evidente em si mesma que acabava por ser estúpida, e preparava-se para explicar porquê.

— É claro que eu preferia estar a ler. Se pudesse, passava os meus dias inteiros a ler. Mas, por razões que desafiam a compreensão, os bordados são considerados uma atividade muito desejável para uma potencial esposa, razão pela qual se me impõe dominá-la — tal é a minha sina. Por isso, por amor de Deus, traz-me chá antes que eu dê em doida.

Sarah olhou de novo os pacientes que esperavam a sua vez. Era pouco provável que a chamassem em breve a acompanhar algum deles ao consultório, considerando que uma mulher idosa conhecida por tagarela entrara há pouco.

— Levo-lhe já o seu chá — garantiu Sarah enquanto Mina dava meia-volta e subia apressadamente as escadas de lenço junto ao nariz, depois de, manifestamente, ter sido atingida pelo pivete da sala de espera.

Sarah desceu sem pressas à cozinha, perguntando a si própria se deveria interrogar a Sr.ª Lyndsay acerca de Rose, a criada desaparecida dos Sheldrake. No tempo que passara em Queen Street, desenvolvera algum ceticismo relativamente à veracidade dos relatos de Mina. As suas histórias continham sempre um fundo de verdade, mas frequentemente obscurecido pelo embelezamento que tão prodigamente lhes aplicava.

A cozinheira estava dobrada sobre uma grande panela no fogão. A cozinha estava imbuída de um intenso aroma a carne, que fez o estômago de Sarah ronronar.

— Tarte de caça, é isso, Sr.ª Lyndsay?

Sarah gostava de adivinhar a ementa através do respetivo odor. Tinha um nariz apurado e costumava acertar.

— O doutor trouxe ao mundo o herdeiro de uma grande família, na semana passada, e em paga do seu trabalho recebeu uma braçada de faisões e uns quantos coelhos. A senhora quer chá? — dizendo isto, a Sr.ª Lyndsay olhou para o teto, dando a entender que ouvira realmente a campainha.

— Sim. Anda às voltas com um bordado difícil — disse Sarah enquanto enchia a chaleira.

A Sr.ª Lyndsay soltou uma gargalhada. O riso espalhou-se através da sua compleição volumosa. — Continuas muito ocupada lá em cima?

— Hoje parece que não tem fim.

— Aceitarem um novo estagiário há de ajudar. E pode ser que a seguir consigas concentrar-te no trabalho para o qual realmente te contrataram.

— Mas eu gosto de dar uma ajuda com os doentes — contrapôs Sarah. — É a melhor parte das minhas atribuições.

— Será assim, Sarah, mas o soalho é que não se lava a si próprio. O trabalho clínico deve ser deixado para quem estudou para isso. Não achas?

Sarah julgou inútil rebater.

— Acho, Sr.ª Lyndsay — respondeu com um suspiro.

Enquanto dispunha o bule e as chávenas num tabuleiro, disse para consigo que talvez arriscasse puxar o tema de Rose Campbell. Como regra geral, a Sr.ª Lyndsay era avessa a coscuvilhices, mas era frequente divulgar pequenos pedaços de informação quando inquirida diretamente.

— *Miss* Grindlay diz que a criada dos Sheldrake fugiu de casa.

— Parece que sim.

— Porque havia ela de fazer tal coisa? Os Sheldrake são boas pessoas, não são?

— Sabe-se lá o que se passa entre quatro paredes, quando não está ninguém a ver.

Sarah aguardou desenvolvimentos, mas não os houve. A aversão da Sr.ª Lyndsay ao diz-que-diz-que implicava que os assuntos eram referidos de modo bastante elíptico.

Qualquer pedido de mais informações foi cerceado por um toque muito insistente da campainha da sala de estar.

— É melhor levares isso lá acima — disse a cozinheira, indicando o tabuleiro.

Sarah pegou nele e saiu da cozinha antes de poder recolher mais informações.

Entrou na sala de estar, satisfeita por ter conseguido passar pelas escadas e pela porta sem entornar uma gota. Mina estava estendida numa *chaise-longue* a ler um livro, com o bordado abandonado no chão a seu lado. A Sr.ª Simpson sentava-se numa cadeira de braços junto à janela, olhando a vista lá fora. Parecia pálida e cansada, com a fadiga exacerbada pela cor negra que era obrigada a vestir.

— Há biscoitos de gengibre? — perguntou a Sr.ª Simpson.

— Há, sim — respondeu Sarah. Estava contente por se ter antecipado à necessidade — a Sr.ª Simpson sofria frequentemente de digestão difícil —, embora tenha de imediato receado não ter levado suficientes, ao ver Mina já debruçada sobre o tabuleiro.

— Sarah, amanhã quero ir às compras — disse ela, trincando um biscoito antes mesmo de o chá ser servido.

Sarah resmungou para consigo perante tal perspetiva. Ir às compras com Mina era, em geral, uma atividade demorada. Não haveria provavelmente tempo para livros nesse dia, nem certamente no dia seguinte.

Acabara de servir o chá quando tocou outra campainha, desta vez da porta da frente. Pediu licença e saiu a tempo de ver Jarvis acompanhar ao consultório uma das senhoras do andar de cima.

Sarah desceu as escadas cada vez mais irritada. Ao atravessar o átrio, passou pela sala de espera inferior, na qual os mesmos pacientes (em sua opinião padecendo de males mais prementes que os do andar de cima) estavam sentados com ar apático, fitando os sapatos.

Abriu a porta e a pouca paciência que ainda tinha esgotou-se-lhe. Foi confrontada com duas mulheres pertencentes, indubitavelmente, à variedade do andar de cima. Vestiam extravagantemente segundo o que Sarah presumiu ser a última moda: casacos debruados com peles de arminho, luvas de pelica, botas sem quaisquer vestígios de lama (como conseguiam?) e chapéus elaborados encarrapitados precariamente nos seus penteados sofisticados. Comparadas com os que já se encontravam à espera, pareciam desfrutar de saúde de ferro, embora uma delas inclinasse constantemente a cabeça, como que tentando ocultar o rosto sob o chapéu. Caracóis volumosos, perfeitamente enrolados, desciam até abaixo das orlas do chapéu. O tom do cabelo era de um notável matiz encarnado.

— O médico está em casa? Gostaríamos de ter uma consulta com ele — disse a mulher do chapéu maior, a menos acanhada das duas. A sua companheira apoiava a mão enluvada na dobra do braço dela e deu-lhe uma palmadinha reconfortante enquanto falava. Sarah distraiu-se momentaneamente com a enorme peça de chapelaria que se lhe equilibrava na cabeça num ângulo improvável. Ostentava uma profusão de penas, à parte fitas e rendas de cores vivas.

A senhora olhou Sarah com desdém, como se esperasse que o médico as recebesse pessoalmente à porta e se sentisse desconsiderada por ter de lidar com uma intermediária. O seu olhar era de tal modo desaprovador que Sarah começou por julgar que haveria algo de inapropriado no seu avental para causar tal ofensa. Mas não tivera contacto com pus ou sangue nessa manhã e um rápido olhar permitiu-lhe confirmar a limpeza do avental.

— Receio que o Sr. Doutor esteja fora, numa visita urgente — informou, na expectativa de que a explicação fosse suficiente.

A senhora do chapéu maior emitiu um suspiro, voltando-se para a companheira.

— Esperamos, querida? Acho que vamos esperar.

A companheira não respondeu.

Sarah respirou fundo e explicou que havia já mais pacientes em espera do que o Dr. Simpson poderia razoavelmente atender no seu regresso, ponderando, enquanto falava, que teria feito melhor em chamar Jarvis para se ocupar do assunto.

Ambas as senhoras a olhavam agora como se estivesse a ser deliberadamente obstrutiva. Imaginariam que estava a mentir acerca da ausência do médico e dos doentes que o esperavam? A senhora do chapéu grande olhou de cima do seu nariz aquilino e exprimiu-se com firmeza.

— Minha querida menina, tenho a certeza de que podemos ser atendidas. Tome nota do meu nome. O Dr. Simpson conhece-me!

Sarah olhou para trás de si, para a massa acumulada de miséria humana já instalada na sala de espera. Havia quase o mesmo número no andar de cima.

— Minha senhora, o Dr. Simpson conhece a rainha — retorquiu, antes de fechar a porta.

SETE

O cocheiro do Dr. Simpson trouxe o *brougham* de volta ao fim de poucos minutos. O cão ocupou o seu lugar preferido com rapidez de titular antes que Raven conseguisse sequer subir a bordo. Recostou-se nos estofos de cabedal encarnado e fechou os olhos. Tinha esperança de que o Dr. Simpson regressasse ao livro que lera durante toda a tarde, mas desenganou-se.

— De onde é oriundo, Sr. Raven? — perguntou o médico enquanto a carruagem seguia.

Raven fez menção de se endireitar no assento.

— Nasci em Edimburgo, *sir*.

— E o que faz o seu pai?

— Já não está entre nós — respondeu. — Mas era advogado.

Repetir a mentira levou-o de volta à noite anterior, naquela viela que nem a cem metros ficava dali. Teria, porém, de servir uma vez mais. A verdade ficava para outra ocasião, depois de Raven ter desfrutado da possibilidade de cultivar uma reputação baseada nos seus atos, que não nas suas origens.

— Em Edimburgo?

— Inicialmente, sim. Mas, ultimamente, em St. Andrews.

Isso, pelo menos, possuía um módico de verdade. A sua mãe residia atualmente lá, dependente da generosidade do próprio irmão. Este era de facto advogado, e um advogado mísero, beato e hipócrita, já agora.

— Eu, em tempos, pensei em estudar Direito — disse Simpson em tom melancólico.

— Ai sim? Durante quanto tempo? — inquiriu Raven, perguntando-se como poderia o médico ter conciliado mais do que um campo de estudo, dada a sua relativa juventude e a carreira prodigiosa.

— Ah, pelo menos durante um dia. Um encontro precoce com a mesa de operações fez-me correr para a Parliament House em busca de emprego como empregado administrativo.

Raven respondeu com um sorriso, decerto um sorriso retorcido, dado o peso que tinha na bochecha. Também ele não tinha grande estima pela mesa de operações. Por mais admiração que tivesse pela mão ágil e firme do cirurgião, não tinha o menor desejo de gastar o seu tempo a extirpar tumores e amputar membros. A barbaridade inerente aterrava-o, considerando que cirurgião algum era suficientemente firme e ágil para poupar ao paciente tormentos inimagináveis.

— O que o trouxe de volta? — inquiriu Raven, com genuína curiosidade.

— O desejo de aliviar a dor e o sofrimento, e a fé de que um dia encontraremos meio de o conseguir.

— E acha que o éter é esse meio?

— É um passo na direção certa, mas acredito que podemos ir mais longe. Agora que sabemos que a inalação de certos compostos químicos consegue induzir uma insensibilidade reversível, estou certo de que, se prosseguirmos a experimentação, acabaremos por encontrar algo melhor que o éter. Foi essa uma das razões pelas quais decidi voltar a ter um estagiário este ano. Preciso do maior número possível de mãos na minha investigação.

Esse não era o interesse principal de Raven no trabalho com o professor, mas rapidamente a ideia o cativou. Se estivesse envolvido na descoberta de um novo agente anestésico, o seu sucesso profissional estaria assegurado. Uma participação na patente, *aye*, seria a chave para uma fortuna.

— E acha que pode ser bem-sucedido? — perguntou Raven, levado a um prudente ceticismo pela perspetiva de tais riquezas.

O professor inclinou-se para a frente no assento.

— Acredito que, com desejo e paixão, e uma vontade inquebrantável, conseguimos impossíveis.

A porta para o número 52 de Queen Street abriu-se assim que a carruagem do médico se deteve diante da casa. Uma jovem de touca engomada estava à entrada da porta, ajustando o avental enquanto Raven descia para o pavimento. Recuou por momentos ao vê-lo, e uma certa tristeza atingiu-o ao perceber que era algo a que teria de se habituar.

O cão foi o primeiro a correr para dentro de casa, seguido pelo professor, que se desfez do sobretudo, entregando-o a um criado que surgira, como que do ar, por detrás da jovem. Era alto, de rosto escanhoado e impecavelmente vestido, o que só veio acentuar a aparência desleixada de Raven. O homem fitou de cima para baixo o negligente recém-chegado, sem sequer se esforçar por dissimular a sua desaprovação.

— Jarvis, eu tomo o chá no escritório — disse Simpson.

— Muito bem, *sir* — respondeu ele, antes de indicar, com um gesto da cabeça, Raven, que se mantinha no limiar da porta. — E o que deseja que eu faça com este?

O médico riu-se.

— Este é o Sr. Raven, o meu novo estagiário. Não se juntará a nós para o jantar, porque julgo que estará precisado da sua cama.

Simpson fixou os olhos de Raven com olhar intencional. Raven experimentou um momento de preocupação relativamente *àquilo* que, exatamente, o médico sabia, mas sentiu, principalmente, alívio por se ver dispensado.

— Acompanhe-o lá acima, por favor, Sarah.

O médico seguiu pelo corredor na direção das traseiras da casa.

— O Jarvis tratará de mandar buscar os seus pertences — disse por cima do ombro.

— Isso partindo do princípio de que tem alguns pertences que valha a pena mandar buscar — rematou o mordomo, fechando a porta.

Raven seguiu a criada escadas acima até um quarto do terceiro andar. A subida consumiu-lhe de tal modo o pouco que restava das suas energias que receou que ela tivesse de o agarrar pela lapela e arrastá-lo pelo último lanço de escadas. Ela seguiu apressadamente à frente dele para o quarto e colocou uma toalha sobre uma cadeira antes que ele pudesse sentar-se. Quaisquer preocupações por assim o ofender dissiparam-se perante o estado da roupa dele.

— Vamos ter de lhe dar um banho — disse ela, considerando, manifestamente, o estado dele uma afronta aos lençóis brancos bem engomados da cama. Há muito que Raven não via roupa de cama tão imaculadamente limpa. Nada mais desejava senão meter-se dentro dos lençóis, mas estava demasiado fraco para discutir. Sentou-se, de mãos na cabeça, só vagamente consciente da agitação em seu redor.

Quando ergueu de novo a cabeça, viu que uma banheira de quadril fora colocada diante do lume e enchida com água tépida. O mordomo ajudou-o a despir-se e ofereceu-lhe o braço para se apoiar enquanto transpunha a borda para entrar. Parecia haver pétalas e raminhos a flutuar na água, o que o levou fazer uma pausa, já com um pé dentro.

— Camomila, alecrim e alfazema — disse Jarvis, à guisa de explicação. — A Sarah diz que faz bem às nódoas negras. E ao pivete.

Raven sentou-se na água quente e fragrante e sentiu os seus músculos doridos começarem a relaxar. Não se lembrava de alguma vez ter tomado um banho assim. Em casa de Ma Cherry, enchia--se com relutância uma velha banheira metálica com água suficiente apenas para cobrir as nádegas e os pés. Parecia ainda ouvir a velha megera soltar suspiros e estalidos de boca enquanto trazia as latas, como se tomar um banho constituísse uma prática estranha e exótica em que ele inexplicavelmente insistisse. A avaliar pelo cheiro dela, era certamente uma prática estranha e exótica para a Sr.ª Cherry.

Tinham-lhe deixado uma esponja e uma barra de sabão ao alcance da mão, mas Raven não sentiu a menor vontade de se mexer. Permitiu ao seu olho são fechar-se e ofereceu-se o tempo de divagar. Ouviu passos a entrar e sair do quarto por umas duas vezes, mas optou por os ignorar. Sentiu então a esponja mover-se sobre a parte de cima dos ombros. Sabia que Jarvis o insultava ainda mais, implicitamente, ao fazer-lhe saber que não confiava nele para se lavar adequadamente, mas sentia-se demasiado exausto para se opor. Manteve, porém, os olhos fechados, por não lhe apetecer de todo ver o olhar de desagrado do mordomo enquanto levava a cabo a tarefa.

— Vai ter de se inclinar para a frente para eu lhe enxaguar o cabelo.

A voz era feminina. Raven endireitou-se e abriu o seu olho bom. Sarah, a criada, estava diante de si, segurando com ambas as mãos um jarro de grandes dimensões.

— O que pensa que está a fazer? — perguntou, baixando rapidamente as mãos para se cobrir.

Ela esboçou um sorriso afetado.

— A ajudá-lo a lavar-se — respondeu. — Não precisa de ficar envergonhado. Aqui em casa, tanto faço de enfermeira como de criada, por isso, o que quer que aí tenha, eu já vi.

Raven não pôde senão submeter-se, apesar de manter uma mão de guarda.

Sarah foi muito cuidadosa, talvez devido aos óbvios ferimentos dele — parecia ter contusões desde o esterno até ao osso púbico. Cheirava a chá, alfazema e linho acabado de lavar. Aromas limpos, aromas saudáveis, aromas da Cidade Nova.

O cabelo foi devidamente lavado, após o que Sarah se ofereceu para ajudá-lo a sair da banheira.

— Eu não sou inválido — objetou, em tom um pouco mais áspero do que a rapariga merecia.

Ela reuniu as roupas dele.

— Deixei-lhe uma camisa de dormir em cima da cama — disse, deixando-o a realizar sozinho a última das suas abluções.

Quando tentou realmente pôr-se de pé quase foi derrubado por um súbito acesso de vertigens. Sentou-se de novo e esperou que a cabeça deixasse de lhe andar à roda. Considerando a impressão que causara até agora no pessoal doméstico, não lhe apetecia ser encontrado prostrado no chão de rabo para o ar.

Levantando-se mais cautelosamente, conseguiu secar-se e enfiar-se na cama antes de Sarah entrar de novo no quarto, desta vez munida de um tabuleiro.

— Caldo de carne, pão e manteiga.

Pousou o tabuleiro e tirou do bolso uma latinha.

— Vou aplicar-lhe um pouco de salva na ferida. Está vermelhusca.

Sem esperar pelo seu consentimento, começou a aplicar-lhe na maçã do rosto um unguento de cheiro estranho. Aproveitando o facto de os olhos dela estarem concentrados no trabalho das mãos, ele permitiu-se fitar-lhe o rosto: as sardas do nariz, a curvatura das pestanas.

Por momentos, visualizou Evie diante de si, assim vestida, uma criada na Cidade Nova. Não conseguiu, porém, manter a imagem, que foi rapidamente substituída pela sua recordação do corpo contorcido dela.

Mais uma pega morta.

Enquanto Sarah guardava de novo o unguento no bolso e se inclinava para pegar na toalha molhada dele, Raven desejou que ela desse o devido valor à sorte que tinha.

OITO

A consciência apanhou Raven como numa emboscada, repentina e impiedosa. Era a segunda manhã consecutiva que acordava numa cama desconhecida, mas, desta vez, não era tanto o novo ambiente em seu redor que o desorientava, mas o que deixara para trás durante o sono. Estivera com Evie, e a essência dela a permear os seus sonhos fora tão vívida que, ao acordar, sentiu de novo a anormalidade da sua perda. Como podia ela ter desaparecido quando lhe parecia ainda tão real? Era como se pudesse caminhar até casa dela nessa mesma manhã e descobrir que a sua morte é que era o sonho.

Olhou o gelo na janelinha do quarto e sentiu-se imediatamente transportado a um dia gélido que tinham passado juntos no quarto dela, partilhando um pão seco empurrado com vinho, um dia em que só lhe abandonara a cama para ir à casa de banho. Não era a intimidade física que agora lhe ressoava no espírito, mas sim o calor da amizade, a companhia de alguém junto de quem podia deixar as horas escoar. Recordava agora as conversas que tivera com ela acerca das suas ambições, e das suas promessas de a ajudar assim que conseguisse um cargo de destaque.

Apanhara-a a fitá-lo, com aquele olhar imperscrutável no rosto. Sabia-lhe bem que ela o mirasse, ser o objeto do seu fascínio, apesar de não fazer a mais pequena ideia do que ela estava a pensar, nem das observações e segredos que guardava para si própria. Talvez estivesse sempre a ouvir promessas dessas. Quando ele falava assim, Evie aparentava aceitar que ele estava a ser sincero, mas isso não era o mesmo que acreditar nele.

— Estás sempre à procura de apanhar pancada por uma causa nobre, não estás, Will? — dissera ela, com a cabeça apoiada numa mão, e a outra a acariciar-lhe ternamente as costas. Parecia divertida, mas cheia de empatia. — Sempre à procura de uma batalha para travar.

O seu instinto foi o de negar, como fazem todas as pessoas quando alguém lhes mostra conhecê-las melhor do que lhes é confortável. Para Evie, porém, tal negação valeria como admissão de concordância, pelo que nada disse.

— Terá havido alguém especial que perdeste, e desde então procuras compensar?

— Não — respondera ele, dando graças por estar de costas voltadas para ela. A sua resposta era a verdade, mas, não obstante, uma mentira deliberada.

Por vezes, o combate que vencemos era o mais difícil de suportar.

Raven levantou-se e examinou o rosto ao espelho sobre o lavatório. Verificou com agrado que conseguia abrir ambos os olhos. Apalpou cuidadosamente ao longo da maçã do rosto, colorida de roxo devido ao hematoma que se estendia quase até ao queixo. A ferida permanecia mole, mas parecia limpa, sem sinais alguns de infeção em redor dos pontos. A salva que Sarah lhe aplicara parecia ter resultado muito eficaz. Se era um remédio concebido por ela, devia patenteá-lo, pensou para consigo. Ou talvez ele pudesse fazê-lo, depois de concluir o curso e poder colocar o seu *imprimatur* sobre o produto, na qualidade de médico de Edimburgo. Havia de lhe perguntar depois. Conseguir a patente de um novo remédio popular poderia revelar-se bastante lucrativo, em particular se realmente resultasse.

Lembrou-se da sua conversa da véspera com Simpson relativamente à procura de uma alternativa ao éter. O alívio de toda a dor e sofrimento constituía decerto uma nobre ambição, mas Raven duvidava de que tal fosse possível, mesmo com uma vontade inquebrantável, um desejo apaixonado, ou quaisquer outras devoções que motivassem Simpson. Não obstante, valia a pena percorrer qualquer caminho que lhe oferecesse uma saída da sua crónica penúria, muito em particular considerando a sua dívida a Flint. Simpson encontrar-lhe-ia um participante voluntário em quaisquer experiências que ele propusesse.

As suas malas tinham já chegado de casa da Sr.ª Cherry, e calças e camisa lavadas faziam-no parecer e sentir-se instantaneamente mais respeitável. A sua roupa da véspera parecia ter desaparecido. Perguntou-se se o mordomo a teria mandado queimar.

Esfregou o queixo com a mão. Com os seus dezanove anos de idade, não tinha uma barba dura, mas os pelos começavam a formar uma sombra, visto não se barbear há dois dias. Nunca se imaginara de barba, mas, olhando para o trabalho de cosedura de Henry, ocorreu-lhe que poderia precisar de deixar crescer o bigode, de modo a tapar a cicatriz.

Desceu à sala de jantar, que encontrou vazia, apesar de o lume ter sido aceso e a mesa posta, fazendo-o supor que não teria de esperar muito pelo pequeno-almoço. Era uma sala ampla, dominada por uma mesa de grandes dimensões e um aparador em mogno. Papel de parede ricamente ornamentado decorava as paredes e um par de reposteiros pesados de brocado de uma cor complementar pendiam dos lados das janelas. Uma gaiola com um grande papagaio cinzento estava junto à janela, presumivelmente para que a ave pudesse desfrutar da vista da rua e dos jardins além dela. O interesse do papagaio concentrou-se inteiramente em Raven, que mirou com o mesmo misto de curiosidade e desconfiança que o seu companheiro de casa Jarvis.

Na parte de cima do aparador, uma seleção de pratos de servir aguardavam por ser enchidos. Raven pegou num pimenteiro, que virou do avesso em busca da marca do fabricante. Daí resultou espalhar pimenta pelo aparador, a qual juntou na mão e depois atirou para a carpete. O papagaio soltou um guincho agudo, como que em sinal de reprovação.

Ao colocar o pimenteiro de volta no lugar, apercebeu-se de que uma das portas do aparador estava aberta, e curvou-se para satisfazer a sua curiosidade. A par de uma pilha de louça e uma volumosa terrina de sopa, descobriu vários maços de papéis com notas quase ilegíveis rabiscadas, como se escritas à pressa. Mais estranho ainda, observou igualmente um conjunto de frascos de vidro contendo uma grande variedade de líquidos límpidos. Estes estavam rotulados com uma escrita desta vez muito precisa, embora algumas das etiquetas estivessem esborratadas, presumivelmente devido ao manuseamento frequente. Éter nítrico, benzina, cloreto de hidrocarboneto. Para Raven, que fora um estudante de química quando muito mediano, os nomes não eram familiares. Retirou a rolha do frasco de benzina e cheirou. Tinha um odor pungente, que lhe causou uma ligeira tontura. Em face da sua recente enfermidade, achou melhor evitar, de momento, prosseguir a investigação.

Acabara de repor o frasco no armário quando a porta da sala de jantar se abriu e todos os residentes pareceram entrar.

— Sr. Raven. Que prazer encontrá-lo.

A mulher que o cumprimentara tinha um semblante aberto e agradável, mas parecia excessivamente pálida, como se não saísse de casa há bastante tempo. Vestia de preto, evidentemente por estar de luto. Raven interrogou-se por quem.

Sou a Sr.ª Simpson e esta é a minha irmã, *Miss* Wilhelmina Grindlay.

— Muito gosto em conhecê-la — declarou Raven.

Miss Grindlay pareceu momentaneamente desconcertada com a aparência dele, mas recompôs-se e sorriu-lhe.

— Pode tratar-me por Mina.

Mina era ligeiramente mais alta e magra do que a irmã, o que fazia, por comparação, os seus traços parecerem comprimidos. Parecia ter passado já o primeiro influxo da juventude, mas era ainda agradável aos olhos. Raven perguntou-se porque não teria ainda casado.

Às senhoras seguiu-se o pessoal doméstico, que se alinhou ao longo de uma parede. Raven permitiu-se olhar de relance Sarah, mas desviou o olhar de forma reflexa quando ela o olhou nos olhos. Era algo, na sua opinião, que os criados especificamente não deviam fazer. Perguntou-se para consigo se os Simpson permitiam maiores liberdades ao pessoal do andar de baixo, ou se, simplesmente, o estatuto dele não era considerado superior.

A sua atenção foi tomada pela chegada de um indivíduo seguramente não muito mais velho do que ele, mas que ostentava uma atitude de muito maior segurança e porte (para já não mencionar o fato de corte muito mais apurado). Tinha a postura de alguém que se sente confortável no seu meio e desfruta de grande confiança nos seus propósitos. Não se apresentou, ocupando, em vez disso, o seu lugar atrás de uma cadeira, enquanto esperavam o dono da casa.

O Dr. Simpson foi o último a entrar, desejando os bons-dias a todos os presentes e ocupando o seu lugar à cabeceira. Abriu uma grande Bíblia encadernada em cabedal e leu um trecho dos Salmos. Todos reclinaram então a cabeça durante alguns minutos de oração em silêncio. Para o estômago vazio de Raven, isso constituiu um atraso incómodo, mais frustrante ainda pelo facto de nunca se ter sentido muito inclinado para as coisas de Igreja. Não estava certo, sequer, de acreditar em Deus. (No diabo, isso era outra questão.)

O médico acabou por dar o seu ámen, e o pessoal abandonou a sala. Raven desejou que isso fosse o prelúdio do seu regresso trazendo comida. Quando a porta se abriu de novo, porém, foi o cão que fez a sua entrada, seguido por dois rapazitos que o perseguiram em volta da mesa, e de cujos chamamentos por entre risos ficou a saber que o nome do animal era *Glen*.

Ouviu aproximarem-se passos pesados e apressados, e teve de suster um sorriso perante o aspeto atormentado da ama dos rapazes, que parecia mortificada por terem escapado à sua guarda. Raven sentiu-se culpado pelo seu divertimento ao esperar pela repreensão que decerto teria lugar. A quem se destinaria esta, aos rapazes ou à ama, constituiria um detalhe revelador. Simpson, porém, respondeu com uma gargalhada estrondosa, à qual quase todos reagiram com igual boa disposição, levando o cão a ladrar de excitação antes mesmo de o maldito papagaio se juntar à festa.

Quase todos, note-se. Houve uma exceção. O jovem bem vestido limitou-se a um suspiro cansado, enquanto esboçava um sorriso simbólico tão escasso como as papas de aveia da Ma Cherry.

Simpson acalmou o cão com uma palmadinha afetuosa na cabeça. A cauda abanava como um metrónomo. Os rapazes barulhentos foram igualmente acalmados pelos gestos ternos de mãos do pai, antes de serem levados, totalmente sossegados, pela ama grata. O sucedido suscitou em Raven uma sensação amargo-doce, mas, antes que conseguisse analisá-la, os seus sentidos concentraram-se na chegada de travessas nas quais se amontoavam salsichas, ovos, arenque fumado e pão acabado de cozer.

Raven olhou tudo com água na boca, esperando que Simpson colocasse o guardanapo, como dica para começarem. O médico estendia o garfo para alcançar uma salsicha quando, subitamente, fez uma pausa e o pousou novamente.

— Então não é que me esqueci. Apresentações! James, este é o meu novo estagiário, Will Raven. Will, este é o Dr. James Duncan, recém-chegado de Paris.

Raven preparava-se para estender a mão quando se apercebeu de que a de Duncan permanecia imóvel a seu lado. Não tinha a certeza de estar do lado certo da etiqueta, mas do que não duvidava era de que o Dr. James Duncan o avaliava como inferior, entendendo--se por «avaliava» a forma como se observa alguém através de um telescópio.

Se Raven fosse do género de se sentir melindrado, a atenção teria sido aliviada pelo facto de Simpson ter finalmente convidado todos a começar a comer. A bem das aparências, não encheu ostensivamente o prato, mas, mesmo assim, serviu-se provavelmente de mais do que alguma vez desde a sua última visita à mãe. Estava certo de que lhe saberia muitíssimo melhor sem o tio a recordar a todos quem pagara.

— Dr. Duncan, ando para lhe perguntar, mas esqueço-me sempre — ensaiou *Miss* Grindlay, inclinando-se sobre a mesa. — Tem alguma relação com o Sr. Duncan, da Duncan e Flockhart de Princes Street?

Duncan lançou-lhe um olhar que indicava achar a pergunta manifestamente estúpida.

— Não. Embora, segundo sei, tenham vendas assinaláveis de éter desde a sua descoberta. — Concluiu a resposta voltado para Simpson, de modo a mudar de tema.

Raven, porém, decidiu mantê-lo.

— E tem alguma relação, já agora, com o Dr. Duncan, cirurgião no Infirmary?

A pergunta granjeou-lhe um olhar azedo, de que Raven tinha a certeza o outro possuir vasto repertório.

— Mais uma vez, não. Parece haver, de momento, uma superabundância de Duncans em Edimburgo. Estou até a ponderar acrescentar o nome de solteira da minha mãe ao meu, de modo a distinguir-me.

— E qual passará a ser o seu nome nesse caso? — inquiriu Mina.

— James Matthews Duncan.

— Soa de facto muitíssimo distinto — opinou a Sr.ª Simpson. — Agora vai ter de dar algum contributo notável à medicina, para ser digno de um nome desses.

— É essa a minha intenção — retorquiu ele liminarmente.

Raven viu no comentário mais uma iniciativa no sentido de eliminar contributos irrelevantes vindos do lado feminino, mas representava, na verdade, uma mera abertura. Depois de Duncan engolir o único ovo cozido que frugalmente escolhera da cornucópia que tinha diante de si, passou à apresentação das suas credenciais, no fim das quais Raven tinha uma perspetiva gritante de quão potente teria de ser o tal telescópio.

Duncan estudara medicina em Aberdeen e Edimburgo, conquistando o seu diploma de licenciatura com apenas vinte anos, o que exigira alguma forma de autorização especial. Viajara então para Paris a fim de aprofundar os seus estudos e, enquanto aí permanecera, levara a cabo extensos exames patológicos a mulheres mortas no parto, considerando-se a si próprio especialista nas inflamações da pélvis feminina. Falava fluentemente alemão e francês e traduzira para esta última língua o artigo do Dr. Simpson, «Notas sobre a Inalação de Éter Sulfúrico», o que, naturalmente, lisonjeara o seu anfitrião e desempenhara decerto um papel importante na oferta que o professor lhe fizera de um lugar como seu assistente.

— Vim para cá com o objetivo de descobrir um xarope soporífero melhor do que o éter — declarou, o que, do ponto de vista de Raven, pôs fim à questão, uma vez que começava então mesmo a alimentar a ideia de que essa poderia ser a sua própria via para o sucesso.

Raven percebeu que James Matthews Duncan lhe iria ser insuportável. Tinha a atitude típica de um jovenzinho que nunca foi esmurrado em cheio na cara por um comentário menos refletido. Instintivamente, sentiu que poderia ser ele a colmatar essa lacuna.

Ao grupo em breve se juntou outro cavalheiro, que se desculpou pelo atraso (devido ao facto de ter vindo a pé de sua casa, em Howe Street), insistindo em que ninguém se levantasse. Aparentava ser alguns anos mais velho do que Raven, alto e aprumadamente vestido, com a calvície em progressão e barba completa. Via-se que era bem conhecido da família, visto ter-se sentado à mesa sem esperar por um convite, e Sarah prontamente lhe ter servido chá.

— Este é o meu sócio, o Dr. George Keith — explicou Simpson, antes de concluir a apresentação.

O Dr. Keith estendeu a mão sobre a mesa para cumprimentar Raven, fazendo uma pausa momentânea enquanto escrutinava a sua aparência.

— Que diabo lhe aconteceu? — inquiriu, sem se deixar tolher pela delicadeza, como as senhoras sentadas à mesa.

— Fui atacado por ladrões na Cidade Velha — respondeu Raven. — Assaltaram-me à noite e arrastaram-me para um beco. Tentei dar-lhes luta, mas isso revelou-se um erro. Levaram-me todo o dinheiro que trazia comigo, que era uma soma razoável, assim como o meu relógio. Por isso, além de esmurrado e cheio de nódoas negras, fiquei sem dinheiro e sem tempo.

Riu-se do seu próprio gracejo polido, como que a trivializar o seu estado. Ninguém se lhe juntou.

— Que coisa horrível para si — disse Mina, mostrando-se genuinamente confrangida com a infelicidade dele.

— Está, portanto, mal de finanças? — perguntou Simpson. — Estou certo de que posso dar uma ajuda.

— Oh, não, de todo. Não poderia aceitar — retorquiu.

As palavras brotaram-lhe dos lábios antes que sequer tivesse a noção de as pronunciar. Percebeu de imediato que a sua recusa da oferta de Simpson lhe acarretaria um custo. Vivendo ali, teria alojamento e alimentação, mas, além disso, dispunha apenas de uma pequena soma que lhe restara dos seus pertences trazidos da casa da Sr.ª Cherry. Seguramente insuficiente para manter ao largo Flint e as suas criaturas.

No entanto, após ter aparecido ensanguentado e contundido, não lhe apetecia que os seus anfitriões soubessem igualmente que estava depauperado. Para ser respeitado pelos que tinham dinheiro, era imperativo fazê-los pensar que também o tinha. Era um logro em que se tinha tornado versado, mas era fácil disfarçar a penúria quando se era um estudante a viver entre os seus pares.

– Bom, então, pelo menos, deixe-me emprestar-lhe um relógio até conseguir substituir o seu — insistiu Simpson.

— O senhor é muito amável. Muito obrigado.

Raven ponderava a possibilidade de repetir um pouco de tudo e perguntava-se quanto conseguiria ganhar a vender salsichas roubadas quando George Keith lhe pousou a mão sobre o ombro.

— Acho que está na hora de começarmos, não lhe parece? Quando passei na sala de espera, à vinda para cá, eles já estavam a rebentar-lhe pelas costuras.

— Eles, quem?

— Os pacientes — respondeu Keith, mantendo a porta aberta. — Os nossos consultórios são por aqui.

Raven seguiu obedientemente as indicações, não sem reparar, porém, que Duncan permanecia no seu lugar, com o seu miseravelmente ascético pequeno-almoço ainda à sua frente, enquanto continuava a conversar com Simpson.

— As obrigações do Dr. Duncan estão confinadas ao campo da investigação — explicou Keith. — Você deverá prestar-lhe assistência, mas as manhãs estão reservadas ao trabalho clínico.

Raven seguiu-o para fora e para lá das escadas, onde uma mulher embrulhada num xaile encardido estava sentada a amamentar uma criança sebenta.

— O Dr. Simpson vê os doentes aqui, em sua casa? — interrogou.

— Sim. Aparecem todas as manhãs e tiram à sorte a ver quem é atendido primeiro. Isso, a não ser que haja um caso manifestamente urgente.

— Não há um livro de marcações?

Keith apontou para a têmpora.

— O Dr. Simpson insiste em que consegue fixar todas as consultas e visitas importantes.

— E consegue de facto?

— Keith sorriu. — *A maior parte* das vezes — retorquiu. — E quando se esquece, os pacientes, em geral, perdoam-lhe.

— Mas porquê vê-los aqui? — Pensou para consigo que, se algum dia possuísse uma casa semelhante, nunca permitiria que a plebe desfilasse pelo seu átrio de entrada.

— Por uma questão de conveniência, imagino eu. O professor não é o único a ter consultórios no seu local de residência, apesar de muitos dos seus colegas preferirem manter os pacientes à distância. O professor Syme, por exemplo, vive em Morningside, bem distante dos pacientes aos quais dá assistência.

Raven foi convidado a entrar numa pequena sala com uma secretária e duas cadeiras.

— Quando estiver pronto, chame um paciente e a Sarah fá-lo entrar. Eu estou mesmo na porta ao lado. Se vir qualquer coisa de estranho ou fora do comum, diga-me. As coisas raras, o Dr. Simpson gosta de as ver pessoalmente. Ele encarrega-se dos doentes do andar de cima. Os que pagam as grandes maquias.

— Então e que maquias pagam aqueles que nós vemos? — inquiriu Raven, pensando para consigo que seria, pelo menos, melhor que nada.

— As maquias invisíveis.

Raven atendeu uma grande variedade de queixas, principalmente de mulheres e crianças: gargantas doridas, dores de ouvidos, tosses, entorses e doenças de pele. Julgara que o Dr. Keith estaria presente para supervisionar os seus diagnósticos e prescrições de medicamentos, mas rapidamente percebeu que não havia tempo para uma tal duplicação de obrigações. Não tinha a exata certeza de qual se esperava que fosse a contribuição de Sarah para tudo isto, particularmente considerando que, de cada vez que ele aparecia, a achava recostada numa cadeira junto à porta a ler um livro.

— O que está a fazer? — perguntou.

Ela levantou os olhos do livro, com uma expressão do rosto que sugeria estar a conter diversas réplicas impertinentes.

— Estou a ler um romance. — Retrocedeu à página do título. — Da autoria de alguém chamado Currer Bell.

— Um romance?

— Sim. Chama-se *Jane Eyre*. Já leu?

Raven sentiu-se exasperado.

— Acha que um homem tem tempo para ler romances quando está a estagiar para ser médico?

— Tenho a certeza de que o Dr. Simpson tinha.

Guardou o livro no bolso e levantou-se da cadeira.

— Vou mandar vir o próximo paciente, pode ser?

Raven ficou sem saber o que dizer enquanto ela chamava um homem calvo com uma erupção cutânea incrivelmente intensa. Não era aquele o comportamento que imaginava no pessoal doméstico. O seu tio certamente não o toleraria, mas esse pensamento fê-lo refletir. Se usasse Malcolm, *o Avaro*, como bússola do seu comportamento, em breve estaria perdido.

Voltou para o seu consultório e sentou-se diante do paciente seguinte, um desgraçado afligido pela possibilidade de a sua doença de pele em breve o levar à morte. Raven diagnosticou o problema como uma erupção de psoríase e receitou-lhe um unguento calmante para lhe aliviar o ardor intenso. Antes sequer de o aplicar, o homem pareceu sentir algum alívio, pelo simples facto de a causa dos seus sofrimentos ter recebido um nome. Raven suspeitou de que esse efeito poderia não ser tão eficaz caso o homem soubesse da reduzida experiência do seu «médico», mas não deixou de se sentir satisfeito por poder ajudar.

Acompanhou o homem à saída do consultório e regressou à zona de espera, onde o número de doentes parecia ter aumentado. O mesmo acontecera, em nível considerável, ao volume do ruído. Alertada pelo seu aparecimento, ficou pasmado por ver Sarah enfiar de novo o livro no bolso, enquanto se levantava. Se nem sequer estava atenta, ele não via necessidade de ser ela a selecionar o paciente seguinte, quando era perfeitamente capaz de realizar ele próprio essa avaliação.

Nem de propósito, a sua atenção foi imediatamente atraída por um homem mal vestido sofrendo de ataques convulsivos de tosse, numa agitação debilitante que direcionava para um lenço particularmente imundo. Em circunstâncias normais, o barulho resultante teria desestabilizado a sala, mas nesse momento foi praticamente abafado pelos sons de três crianças próximas, duas das quais choravam, enquanto uma terceira guinchava com deleite perante o volume que descobrira que a sua voz podia atingir.

Preocupado com a possibilidade de tuberculose, e ansiando por interpor ao menos uma porta entre os seus ouvidos e aqueles intoleráveis gritos, Raven instruiu o homem a segui-lo.

Sarah colocou se entre ambos, assinalando ao homem que ficasse sentado.

— Sr. Raven, esta mulher aqui é que é a sua próxima paciente — disse-lhe, enquanto, para sua crescente irritação, o homem da tosse recuava obedientemente.

— Como é que é o seu nome? — inquiriu, quase sem fôlego de incredulidade.

— Sarah — respondeu ela, mal se conseguindo fazer ouvir sobre o som do choro das crianças.

— Sim, esse eu já sei. O seu apelido.

— Fishcr.

— E é criada de dentro, *Miss* Fisher, não é?

— Sou, sim, senhor.

— Nesse caso, que razão pode ter para contradizer as minhas instruções relativamente ao paciente que será visto de seguida?

— Eu tenho a incumbência de avaliar os presentes na sala de espera e de recomendar a ordem de urgência pela qual devem ser admitidos à consulta.

Teve de levantar a voz para se fazer ouvida, o que, Raven tinha a noção, não constituía o espetáculo mais apropriado à frente dos doentes. Ainda assim, algumas lições aprendem-se melhor em público.

— A menina pode *recomendar* uma ordem de atendimento, mas, se eu chamar determinado paciente, não deve esquecer-se de que o meu conhecimento destas questões supera consideravelmente o seu.

Alertado pela altercação, o Dr. Keith apareceu na zona de espera e aproximou-se para inquirir acerca da disputa.

— Eu pretendo atender este homem que sofre do que pode revelar-se uma doença grave do peito — explicou Raven, quase gritando para se sobrepor ao clamor de vozes infantis, mas desproporcionadamente sonoras, que enchiam o corredor. — A criada de dentro, porém, parece estar convencida de que tem um olho mais apurado para o diagnóstico do que o meu e insiste em que dê prioridade àquela mulher ali, que parece não sofrer de nada mais perturbador do que ter demasiados filhos ao seu cuidado.

O Dr. Keith voltou-se para olhar Sarah, e de novo para Raven.

— Refere-se à mulher acompanhada dos seus três catraios cujo barulho nos faz ter dificuldades em nos ouvirmos os mesmos?

— Essa mesma.

— E cuja ausência subsequente faria da sala de espera um local consideravelmente mais sossegado e agradável?

Raven sentiu um súbito ardor no rosto enquanto os múltiplos elementos da sua humilhação se acumulavam. Fizera figura de parvo, ainda por cima passando por arrogante, e fora ridicularizado por uma empregada doméstica à frente do Dr. Keith. Pior, só se a cena tivesse tido lugar com o próprio professor.

NOVE

Sarah vagueava ao longo de Princes Street vários passos atrás de Mina, o que lhe proporcionava uma visão desimpedida da terra que se agarrava à saia da patroa. Na verdade, varria efetivamente o passeio com os seus inúmeros saiotes. Sarah acrescentou a lavagem destes à lista interminável de tarefas que estava obrigada a concluir até ao final do dia. Lembrou-se de Sísifo, com o seu pedregulho gigante, condenado por toda a eternidade a cumprir uma tarefa em última análise totalmente desprovida de sentido.

Mina vestira-se com especial cuidado nessa manhã, muito provavelmente em honra do novo estagiário do médico, mas lamentava agora, talvez, os seus esforços, considerando que o homem em questão se assemelhava mais a um malandro da rua do que a um praticante das artes curativas. Sentir-se-ia seguramente desapontada, ao ver evaporar-se no éter mais uma oportunidade de escapar à sua condição sufocante de solteira.

Mina questionara Sarah a respeito de Raven nessa manhã, antes do pequeno-almoço, e esta sentira-se tentada a fazer-lhe um relatório físico detalhado, como lhe permitia o facto de o ter ajudado a tomar banho. Tendo já estudado os compêndios de anatomia do Dr. Simpson, Sarah poderia ter identificado diversos grupos musculares na compleição delgada de Raven: *pectoralis major*, *latissimus dorsi*, *gluteus maximus*. Do ponto de vista anatómico, era um belo espécime de homem. Já a sua personalidade era outra questão.

O pouco tempo que passara desde que o conhecera fora suficiente para identificar em Raven um exemplar típico da sua espécie: egocêntrico e propenso à arrogância, convencido de que os seus estudos o colocavam acima daqueles que tinham tido menos oportunidades na vida. Pensou na arrogância com que descartara o conselho dela na clínica. Em breve ficaria a saber que mais valia tê-la como amiga do que como adversária, mas estava preparada para ser qualquer de ambas — tudo dependia dele.

O comportamento dele poderia ser típico, mas a sua aparência quedara-se, definitivamente, abaixo das expectativas. À sua chegada à porta de entrada, mais parecia ter sido atacado por um cão raivoso. A Sr.ª Lyndsay e Jarvis não conseguiam encontrar uma explicação cabal para o professor dar emprego a um homem assim, e muito menos para lhe permitir viver em sua casa. Sarah imaginou que Mina, soubesse ou não a razão, teria provavelmente uma opinião sobre o tema, pelo que arriscou fazer-lhe a pergunta.

— É costume o professor aceitar um estagiário como o Sr. Raven?

Mina deteve-se.

— Aceitar um estagiário, sim. Como o Sr. Raven, não.

— Porque acha que ele o fez? — insistiu, enquanto Mina retomava o passo. — O Sr. Raven parece pouco... — fez uma pausa momentânea em busca de uma palavra adequada — ... respeitável.

— Uma opinião forte, saída da boca de uma criada, Sarah. Neste caso, porém, estou de acordo. Pode ser que o meu cunhado tenha chamado a si a missão de salvar esse jovem, de o resgatar das suas circunstâncias. Será, talvez, uma forma de expressar o seu luto.

— Luto? Como assim?

— Um dos maiores médicos de Edimburgo perdeu dois dos seus filhos, impotente face a febres infeciosas. Se não conseguiu salvá-los, não obstante todos os seus conhecimentos e feitos profissionais, talvez possa mitigar a dor assegurando a salvação de alguém.

Sarah fez uma pausa momentânea para reacondicionar alguns dos pacotes que transportava. A explicação avançada por Mina parecia certamente bastante plausível, apesar de não coincidir com a que lhe ocorrera a ela. Teria o médico visto em Raven algum elemento merecedor de salvação? Se assim fosse, ela seria porventura obrigada a procurar os atributos que o recomendavam aos olhos do professor, mas até agora permaneciam ocultos aos seus.

Deslocou parte da carga de um braço para o outro. Nenhum dos pacotes era particularmente pesado, mas, juntos, não eram fáceis de carregar. Estava sobrecarregada pelas necessidades da vida embrulhadas em papel castanho: resmas de tecido, renda e linha de bordar. Sarah preferia de longe ir às compras com a Sr.ª Simpson. Raramente ocorriam e limitavam-se a alguns, poucos, estabelecimentos, uma vez que a Sr.ª Simpson era eficiente a fazer compras e pouco dada a gastar o seu tempo a regatear sobre fitas e folhos.

Tinham ido já à costureira, à modista e, evidentemente, à Gianetti e Filho de George Street, perfumistas da rainha. Mina raramente aí comprava alguma coisa, mas era visita frequente, experimentando aromas e conversando com o Sr. Gianetti. A conversa desse dia centrou-se num assassinato e escândalo relatados no jornal do dia.

— Um cavalheiro de Glasgow foi considerado culpado da morte da mulher — disse Mina. — E aquilo que o levou a cometer o crime, segundo parece, foi que ele tinha iniciado uma relação com uma das criadas. Além disso, especula-se que já tinha assassinado uma criada por estar grávida dele. Parece que a rapariga morreu num incêndio, no seu quarto, trancado de fora.

Sarah não achou que a palavra «cavalheiro» se pudesse aplicar a uma tal criatura, mas, a avaliar pelo tom de Mina, dir-se-ia que a relação com a criada é que constituía a verdadeira afronta aos valores da decência.

Mina gastou a sua habitual meia hora a experimentar diversos aromas antes de decidir não poder efetuar uma compra tão dispendiosa, por a sua mesada não chegar para tais luxos. Teria de se conformar, queixou-se a Sarah enquanto saíam da loja, com a sua marca habitual de água-de-colónia e de água de lencinho da Duncan e Flockhart, onde o Dr. Simpson tinha conta aberta.

— Anseio pelo dia em que possa ser senhora da minha própria casa — disse Mina. — No meu estado atual, sou apenas um fardo para a minha família.

Ao retomarem o caminho ao longo de Princes Street, Mina chamou Sarah para caminhar a seu lado, sinal de que tinha algo a discutir com ela.

— Já acabaste de ler o *Jane Eyre*? — perguntou.

— Não, minha senhora — respondeu Sarah, preparando-se para o desapontamento de Mina. O tempo era tão escasso, em especial com luz do dia, e continuava incomodada com a resposta de Raven quando a vira a ler entre casos.

— Mas avançaste alguma coisa?

— Sim. Vou mais ou menos a meio.

Pareceu-lhe satisfatório, e começou a interrogá-la acerca das suas impressões de leitura. Era um aspeto que Sarah apreciava em Mina. Uma leitora extraordinária e capaz de analisar com mente viva livros e poesia, e mesmo assim ansiava sempre pelas perspetivas de Sarah. Suspeitava que isso se devia à falta de um companheiro adequado com quem discutir tais temas. Mina convivia bastante, mas considerava, compreensivelmente, muitas das mulheres que visitava intelectualmente inferiores, preocupadas apenas em falar de maridos e filhos — segundo os casos, reais ou imaginários.

— Acho a heroína corajosa e com uma força de vontade impressionante — opinou Sarah.

Da expressão de Mina inferiu que esta não partilhava a sua opinião.

— Pois eu acho-a bastante frustrante — observou Mina. — Embora, refletindo um pouco, partilhe certas das suas características. E aquilo que podem parecer decisões determinadas a uma mulher mais jovem parecerão antes desvarios à luz da sabedoria que advém da experiência.

— O que é que considera desvarios, minha senhora?

— Tive o receio de que ela estivesse a ser demasiado exigente relativamente àquilo que requeria num marido, com o perigo daí resultante de poder acabar sem marido nenhum. A coisa termina razoavelmente bem para ela, como só pode acontecer no domínio da literatura, mas o mundo real, em geral, não é tão benévolo.

Sarah sabia que Mina sofrera mais do que uma desilusão romântica; promessas feitas, para depois serem quebradas. Sabia igualmente que houvera pretendentes que Mina considerara abaixo das suas expectativas, algo que Sarah admirava nela.

— Ainda não acabei a história, mas não será melhor para uma mulher ficar sozinha do que casada com um homem inadequado? Alguém que não corresponda aos padrões que ela estabeleceu, quaisquer que eles sejam?

— Essa é uma pergunta que faço a mim própria cada vez mais à medida que os anos passam. Eu não admitiria um homem inadequado, mas tenho de admitir que aquilo que considero adequado se alterou. Há muito que descartei as ideias insensatas da minha juventude. Acho que há muito a dizer em favor de um casamento marcado pelo companheirismo: um homem que respeito, cujo trabalho admiro e cuja casa me orgulharia de dirigir. Confesso que, neste particular, sinto inveja da minha irmã. Tem tudo isso junto de um homem que verdadeiramente ama, e que verdadeiramente a ama a ela.

Sarah sentia-se lisonjeada por ser objeto de tamanha sinceridade, mas a sensação só perdurou até se lembrar de que Mina só se sentia à vontade para ser tão aberta com ela pelo facto de Sarah ser irrelevante. Nunca seria tão franca com alguém de estatuto social elevado.

A seguir a um desvio para a Kennington e Jenner para admirar as sedas, chegaram ao exterior da drogaria. Era um estabelecimento com o qual Sarah estava muito familiarizada e pelo qual nutria algum afeto. Era frequentemente enviada até lá em recados, uma vez que o consultório do Dr. Simpson necessitava constantemente de artigos como compressas, emplastros, pomadas e unguentos.

O Sr. Flockhart era cirurgião, bem como farmacêutico, e tanto ele como o seu sócio, o Sr. Duncan, tinham muitos amigos entre os médicos da cidade. Eram cavalheiros inteligentes e inovadores: excelentes químicos práticos capazes de se dedicar à produção de qualquer produto médico. Além disso, segundo o Dr. Simpson, os resultados obtidos obedeciam invariavelmente aos mais elevados padrões de qualidade. Sarah não estava habilitada a avaliar tais questões, mas considerava o Sr. Duncan um homem amável, sempre disposto a partilhar a sua sabedoria relativamente às propriedades curativas de certas plantas medicinais que cultivava no seu horto, às portas da cidade.

Ao empurrar a porta, a sineta tiniu e ela sorriu para si própria. Aquele era um dos seus locais preferidos em Edimburgo.

A loja estava dominada por um balcão com tampo de mármore, por detrás do qual as prateleiras continham fileiras de frascos de vidro até ao teto. Dentro delas havia pós, líquidos e óleos de nomes exóticos. Alguns eram-lhe familiares — ipeca, glicerina, cânfora — enquanto outros estavam rotulados com designações latinas abreviadas que não conseguia decifrar.

Quando entraram, o ajudante pesava cuidadosamente um pó numa balança de latão. Levantou o olhar e deu uma piscadela de olhos a Sarah, com uma expressão simultaneamente lasciva e presumida. Sarah odiava ter de lidar com aquele espécime. Maior que a sua lascívia, apenas a sua estupidez. Não tinha a certeza do efeito que ele esperava da sua piscadela de olhos: se devia sentir-se intimidada pelo seu à-vontade ou vacilar deleitada.

— Boa tarde, Sr. Ingram — disse ela, exibindo-lhe um sorriso tão amplo e confiante como pouco sincero.

O Sr. Ingram rapidamente perdeu a concentração e o pó que pesava espalhou-se pelo balcão. Parou o que estava a fazer e dirigiu-se apressadamente à sala de confeção, na parte de trás da loja, presumivelmente para encontrar alguém mais competente capaz de ajudar. O Sr. Flockhart apareceu oportunamente.

— Minhas senhoras — disse ele, abrindo os braços como se se preparasse para as abraçar. — Em que vos posso ser útil?

O Sr. Flockhart era um homem alto, tão efervescente como os pós para o estômago que comercializava. Era um grande entusiasta dos eventos sociais e festas e, nessa qualidade, tinha sempre histórias a contar e coscuvilhices a partilhar. Mina dirigiu-se-lhe imediatamente.

O Sr. Duncan, entretanto, apareceu vindo das trasciras, presumivelmente para resolver a confusão deixada pelo seu assistente.

— Precisa de alguma coisa hoje, Sarah? — perguntou ao aproximar-se do balcão.

— Hoje não, obrigada.

O Sr. Duncan apercebeu-se do rosto cansado dela e sugeriu que pousasse os pacotes numa cadeira, a um canto da loja. Olhou de relance Mina, que conversava entusiasticamente com o Sr. Flockhart.

— É capaz de não sair tão cedo.

Depois de ela se libertar dos seus pacotes, o Sr. Duncan disse-lhe:

— Tenho uma coisa para você provar. Tenho andado a fazer experiências com um produto novo feito a partir de açúcar em pó e com sabor a limão e água de rosas.

Estendeu-lhe um pedaço de papel-manteiga contendo dois confeitos de forma circular, um cor-de-rosa e o outro amarelo, cada um dos quais com um pequeno padrão em forma de coração impresso de um lado. Sarah provou um de cada vez. Efervesceram-lhe na língua e adoçaram-lhe a boca. Fechou os olhos por momentos. Quando os abriu de novo, o Sr. Duncan sorria-lhe.

— São maravilhosos! — disse ela. — Como é que se chamam?

— Ainda não decidi — disse ele, embrulhando mais uns quantos para ela levar para casa.

Sarah pegou no embrulho que lhe fora oferecido e enfiou-o rapidamente no bolso, pensando para consigo que se Mina o visse, poderia levantar objeções. Tinha regras de etiqueta que desafiavam qualquer explicação racional, e que aplicava com vigor e capricho em graus iguais. O único elemento consistente parecia ser o de interferirem com o que quer que Sarah pudesse dizer ou fazer a qualquer momento.

O assistente júnior ainda não reaparecera e Sarah perguntou-se se ele estaria a ser punido algures — talvez forçado a produzir uma porção volumosa de um unguento particularmente pungente e malcheiroso. Esperava que assim fosse. Ficou a ver o Sr. Duncan limpar o pó derramado sobre o balcão. Transferiu parte dele da balança para um almofariz e começou a triturá-lo.

— O que procuram quando admitem um novo assistente? — perguntou, pensando no idiota do rapaz que já conseguira lugar na loja.

O Sr. Duncan fez uma pausa antes de responder e olhou para a parte de trás da drogaria como que a procurar lembrar-se.

— Exigimos que a pessoa saiba ler e escrever bem — explicou, continuando a moer com o seu pilão. — Tem de ter um bom domínio da aritmética, para calcular corretamente os totais nas notas de venda. Tem de ser diligente e ter boa apresentação.

Fez nova pausa e sorriu.

— Conseguir decifrar gatafunhos também é útil. Alguns dos nossos clientes escrevem as suas encomendas em pedaços de papel e nem sempre dominam especialmente bem a palavra escrita. Empurrou para Sarah um pedaço de papel sujo de fuligem. Nele estava escrito com letra infantil: «Água de cianeto para buços».

Sarah foi incapaz de decifrar. Olhou o Sr. Duncan e encolheu os ombros.

— Água de aneto para soluços — disse ele, rindo. — Porque pergunta pelo lugar de assistente? Conhece alguém que pudesse estar interessado em trabalhar aqui? Um irmão, um primo, se calhar?

Sarah pensou por minutos nas suas próprias capacidades. Tinha mão firme, boa cabeça para números (conferia sempre os livros de contas da Sr.ª Lyndsay antes de serem entregues à Sr.ª Simpson e raramente deixava passar erros) e conhecia já uma grande variedade de remédios à base de ervas. Olhou Mina, que experimentava um creme de mãos e ignorava em absoluto a conversa de Sarah. Pensou no trabalho fastidioso de Queen Street e na obsessão da Sr.ª Lyndsay em não lhe permitir envolver-se nos aspetos mais interessantes das suas funções.

— Estava a pensar em mim própria — disse ela.

— Em si própria? — repetiu ele.

Sarah endireitou-se e levantou o queixo.

— Sim, em mim. Porque não?

O Sr. Duncan lançou-lhe um olhar compungido.

— Sarah — disse ele —, um assistente nosso tem de inspirar confiança aos nossos clientes e, para isso, tem de ser um homem.

DEZ

Ao fim de poucos dias, Raven já se habituara a dirigir-se à Cidade Velha na carruagem do Dr. Simpson, um luxo que o poupava à ansiedade que o afligia agora (ou, eventualmente, apenas a adiava). As suas obrigações enquanto estagiário de Simpson implicavam igualmente dar assistência às palestras do professor na universidade. Nessa ocasião, teria de lá chegar antecipadamente, com vista a preparar uma demonstração prática enquanto o médico se ocupava de um caso em Balerno.

O seu medo era especialmente perturbador pelo facto de constituir uma sensação não familiar num ambiente inteiramente familiar. Estas ruas haviam sido o seu lar ao longo de quase sete anos: conhecia bem os respetivos perigos, mas isso não significava necessariamente ter medo. Ali, nunca se sentira assustado.

Chegara ali pela primeira vez com treze anos de idade, quando fora inscrito na escola George Heriot, um estabelecimento «para rapazes pobres órfãos de pai». Era uma oportunidade educativa que, até aí, teria excedido largamente os seus meios, uma consolação imprevista decorrente da tragédia que em tudo o resto tornara tão difíceis as circunstâncias da sua família. Raven não deixou de notar para consigo que morrer constituíra o contributo mais substantivo que o seu pai algum dia fizera para lhe providenciar um futuro.

Recordou quão timidamente se aventurava na vizinhança próxima, assombrado pelas histórias que os rapazes mais velhos contavam para assustar os mais pequenos. Mas Raven sempre se sentira tentando a explorar aquilo que temia, para já não mencionar aquilo que pudesse parecer interdito. Quando se tornou aluno da universidade (com as propinas exigidas arrancadas a ferros depois de prolongadas negociações com o seu parcimonioso tio), já se sentia como um nativo da Cidade Velha, ainda que não se sentisse aí inteiramente em casa.

Mais adiante, o santuário do pátio da universidade orientava-o no escuro. Sentia que estaria seguro dentro dos seus muros, particularmente à luz do dia; ou, pelo menos, de dia. A cidade toda permanecia envolta num nevoeiro sufocante que recusava levantar-se, apesar de passar já do meio-dia.

A partir do momento em que atravessou a North Bridge, não deixou de olhar em volta, atento à eventual presença de Weasel e Gargântua, embora, juntamente com Peg, esses fossem os únicos capangas de Flint a quem sabia que devia estar atento. Gargântua, pelo menos, não deveria ter dificuldade em vê-lo aproximar-se, sendo, como era, porventura a criatura mais conspícua de Edimburgo. Que sinistra doença se abatera sobre o sujeito? Dada a natureza do seu único encontro, Raven não se sentia inclinado a ter compaixão pela sina do monstro, mas, enquanto praticante de medicina, sabia-o seguramente atormentado. Não era simplesmente grande: partes do seu corpo haviam continuado a crescer quando deviam ter parado, o que não constituía bom augúrio para o indivíduo. Infelizmente, era pouco provável que morresse a tempo de salvar Raven e, mesmo que tal sucedesse, Flint não teria dificuldade em encontrar um substituto à altura.

Tinha tentado tranquilizar-se ponderando racionalmente a sua situação. Tinham passado ainda poucos dias desde que Weasel o agarrara: seguramente não esperavam que a sua situação financeira tivesse melhorado o suficiente para lhe permitir redimir a dívida?

Apercebeu-se então, porém, que enunciar premissas racionais representava um perigoso erro. Tinha de parar de pensar nos indivíduos como gente razoável. Exigiam-lhe que lhes reembolsasse o seu dinheiro por quaisquer meios necessários, sob ameaça de mutilação. E não se ficariam por um olho.

Entretanto, quanto mais tempo passasse sem os ver, mais eles esperariam que lhes pagasse quando o apanhassem de novo.

A arcada que dava para o pátio ficava a poucos metros dali, e Raven acelerou o passo à medida que se aproximava. Tinha o olhar fixo nela, quando ouviu alguém chamar o seu nome.

Sentiu o corpo estremecer. Mais do que estremecer, porque um estremeção passa depressa. Era um tremor, acompanhado da ameaça de lágrimas e uma pontada aguda na bochecha, como se a sentisse de novo talhada pela lâmina de Weasel. Acontecia-lhe isso sempre que se sobressaltava, fosse por um barulho súbito, fosse por um fantasma no escuro enquanto esperava pelo sono. Acontecera-lhe até ao jantar, duas noites antes, quando Simpson erguera uma faca de trinchar e o brilho da lâmina lhe captara a atenção.

Esteve prestes a desatar a correr, até que a voz se fez de novo ouvir e conseguiu reconhecê-la.

— Anda mais devagar, homem. Estás a caminhar como se tivesses uma alcateia de lobos no teu encalço.

Era Henry, correndo para o alcançar. Raven conseguiu disfarçar o alívio sob a capa de prazer.

— Nós, os habitantes da Cidade Nova, caminhamos o mais depressa possível quando andamos pelos bairros mais pobres, já sabes disso.

— Não duvido. O que estás a achar do estimável Professor Simpson e da sua casa?

— Não sei bem o que esperava, mas posso dizer que não foi isso que encontrei. Aquilo é um jardim zoológico, Henry. Cães, crianças, consultas caóticas. Acho que vou levar algum tempo a habituar-me.

— E quanto aos colegas?

— Há um Dr. George Keith, que vive perto. É um tipo decente. E há também um certo James Duncan que, se fosse feito de chocolate de certeza que se comia a si próprio, se não fosse tão abstémio nos seus apetites.

— James Duncan? Sou capaz de já o ter encontrado. Estudou aqui, e antes disso em Aberdeen? Um licenciado invulgarmente jovem?

— Esse mesmo.

— Sim. Intelectualmente dotado, mas, em termos gerais, uma criatura estranha. Obcecado por uma missão ostensivamente humanitária, mas irradia tanto calor como o último traque de um pinguim moribundo.

— Infelizmente, não é caso único entre os nossos pares. Conduta impecável, mas uma alma totalmente funesta.

— Nunca confiar num homem sem vícios conhecidos. Os que oculta podem ser repugnantes. E quanto ao pessoal doméstico de Queen Street? Há lá algumas criaditas jeitosas para te encher o olho?

A imagem de Sarah invadiu-lhe espontaneamente a ideia, mas saber se lhe enchia o olho era discutível, uma vez que não conseguia imaginá-la sem lhe trazer de novo à memória o incidente ocorrido na sua primeira consulta. A simples evocação dela fê-lo sentir-se constrangido e embaraçado. Após todos os seus anos de estudo diligente, uma simples rapariga conseguira fazê-lo sentir que não tinha aprendido nada de valor prático. Que ela era vivida, e ele, um rapazinho da escola.

— Infelizmente, não — disse, na esperança de que Henry nada lesse na sua expressão do rosto que o encorajasse a aprofundar o tema.

O olho clínico de Henry escrutinava-o, mas, felizmente, focado em algo mais superficial.

— O teu inchaço está a diminuir lindamente — observou, fazendo-o pensar de novo em Sarah. Tinha mesmo de mudar de assunto.

— Prova de uma mão hábil — respondeu. — E então, em que é que andam agora ocupadas essas mãozinhas jeitosas?

O olhar de Henry regressou ao pátio que se alargava diante deles, com alunos a atravessar as lajes em todas as direções, aparecendo e desaparecendo da vista como espectros naquele nevoeiro teimoso.

— Ando à procura de um carniceiro — respondeu.

— Nesse caso posso dar uma ajuda, agora que estou a alargar o meu círculo de conhecidos. A Sr.ª Lyndsay, a cozinheira dos Simpson, compra a carne no Hardie, na Cockburn Street. Só pode ser um excelente carniceiro, porque os padrões dela são excecionalmente elevados.

— Não estou à procura de um carniceiro recomendável. Estou à procura de um carniceiro sem escrúpulos.

Henry exibiu uma expressão singular, finalmente concentrado.

— Lembras-te daquela morte por peritonite que incomodou tanto o Professor Syme? Quando fizemos a autópsia, descobrimos que o útero dela tinha sido perfurado, e o mesmo em relação a um pedaço do intestino delgado.

— Então foi mesmo um carniceiro — observou Raven.

— E não foi a última vez que isso aconteceu. Desde essa altura já tivemos mais um caso, também fatal. Lesões semelhantes.

— Informaram as autoridades?

— Sim, mas não fazem nada. Ninguém quer admitir que sabe alguma coisa sobre isso e, acima de tudo, o problema não afetou o tipo certo de pessoas. Sabes como é. Não há forma de ter a certeza de que é o mesmo culpado, mas receio que alguém tenha passado à ação.

— Um amador? — perguntou Raven.

— Impossível ter a certeza. Não é, certamente, o pior que já vi.

— Quando a coisa chega a este ponto, ninguém sabe verdadeiramente o que anda a fazer — observou Raven. — Mas, mesmo assim, é preciso um certo nível de conhecimentos médicos para saber, sequer, por onde começar.

— Eu não diria isso demasiado alto, meu amigo, nem tão pouco gostaria de ser o primeiro a sugerir adicioná-lo ao currículo. Mas dizes a verdade. É desapontador pensar que alguém aplique aquilo que aprendeu, literalmente, a dar uma facada no escuro, retalhando mulheres na sua ganância por dinheiro fácil.

Raven lembrou-se da lâmina de Weasel e compreendeu a rapidez com que a ética de alguém pode ser abandonada em face de uma motivação suficientemente poderosa.

— Só podemos desejar que a técnica dele melhore rapidamente — sugeriu. — Caso contrário, estas duas não serão as suas últimas vítimas.

— Podemos ter a certeza de que se trata de um «ele»? — interrogou Henry.

— Suponho que não — admitiu Raven. — Há sempre parteiras pouco escrupulosas prontas a usar uma agulha de tricotar aguçada pelo preço certo, e já ouvi dizer que as mulheres, quando solicitam esse tipo de serviço ilícito, se sentem mais à vontade a contactar alguém do seu próprio sexo.

— Não apenas serviços ilícitos — retorquiu Henry. — Já me disseram que há uma parteira francesa a trabalhar aqui na cidade, e que é muito procurada por senhoras que preferem não ser tratadas por um homem.

Raven pensou no incómodo desnecessário dos lençóis que o impediam, e ao Dr. Simpson, de ver o que estavam a fazer. Perguntou-se se a preservação do pudor se não colocava tanto quando o executante era do sexo feminino.

— Francesa, dizes tu?

— Uma diplomada do Hôtel Dieu, nada mais, nada menos, a fazer fé nos relatos.

— Nesse caso não tens de te preocupar com ser ela o carniceiro — disse Raven. — Uma diplomada do Hôtel Dieu saberia muito bem o que estava a fazer.

— Então, se calhar, talvez não seja eu que tenha de me preocupar com ela. É contigo que ela está a competir.

— Vou começar a preocupar-me quando começarem a formar mulheres para serem médicas.

Henry riu-se.

— Mas, afinal, quem eram elas? — inquiriu Raven. — As vítimas?

Uma delas era empregada numa taberna, a outra era prostituta.

Mais uma pega morta, pensou Raven.

— As senhoras finas não vão parar lá ao Infirmary — prosseguiu Henry. — Essas podem dar-se ao luxo de uma visita particular do Dr. Simpson e outros como ele.

— Não me parece que este seja um serviço que ele forneça — disse Raven, embora lhe ocorresse que não tinha meio de saber.

— Não, e não era isso que eu estava a sugerir. Muito embora por vezes me pergunte o que eles fazem na Cidade Nova quando surge um problema inconveniente.

— Têm simplesmente os bebés — aventou Raven, pensando no pessoal doméstico comandado pela Sr.ª Simpson, reputadamente modesto segundo certos padrões. — Depois põem-nos ao cuidado de amas. É sempre diferente quando há dinheiro. Estas mulheres jovens são forçadas a recorrer a medidas desesperadas por sentirem que não têm alternativa.

Henry acenou afirmativamente com a cabeça, em tom solene, abrandando o passo ao chegarem à entrada a partir da qual os seus caminhos divergiam.

— Mais desesperadas do que se possa pensar — disse tristemente. — Disseram-me que foi encontrada uma perna de criança numa sarjeta por um animal que se alimentava numa viela próxima da Royal Exchange. As autoridades, esse caso, pelo menos, estão a investigar.

Ao separarem-se, Raven sentiu-se tomado por uma sensação profunda de tristeza relativamente aos destinos daquelas mulheres, apesar de não as ter conhecido, nem visto, sequer. Sabia que isso se devia ao sentimento de culpa por causa de Evie, de cuja cena de morte fugira como se tivesse algo a esconder.

Perguntou-se o que poderia ter-lhe escapado. Teria ficado tão desconcertado com a descoberta da morte da amiga, e o perigo de ser encontrado junto do corpo, que não tivesse procurado devidamente — e não tivesse visto algo em que, de outra forma, repararia?

Apesar de os homens de Flint patrulharem o terreno, sabia que não tinha escolha. Teria de voltar ao local do crime.

ONZE

As salas de espera enchiam sempre mais depressa à segunda de manhã, pelo facto de não haver consultas aos sábados. Sarah tirou um momento para retomar o fôlego e avaliou rapidamente o grupo: velhos e novos, homens e mulheres; uma infeção do tórax aqui, uma febre ali; inchaços, erupções cutâneas, suores, tremores. Havia um burburinho generalizado, baixo, de conversas em surdina, pontuado a intervalos irregulares por tosses convulsivas e espirros incontidos.

Uma mulher jovem estava sentada com uma criança de tenra idade sobre o joelho. Esta tinha as bochechas empalidecidas e dois fios de muco esverdeado escorrendo-lhe das narinas, formando como que um pequeno lago no lábio superior. Parecia longe de satisfeito com as suas circunstâncias e Sarah sabia bem que a ameaça de choro volúvel estava sempre próxima. Aquela mãe, no entanto, revelara-se engenhosa, e viera munida de um meio para acalmar o turbulentozinho que tinha ao seu cuidado. De quando em vez, a mão sumia-se-lhe num bolso, de onde saía com uma pequena guloseima, que lhe introduzia entre os lábios para assegurar mais alguns minutos de silêncio.

Sarah observou a cena a partir do seu lugar junto à porta, experimentando uma repulsa interior à ideia dos rastos pegajosos que as suas mãozinhas iriam decerto deixar. Havia igualmente um rasto de pegadas lamacentas desde a porta até à lareira. Por mais que gostasse de dar uma ajuda no consultório do médico, a congregação diária de pacientes aumentava consideravelmente a sua carga de trabalho.

Apercebeu-se de que o lume começava a esmorecer, pelo que atravessou a sala, ajoelhou-se junto à lareira e deitou mais carvão. Ao espevitar o fogo, Will Raven saiu do seu consultório. Procurou-a por momentos com a vista, ajoelhada junto ao lume, mas ela sabia que ele só prosseguiria quando lhe desse atenção. Levantou-se, por isso, e indicou um homem que aconchegava a mão direita, enfaixada num pano particularmente sebento. Sarah não fazia a mais pequena ideia do que o pano ocultava, mas o fedor tornara o caso prioritário, e não apenas pelo facto de a fonte poder apresentar gravidade.

Viu Raven levar o homem consigo, ainda a sustentar o antebraço, como se carregasse um peso morto. Permanecia hesitante no juízo a fazer acerca do novo estudante estagiário do professor. Faltavam-lhe a confiança e segurança a que estava habituada nos cavalheiros que frequentavam a casa e, mesmo descontada a sua relativa juventude, os modos de Raven contrastavam vivamente com os do seu predecessor, Thomas Keith. O irmão mais novo do Dr. Keith parecera globalmente mais confortável nas suas funções, embora ela não devesse esquecer que, quando Thomas chegara, Sarah era igualmente nova, e não apenas na casa, mas também no cargo.

Tinha a impressão de que Raven tinha falta de prática a lidar com pessoal doméstico, o que resultaria provavelmente do tempo que passara em acomodações arrendadas enquanto frequentava a universidade. Tal explicava talvez também o facto de parecer bastante magro e, nem de perto nem de longe, tão bem nutrido como ela esperaria. Tinham-lhe falado de como jovens determinados se poderiam tornar obcecados com os seus estudos, negligenciando consequentemente as suas necessidades materiais. Isso pareceu-lhe irónico em quem estuda medicina, treinando para cuidar da saúde corporal, mas, para Raven ter conseguido uma posição tão cobiçada a trabalhar com o professor, pensou, era provável que a tal determinação o caracterizasse.

Se havia algo em que merecia crédito, era o facto de ser sempre amável e solícito para com os pacientes, escutando-os com atenção e nunca lhes falando de forma condescendente. Mais uma vez, poderia parecer irónico que tal característica se evidenciasse numa profissão supostamente dedicada ao cuidado dos outros; mas Sarah há muito reconhecia uma particular sobranceria entre os praticantes da medicina. Talvez Raven ainda não a tivesse adquirido, ou então talvez tivesse sido essa ausência de arrogância, precisamente, a granjear-lhe a aprovação do Dr. Simpson.

De vez em quando, divertia-se a fantasiar acerca da ideia dela própria como estudante: de como teria sido o seu dia a dia, e das matérias que mais lhe teria agradado estudar. Interessava-se por botânica e horticultura, bem como pelas artes curativas tradicionais, herança da sua tradição familiar. Todo o tempo que passasse no gabinete do professor fazia-a maravilhar-se com a miríade de disciplinas e campos do conhecimento que se pode explorar, e a ideia de passar anos sem fim a fazer precisamente isso parecia-lhe divinal. Essa, porém, era uma distração que tinha o seu custo, pois, por mais agradável que fosse entregar-se a tais fantasias, forçavam-na igualmente a confrontar-se com a dura verdade. Não dispunha de meios para frequentar a universidade, e não tinha a menor perspetiva de algum dia os poder reunir. O facto de ser mulher constituía igualmente um obstáculo dificilmente superável.

A Sr.ª Lyndsay dizia-lhe que só alcançaria a paz de espírito a partir do momento em que aceitasse a sua própria condição, mas Sarah não imaginava nada que pudesse saciar este desejo inquieto, nem tão pouco que alguma vez desejasse fazê-lo. Calar a sua curiosidade seria como amputar uma parte de si mesma.

Não constituía para si coincidência que, desde essa conversa, lhe tivesse sido permitido dar assistência às consultas matinais com menor frequência. A Sr.ª Lyndsay atribuía-lhe mais tarefas, ou apontava defeitos àquelas que já tinha realizado decretando, em resultado disso, que não podia dispensá-la. Nem tão pouco considerava coincidência que as consultas nas quais não marcava presença parecessem ser ainda mais barulhentas e desordenadas do que o habitual.

Atrás de si, Sarah ouviu um ataque explosivo de tosse, rematado por uma expetoração sonora e volumosa que a levou a desejar ardentemente que o indivíduo em causa estivesse munido de um lenço, uma vez que os que o não tinham cuspiam por vezes para o chão. Ao atiçar de novo o lume, apercebeu-se de como as mãos do homem eram vermelhuscas e ásperas, e a pele começava a gretar nos nós dos dedos. Tal resultava do recente tempo frio, e desejou que lhe sobrasse unguento de papas de aveia para as tratar, uma vez que não tinha tempo para preparar mais uma dose.

Pondo-se novamente de pé, ouviu uma voz em pânico chamar: «Jamie! Que diabo se passa contigo?»

Voltando-se, viu a jovem mãe da criança atacada por tosse catarral pegar-lhe pelos braços, e agitá-la como se ela recusasse seguir as suas instruções. Aproximando-se, viu que a criança lutava freneticamente por se libertar do aperto dela, com os olhos arregalados de medo. O terror cada vez maior do rapaz espelhava-se no rosto da mãe, que começou a pedir ajuda em voz alta às outras pessoas da sala.

— Não percebo qual é o problema dele — gritou, estridente no seu desespero. — Por amor de Deus, alguém o ajude!

O rapaz parecia incapaz de respirar, e tinha os lábios azuis. Sarah percebeu que a resistência se lhe estava a esgotar, e os seus movimentos eram cada vez mais débeis. Olhou o seu braço impotente a agitar-se e recordou-se dos dedos pegajosos que ainda há pouco a tinham preocupado. Subitamente, percebeu qual era o problema.

Retirou o menino à mulher, e deitou-o de borco sobre o seu antebraço. Com a outra mão, deu-lhe palmadas fortes entre as omoplatas: uma vez, duas vezes. À terceira tentativa, algo caiu no chão aos seus pés, após o que o rapaz inspirou fundo e começou a chorar.

A mãe pegou nele e sentou-o de novo no joelho para o confortar, enquanto Sarah permanecia imóvel fitando o pequeno caroço cor de laranja pegajoso que estava agora solidamente incrustado no pelo da carpete.

A comoção alertara o resto da casa. O Dr. Keith e Will Raven rapidamente chegaram à sala, e o Dr. Simpson assomou à porta pouco depois.

— Qual foi a causa disto? — inquiriu Raven.

Sarah apontou para o chão.

— Açúcar de cevada — respondeu.

Qualquer que fora a fortaleza de espírito que guiara a intervenção vital de Sarah, rapidamente a abandonou uma vez passado o perigo, e deu consigo subitamente trémula e mal se sustentando de pé, no rescaldo do incidente. Por indicação do professor, foi acompanhada ao gabinete dele, onde lhe foi servida uma chávena de chá forte. A Sr.ª Lyndsay tinha grande fé nos seus poderes restaurativos, mas enquanto Sarah, sentada no sofá, bebia em goles lentos, pensou para consigo que a propriedade mais eficaz da infusão era provavelmente o simples facto de poder desfrutar de um pouco de paz e tempo. A palpitação no peito foi gradualmente acalmando, e a sua respiração, que durante algum tempo fora rápida e superficial, regressou ao ritmo e profundidade habituais.

Bateram ao de leve à porta e o Dr. Simpson entrou no gabinete.

— Como se sente agora, Sarah? — inquiriu.

— Muito melhor, obrigada, *sir*.

— Tenho de dar-lhe os parabéns. Revelou uma grande presença de espírito na forma como lidou com aquela situação. Salvou a vida do pequenote, e sem um único erro. Estou imensamente orgulhoso de si. Mas estou igualmente muito curioso sobre como sabia o que fazer.

Sarah aclarou a garganta.

— *Buchan's Domestic Medicine, sir*. Não tínhamos muitos livros em casa, só esse e a Bíblia. E então, li-o não sei quantas vezes.

— De verdade? — perguntou o Dr. Simpson, sorrindo. Algo na resposta dela parecia tê-lo divertido. Sentiu que tinha de se explicar um pouco melhor.

— A minha avó era a *howdie* da aldeia. Parteira e curandeira. Foi provavelmente por isso que me interessei por estes assuntos. Sei alguma coisinha sobre remédios à base de ervas. Sei aquilo que ela me ensinou.

O Dr. Simpson sorriu de novo.

— Daí os seus esforços por cultivar um pequeno jardim de ervas nas traseiras da casa. Espero que não esteja a pensar competir comigo nas artes da cura.

— Não, *sir* — respondeu timidamente.

— O meu avô também era um curandeiro com alguma reputação — disse-lhe o Dr. Simpson. — Principalmente de animais, mas também endireitou uns quantos ossos de gente no seu tempo. Mas era um bocado dado a crer em superstições rurais. Uma vez, enterrou uma vaca viva na tentativa de interromper o progresso de uma peste no gado. Essa imagem ficou marcada na mente do meu pai e assombrou-o até ao dia do seu último suspiro. Felizmente, não há lugar na medicina moderna para esse tipo de disparates. A saúde e a doença não são uma coisa simples. Parece que, quanto mais sabemos, mais há para saber. Devemos sempre desconfiar daqueles que afirmam ter respostas simples para problemas complexos. Devemos fugir às águas turvas da charlatanice.

Sarah ouvira já advertências semelhantes, e estava perfeitamente ciente dos caixeiros-viajantes pouco escrupulosos que viajavam pelo país a vender as suas poções que tudo curavam. Se era decerto verdade que as pessoas do campo eram por vezes ainda um pouco crédulas, por estarem distantes das sedes do conhecimento, Sarah tinha a noção de que, sempre que havia um vazio de conhecimento e educação, as pessoas — quaisquer que fossem as suas origens sociais — tendiam a acreditar no que quer que lhes fosse comunicado com suficiente confiança e autoridade. Sabia também, porém, da sua experiência pessoal, que, quando toda a esperança se perdia, quando tudo o mais falhava, as pessoas estavam dispostas a experimentar praticamente tudo para salvar os seus entes queridos.

— Seguramente que a botânica não pode ser considerada charlatanice?

— Absolutamente, não — respondeu o médico. — A Natureza proporcionou-nos inúmeros remédios úteis, mas será a química a desvendar os seus segredos. Em resultado das descobertas da química, sabemos agora que é o quinino presente na casca-de-jesuíta que ajuda a curar as febres terçãs e a morfina que confere à papoila o seu poder.

O Dr. Simpson dirigiu-se à sua estante de livros e começou a examinar as lombadas.

— Tenho um livro muitíssimo informativo sobre o tema: *Outlines of Chemistry, for the Use of Students*, da autoria do meu colega Professor William Gregory. Estará interessada em saber um pouco mais sobre o tema?

Sarah sorriu, pousou a chávena e estendeu a mão.

DOZE

Raven entrou no anfiteatro ao lado do professor, carregando uma resma de apontamentos que Simpson, tipicamente, ignorava. O anfiteatro estava cheio e os alunos invulgarmente atentos. Raven sentara-se nesses mesmos bancos nos dois anos anteriores, e fora a paixão e clareza exibidos por Simpson na apresentação das suas matérias que o tinham atraído para o campo da obstetrícia.

A palestra desse dia versava a parturiente de pélvis contraída. Como sempre, o professor era um orador afável e cativante, que raramente dava por adquirida a atenção da plateia, e ilustrava as suas mensagens referindo exemplos clínicos relevantes. Estes encontravam-se pormenorizados nos apontamentos de casos que Raven procurara, e levara para a sala a pedido de Simpson, mas que este nunca necessitava de utilizar.

Olhando o anfiteatro sobrelotado e comparando-o com algumas das sessões escassamente frequentadas a que assistira no mesmo local, interrogou-se quanto receberia o professor pelas propinas daquela palestra apenas. Pelos seus cálculos, era uma quantia significativa. Talvez um dia pudesse ele próprio proferir palestras ali; ou, pelo menos, a mais curto prazo, agora que concluíra o curso, pudesse dar explicações pessoais a alguns dos estudantes ricos que enchiam os bancos. Eram fantasias bem agradáveis, mas, ainda que um dia se concretizassem, não seria a tempo de aplacar a fúria de Flint.

Perto do final da palestra, um mensageiro assomou à porta, suado e sem fôlego por ter vindo a correr, e segurando na mão um pedaço de papel manchado. Raven intercetou-o no corredor exterior antes que pudesse interromper as notas finais do professor.

— Pede-se a presença urgente do professor numa casa de Grassmarket, *sir* — disse ele, ofegante, lançando o papel na mão de Raven.

— Quem é que o chamou? — inquiriu Raven, abrindo o bilhete, cuja caligrafia era ilegível.

— Foi o doutor que já lá está.

— E será que ele escreveu isto com os pés?

— Não, foi com a mão esquerda. Estava a usar a direita para estancar o sangue.

A carruagem do médico seguiu a grande velocidade pelas ruas estreitas, evitando carroças, carrinhos de mão e os peões descuidados e temerários que pareciam apostados em se suicidar. O cão teria adorado, pensou Raven, posto que não lamentasse que dessa vez o animal tivesse sido deixado em casa.

Encostaram do lado de fora de um edifício no lado sul de Grassmarket e seguiram as indicações do mensageiro até um apartamento dos pisos superiores. Contrariamente ao habitual, Simpson suava, devido à urgência com que subia as escadas, incapaz de poupar o fôlego para observar como habitual «é sempre no último».

Lá dentro, acharam uma mulher jovem em trabalho de parto, pálida de morte e coberta por uma película de transpiração. De pé, sem saber o que fazer, encostada à parede, estava uma parteira de ar aterrado que se apercebera algumas horas antes de que as suas competências eram inúteis na circunstância.

Nesse particular, não era a única.

O jovem médico que escrevera o bilhete com a mão esquerda parecia encurralado pelas suas circunstâncias, acocorado aos pés da cama, com o rosto e a roupa salpicados de sangue. Manifestamente, estava ali há já algum tempo, e levantou o olhar com uma expressão evidente de alívio ao ver Simpson, deixando transparecer que não tinha a certeza de que o professor responderia à sua chamada.

Raven tomou o pulso à mulher enquanto Simpson despia o casaco. O pulso estava rápido e instável. Quando o professor entrou em ação, o jovem médico afastou-se e levantou-se. Era mais baixo do que Raven e de constituição magra. Vestia roupas caras, porém, que lhe assentavam bem no corpo elegante, apesar de a camisa estar manchada de sangue e suor ao nível do peito.

— Diga-me o que temos aqui — ordenou-lhe Simpson.

Raven esperava uma voz ansiosa, em função das circunstâncias e da estatura física do jovem médico, mas este explanou os pormenores do caso num registo calmo e claro. O seu relato foi tão lúcido quanto o seu bilhete fora ilegível.

— Líquido amniótico libertado precocemente, dores ineficazes, duas doses de cravagem-do-centeio administradas. Ocorreu vómito considerável após a primeira dose, e após a segunda a paciente disse que sentiu «uma coisa dar de si» no interior do seu corpo. A cabeça da criança permaneceu alta, pelo que recorri a um fórceps longo, mas em vão. Seguiu-se uma hemorragia considerável à tentativa de extração, o que me levou a enviar a minha nota urgente solicitando a sua ajuda.

Raven ficou tão impressionado por esta exibição de objetividade profissional como pelo conteúdo da sua descrição. Sabia muito bem como se pode ficar desesperado em face de um trauma crescente, ciente de que o vendaval dentro do cérebro pode verter da boca sob a forma de palavras sem nexo.

— Nome? — inquiriu Simpson.

— Beattie, *sir*. Dr. John Beattie.

— Da paciente — clarificou o professor.

— Ah. Williams, julgo eu. Ou seria Williamson. Não me recordo exatamente. Tem sido um dia longo.

O Dr. Simpson examinou a paciente, olhou Raven e fez-lhe sinal para se aproximar. Tinha uma expressão sombria no rosto.

— A cabeça do bebé encontra-se na abertura superior da pélvis e está bastante bloqueada lá — sussurrou. — Não progrediu o suficiente ao longo da pélvis para que uma extração com fórceps tenha hipóteses razoáveis de sucesso. Além disso, receio que o próprio útero possa ter sofrido uma rutura. Temos de extrair a criança sem mais delongas — é a única hipótese de sobrevivência da mãe.

Enquanto Simpson começava a procurar no interior da mala, Raven perguntou-se que dispositivo poderia ele aí encontrar que pudesse ser bem-sucedido onde o próprio fórceps falhara. Simpson retirou então aquilo que Raven reconheceu como um perfurador, e compreendeu de imediato o que estava prestes acontecer. Já devia tê-lo adivinhado, mas a sua fé no professor como uma espécie de milagreiro levara-o a estimar mal as possibilidades em jogo. O médico preparava-se para executar um procedimento conhecido por craniotomia.

Simpson retirou a garrafa de éter da mala. Assim, pelo menos, a parturiente não teria de estar desperta durante o procedimento.

— Ela não deve precisar de muito — observou, olhando para Raven.

— A Sr.ª Williamson não vai tomar nada disso — objetou a parteira. — Eu e ela pertencemos à mesma igreja e o pastor diz que não está certo usar isso.

Raven olhou-a atónito e incrédulo.

Ela respondeu lançando-lhe um panfleto, uma diatribe proveniente da pena de um certo Reverendo Malachy Grissom.

Raven olhou-o de relance e depois para Simpson, que respondeu com uma expressão de cansaço. Manifestamente, já se deparara com esse tipo de resistência.

— A maldição primordial — observou, à guisa de explicação. Génesis. «Com dor darás à luz filhos.» Há quem considere que vai contra as Escrituras eliminar a dor associada ao parto.

A Raven, isto pareceu uma estupidez sem sentido, uma descrição que se ajustava a muitas palavras e atos que testemunhara da parte de clérigos. Que um homem dito de Deus negasse a uma mulher o alívio das suas dores, particularmente em face do que estava prestes a ocorrer, não fazia para si qualquer sentido.

— Talvez seja melhor permitir à Sr.ª Williamson ser ela mesma a tomar a decisão — sugeriu Raven, logo brindado com um olhar reprovador da parteira.

A própria mulher, porém, não se deixou persuadir.

— Não vou arriscar a condenação eterna por causa de dar à luz uma criança — disse em tom débil.

A parteira acenou com a cabeça com satisfação indisfarçada, de olhos fixos em Raven, e o Dr. Simpson prosseguiu sem ajuda do soporífero.

Pela primeira vez, Raven sentiu-se grato pelo lençol que envolvia as pernas e a zona genital da mulher. Sabia o que estava a acontecer, já o vira e não tinha o menor desejo de o rever nesse dia. De qualquer forma, conseguia recitar, mais palavra, menos palavra, a palestra do Dr. Simpson sobre o tema:

> Muitas crianças podem ser trazidas ao mundo através da utilização de fórceps e viragem, mas existem casos em que a cabeça do bebé é demasiado grande e as vias maternas demasiado pequenas para permitirem o nascimento da criança viva sem colocar a mãe em perigo iminente. Nessas circunstâncias, podemos salvar a vida da mãe sacrificando a do bebé. Abrindo a cabeça deste através de instrumentos de perfuração, é possível remover o conteúdo do crânio para de seguida quebrar a câmara do mesmo, extraindo os fragmentos até que restem apenas a base do crânio e os ossos da face, que serão retirados por meio do gancho.

Mesmo no seu estado debilitado, a Sr.ª Williamson nao parou de se contorcer enquanto os diversos instrumentos eram inseridos para quebrar a cabeça do bebé e extraí-la. Raven sentiu-se tomado por um furacão de emoções ao vê-la e ao pensar na vida minúscula que estava a ser arrancada antes de lhe ser, sequer, permitido inspirar. Era isto que lhe inspirava o receio de não ter estofo necessário para ser médico. Sabia que era por essa razão que não podia ser cirurgião. A mãe sempre lhe dissera que tinha o diabo dentro de si, mas querendo apenas dizer com isso que tinha um sentido apurado de diabrura, o demónio da perversidade. O que havia de humano em si tendia a fazê-lo sentir demasiado intensamente a dor dos outros.

Depois de a criança — ou o que dela restava — ser retirada, seguiu-se sem demora a placenta, mas o útero continuava a não se contrair. A paciente continuava a sangrar, não obstante a ligadura apertada em torno do abdómen. Raven sabia estarem perante um problema grave. Sabia igualmente nada mais poderem fazer.

A limpeza e arrumação dos instrumentos foi realizada quase em total silêncio. O Dr. Simpson falou para a parteira, dando-lhe instruções para assegurar o conforto da paciente, e prometendo regressar de novo nesse dia para verificar os seus progressos.

Enquanto saía da sala, abanou a cabeça.

TREZE

Os médicos, agora todos desgrenhados e salpicados de sangue, entraram no Grassmarket, a fervilhar de atividade de carreteiros e vendedores de rua entregues ao seu trabalho. Custava a crer que o resto do mundo pudesse simplesmente prosseguir o seu trabalho como se nada tivesse acontecido: o horror e a tragédia de pequena escala tragados pelos assuntos quotidianos da cidade.

Simpson sugeriu que passassem por uma pousada da zona e tomassem um reconstituinte que lhes restituísse o ânimo. Indicou um estabelecimento que frequentara nos seus tempos de estudante de medicina.

A taberna do Baxter situava-se, com alguma incongruência, junto à Cafetaria Teetotal de Cranston, que Raven verificou com alguma satisfação ter poucos clientes. Dada a natureza do trabalho dessa tarde, não tinha dúvidas sobre qual preferiria; mas preocupava-o saber quem poderia encontrar na cervejaria; acima de tudo, quem o poderia encontrar a ele.

Entrando logo atrás do professor, varreu a sala com o olhar desde a porta de entrada, pronto para uma partida rápida. Simpson parecia dar-se bem tanto com o proprietário como com a clientela. Encomendou uma rodada de *ales* de Edimburgo, que demorou imenso tempo a levar devido às inúmeras conversas que entabulou entre o balcão e a mesa. Raven bebeu sofregamente, pois tinha mais sede do que julgara e necessitava mais do que nunca do consolo que só o álcool podia proporcionar.

Beattie aparentava estar muito menos traumatizado com o desenlace do caso. Talvez isso se devesse ao facto de ter sido um participante empenhado, e não meramente uma testemunha impotente. Talvez, também, a sua experiência maior em casos semelhantes o tivesse imunizado mais a fluxos emotivos. Parecia imperturbado pelos escarros e a serradura do *pub*, apesar de o seu fato dispendioso sugerir que estivesse habituado a ambientes mais salubres. Havia uma qualquer estranheza na sua forma de estar, uma rapidez pronunciada nos seus movimentos físicos que evocou a Raven uma avezinha: rápida, mas inquieta, como que atenta a predadores.

Mais de perto e a uma luz mais nítida, Raven pôde apreciar detalhadamente o seu rosto arrapazado, exame que lhe revelou um homem não tão juvenil como à primeira vista se diria. De início, convenceu-se de ter encontrado mais um prodígio como James Duncan (embora, de preferência, não tão desagradável), mas apercebia-se agora das rugas entre os olhos, que sugeriam que Beattie poderia estar perto da casa dos trinta.

Simpson fez a Beattie algumas perguntas relativamente às suas origens, começando pela questão aparentemente inevitável da profissão do pai.

— O meu pai já faleceu, *sir* — respondeu Beattie. — Na verdade, perdi ambos os meus pais aos doze anos. Tenho, porém, a sorte de ter um benfeitor na pessoa do meu tio, Charles Latimer, que é um homem de algumas posses da zona de Canaan Lands, em Morningside.

Raven desejou que o tio de Beattie fosse mais generoso com os seus bens do que Malcolm, *o Avaro*, que transformava cada *penny* gasto no sobrinho numa evidência do fracasso da irmã e do seu escasso discernimento na escolha de consorte.

— Você não parece ser desta zona — aventou Simpson.

— Não. Estudei no Sul de Inglaterra, a minha mãe é que cresceu aqui. Frequentei a universidade em Edimburgo para estar mais perto do meu tio, cuja saúde se foi fragilizando ao longo dos anos.

À maneira característica de todos os homens da medicina, Simpson ignorou toda e qualquer referência a finanças e propriedades, pedindo, sim, pormenores acerca das fragilidades de saúde do tio.

— Ele sofre de uma forma grave de reumatismo que causa muitas dores. Nas suas tentativas de encontrar alívio, já experimentou todo o tipo de terapias. Mais recentemente, viajou até à Áustria para experimentar um tratamento com águas promovido por um indivíduo chamado Priessnitz. Tem um estabelecimento terapêutico algures nas montanhas.

— E o seu tio encontrou alguma utilidade nessas terapias?

— A sua dor melhorou um pouco, mas o seu ânimo mais ainda. Faz-me pensar que pode haver algo nessas técnicas — banhos frios, uma dieta simples e a interrupção da toma de todos os medicamentos internos. A resposta dele a essas terapias — e, acima de tudo, a quantia que pagou por elas — leva-me a supor existir um mercado lucrativo para tratamentos hidropáticos.

Simpson esfregou o queixo, fitando Beattie com ar pensativo.

— Pode argumentar-se, porventura, que foi o facto de deixar de tomar os seus medicamentos habituais que causou as melhoras, e não os banhos habituais de água fria. Somos sempre, talvez, demasiado rápidos a dosear os nossos pacientes com purgantes potentes e a sangrá-los até ao esgotamento, não acha? O meu amigo e colega Dr. George Keith é um grande adepto do Método da Natureza, e da inatividade esclarecida por parte do médico.

— *Primum non nocere* — disse Beattie, assentindo com a cabeça. Não causar dano: o mandamento de Hipócrates.

Simpson deu um gole na sua *ale* como que a brindar em concordância, esvaziando a caneca.

— Perdoe-me, Dr. Beattie, acabo de ver um bom amigo noutra mesa. Mas, antes de ir ter com ele, deixe-me dizer-lhe que tive muito prazer em o conhecer hoje de tarde. Tem de ir jantar a Queen Street.

— Seria uma enorme honra — replicou Beattie com elegância serena.

Raven não pôde senão imaginar como teria balbuciado a sua resposta caso alguém tão ilustre lhe tivesse feito tal convite. A réplica de Beattie, a par do seu porte requintado, dava a entender que não seria a primeira vez que fora convidado para jantar em companhia tão estimável.

Viram o professor atravessar o botequim e cumprimentar efusivamente um sujeito sentado no lado oposto da sala.

— O professor é um homem com muitos conhecimentos — disse Beattie, como se achasse o facto de alguma forma divertido. — Não o imaginaria a sentir-se confortável num sítio destes nos tempos que correm. Tem fama de ser muito procurado pelas damas da aristocracia.

Embora ainda me falte ver indícios disso, pensou Raven para consigo.

— Mas ele é pessoa de origens humildes — comentou Raven. Era mais um fator que o tinha atraído para o professor. Se Simpson conseguira elevar-se a uma tal estatura e riqueza a partir de começos modestos, pensara então, talvez um aprendiz esforçado pudesse aprender a seguir no seu trilho.

— É filho de um padeiro de aldeia — esclareceu Beattie. — Sétimo filho rapaz e o último de oito.

Era mais do que Raven sabia, e percebia-se.

Beattie lançou-lhe um sorriso autocomplacente.

— É sempre avisado saber o mais possível acerca dos nomes maiores do nosso campo profissional, para o caso de a sorte nos colocar em sua companhia. Embora ser encontrado salpicado de sangue e impotente aos pés da cama de uma paciente — uma paciente a quem falhei — não seja exatamente a melhor primeira impressão que gostaria de ter causado ao senhor.

— Bom, não terá sido assim tão má se o convidou para Queen Street. E, francamente, eu fiquei impressionado com a calma que você pareceu ter no meio daquilo tudo. Não consigo impedir a minha mente de regressar àquele quarto e de pensar no que é provável que aconteça à Sr.ª Williamson.

Beattie sorveu a sua cerveja, emanando uma equanimidade que desmentia ainda mais a primeira impressão de Raven sobre a sua juventude.

— Duvido muito de que ela sobreviva — disse. — Mesmo sob a atenção do Dr. Simpson. — O tom de voz era regular, como se dissertasse sobre alguém distante, e não uma mulher cujo sangue ainda nesse momento lhe manchava a camisa.

— E alguma vez fica mais fácil, então? — interrogou Raven.

— Fica mais fácil, o quê?

— Lidar com esse tipo de sofrimento. Eu, quando assisto a um caso como aquele de onde vimos, não consigo libertar-me dele durante muito tempo, e temo o fardo que se acumula. Mas você permaneceu racional ao longo de todo o processo, e mesmo agora parece não se ter deixado afetar.

Beattie olhou Raven por momentos, ponderando a sua resposta.

— Cada homem tem uma dose limitada de piedade que é capaz de oferecer e, na nossa profissão, deparamo-nos todos os dias com uma ou outra tragédia na qual podemos gastar uma grande parte dessa piedade.

— Está a dizer que, com o tempo, eu vou ficar insensível a isto? É que também não tenho a certeza de que gostaria que isso acontecesse.

— Não é tanto um processo de insensibilização, mas uma perspetiva que se aprende duramente através das nossas próprias feridas, mais do que das que possamos tratar. Quando travamos conhecimento com a verdadeira dor, com as provações de uma paciente, por mais lastimável que sejam, não nos afetam tanto como o fizeram antes.

Raven pensou para consigo que já conhecera o seu quinhão de dor, mas, se permanecia tão vulnerável aos sofrimentos dos outros, talvez não tivesse conhecido tanta como Beattie. Segundo ele, perdera ambos os pais com doze anos, mas qualquer coisa nele sugeria haver algo mais. Tinha curiosidade em saber, mas não se sentia no direito de pressionar.

— E se eu ainda não tiver sentido verdadeira dor? — inquiriu Raven.

— Sinta-se grato, e não se espoje na infelicidade alheia. Estou a ser sincero. Os pacientes requerem uma distância da nossa parte, de modo a podermos exercer o nosso discernimento e competências sem nos deixarmos distrair pelas nossas emoções.

Raven sabia que essa era a verdade, embora difícil de ouvir. Sabia que tinha muito a aprender com um médico como Beattie, mas, ao mesmo tempo, ver como ele se conduzia recordava-lhe duramente o longo caminho que ainda tinha pela frente.

— Quer dizer, então, que aposta numa carreira em obstetrícia? — perguntou Beattie, acompanhando a mudança de tema por um aligeirar da voz.

— Sim. Cheguei a pensar em cirurgia, mas, decididamente, não é para mim.

— Boa escolha. O futuro é mais risonho nesta profissão do que entre os serra-ossos. Financeiramente falando, quero eu dizer.

Raven olhou para a roupa dispendiosa de Beattie, perguntando-se se fora paga pelo tio ou pelos seus proventos.

— Até agora, ainda não vi grandes indícios disso — confessou. — A não ser que, um dia, possa ser eu a ajudar essas senhoras da aristocracia a dar à luz. Mas isso parece-me que ainda vem longe.

Beattie esboçou um sorriso malicioso, que lhe avivou as rugas em torno dos olhos.

— Este campo é mais amplo do que você possa supor e, neste preciso momento, está a abrir-se a novas e lucrativas possibilidades. Você tem de pensar além dos bebés, e mais nas mulheres que os carregam. Existe todo o tipo de novos tratamentos exóticos para as diversas maleitas às quais o belo sexo parece propenso. Galvanismo, manipulação uterina — tratamentos científicos para aquele eterno mal feminino, a histeria. Há muito dinheiro a ganhar com mulheres infelizes e os seus exagerados maridos.

Raven não retorquiu, fazendo Beattie prosseguir numa nota semelhante.

— O sucesso tem tudo a ver com identificar as oportunidades — disse-lhe Beattie. — Por falar nisso, essa coisa do éter parece promissora, não parece? Pense lá no preço que as pacientes não estarão dispostas a pagar por não sentirem absolutamente nada durante os procedimentos.

— Aquelas que não tenham objeções religiosas — murmurou Raven.

— Potencialmente, é uma mina de ouro — continuou Beattie, indiferente ao comentário. — Tenho ouvido dizer que os dentistas da cidade se fartam de usar. Você, trabalhando com o Simpson, deve ser bastante adepto de o administrar.

— Tem-me dado formação na sua utilização, sim. Quando o caso é complicado, muitas vezes é a única coisa que me deixa fazer.

Não se queixe. De certeza que um dia vai ser uma competência preciosa para si.

— Embora, porventura, não tão preciosa como encharcar pessoas ricas em água fria — replicou Raven.

Beattie riu-se, sugerindo que bebessem mais uma cerveja. Raven teria adorado. Este era um contacto que faria bem em cultivar, mas tinha outro assunto a tratar, o qual lhe exigiria dispor de todas as suas faculdades mentais.

CATORZE

Estava escuro quando Raven seguiu pelo Canongate abaixo, em direção a casa de Evie. Os candeeiros pareciam quase fúteis nos seus esforços para penetrar a escuridão e o nevoeiro, mas ele acalmou os seus temores com a noção de que, se não conseguia entrever os seus inimigos no meio do escuro, o mesmo aconteceria necessariamente a eles.

Entrou no beco de Evie com passos leves, mas ainda não tinha chegado às escadas quando uma figura conhecida lhe bloqueou o caminho. Emergira do seu antro no piso térreo, para lá do qual mesmo um rato só conseguiria passar despercebido se esta temível sentinela já estivesse com os copos.

Evie descrevia sempre Effie Peake como sua senhoria, mas não era ela a proprietária. Limitava-se a cobrar as rendas e a vigiar de perto quem as pagava, em troca do que, presumivelmente, pagava um valor reduzido pela sua própria acomodação. A mulher era como Edimburgo em microcosmos, adepta, até ao ponto de se autoiludir, de compartimentar os seus rostos público e privado. Insistia em ser tratada por Sr.ª Peake, mas dizia-se que o fazia por afetação, uma vez que, segundo Evie, nunca houvera um Sr. Peake. Reagia com indignação a qualquer sugestão de que tivesse conhecimento de condutas imorais nos alojamentos a seu cargo. Na verdade, porém, muito pouco do que acontecia escapava ao seu escrutínio: «Como pode ser de outra forma, se ela recebe uma percentagem de todas as tempestades de gemidos que têm lugar debaixo do seu teto», nas palavras de Evie.

Por isso, ela sabia quem chegava, e com quem se encontrava. Raven não tinha a mais pequena dúvida de que, além da clientela local, esses visitantes incluíam homens de estatuto social elevado, de reputação moral impoluta, de poder e influência reconhecidos. Não tinha igualmente dúvidas de que nem a palavra de Effie, nem a de nenhuma das mulheres da casa, valeria o que quer que fosse contra tais senhores, se alguma acusação chegasse a ser formulada. Ainda assim, porém, suspeitava de que a Sr.ª Raven poderia constituir uma fonte de informação preciosa, caso alguém achasse maneira de a conseguir extrair.

Era baixa e sólida, como se tivesse desenvolvido a sua compleição especificamente para bloquear aquela passagem. Não obstante o perímetro da sua cintura, havia algo de estreito na sua fisionomia, pálida e apertada, dando a ideia de que, se alguma vez sorrisse, desfaria o carrapito apertado com que tinha o cabelo comprimido junto à nuca.

— Se veio à procura da Evie, ela não está — informou. Uma curiosa escolha de palavras, particularmente por lhe fazer saber, para seu alívio, que não sabia que ele estivera presente na casa naquela noite.

Raven optou, portanto, por alinhar no jogo.

— Onde está ela, então?

— Foi-se.

— Foi-se, para onde? Volta em breve?

Effie soltou um suspiro, e um ar cansado apoderou-se-lhe do rosto.

— Eu só estou a dizer-lhe porque reconheço a sua cara e sei que a Evie gostava de si. A Evie morreu.

Raven simulou choque e dor, ajudado na tarefa pelo que Effie acabara de revelar acerca da afeição de Evie por si. Era, além disso, a primeira vez que ouvia alguém mencionar a morte dela, não contando com as palavras indiferentes saídas da boca do polícia.

— O que é que aconteceu?

— Encontraram-na assim. Há quatro dias, minto, cinco.

— Onde está ela agora?

Olhou-o como se ele fosse um pacóvio.

— Enterrada, onde é que queria que ela estivesse?

— Só me estava aqui a perguntar, dado que a morte dela foi tão de repente, se poderá ter havido algum tipo de investigação. Uma autópsia, talvez?

— Uma quê?

— Um exame ao corpo, para determinar a causa da morte.

— O doutor lá do dispensário determinou, ai não, não determinou. Disse que foi da bebida. Assinou o certificado a dizer isso mesmo. E não precisou de muito tempo para chegar a essa conclusão.

Raven imaginou o corpo a ser carregado para a carreta, envolto naquele lençol esfarrapado e imundo. Uma autópsia para quê, ao doutor lá do dispensário bastava-lhe olhar para ela. Às vezes nem entravam na casa.

— Para onde é que a levaram?

— Como é que eu hei de saber? Para uma campa rasa, de pobre, visto que não havia ninguém para pagar mais do que isso. Mas pronto, é só o que eu tenho para lhe dizer, por isso é melhor você ir andando.

Cruzou os braços, numa postura inconfundivelmente defensiva. Queria vê-lo pelas costas.

— Posso ver o quarto dela?

— Porquê? Você é algum tipo de espírito maligno, ou quê?

— Não, sou um homem da medicina.

Effie permitiu-se um riso de desprezo.

— A mim não parece um *homem* de coisa nenhuma.

Raven ignorou o comentário.

— Eu gostava de ver se há alguma coisa lá no quarto que me ajude a deduzir o que é que foi feito dela.

— Já arrendei o quarto. Não posso dar-me ao luxo de manter um quarto bom vazio.

— Ela estava com alguém antes de morrer?

— Não faço ideia. Eu respeito a privacidade dos meus inquilinos.

Tal como os seus braços cruzados, esta mentira mutuamente assumida indicava que ela estava a fechar-se em copas. Não lhe diria mais nada, o que só serviu para o fazer perguntar-se o que ela pretendia esconder.

Ouviu uma porta abrir-se em cima, viu um rosto de mulher a espreitar sobre a escada para investigar o que ouvira. O rosto desapareceu de novo após um olhar severo de Effie.

— E o que é que aconteceu às coisas dela? — inquiriu Raven.

— Foram vendidas. Para cobrir as despesas. Não que se consiga fazer grande coisa com dois vestidos e um par de brincos.

— E o *brandy*? — perguntou ele, interrogando-se se teria sido esse, e não a mistela, a revelar-se tóxico.

— Qual *brandy*? — perguntou ela, mas traindo-se com a sua surpresa transparente por ele ter conhecimento da garrafa.

— A garrafa que eu vi no quarto dela da última vez que lá estive.

O rosto de Effie adotou uma expressão de desafio.

— Esse, também, ao tempo que já se foi. Bebi-o eu.

— Nesse caso, tenho motivos para lhe agradecer.

A observação deixou-a confusa.

— Para me agradecer?

— Por realizar a forma mais básica, mas mais fiável, de análise toxicológica. Eu estava preocupado com a possibilidade de a morte da Evie se ter devido a beber alguma coisa que se revelasse venenosa. Mas como você está aqui de pé à minha frente, posso concluir que não pode ter sido o *brandy*.

E, dito isso, partiu de novo para a escuridão.

Ainda mal atravessara o comprimento do edifício quando ouviu passos nas suas costas, aproximando-se. Voltou-se, preparado para atacar ou fugir, mas deparou com a jovem que espreitara do cimo das escadas há alguns momentos. À luz escassa entre dois candeeiros de rua, era difícil ter a certeza, mas o seu rosto parecia-lhe familiar.

— É o Will, não é?

— Sou.

— *Aye*. Eu às vezes via-o com a Evie. Ela falava em si. Eu sou a Peggy.

— Estou a reconhecê-la. Posso ajudar?

— Ouvi a conversa, sem querer. Você estava a perguntar se estava alguém com a Evie na noite em que ela morreu. E estava, sim. Eu sou do quarto ao lado.

— Viu quem entrou e quem saiu? — perguntou, receando subitamente pelo rumo que a conversa podia tomar.

— Ver, nunca vi. Mas ouvi-os.

Estas palavras trouxeram-lhe ao mesmo tempo alívio e desapontamento. Ela não o vira a ele, mas, por outro lado, também não podia identificar o visitante.

— Por acaso a voz dele não lhe era familiar?

— Não, mas aí é que está. A voz que eu ouvi era de mulher.

QUINZE

Apesar do que Raven dissera a Henry a respeito de precisar de se habituar às suas novas acomodações, não podia negar ter uma sensação de santuário sempre que transpunha o limiar da porta. Esperava que a família Simpson tivesse a noção de como era privilegiada por viver naquele sítio, a salvo não apenas do frio e da fome, mas também do mundo do perigo, da ansiedade e da suspeição a que ele próprio se habituara na sua juventude. Ali, em Queen Street, não tinha já de estar em constante alerta, preocupado com os seus bens, a sua segurança, ou, nos confins exíguos da Ma Cherry, a sua privacidade.

Não deixava de ter a noção de ser um hóspede no lar de uma família alheia, mas tinha igualmente consciência dos esforços desta para o fazer sentir-se em casa. Decerto que Jarvis ainda lhe devotava menos respeito do que a *Glen*, o cão, e havia, claro, Sarah, que nem sequer tanto como isso; mas, em termos gerais, começava a sentir-se confortável no n.º 52.

Caminhou rapidamente para as escadas com a intenção de se aquecer antes de se lavar para o jantar. Havia sempre lume aceso numa das grandes divisões públicas do primeiro andar nesta altura do dia, o que era particularmente reconfortante após a brisa fria que o gelara na sua caminhada de volta da casa de Effie Peake.

Ao começar a subir, algo lhe passou disparado junto da cabeça, um míssil improvisado que o advertiu de que Walter e David andavam à solta. Ouviu o rugido de um grito de guerra enquanto David perseguia o seu irmão mais novo escadas abaixo. Como de costume, risos e gritos excitados acompanhavam os movimentos dos dois. Desapareceram numa sala do andar de baixo com o inevitável bater de uma porta, após o que, por contraste, o momento de silêncio que se seguiu pareceu ainda mais pronunciado.

Foi interrompido por vozes vindas do seu destino pretendido. A Sr.ª Simpson e Mina prosseguiam o que parecia ser uma conversa tensa. A porta estava escancarada e deduziu, da natureza descuidada da discussão, que não se tinham apercebido da sua chegada, uma vez que os seus passos nas escadas tinham sido abafados pelo barulho das crianças.

Foi Mina que ouviu primeiro, com um tom de voz suave mas determinado, como se estivesse preocupada por a poderem ouvir. Sentiu-se encurralado, consciente de que, se continuasse a avançar, seria ouvido e descoberta a sua escuta. Ainda que acidentalmente, as pessoas dificilmente perdoam quando sabem que deparamos com os seus segredos.

— Acho que te habituaste de tal maneira ao estatuto social que a reputação do Dr. Simpson confere que te esqueces de como as reputações podem ser precárias quando há um escândalo iminente.

— Isso são disparates, Mina. Nada mais que isso.

— Devias pensar que não é só a reputação dele que está em jogo. A tua também. Ele anda a pagar doze libras por ano a outra mulher. Não achas que a questão óbvia é: porquê?

— É um ato de caridade. Estou certa de que ninguém pode lançar calúnias sobre algo de tão nobre.

— A experiência diz-me que as pessoas estão sempre prontas a lançar calúnias sobre seja o que for quando a moralidade de determinado ato é questionável. Só se fores ingénua é que não prevês as conclusões que é provável que tirem. Na tua interpretação, é um ato de caridade. Mas, para outra pessoa, pode sugerir uma consciência culpada.

— Isso é absurdo, Mina. Não há nada de substancial a que os rumores se possam agarrar.

— Jessie, o James é um homem muito admirado pelas senhoras desta cidade, e tu tens passado este tempo todo afastada, de luto. Elas inundam-no de piropos e afetos. Será assim tão difícil imaginar aonde isso pode levar?

— Eu não tenho controlo sobre a coscuvilhice. Aquilo que é importante é eu saber qual é a verdade.

— E sabes?

— Tenho de te advertir, Mina, a não te esqueceres a quem pertence o teto sob o qual vives.

Uma porta abriu-se no andar de baixo e de lá saíram de novo de rompante os rapazes. Raven aproveitou a oportunidade para seguir para o quarto sem ser visto. Eram alegremente indiferentes aos modos complexos dos adultos, e ele fora quase tão ingénuo. Quando se faz um corte abaixo da epiderme, em qualquer lar, descobrir-se-á decerto que a vida aí não é tão harmoniosa como parece à superfície.

Escutara apenas uma breve troca de palavras, mas apercebeu-se do que se passava. Mina tentava delicadamente levar a irmã a perceber o que era óbvio para ela e, por consequência, para os outros. Raven estava demasiado familiarizado com o espetáculo de uma esposa que procura toda e qualquer possível interpretação que lhe permita escapar à conclusão mais dolorosa. Recordou a sua própria mãe, uma mulher brilhante e inteligente, que se fazia passar por tola no seu desespero de se furtar à verdade inevitável. O seu marido fora bêbado e mulherengo. Não podia negar o primeiro dos dois, uma vez que era confrontada com o facto na sua própria casa, quase todas as noites. Mas era em relação às noites em que era poupada pela ausência dele que ela se iludia persistentemente.

Poderia Raven acreditar nisso relativamente ao Dr. Simpson? Ao contrário do seu próprio pai, ele parecia o epítome do homem de família perfeitamente de bem consigo próprio, disponível e afetuoso para os filhos, quando tantos outros eram frios e distantes. Mas Raven não podia deixar de se lembrar de que estavam em Edimburgo, a cidade cujo brasão deveria ser a cabeça de Janus: uma face para a sociedade lustrada, outra por detrás de portas fechadas.

DEZASSEIS

Sarah pegou na camisa, apertando uma pequena quantidade do tecido imundo entre as pontas do indicador e do polegar. Desejou ter uma pinça para realizar a tarefa. Dava a sensação de que Raven andara a lavar soalhos ou a limpar a lareira com ela.

Como se tal fosse possível.

O tecido ralo, que ela presumiu ter sido um dia branco, era agora cinzento e manchado de terra. Havia manchas escuras em ambas as mangas que reconheceu serem de sangue. Uma das mangas tentava separar-se do resto da camisa, depois de um rasgão na costura ter sido em tempos mal cosido.

«Espero que ele cosa feridas melhor do que isto», pensou para consigo enquanto lançava a peça ofensiva de vestuário num cesto junto à porta. Essa ideia trouxe-lhe à memória o terrível corte na bochecha de Raven, acerca do qual suspeitava que ele não estivesse a contar a verdade. Alegava ter sido atacado de forma aleatória, mas o instinto dela dizia-lhe que algum papel ele havia de ter desempenhado no desencadear do ataque. Reconhecia nele qualquer coisa de inquieto. Ambicioso e determinado, sim, mas não em paz consigo próprio.

Destacava-se aos olhos dela como impetuoso, desesperado por se afirmar — perante quem, seria uma questão interessante. Desde que ali chegara, esforçara-se em demasia por parecer que detinha o controlo, compensando excessivamente o medo que o dominava. Recordando os seus próprios primeiros passos, e passos em falso, como criada de dentro, Sarah compreendia perfeitamente as dificuldades que experimenta quem é novo numa situação. A empatia que sentia para com ele estava, porém, limitada pelo facto de que o problema de Raven era um privilégio de se ter. Ela teria adorado poder negociar a nova situação dele, ao invés da de uma empregada doméstica, que podia ser mandada para a rua pelo simples facto de falar fora de tempo.

Sarah entrara ao serviço em Queen Street após a morte dos pais. O pastor local conseguira-lhe aquele trabalho por ser um velho amigo do Dr. Simpson. A partida prematura dela da escola paroquial constituíra decerto um grande alívio para o seu mestre-escola, cada vez mais saturado dos protestos dela por se ver excluída de matérias consideradas exclusivas para rapazes, como Cultura Clássica e Matemática. Estava convencido de que o domínio que ela demonstrava nos campos da leitura, escrita e aritmética era mais do que suficiente para uma menina da sua condição social, e insistia em que saber tricotar e costurar lhe seriam mais úteis e abririam no futuro a possibilidade de um trabalho na indústria. Como se trabalhar numa fábrica representasse o culminar de toda a sua ambição. Se alguém era capaz de executar uma tarefa ou de aprender um corpo de conhecimentos, que relevância tinha ser-se do sexo masculino ou do feminino? Mas a sua fúria perante esta injustiça arrefecera um pouco desde então.

Começou a examinar o resto do quarto, perguntando-se que outros horrores ali se acoitariam. Verdade seja dita, não era tão desarrumado como os caóticos domínios de Mina — mas estava longe de poder ser classificado como arrumado. Livros abertos e jornais distribuíam-se sobre o tampo da pequena escrivaninha a um canto, espalhando-se pelo chão num amplo círculo. Um casaco preto — com punhos sebentos, e o tecido puído junto às golas — estava pendurado das costas de uma cadeira. As botas enlameadas tinham imprimido pegadas de terra sobre a alcatifa desde a entrada até à lareira. Sarah suspirou. Ia levar algum tempo a limpar tudo aquilo.

Para conseguir divisar uma porção maior da carpete, antes de deitar no chão algumas folhas de chá, para dar sorte, e varrer, decidiu começar pela escrivaninha, ou, pelo menos, pelo chão em volta. Quando se abaixou para apanhar alguns dos papéis soltos no chão, deu por si junto à mala gasta que acompanhara Raven das suas anteriores acomodações. Estava aberta, e alguns dos papéis tinham aterrado no seu interior. Continha fundamentalmente livros, presumivelmente não considerados de necessidade imediata, visto que havia mais empilhados pelo resto do quarto.

Recordou a conduta prepotente dele na manhã das suas primeiras consultas.

Acha que um homem tem tempo para ler romances quando está a estagiar para ser médico?

Manifestamente, tivera um dia tempo para ler romances, uma vez que havia vários empilhados no interior da mala. Pegou no que se encontrava no topo, *As Memórias de Barry Lindon*, de William Makepiece Thackeray. Por baixo desse, *O Último dos Moicanos*, de James Fenimore Cooper, e por baixo, ainda, três obras de Walter Scott.

Sarah rodou o livro de Thackeray nas mãos. Sabia que Mina tinha um exemplar. Abriu-o, tomando nota de que no interior da capa fora inscrito o nome do proprietário em letra manuscrita: Thomas Cunningham. Um presente de alguém? Um livro roubado? Examinou o Cooper, encontrando o mesmo nome lá dentro. Talvez, então, um livro em segunda mão. Um lote adquirido a um colega.

Recolheu os papéis, tentando ordená-los. Alguns referiam-se ao que pareciam ser ferimentos sofridos na infância; outros a um procedimento conhecido por craniotomia, com ilustrações que ela se quis convencer de estar a interpretar mal. Estremeceu e pegou no outro papel, que verificou ser uma carta. Ao percebê-lo, voltou-a e pousou-a de novo, mas não sem observar que o remetente era a mãe de Raven e, mais intrigante ainda, que não se lhe dirigira nem por Will, nem por William.

Sorriu perante a descoberta, pondo-a de lado de modo a não se perder nas resmas de apontamentos. Foi então que encontrou um diário aberto. Chamou-lhe especialmente a atenção o contraste entre duas páginas. Numa delas, densos parágrafos da caligrafia cuidada de Raven, uma escrita cursiva com que detalhava os procedimentos de administração de éter. Na página oposta, apenas duas palavras com maiúsculas rabiscadas com impaciência:

EVIE ENVENENADA?

Ouviu demasiado tarde o som dos passos. Fora apanhada.

— Que diabo pensa que está a fazer? — perguntou Raven. Pegou bruscamente no diário pousado na escrivaninha, fechando-o com tal força que fez vários dos papéis que ela reunira voarem para fora das suas resmas. A sua veemência parecia desproporcionada, levando-a a interrogar-se acerca do significado do que quer que fosse que ele receava que ela tivesse lido.

— Não é preciso enfurecer-se — replicou ela, mantendo um tom de voz neutro, na esperança de lhe aplacar a ira. Uma queixa do estagiário do professor ofereceria de bandeja à Sr.ª Lyndsay o pretexto de que necessitava para cercear as obrigações clínicas de Sarah. — Estou só a tentar arrumar.

— Você não estava apenas a arrumar, estava a coscuvilhar nas minhas coisas, coisa que eu não tolero. Não há nada nesses papéis que lhe diga respeito, e menos ainda que você sequer compreendesse.

Apesar da precariedade da sua situação, Sarah não pôde impedir que as palavras de Raven lhe eriçassem o pelo. Sabia que devia recuar, mas um instinto impossível de conter instou-a, pelo contrário, a avançar. Mal podia tolerar curvar-se perante os pacientes do andar de cima, mas nunca diante deste jovem desalinhado.

— Quem é a Evie? — perguntou.

Ele pareceu possesso, o que teve o efeito involuntário de lhe suster a fanfarronice, colocando-o na defensiva.

— É... não é da sua conta.

Sarah decidiu capitalizar na sua vantagem.

— Como é que arranjou mesmo esse golpe na cara, *Wilberforce*?

Os olhos dele faiscaram, mas ela vislumbrou um indício de ansiedade sob a indignação. Raven tinha segredos, e essa era a verdadeira razão daquele surto de cólera.

— Você leu uma carta da minha *mãe*?

— Nunca me intrometeria a esse ponto. Limitei-me a ler o nome do destinatário. Tenho ouvido muitas vezes a Sr.ª Simpson dirigir-se-lhe por William e você nunca a corrigiu. Porque seria, perguntei a mim própria. O Dr. Simpson saberá que o seu verdadeiro nome é Wilberforce?

O rosto de Raven ficou congestionado.

— Você faria melhor em se lembrar da sua posição. Parece esquecer-se de que é uma empregada doméstica. Que espécie de casa é esta em que um comportamento assim não é refreado?

Sarah baixou o olhar para a mala, e de seguida para o seu cesto.

— Está habituado a ser alvo de maior deferência das pessoas do andar de baixo, *sir*? — perguntou.

Ele não respondeu. Parecia agora mais preocupado do que zangado. Receava o que ela pudesse saber, e tinha boas razões para isso. Parecia que havia alguém em casa com um domínio ainda mais ténue sobre a sua posição do que ela.

— Quem é Thomas Cunningham?

— Não sei.

— Sabe, sim. Foi o anterior dono dos livros em segunda mão que estavam na sua mala. A Sr.ª Simpson disse que o seu falecido pai era advogado em St. Andrews, mas eu cá apostava que você não nasceu em berço melhor que o meu.

Tirou a camisa sebenta e puída do cesto da roupa suja.

— Não há muita coisa que possa esconder da mulher que lhe lava a roupa.

Raven olhou para camisa, de indignação esgotada e de atitude frouxa, ou mesmo vulnerável. Era como se o facto de ela ver o estado da sua roupa fosse uma intromissão maior do que a leitura dos seus apontamentos.

— O que é que vai fazer com isso? — perguntou ele em tom humilde.

— A sua camisa está imunda. Tem de ser lavada, e precisa urgentemente de ser arranjada. Vou enxaguá-la até as nódoas saírem e coser o buraco na costura do ombro.

Raven deu um passo para ela, de novo com fogo no olhar.

— Agradecia que não tocasse nas minhas coisas — disse.

Sarah susteve-lhe o olhar.

— Como queira.

Deixou cair a camisa no chão, rodou nos calcanhares e saiu do quarto.

DEZASSETE

O *brougham* oscilava consideravelmente nas suas molas enquanto acelerava colina abaixo além de Gayfield Square. O dia nascera há pouco, mas o sol não brilhava, e uma chuvinha imparável caía de um céu baixo. Raven sentiu-se grato pela hora matinal e o abrigo da carruagem. Dos seus tempos de escola recordava a observação de um colega segundo o qual, quanto mais se caminhava por Leith Walk abaixo a pé à noite, mais provável era acabar, na expressão do rapaz, com a «boca arrebentada».

— Eu tive em tempos um cabriolé de duas rodas cor de vinho — disse-lhe. — Se você acha que este é rápido, havia de ver o barulho que aquela geringonça fazia sobre as pedras da calçada. E a Sr.ª Simpson insistiu em que eu o trocasse por algo mais à prova do clima.

Havia um brilho de satisfação nos seus olhos enquanto falava, mas o entusiasmo do professor revelou-se menos contagioso do que o costume, pois Raven não conseguia deixar de recordar a conversa de Mina com Jessie na noite da véspera. Quem era essa mulher a quem Simpson pagava, e porque lhe pagava? Raven sabia que Mina podia estar enganada, e também que, sem o devido contexto, ele próprio poderia ter entendido mal a breve troca de palavras que escutara. Não obstante, as cicatrizes deixadas pelo seu pai eram mais fundas do que a que ostentava na bochecha, e por isso não podia deixar de olhar o professor com suspeição.

Tentou afastar a ideia do pensamento, mas as outras questões que lhe ocorreram pouco alívio lhe ofereceram. A triste sina de Evie raramente se lhe afastava do pensamento, mas ressurgia ainda mais evidente desde a conversa que tivera com a evasiva Sr.ª Peake. E depois, havia aquele seu recentíssimo encontro com Sarah.

A rapariga lera-o como se fosse transparente. Os seus dotes dedutivos eram tão incisivos como a sua curiosidade impertinente. E, por mais improvável que fosse alguém mais lá em casa chegar às mesmas conclusões, ela detinha o poder de os ajudar a conhecerem também a verdade. Só esperava que o seu apetite por romances não a tivesse levado a ler o Thackeray que espiara, visto que versava o tema de uma família decadente que se esforçava por passar por pertencente às classes altas.

Tinha sentido essa pontada do medo quando ela o interrogara acerca de Thomas Cunningham. Felizmente, deduzira erradamente o significado de ter encontrado o nome dele escrito no interior dos livros de Raven, e, portanto, não seria talvez tão esperta como imaginava. Ainda assim, esperta era-o seguramente, e ele parecia ter feito dela um inimigo.

Porque o desprezava tanto? Nada fizera para a prejudicar. Houvera, obviamente, aquele incidente no primeiro dia de consultas, mas já antes disso ela demonstrava desprezo por ele — praticamente desde o momento em que transpusera o limiar da porta.

Teria simplesmente de suportar a situação. O tempo que passara em Heriot ensinara-lhe que, por vezes, os outros podem sentir uma antipatia instintiva ou irracional por nós, tal como nós por eles. Em tais casos, não há nada que se possa fazer para o alterar, e é insensato sequer tentar.

Uma dificuldade semelhante afetava a sua relação com James Duncan, muito embora, nesse caso, a causa da aversão não fosse nem instintiva, nem irracional. Duncan, na verdade, parecia considerá-lo não tanto um subordinado mas uma afronta, um fardo que o

Dr. Simpson lhe impusera, em vez de um assistente potencialmente valioso. Apesar de Duncan parecer ter prazer em lhe atribuir tarefas manuais e desagradáveis, comportava-se como se se ressentisse do facto de Raven trabalhar a seu lado, mesmo que na qualidade de lacaio. Suspeitava que tal se devesse ao facto de não querer que ninguém reclamasse sequer uma parte do contributo para algo que viesse a descobrir. O jovem médico era brilhante, disso não havia qualquer dúvida, mas, ao mesmo tempo, era inteiramente destituído de elegância, sentido de humor ou humildade.

A carruagem balançou, fazendo Raven escorregar no assento, ao virar a grande velocidade para Great Junction Street, na direção do porto. O professor não dissera aonde se dirigiam com tanta pressa. Alguém fora lá a casa, como acontecia frequentemente, solicitando a sua presença urgente. Como sempre, uma parte de Raven surpreendia-se e admirava-se pelo facto de alguém com o estatuto de Simpson responder a estas chamadas sem a expectativa de um pagamento adequado, e muito menos a garantia de compensação do tempo gasto por alguém tão eminente. Suspeitava de que o professor apreciava a excitação da urgência, de ser necessário a alguém. E quem não o faria?

Apercebeu-se de um burburinho crescente sob o ulular constante das gaivotas. O som aumentava ao aproximarem-se da respetiva fonte. Debruçou-se fora da janela e viu uma multidão reunida na orla do Water of Leith, tão densa que, caso alguém se desequilibrasse, podia fazer uma dúzia cair borda fora. Sobre as cabeças, via-se uma floresta de mastros estendendo-se até a meia distância, como se os navios da doca também se acotovelassem para ver o que quer que tinha provocado o ajuntamento.

Ouviu-se um grito assim que Simpson assomou fora da carruagem.

— É o Dr. Simpson. Abram alas, abram alas.

O mar de gente abriu-se diante de Simpson enquanto este descia para a rua. Raven seguia-o de perto, não fosse a multidão fechar-se de novo entre eles. No fim do canal humano havia três polícias, dois à esquerda de um indivíduo bem vestido que Raven presumiu ser seu superior. Confirmou a suposição quando Simpson o cumprimentou.

— Sr. McLevy, *sir*. Em que lhe posso ser útil?

Raven sentiu o peito apertar-se involuntariamente, fazendo-lhe lembrar aquelas vezes em George Heriot em que o reitor entrava na sua sala de aula sem se fazer anunciar. O polícia responsável era nem mais nem menos que o famoso James McLevy. Raven nunca o vira pessoalmente, mas conhecia a sua reputação — cuja natureza tendia a alterar-se dependendo de que lado de Princes Street alguém se encontrava. Entre os respeitáveis cidadãos da Cidade Nova, era considerado um detetive tenaz e diligente, inigualável na recuperação de bens roubados e infatigável nos trabalhos a que se dava para apanhar o seu homem. Já na Cidade Velha era temido pelo carácter brutal e implacável dos seus métodos e, embora lendário por nunca deixar um caso por encerrar, as más-línguas diziam que tal não significava necessariamente que o verdadeiro perpetrador fosse o que era levado à justiça.

Não parecia tão temível naquele momento, pois tinha uma expressão de dor e tristeza no rosto.

— É tarde demais até mesmo para as suas mãos experientes, Dr. Simpson — respondeu, com um sotaque que o associava ao Norte da Irlanda.

A uma indicação de McLevy, os outros agentes afastaram-se e Raven viu um lençol sobre as lajes do chão, encharcado pela chuva.

— Afogada? — inquiriu Simpson.

— Suspeito que sim. Mas parece-me que deve ter tido algum tipo de convulsão que a fez cair à água.

McLevy puxou ao de leve o lençol, e um arrepio de frio apoderou-se de Raven como se ele próprio tivesse mergulhado nas frias águas turvas. Debaixo do pano estava uma jovem, de lábios azulados e pele acinzentada. Estava morta na água há já algum tempo. Mas aquilo que chamou especialmente a atenção de Raven foi a expressão deformada do rosto e o corpo contorcido.

Vislumbrou-a por um breve momento apenas, antes de o lençol ser reposto.

— Posso ver? — pediu Raven.

Simpson pousou-lhe uma mão no ombro. — Não, temos de ir embora. Não foi para isto que fomos chamados e o tempo hoje escasseia. Há mais uma jovem cuja vida talvez ainda possamos salvar.

A paciente era uma mulher em trabalho de parto, esposa de um marinheiro que deixara recentemente o porto de Leith em viagem para Stromness. O seu estado era de visível perturbação e exaustão. Aos olhos de Raven, jazendo sobre a cama quase inerte, assemelhava-se a um pano torcido.

— A Sr.ª Alford tem uma pélvis extremamente contraída — informou o senhor de ar preocupado que era o responsável médico habitual da mulher, um certo Angus Figg. Era uma alma antiga, inquieto, de bigodes grisalhos, que se apresentou com grande deferência ao Dr. Simpson. Falou-lhes em voz baixa, longe da cama.

— Isto levou a um trabalho de parto prévio durante quatro dias. Nesse caso, a extração por fórceps foi malsucedida, e a criança teve de ser retirada aos bocados.

Olhou de novo a paciente.

— Ela foi avisada dos perigos de arriscar mais uma gravidez — prosseguiu. — Só hoje cedo fui informado do estado dela, quando estava já a termo e em trabalho de parto.

Raven olhou para a Sr.ª Alford, dando por ela a devolver-lhe o olhar, aguardando debilmente, mas com ansiedade, os resultados do conselho. Percebeu que o tormento dela não se devia apenas à dor que experimentava, mas à antecipação daquilo que a esperava.

Simpson examinou-a, os olhos da paciente permanentemente nele.

— Vou morrer? — perguntou ela em tom bastante informal, como se já se tivesse preparado para um tal resultado.

— Só se eu não conseguir impedi-lo — respondeu Simpson.

Anunciou-lhe que ia tentar executar uma versão podálica, ou viragem, instruindo Raven para lhe administrar éter.

— Isso se não tiver nenhuma objeção? — perguntou-lhe Raven encharcando a esponja.

A Sr.ª Alford olhou-o como se não tivesse entendido a pergunta, o que a ele lhe pareceu a resposta correta.

Inspirou o vapor com alguma sofreguidão e rapidamente mergulhou num estado de inconsciência. Raven achou a rapidez da transição algo alarmante, mas a respiração manteve-se regular e a pulsação, antes elevada, começou a diminuir para valores mais aceitáveis.

Com a paciente nesse estado relaxado, a criança foi facilmente virada, e os pés, pernas e tronco puxados sem grande esforço. Já a extração da cabeça revelou-se difícil. Simpson aplicou o fórceps e precisou de exercer um esforço considerável antes que a cabeça do bebé transpusesse a pélvis deformada da mulher. Mesmo com essa dificuldade, porém, o parto consumou-se em menos de vinte minutos.

O bebé foi entregue a Raven enquanto se retiravam as secundinas. Arquejou várias vezes, mas não conseguia respirar. A cabeça tinha sido achatada e comprimida, e o osso parietal de um dos flancos deslocado para dentro. Embrulhou a criança no cobertor que fora estendido com esse propósito e procurou em redor do pequeno quarto um local onde a pousar. Havia várias velas de sebo acesas em volta da cama e o Sr. Figg segurava uma lamparina de óleo, mas os cantos do quarto permaneciam envoltos em escuridão. Não encontrando nenhum recetáculo apropriado, colocou a pequenina trouxa pálida e sem vida junto à mãe ainda adormecida. A criança estava pálida, tingida de azul.

Nesse momento, Raven apercebeu-se de que não verificara o sexo do bebé; não poderia informar a mãe se o bebé era menino ou menina. Esperou que ela não perguntasse.

Quando a paciente retomou os sentidos, parecia estar fundamentalmente preocupada em que a sua provação tivesse terminado. Manifestamente, não esperava que uma criança viva resultasse daquele parto. Não demonstrou qualquer emoção quando a criança lhe foi apresentada, mas expressou o seu alívio por não ter sofrido tanto desta vez como da anterior.

Simpson prometeu voltar daí a um ou dois dias, a saber do estado da mãe.

— Fará bem em seguir o conselho do Sr. Figg e evitar a todo o custo outra gravidez — disse-lhe em tom suave.

— É melhor dizer isso ao meu marido — retorquiu ela.

DEZOITO

Sons de altercação receberam uma vez mais Raven nas escadas, dirigindo-se à sala de estar, embora, desta vez, as vozes fossem masculinas. Deteve-se no patamar, tentando perceber o objeto da discussão, com o intuito de se precaver. Conseguiu distinguir o tom seguro de si de Duncan, que soava sempre como se estivesse a comunicar os Dez Mandamentos. Raven não estava minimamente disposto a ser alvo de palestras e pensava bater em retirada quando ouviu alguém aclarar a garganta atrás de si. Voltando-se, avistou Sarah, que levava um tabuleiro com um decantador e copos.

— Abra a porta, se fizer favor, Sr. Raven — disse ela, sorrindo, manifestamente divertida por o apanhar a escutar à porta.

Ela persegue a minha sombra, pensou para consigo.

Fez o que lhe era pedido, permitindo-lhe entrar na sala à sua frente. A Sr.ª Simpson e Mina sentavam-se lado a lado num sofá, enquanto os homens, os doutores Simpson, Duncan e Keith, se reuniam frente à lareira.

— Raven! — chamou Duncan, com efusividade pouco habitual. — Junte-se à refrega.

— Qual é o tema? — inquiriu ele, receando que Duncan buscasse uma oportunidade para o fazer parecer pouco informado.

— Estamos aqui a discutir as teorias de Hahnemann sobre *similia similibus curantur* e as doses infinitesimais — disse Duncan em tom animado.

Os semelhantes curam-se pelos semelhantes. Duncan teria de se esforçar um pouco mais para o apanhar desprevenido.

— Homeopatia — replicou.

Olhou para o sítio onde Sarah servia doses de xerez em copos, na esperança de que tivesse presenciado o seu pequeno triunfo. Mas ela parecia concentrada na sua tarefa, e não levantou os olhos do decantador.

— E qual é a sua impressão a esse respeito? — pressionou-o Duncan, desta vez com uma sobrancelha franzida, como que esperando que Raven se posicionasse inequivocamente do lado errado do debate.

— A doutrina segundo a qual os semelhantes se curam pelos semelhantes não faz muito sentido para mim — disse Raven. — E quanto à noção de que diluições sucessivas aumentam, paradoxalmente, a eficácia de uma solução, estou convencido de que a minha antiga senhoria, a Sr.ª Cherry, seria uma adepta fervorosa de tal ideia. A sopa dela, muitas vezes, continha apenas vestígios infinitesimais de carne, o que, segundo Hahnemann, proporcionaria maior alimento do que um bife suculento.

Simpson riu-se e deu uma palmada vigorosa nas costas de Raven. Nunca estivera em risco de ficar do lado errado da disputa, uma vez que o professor deixara os seus pontos de vista bem claros perante a sua turma em diversas ocasiões. Gostava de contar repetidamente a história de quando recebera uma caixa de remédios homeopáticos de um amigo e os dera aos filhos para brincarem, o que provocara, evidentemente, a mistura dos medicamentos. A mesma caixa fora então oferecida a um adepto entusiástico, que afirmara mais tarde tê-los empregado com grande sucesso.

— Alguns remédios homeopáticos não são, sequer, tomados internamente, mas aplicados utilizando a técnica olfativa — explicou

Simpson, que demonstrou dando uma inspiração em tom teatral no seu copo de xerez. — Contaram-me a história de uma senhora que foi sujeita a esse processo — prosseguiu. — Quando chegou a hora de pagar a fatura ao seu homeopata, deu a nota a cheirar ao homem antes de a guardar de novo no bolso.

A historieta foi recebida com riso por todos, com a habitual exceção de Duncan. Aguardou impaciente e de lábios unidos que o momento passasse, a sua resposta habitual a qualquer interrupção para risos. Era como se a sua mente não compreendesse o mecanismo do humor, em si, ou pelo menos a sua necessidade.

— Diga-se, pelo menos, que a consolação de um medicamento sem efeitos é que também não tem efeitos negativos — sugeriu George Keith. — É que há também umas mistelas absolutamente repugnantes impingidas todos os dias a pacientes incautos. O mercúrio, para dar um exemplo, é uma droga pestilenta e totalmente perniciosa. E o Syme mostra-se cético a respeito de todo e qualquer medicamento interno, com exceção do ruibarbo e da soda.

Nesse momento, a porta abriu-se e John Beattie entrou na sala a passos largos, com o seu caminhar inquieto, como que de pássaro, trazendo consigo um odor a tabaco e um cheiro ainda mais intenso a água-de-colónia.

— Pós de Gregory — disse ele, em resposta ao último comentário de Keith, como se tivesse estado presente o tempo todo. — Receito-o frequentemente. Mas a verdade é que raramente deixo a cabeceira de um paciente sem lhe dar um novo frasco ou algum tipo de receita. Dr. Simpson, boas noites.

Simpson levantou-se e apresentou o seu convidado, que apertou cada mão que se lhe estendia com elegância de experiência feita.

Raven sentiu-se impressionado com a segurança dos modos de Beattie. Embora não fosse especialmente alto, lançava-se desenvoltamente para o meio do grupo, em contraste vincado com o instinto de Raven, que era o de se encolher nas linhas laterais. Tomou a devida nota da curiosidade e suspeição instintivas de Duncan perante este intruso não anunciado e, em resultado disso, sentiu-se próximo de Beattie. O homem parecia perfeitamente bem vestido mesmo salpicado de sangue nas suas roupas do dia-a-dia. Vestido para jantar, o seu esplendor *dandy* era um espetáculo digno de se ver. Como poderia ter dito a mãe de Raven, ele é que vestia a roupa, e não a roupa a ele.

O efeito não passou despercebido a Mina, que se levantou do sofá e se aproximou dele, de mão estendida. Beattie curvou-se numa vénia e beijou os dedos que se lhe ofereciam.

— Acho o perfume da sua colónia absolutamente divinal — disse Mina. — Comprou-a na Gianetti? Em George Street?

— Esta fragrância é a *eau de cologne* original de Farina, importada da Europa. Bergamota e sândalo, com apontamentos de citrinos.

— Que exótico — replicou Mina, manifestamente impressionada.

— O sentido do olfato é o mais intimamente ligado à memória — acrescentou com um sorriso. — Esperamos sempre ser lembrados.

Raven lançou mais um olhar a Duncan, que parecia inquieto, como se o recém-chegado representasse uma ameaça para a sua supremacia. Franziu o sobrolho quando Beattie aceitou um copo de xerez de Sarah.

— Eu *tenciono* ser lembrado — observou Duncan, erguendo o copo para um brinde — por algo mais relevante e popular até do que os pós de Gregory. Brindo a contributos memoráveis.

— A sermos lembrados — respondeu Beattie, erguendo o seu próprio copo e esvaziando-o. Voltou-se de novo para Mina, negando a Duncan oportunidade de se alongar acerca dos seus grandiosos planos. — Não me lembro da última vez que encontrei tantas mulheres belas numa sala — declarou, olhando todas as senhoras presentes.

A Sr.ª Simpson sorriu, Sarah bufou e Mina baixou pudicamente os olhos para a fímbria do vestido, numa etiqueta visando prevenir qualquer reconhecimento direto do piropo.

Raven observou as suas reações encantadas e tomou consciência, não sem um certo pesar, de que, por mais que pudesse aprender com Beattie enquanto médico, certos talentos simplesmente não podem ser ensinados.

Beattie sentou-se junto de Mina ao jantar, o que surpreendeu Raven. Imaginara que o novo convidado poderia querer agarrar a oportunidade de causar uma impressão direta sobre o Dr. Simpson. Não lhe ocorrera que Beattie pudesse interessar-se genuinamente pela cunhada do professor, que se encontrava no limite do estado de solteirona, mas talvez a idade dela libertasse Beattie de preocupações de que as suas atenções pudessem ser mal interpretadas. Conversaram livre e demoradamente. Beattie solicitou-lhe as suas opiniões sobre tudo e mais alguma coisa, desde moda feminina a literatura e poesia.

Tinha talvez procurado impressioná-la com o seu amplo conhecimento dos temas de escrita, apenas para descobrir que Mina possuía um nível de familiaridade com Byron e Shelley que facilmente superava o seu. E Beattie, em lugar de se retirar da conversação, agora que a sua superioridade fora questionada, pareceu entusiasmar-se ainda mais, e os dois discutiram os méritos relativos dos poetas românticos como se fossem os únicos à mesa e há muito fossem íntimos.

Beattie interrompeu a conversa por momentos apenas para expressar a sua admiração pela cozinheira dos Simpson. «Sublime!», pronunciou-se, enquanto esvaziava o prato.

Raven não se sentiu em posição de dar um contributo informado, dada a mísera porção que lhe fora servida. Só conseguiu identificar dois pedaços de carneiro entre as cenouras no prato. Aquela porção de comida seria insuficiente para o papagaio, quanto mais para um homem adulto. Observou que todos haviam recebido uma porção mais generosa do que a sua, e tentou captar o olhar de Sarah enquanto esta passava entre o aparador e a mesa com diversos pratos. Ela, porém, parecia determinada em ignorá-lo.

Enquanto as sobremesas eram servidas (tendo Raven novamente recebido uma dose homeopática), Mina continuou a monopolizar a atenção de Beattie, até o anfitrião intervir e o conduzir de novo à conversa geral.

— Aqui o Dr. Beattie estava há pouco a partilhar comigo as suas ambições de abrir um *spa* hidropático — anunciou Simpson, com um familiar brilho de malícia no olhar. — Antes de você chegar, estávamos embrenhados numa discussão acesa acerca de práticas não regulamentadas. Perguntava-me eu onde se pode traçar a linha entre física e charlatanice.

— Eu mantenho-me cético relativamente aos benefícios da homeopatia — respondeu Beattie, levando Raven a perguntar-se se também ele se detivera a escutar atrás da porta antes de fazer a sua entrada. — Parece basear-se numa premissa frágil, e, no entanto, tem-se revelado bastante popular.

— Conheço muitos que põem as mãos no fogo por ela — disse Mina, em apoio da sua última afirmação.

— Realmente — concordou Beattie, voltando-se de novo para ela. — E é por isso que seria prematuro descartá-la inteiramente, *Miss* Grindlay.

— O Professor Christison refere-se aos remédios homeopáticos como «pingos de nada e pós de insignificância» — acrescentou Duncan, num tom tão desajeitadamente desdenhoso quanto o de Beattie fora cortês.

Mina olhou-o como se ele tivesse acabado de pronunciar algum tipo de blasfémia. Raven imaginou o nome do Dr. Duncan a ser riscado da lista mental de potenciais pretendentes de Mina, substituído pelo de Beattie, que poderia ainda ser sublinhado. Várias vezes.

— E quanto à frenologia? — inquiriu Simpson.

— A teoria segundo a qual a forma do crânio pode fornecer informações relativamente à personalidade? Acho que pode haver alguma coisa aí — respondeu Beattie. — Há muitos nomes da medicina que a apoiam. Entre eles, o Professor Gregory.

— Não estou certo de que a convicção dos outros seja um argumento convincente — observou Simpson em tom delicadamente crítico. — Se é verdade que muitos médicos eminentes são membros da sociedade frenológica, isso, só por si, não chega para me convencer.

— Exatamente — corroborou Duncan. Nunca nenhum absurdo é demasiado infundado para encontrar apoiantes.

Beattie pareceu momentaneamente derrotado, como que melindrado com a dureza da réplica de Duncan. Mas o semblante logo se lhe desanuviou e o sorriso regressou, com a sua serenidade restaurada.

— Todo aquele que se decida a ludibriar o mundo pode ter a certeza de que encontrará gente a quem ludibriar — declarou.

Duncan sorriu ao de leve à guisa de resposta, dando-se por satisfeito em obter assim algum tipo de rendição.

Raven bebeu um pouco mais do seu vinho. Por essa altura, tinha consumido vários copos do clarete do médico (sem ter comido grande coisa) e começava a divertir-se.

— As águas da charlatanice podem ser turvas — disse ele —, mas há dinheiro a ganhar para quem estiver preparado para nadar.

O seu contributo para o debate não visava tanto apoiar Beattie como mostrar solidariedade contra um inimigo comum.

— Arriscava-se a afogar-se, meu rapaz — retorquiu Simpson. — Uma reputação assim manchada poderia nunca mais recuperar.

Nesse momento Sarah entrou na sala com um bule de café e curvou-se ligeiramente para servir. Raven descobriu que os seus olhos eram atraídos para a cabeça dela, muito embora quaisquer pormenores da sua forma fossem ocultados pela sua touca branca. O que revelaria um exame ao seu crânio? Combatividade? Falta de decoro?

Quando ela se voltou para abandonar a sala, ele apercebeu-se de que uma pequena madeixa de cabelo cor de mel se escapara dos limites da sua touca e lhe pendia delicadamente sobre a nuca. Perguntou-se distraidamente qual seria o cheiro do seu cabelo e tomou consciência, talvez pela primeira vez, de quão jovem ela devia ser.

Raven tomou o seu café e postou-se junto à janela, atento ao papagaio, que o mirava com suspeição do respetivo poleiro. Beattie surgiu a seu lado, ostensivamente examinando a ave exuberante mas temperamental, claramente desejando afastar-se da conversa central da sala.

— Para ele é fácil de dizer — declarou Beattie devagar.

— O que é que é fácil de dizer?

— Pontificar sobre como um médico pode ganhar dinheiro. Não é preciso fazer um grande sacrifício a defender a moral quando se tem os cofres a transbordar.

Raven perguntou-se se Beattie adivinhara a precariedade das suas próprias finanças.

— Admito — replicou Raven — que poderia sentir dificuldade em manter-me fiel aos meus princípios caso uma dama rica e crédula se oferecesse para me remunerar por uma terapia inócua, mas inútil. E se isso a fizesse sentir-se melhor, pura e simplesmente por acreditar na sua eficácia, seria então a dita terapia realmente inútil? Talvez essa questão bastasse para salvar a minha consciência.

— Tenho uma proposta a fazer-lhe que não o obrigaria a confrontar-se com esse tipo de dilemas éticos — declarou Beattie. — Trata-se de uma paciente que necessita de ser sujeita a determinado procedimento, mas tem relutância em submeter-se-lhe sem os benefícios do éter. E eu disse-lhe que tinha encontrado alguém capaz de lho ministrar.

— Eu? — perguntou Raven, mal se atrevendo a acreditar.

— Mas é claro que sim. Enquanto associado do grande Dr. Simpson, os seus serviços justificariam uma remuneração generosa.

— Um associado júnior, e dificilmente classificável como especialista.

— Estou certo de que é suficientemente experiente. O que tem a perder?

Raven apercebeu-se do seu reflexo no escuro da janela. Sentiu a ferida da bochecha latejar como que para lhe recordar aquilo que de facto tinha a perder.

— Quão generosa? — perguntou.

DEZANOVE

No dia seguinte, Raven teve direito a uma trégua no caos das manhãs de consultório, uma vez que parte do seu estágio incluía obrigações regulares no Royal Maternity Hospital. Infelizmente, teria sido necessário um poder superior ao do Dr. Simpson para lhe conceder uma trégua na dor de cabeça pungente que o afligia a cada passo. Era capaz de admitir que bebera o clarete do professor com deleite incontido, em celebração da oferta de Beattie e da perspetiva próxima de recuperar o dinheiro que devia a Flint. No entanto, os efeitos secundários toleráveis desta indulgência tinham-se agravado brutalmente após o pequeno-almoço, quando Duncan requisitara a assistência de Raven nas suas investigações.

Começou por sentir-se curioso com o facto de Duncan abandonar a sua relutância em o envolver diretamente no seu trabalho, perguntando-se se os seus contributos para o debate da noite anterior o tinham elevado no apreço do jovem prodígio. Descobriu então que Duncan reunira uma nova amostra de potenciais agentes anestésicos, e a incumbência de Raven pouco mais implicava do que provar venenos; ou, mais rigorosamente, farejar venenos. Duncan vaporizara diversas amostras sob o seu nariz, nenhuma das quais precipitara efeitos superiores a ligeiras tonturas e um latejar cumulativo no cérebro.

O Maternity Hospital situava-se no interior de Milton House, no Canongate, numa mansão georgiana que, ou já vira melhores dias, ou fora edificada com a expressa intenção de afugentar visitantes inesperados com a ameaça de colapso iminente. Deveria encontrar-se com o Dr. Ziegler, o cirurgião do hospital e, considerando o latejar que lhe afligia a cabeça, tinha a esperança de que o homem se parecesse mais com Simpson do que com Syme.

Foi recebido à porta por uma mulher de elevada estatura envergando uma touca engomada, a qual, depois de o mirar de cima a baixo, lhe transmitiu a impressão de que se preparava para ir buscar um pau para o expulsar. Manifestamente, a sua barba não crescia suficientemente depressa nem se tornava suficientemente espessa para realizar a transformação que ele esperara.

— Sr. Will Raven. Para o Dr. Ziegler. Sou estagiário do Dr. Simpson. Julgo que sou esperado.

Contava que a menção do seu empregador lhe facilitasse a passagem para o hospital, ultrapassando a sua taciturna porteira. A mulher não lhe deu qualquer resposta, mas deixou o olhar derivar para baixo, onde permaneceu. Raven sentiu-se compelido a fazer o mesmo, dando por si a mirar o próprio calçado. As suas botas tinham o aspeto habitual, com uma fina camada de lama colada aos lados: nada de surpreendente, considerando que se deslocara de Queen Street a pé.

— Sr.ª Stevenson. Enfermeira-chefe — apresentou-se ela. — Agradecia que limpasse os pés antes de entrar.

Raven pensou para consigo que ela não era do género de agradecer a ninguém o que quer que fosse. Manteve-se de braços cruzados, vendo-o aplicar os pés ao tapete metálico da porta. Uma vez satisfeita com os esforços dele, afastou-se, facultando-lhe a entrada.

— O Dr. Ziegler está na enfermaria, a fazer as suas rondas.

Indicou-lhe uma porta à esquerda, após o que desapareceu numa divisão à direita, fechando a porta e deixando-o sozinho no corredor. Ele seguiu as instruções, apercebendo-se do ténue aroma a limões misturado com algo de mais terroso. Representava uma considerável melhoria relativamente ao pivete fétido que associava às salas do Royal Infirmary.

Uma brisa intensa fazia-se sentir, uma vez que todas as janelas estavam abertas — na tentativa, quiçá, de varrer para longe o espectro da febre puerperal, a praga de qualquer instituição do género — e, em consequência disso, a lareira na extremidade da divisão tinha um bom lume aceso, o que ajudava a mitigar o frio do vento. Havia uma fileira de camas junto de uma parede e uma mesa de grandes dimensões no centro do espaço, onde um homem baixo escuro, de óculos, tomava notas num livro de registos. Sem levantar os olhos do volume, levantou a palma de uma mão ao ouvir Raven aproximar-se, a fim de lhe indicar que esperasse.

Raven obedeceu silenciosamente, pensando consigo mesmo que a questão de Simpson ou Syme se inclinava agora para o último.

Ziegler concluiu o que estava a escrever e levantou o olhar, revelando uma fisionomia vivaz.

— Estou a atualizar o livro de estudo de casos — informou, fechando o livro e colocando reverencialmente a mão sobre ele. — Todos os partos têm de ser inscritos. Uma informação rigorosa é a chave para desvendar muitos mistérios. Ora muito bem, gostaria de dar uma volta pelas instalações, Sr. Raven?

Ziegler conduziu então Raven, claramente orgulhoso do pequeno hospital e da sua coleção de mães expectantes ou acabadas de dar à luz. Quaisquer das mulheres, cujas circunstâncias pessoais impossibilitavam o parto em casa, eram vistas como desgraçadas.

— Fazemos um bom trabalho nesta casa — declarou, enquanto mostrava a Raven a sala de partos vazia —, mas o nosso financiamento é precário. Os donativos caritativos são frequentemente inibidos por preocupações de natureza moral.

— De natureza moral?

Recordou-se do panfleto redigido pelo Reverendo Grissom denunciando a utilização do éter no trabalho de parto, mas Ziegler referia-se a uma preocupação de natureza mais geral relativamente às utentes do hospital.

— A política que seguimos de admissão de mães solteiras gera um profundo desconforto em muitos espíritos cristãos. Alguns são de opinião que encoraja os comportamentos imorais.

— Qual é a alternativa? — perguntou Raven.

— Uma questão muito pertinente, caro jovem. Na minha opinião, não tem lógica negar cuidados a alguém que deles necessita simplesmente porque se discorda do modo como a pessoa conduz a sua vida. Não julgueis e não sereis julgados.

— Totalmente de acordo — aquiesceu Raven, lembrando-se de novo de Evie e do modo como a sua morte fora desprezada.

Mais uma pega morta.

— Acredito que é importante providenciar os melhores cuidados possíveis às pacientes, independentemente das razões pelas quais incorreram nas suas provações atuais — prosseguiu Ziegler. — Pessoas desesperadas são muitas vezes levadas a praticar atos desesperados. Conheci mulheres jovens que tiraram a própria vida por não serem capazes de enfrentar as consequências da sua gravidez; e outras por não conseguirem lidar com o facto de a sua família descobrir essa gravidez. Por vezes, temos de ponderar qual o menor de dois males.

Ziegler fitou Raven com um olhar penetrante. Este sentiu que seria avaliado em função da sua resposta, começando por saber, sequer, se compreendia de que falava Ziegler.

— Refere-se ao aborto?

Ziegler acenou afirmativamente com a cabeça, com ar solene. Raven quis acreditar que tinha passado no exame.

— Aborto, infanticídio. Essas coisas acontecem com maior frequência do que gostaríamos de admitir. Quando não se fazem registos, não há como saber com um grau mínimo de certeza.

— Houve dois casos recentes no Infirmary. Útero perfurado e peritonite em ambos os casos.

— Fatais?

— Sim. Equivalentes a assassínio.

— Quando se inflige deliberadamente tais danos e só se está interessado no pagamento, então é mesmo assassínio, puro e simples. E o responsável?

— Não foi identificado.

— Não me surpreende. É relativamente fácil o assassino ficar impune, especialmente quando as vítimas são consideradas irrelevantes.

— Sabe alguma coisa acerca disso? — perguntou Raven.

— Eu? — replicou Ziegler, levando, com o seu olhar de curiosidade, Raven a recear por momentos que o homem pensasse estar a ser contestado.

— Estou simplesmente a pensar que as mulheres devem conversar sobre essas coisas. Talvez o senhor tenha ouvido algo.

— Não posso dizer que tenha, não. As mulheres não tendem a confiar em mim e eu ignoro tudo aquilo que lhes sai da boca durante o parto. Mas talvez a enfermeira-chefe tenha ouvido alguma coisa. As mulheres parecem estar mais à vontade a falar desses temas umas com as outras.

Ziegler conduziu-o de volta ao quartinho para o qual a Sr.ª Stevenson se retirara após lhe ter dado entrada. Considerando a forma como travara conhecimento com a mulher, não tinha grande fé em que uma entrevista com ela pudesse adiantar alguma coisa. Quando entraram, ela estava sentada a uma secretária, somando uma coluna de números num livro-razão.

— Dr. Ziegler — disse ela, sorrindo ao levantar os olhos dos seus cálculos.

Aqui o Sr. Raven diz-me que anda alguém novamente a praticar artes negras — disse Ziegler, sentando-se na borda da secretária dela.

A Sr.ª Stevenson suspirou e pousou a caneta.

— Ouviu alguma história do género? — perguntou ele.

Raven surpreendeu-se com a ligeireza com que se abordava uma questão tão delicada.

— Sobre artes negras, não — respondeu ela. — Mas já ouvi falar num novo remédio secreto para «restaurar a regularidade».

Raven não entendeu.

— Um laxante?

— Do ciclo mensal — explicou Ziegler.

Raven sorriu perante o seu próprio mal-entendido, mas a expressão séria no rosto de Ziegler fez-lhe ver que continuava a não alcançar totalmente o sentido.

— Um eufemismo — confirmou Raven.

— Exatamente. Esses remédios são por vezes anunciados «para o alívio da obstrução», mas vai dar ao mesmo.

— E esse novo remédio secreto tem fama de ser bem-sucedido?

— Tão bem-sucedido como outro qualquer antes dele — respondeu a Sr.ª Stevenson, querendo com isso significar sucesso nenhum. — Resolvemos aqui constantemente as obstruções, após o que é restaurada a regularidade do ciclo mensal.

— Há muito tempo que se faz negócio com essas charlatanices — explicou Ziegler. — Pílulas e poções sem quaisquer efeitos. Truques baratos e promessas vãs.

— Ah, baratos é que eles não são — declarou a enfermeira-chefe —, pois aí é que está o segredo. Quanto mais caro o remédio, mais provável é que uma mulher desesperada acredite nos rumores da sua eficácia e perca o amor ao seu dinheiro.

— Rumores, sem dúvida, semeados pelo mesmo patife que distribui as pílulas — acrescentou Ziegler.

Raven pensou nas discussões da noite anterior. O princípio era o mesmo, mas havia uma maior desonestidade aqui, uma vez que a crença da paciente em que o medicamento estava a resultar não fazia qualquer diferença neste caso.

— Charlatanice — observou.

— *Aye*, embora haja pior do que isso — disse a Sr.ª Stevenson. — Mais perigosos do que os simples charlatães são aqueles que tentam engendrar remédios genuínos. Já vi raparigas ficarem horrivelmente maldispostas depois de tomarem tais remédios, sem que tenham tido qualquer alívio da «obstrução» que lhes prometiam remover. Ficaram transidas de dor, olá se ficaram. Só Deus sabe o que ingeriram, convencidas de que as aliviaria do seu fardo.

As palavras dela fizeram Raven evocar a postura contorcida de Evie, a sua expressão agonizante, bem como a visão de relance que tivera da mulher retirada da água no dia anterior. Mas a memória de ter encontrado Evie trazia-lhe à mente mais do que as habituais dor e ansiedade. A necessidade urgente de dinheiro que ela exprimira, e a sua relutância em dizer para quê poderiam finalmente ter uma explicação.

Pela primeira vez, ocorreu-lhe que ela poderia estar grávida.

Raven examinava no seu espírito esta nova possibilidade enquanto caminhava de regresso ao Canongate na escuridão que começava a formar-se, tentando calcular as implicações e revivendo algumas das últimas conversas que tivera com Evie. Apercebia-se tardiamente de que ela estava grávida. Depois, deveria ter percebido que não havia futuro para ela num emprego como o de criada, ainda que houvesse uma casa que a admitisse. Ela tinha vindo a iludi-lo, sabendo que não podia acontecer. Raven sempre fora um pouco cego em relação a ela, voluntariamente. Este sonho de se erguer a ela mesma nada mais fora do que isso mesmo: um sonho, uma fantasia. E compreendia agora que fora uma fantasia destinada a entretê-lo mais do que uma fantasia genuinamente assumida por ela.

Tão embrenhado estava nas suas divagações que não se apercebeu de uma forma distintiva que dele se aproximava, até ser demasiado tarde. A silhueta inconfundível de Gargântua materializou-se do nevoeiro, deslocando-se pesadamente colina abaixo, vindo da High Street.

Àquela distância, no escuro do estreito canal, Raven não pôde ter a certeza de haver sido visto. Era pouco provável, porém, passar despercebido por Gargântua. Raven não teve outra opção senão entrar de corpo reclinado pelas portas da taberna mais próxima adentro e esperar que corresse bem.

O sítio estava cheio de gente, o que era ótimo, pelo calor que proporcionava numa noite tão fria. O embaciado do fumo e o cheiro da cerveja derramada envolveram-no de imediato como o abraço de um velho amigo. Desejou apenas não ter os bolsos tão vazios.

Dirigiu-se a um canto escuro a fim de esperar que o perigo passasse. Ainda mal puxara de um banco quando viu as portas abrir-se e o gigante penetrar na sala, baixando-se para não bater com a cabeça no lintel da porta.

Raven colou-se à parede ao ver Gargântua aproximar-se, com o seu olhar de monstro fitando-o fixamente. Olhou em volta, mas não divisou quaisquer rostos conhecidos, gente robusta que pudesse vir em seu auxílio. Não tinha amigos ali, mas apercebeu-se de que os estranhos poderiam, ainda assim, ser a sua salvação, pois o homem não levaria decerto a cabo um ataque frente a tantas testemunhas.

O conforto da ideia durou tanto tempo quanto foi preciso para se perguntar quantos homens estariam preparados para testemunhar em tribunal contra aquela criatura.

— Já falta pouco para ter dinheiro para vocês — suplicou Raven, sentindo um formigueiro na cicatriz da bochecha enquanto o gigante se acercava de onde ele estava.

— Senta — ordenou Gargântua.

Raven obedeceu, embora isso o imobilizasse a um canto, com Gargântua a bloquear-lhe o trajeto para a porta. Era uma visão incontornável e, no entanto, apercebeu-se Raven, atraía poucos olhares diretos: apenas olhadelas pelo canto do olho. Queriam espreitá-lo, mas sem correr o risco de lhe cruzar o olhar.

— Daqui a poucos dias vou fazer trabalho médico bem pago com uma paciente rica da Cidade Nova — disse-lhe, rapidamente mas em tom calmo. — Sou estagiário do Professor Simpson, estou a estagiar para médico e...

Gargântua levantou uma mão imensa com o intuito de o silenciar. Agora que lhe via o rosto à luz do interior, era ainda mais perturbador. Tinha as proporções erradas, carne solta em certos sítios, esticada noutros. Estava suado apesar do frio que fazia lá fora, e a pele era de uma palidez doentia.

— Eu sei para que é que tu estás a estagiar. Foi por isso que te segui aqui.

Raven vislumbrou um relâmpago de esperança e procurou aproveitá-lo.

— Há alguma coisa em que eu possa ajudar? — perguntou, com ar tão descontraído quanto o medo lhe permitia.

A expressão de Gargântua ensombrou-se.

— Tu não percebeste. Eu queria que tu soubesses que eu desprezo a tua profissão.

Raven mal conseguiu respirar, mas lá logrou responder, sentindo que o monstro convidava a uma questão.

— Porquê?

— Por causa da vossa atitude para com pessoas como eu. Aberrações da natureza.

— Garanto-lhe que só queremos compreender problemas médicos invulgares e, com isso, aprender a ajudar quem deles sofre.

— Vai dizer isso ao Charles Byrne — exclamou Gargântua, fazendo jorrar as palavras sobre a mesa como o trovão que antecede uma tempestade. — Já ouviste falar nele?

Raven acenou afirmativamente. Muita coisa tinha ficado clara agora, e nada disso era bom.

— Um homem como eu. Só que maior ainda. Chamavam-lhe o Gigante Irlandês. Uma vez veio aqui a Edimburgo. Acendeu o cachimbo num dos Candeeiros da North Bridge sem sequer ter de se pôr em bicos dos pés. *Aye*, vocês, o pessoal médico, todos o queriam, mas não era para o «compreender», nem para lhe dar «assistência». Os vermes desavergonhados ofereceram-lhe dinheiro pelo cadáver enquanto ele ainda estava vivo.

Raven conhecia a história, à semelhança de qualquer pessoa ligada à medicina. Byrne recusara os avanços deles, por mais dinheiro que lhe oferecessem. Acreditava na ressurreição, que o Senhor o ia elevar quando chegasse o Dia do Juízo Final, e para isso ia precisar do seu corpo. Mas os anatomistas tinham planos para a ressurreição deles próprios e, quando o Byrne morreu, em junho de 1783, lutaram entre si pelos restos mortais, independentemente dos desejos do homem.

Os amigos de Byrne uniram-se para lhe proteger o corpo. Exibiram o seu caixão descomunal para angariar fundos para alugar um barco e assegurar que fosse sepultado no mar, segundo a sua vontade expressa. Mas, tendo sido oferecida uma avultada recompensa pelo corpo, havia sempre o risco de traição e, sem que o grupo de amigos o soubesse, foi um caixão cheio de pedras que lançaram ao mar. Algures a caminho de Margate tinha sido feita uma troca e o cadáver roubado. Inevitavelmente, foi parar às mãos do homem que mais ofereceu por ele, o reputado cirurgião e anatomista John Hunter.

A notícia do roubo chegou aos jornais e gerou um escândalo, razão pela qual Hunter nunca chegou a dissecar o corpo como planeara, tendo em vez disso esquartejado o cadáver e cozido os pedaços até aos ossos. Manteve a posse dos restos mortais secreta ao longo de vários anos, mas ao fim de algum tempo reconstituiu o esqueleto e exibiu-o. O pior de tudo terá sido, porventura, que dessa forma Hunter nada aprendeu sobre o corpo. Gastou uma quantia considerável para adquirir, não um espécime crucial, mas um mero troféu, como um órgão num frasco.

Os olhos de Gargântua relampejaram e ele inclinou-se para a frente. Agarrou o pescoço de Raven e juntou a sua testa à dele. O hálito imundo do gigante envolveu-lhe o rosto.

— Oitocentos guinéus, pagou o Hunter. Achas que o Charles Byrne ganhou uma fração disso em toda a vida? Os homens como tu acham que os homens como eu valem mais mortos do que vivos. E é por isso que, a partir do momento em que o Sr. Flint dê a ordem, eu corto-te em pedaços, por dever, mas principalmente por prazer.

Gargântua soltou o aperto e levantou-se. A turba abriu alas enquanto ele se dirigia à porta.

Raven permaneceu sentado, a tremer, com a boca seca como nunca a sentira, a tremenda sede uma especial ironia pelo facto de se encontrar numa taberna.

Charles Byrne morreu aos vinte e dois anos de idade. Raven perguntou-se se Gargântua compreenderia devidamente as implicações de tal facto para si próprio. Não parecia de boa saúde, e era pouco provável ter uma vida longa, mas podia, ainda assim, sobreviver a Raven.

O trabalho encomendado por Beattie era agora uma questão de vida ou morte.

VINTE

Sarah varria o átrio de baixo, perguntando-se quantos pares de pés o tinham pisoteado durante as consultas dessa manhã, quando Jarvis se materializou silenciosamente a seu lado e lhe pousou uma mão na vassoura.

— Tem de se apresentar na cozinha. A Sr.ª Lyndsay gostaria de lhe dar uma palavrinha.

Sarah sentiu uma volta no estômago. Sabia, pelo fraseado e o tom do mordomo — bem como pelo facto de a Sr.ª Lyndsay não a ter convocado diretamente em voz alta ou por uma campainha — que estava metida nalgum sarilho. Havia naquela convocatória um certo grau de teatralidade que aprendera a reconhecer, e também sabia do que se tratava. Vira a mulher subir as escadas anteriormente nessa manhã, lançando-lhe uma expressão carrancuda ao passar por ela. Precisou apenas de um breve momento para inferir porque lhe parecia familiar a sua cara azeda.

Desceu lentamente as escadas, temendo aquilo que poderia aguardá-la no fundo. Tentou convencer-se de que não se tratava daquilo que presumira: tratar-se-ia talvez, apenas, de mais uma arenga acerca do facto de as suas obrigações na clínica interferirem com o resto do seu trabalho. A Sr.ª Lyndsay sempre se opusera a esta utilização secundária do trabalho dela; mas, a avaliar pela convocatória de Jarvis, Sarah estava certa de que se tratava de questão tão séria como específica, e só lhe ocorria uma.

A Sr.ª Lyndsay estava de pé, de costas para o fogão, agarrando firmemente uma colher de pau com ambas as mãos. Tendo passado bastante tempo desde a última vez que provocara este nível formal de ira, Sarah julgara-se liberta do medo à cozinheira. Olhando a expressão grave e séria dela, porém, mudou de ideias, recuperando todo o temor que sentira sempre que enfrentara a sua cólera.

Quando começara a trabalhar naquela casa, tivera de ser consistentemente treinada nas tarefas que desempenharia, nas regras da casa e em todo o género de etiqueta arcana. Todo e qualquer lapso, passo em falso ou falhanço no cumprimento dos padrões exigidos implicaria uma repreensão na cozinha, acrescida, muitas vezes, de algum tipo de medida disciplinar. Sarah mostrava-se sempre diligente e não tivera especial dificuldade em dominar quaisquer das suas obrigações, pelo que raramente era a qualidade do seu trabalho a estar na berlinda. Era geralmente, antes, a forma como se comportava que desencadeava a desaprovação da cozinheira. «Pisar o risco» era a situação mais habitual, uma expressão que Sarah aprendera simultaneamente a temer e a detestar, a par de «menina, tu tens ideias acima do teu estatuto social». Esta doía-lhe particularmente pelo facto de corresponder à verdade, e de ser função da Sr.ª Lyndsay não lhe permitir esquecê-lo.

— Houve uma queixa de conduta bastante lamentável a respeito de uma das pacientes do Dr. Simpson — declarou a Sr.ª Lyndsay. O tom de voz era uniforme, mas iniciava uma cólera controlada que podia soltar a qualquer momento.

A reação de Sarah foi de puro medo. Bem no fundo de si, sabia que as consequências a apanhariam. Logo ao fechar a porta naquele dia, sabia que a questão ainda mal estava a começar, e não ia ficar por ali. A mulher de rosto azedo nas escadas era uma das duas a quem recusara passar à frente na lista num dia em que a clínica estava particularmente atarefada e o Dr. Simpson se encontrava fora.

— Uma certa Sr.ª Noble, que viajou até aqui de Trinity, disse que não só foste incrivelmente rude e não lhe mostraste respeito algum, como te recusaste a admiti-la à consulta e, por fim, lhe fechaste a porta na cara.

Sarah engoliu em seco.

— Eu não lhe fechei a porta na...

— Estás a querer agravar a situação chamando mentirosa à Sr.ª Noble?

Sarah evitou-lhe o olhar, dirigindo os olhos para o chão e sentindo as faces arder. Sabia por experiência própria que alongar-se em explicações não a ajudaria. O relato do ocorrido feito por uma criada não importava. Além disso, a questão não era a força com que fechara a porta, mas antes o facto de a Sr.ª Noble se encontrar do lado errado da dita.

Fora o comentário acerca da rainha que realmente entornara o caldo. Soubera-lhe bem na altura, mas a sua satisfação transformara-se quase de imediato em arrependimento. Ferira o orgulho da mulher, e isso jamais ficaria sem resposta.

— Não, minha senhora. Mas a clínica estava especialmente cheia nessa manhã e eu apenas...

A Sr.ª Lyndsay silenciou-a simplesmente erguendo a colher de pau.

— Os pormenores são irrelevantes, e duvido que esta mulher tenha por hábito inventar queixas só para se divertir. A tua conduta ofendeu-a gravemente, o que, por sua vez, causou embaraço a toda a casa. A Sr.ª Noble exigiu o teu despedimento.

Deixou as palavras suspensas, de modo a dar tempo a Sarah para medir as consequências. Esta sentiu os olhos marejarem-se lhe de lágrimas, e pouco faltou para suplicar.

— Se queres a minha opinião, só não és despedida porque a Sr.ª Simpson não gosta que lhe digam como é que há de dirigir a sua própria casa. Ainda assim, pediu-me para me encarregar do assunto.

E eu acho que esta história de ajudares nas consultas matinais anda a meter-te ideias na cabeça acerca do teu estatuto social.

E pronto, ali estava, e o que mais lhe doía era ter sido ela própria a provocar a situação. Porque não conseguia aprender a controlar o que dizia? A dominar, como lhe dissera Mina recentemente, a arte admirável de controlar a própria língua?

— Não vais mais ser cedida à clínica, pelo menos até teres aprendido o teu lugar.

— Mas eu faço falta na clínica — protestou ela, pensando não tanto naquilo que iria perder, mas no caos no átrio todas as manhãs, e no seu papel a gerir as multidões.

A Sr.ª Lyndsay minimizou ostensivamente a observação.

— Falta? Tu fazes ideia da facilidade com que se substitui uma criada de dentro? É isso que tu tens de meter na cabecinha. Eu não quero ver-te ir para a rua. Sabes o que é ser despedido sem justa causa?

Sarah acenou afirmativamente com a cabeça, em silêncio. Significava ser despedida sem cartas de recomendação atestando o valor da pessoa aos olhos de um potencial empregador. Sem cartas de recomendação, era impossível encontrar lugar noutra casa.

— Porque esse é que é o perigo que se coloca a uma rapariga que falta ao respeito, que desonra a casa onde trabalha. Eu já trabalhei em muitas casas e já vi isso acontecer muitas vezes. Mas pior, ainda, foi ver o que aconteceu a essas raparigas, quando não tinham outros meios para ganhar a vida.

Espicaçou Sarah no peito com a colher, levantando-lhe o queixo de modo a fazê-la olhá-la nos olhos.

— A vender o próprio corpo: foi assim que acabaram. Não sabiam a vida boa que tinham até deixarem de a ter, como aconteceu com aquela outra que fugiu de casa dos Sheldrake. Eu não quero que isso te aconteça a ti. Não achas esta casa boa para trabalhar?

— Acho, sim, minha senhora.

— Então não te esqueças mais, porque este foi o teu último aviso. Baixa a cabecinha e não penses em mais nada senão nas tuas obrigações, nada mais. Caso contrário, não terás mais obrigações a cumprir debaixo deste teto.

VINTE E UM

Ninguém sabia o seu nome.

Era a terceira taberna que Raven visitava em Leith, insinuando-se em grupos e conversas a fim de poder suscitar o tema da jovem mulher cujo cadáver vislumbrara tão brevemente junto ao cais. Algumas pessoas tinham ouvido falar na descoberta, mas nada mais do que isso.

Pensou em James Duncan, tão rápido a afirmar as suas ambições assim que vira um possível rival em Beattie. Ninguém poderia dizer quem é que a história recordaria, mas afigurou-se-lhe um destino particularmente triste morrer desconhecido, sem ninguém nos sentir a falta, sem ninguém que nos recorde.

— Eu digo-lhe aquilo que eu ouvi — disse-lhe um estivador de rosto vermelhusco e pele tisnada pelo sal, e as mãos mais ásperas que Raven alguma vez vira. — Que ela estava toda torcida e feita em nós.

Raven encontrava-se num estabelecimento antigo chamado King's Wark, próximo do local onde o corpo da rapariga fora resgatado na véspera. Estava sentado ao balcão, onde julgava estar mais bem posicionado para ouvir conversas. O dono da casa reparara nisso, e olhava-o com um certo grau de suspeita. Enquanto fosse pedindo *ale*, porém, sabia que seria tolerado.

Não ficara a saber nada relativamente àquilo que ali o levara, mas dispunha da oportunidade de se sentar numa taberna sem medo de quem pudesse encontrar, encorajado pela promessa de Beattie de trabalho remunerado. Caso encontrasse Weasel, poderia dizer-lhe que a sua dívida seria saldada muito em breve, mas apenas na condição de ele se manter corporalmente intacto, de modo a poder realizar o trabalho pelo qual seria magnificamente remunerado. Os homens dele podiam ser violentos, mas Raven sentia-se razoavelmente seguro de que um homem como Flint não quereria infligir qualquer punição que pudesse reduzir as suas possibilidades de receber o que lhe era devido.

— Isso é obra do diabo — declarou outro, um sujeito magro de olhos tão estreitos que admirava que conseguisse ver através deles.

— Coisa má, disso não há dúvida — disse o estivador.

— Não, eu digo mesmo obra de Satanás e dos seus adoradores. É um sinal de possessão, quando aparece um corpo todo retorcido como o dela.

— Ou de que teve um ataque — sugeriu Raven.

— Se fosse um ataque, o corpo endireitava-se de novo na água — insistiu o dos olhos estreitos, e a observação pareceu a Raven fazer sentido. Não sabia há quanto tempo ela boiava na água. — Ela estava enfeitiçada, é o que eu lhe digo. Até pode ter-se lançado para a morte por ser a única forma de se livrar do demónio que tinha dentro dela.

— Há Satanistas lá fora, no estrangeiro — concordou um homem, acenando sabiamente com a cabeça como se nenhuma criatura razoável o pudesse contrariar. — Já ouvi dizer que eles se juntam em Calton Hill.

— Não têm conta, os sujeitos estranhos e desalmados que desembarcam dos navios aqui — disse o estivador. — Vindos de todo o tipo de terras negras e distantes.

— Há demónios em barda vindos da Irlanda — pronunciou-se outro freguês, suscitando murmúrios de assentimento em toda a volta. — Glasgow está pejada deles, e não tarda acontecerá o mesmo com Edimburgo.

— Eles comem os seus próprios bebés — afirmou um velho de pele amarelada, agarrado a uma mesa como se, de outro modo, pudesse ser rojado fora. — Por isso, sabe-se lá que outras abominações não são capazes de congeminar.

— *Aye*, quando a Irlanda manda a sua gente, de certeza que não manda os melhores.

— No outro dia, encontraram uma perna de criança numa sarjeta.

— Esses bastardos *Erse*.[1]

— Não consigo imaginar um irlandês responsável por uma coisa dessas — contrapôs Raven.

— E porque não? — perguntou Pele Amarela.

— Bom, se aquilo que você diz é verdade, ele dificilmente desperdiçaria boa comida.

A pilhéria desencadeou uma torrente de gargalhadas, mas Raven percebeu que não ia aprender nada com aquele grupo. Olhou em volta pela sala para avaliar se haveria alguém com quem valesse a pena falar. Foi então que compreendeu quão profundamente o estudo da medicina o mudara. Não conseguia já entrar numa sala sem avaliar as patologias presentes, geralmente em grande abundância. A empregada de balcão obesa e asmática que servia agora *whisky* na extremidade do balcão exibia um bócio de dimensões consideráveis; um sujeito que se dirigia à porta exibia uma forma de caminhar martelada e de pés afastados característica do *tabes dorsalis*, um estádio avançado de sífilis; e um homem ao canto mostrava ter grande dificuldade em levar o copo à boca sem derramar uma boa parte, em resultado de uma paralisia tremulante. Aparentemente, uma vez adquirido o tal conhecimento, não havia como ignorá-lo.

---

[1] Erse: língua gaélica irlandesa ou escocesa. [*N. do T.*]

Um berro súbito vindo de um canto da sala fez Raven levantar o olhar no preciso momento em que uma caneca voava sobre a sua cabeça, acabando por atingir a parede enegrecida pela fuligem atrás de si. Uma rixa rebentou de imediato, mas os dois contendores estavam demasiado entornados para conseguirem acertar muitos murros um no outro. O dono da casa expulsou os dois sem dificuldade. Era um espécime alto e musculoso com uma cabeça calva e abobadada, sem pelos também no sobrolho. Depois de se livrar dos seus clientes desordeiros, baixou-se para apanhar a caneca atirada, que aterrara aos pés de Raven.

— Você não é destas bandas, pois não? — afirmando, mais do que perguntando. Manifestamente, a cicatriz de Raven não exercia o mesmo impacte em todos.

— Não, vivo na cidade.

— Ouvi-o falar acerca daquela rapariga que eles encontraram. Como é que você sabe disso?

Havia um traço inequívoco de suspeita na sua voz.

— Calhou estar a passar quando deitaram o corpo no chão, no cais. Você viu?

— Não, estou demasiado ocupado aqui. Mas ouvi as parvoeiras todas. Imbecis. Se quer saber o que eu acho, o mais provável é ela ter caído de um navio — ou isso, ou foi empurrada. E nesse caso a pobre coitada podia ter vindo de qualquer lado.

— A avaliar pela roupa dela, não parecia assim muito viajada. E também era muito branca de pele.

O dono da taberna ensaiou um olhar perscrutante sobre Raven. Este calculou que, por dever de ofício, o homem fosse bom a ler pessoas, e perguntou-se o que veria ele no exemplar que tinha pela frente. Alguém fora do seu elemento natural, isso de certeza, e possivelmente também fora das suas competências. Mas talvez, se verdadeiramente conseguisse penetrar abaixo da superfície, visse algo mais obscuro.

— Então e o que é que *você* acha que aconteceu à rapariga — perguntou o homem.

— Eu tenho formação médica — respondeu Raven, com o objetivo, de alguma forma, de apresentar credenciais. — Desconfio que ela poderá ter sido envenenada antes de entrar na água.

— Então e porque é que alguém se havia de dar ao trabalho de a envenenar e *depois* lançá-la à água? Seguramente que um malvado que assassina com veneno deseja disfarçar as suas intenções, de modo a fazer parecer que a vítima morreu durante o sono?

— Não sei — admitiu Raven. — Talvez não tenha feito efeito tão depressa como ele queria. Faz mais sentido do que a ideia de ser obra de Satanás.

— Você não acredita no diabo? — perguntou o homem, obscurecendo-se-lhe o semblante. — Se vivesse aqui, de certeza que acreditava.

Raven nada respondeu. Baixou o olhar para o resto da sua bebida. Ouviu a voz da mãe. *Tens o diabo dentro de ti.* Dito por brincadeira, dito como censura.

Muitas vezes Raven vira demónios apoderarem-se de um homem e transformarem-no. Também se tinham apoderado dele, como podia atestar Henry. Tudo começava, em geral, por uma língua afiada, quando sabia que o mais aconselhável era permanecer circunspecto. Mas escolhia a via imprudente porque algo dentro de si procurava «balbúrdia», como Henry a descrevia: tormentos interiores em busca de uma manifestação externa.

E houvera igualmente aquela noite em que Thomas Cunningham morrera.

Raven fora condenado para todo o sempre a ver-se de pé sobre o corpo do homem que acabara de matar, enquanto a mulher deste se encolhia no chão a seu lado, a chorar.

Sim, ele acreditava no diabo.

Raven sentiu-se muito menos entusiasmado relativamente a quem poderia encontrar ao dirigir-se a casa no meio do negrume da noite. Os olhos vasculhavam para lá dos escassos focos de luz debaixo dos candeeiros, perscrutando as sombras em busca de formas e movimentos que pudessem assinalar perigo.

Ultrapassou Great Junction Street sem ter de se confrontar com nada mais arriscado do que uns quantos borrachos e pedintes. Quando começou a subir para a cidade, porém, rapidamente se convenceu de que ouvia passos atrás de si. Quando se deteve, o mesmo aconteceu com os passos. E quando se voltou, não havia ninguém à vista.

Sentiu-se tranquilizado quando uma carruagem passou na estrada, pois isso significava gente, potenciais testemunhas a quem podia pedir socorro. Mas quando o matraquear dos cascos se desvaneceu, sentiu-se ainda mais consciente do seu isolamento. Havia mais luz junto dos edifícios, particularmente nos cruzamentos, mas entre estes havia grandes extensões de negrume de mau agoiro, sebes bordejando campos embrulhados na mais completa escuridão. Se desejasse fazer mal a um homem sem testemunhas, era aqui que o faria.

Estugou o passo na direção de Pilrig Street. Continuava a ouvir os passos, que se interrompiam sempre que parava. Olhou para trás, e desta vez vislumbrou um movimento súbito nas margens da área iluminada.

Não estava a ter ilusões. Estava verdadeiramente a ser seguido.

Deveria fugir? Lembrou-se de como fora surpreendido por Gargântua quando tinha a atenção fixada em Weasel. Não tinha como saber em que se meteria caso corresse.

Abrandou o passo sob os candeeiros, no sítio onde Pilrig Street se encontrava com Leith Walk. Erguiam-se edifícios de cada um dos cantos do cruzamento, e a luz do gás e as sombras tremeluziam sob as janelas. Naquele local havia uma segurança relativa, mas não podia vaguear a noite toda. Olhou para subida que ainda tinha pela frente. A Cidade Nova era um brilho indistinto ao longe. Foi quando se apercebeu de que a escuridão era sua aliada.

Caminhou para o espaço entre dois candeeiros, amortecendo o passo. Depois, desviou-se bruscamente do caminho e saltou por cima de uma sebe, onde se escondeu por detrás do tronco duplo de uma grande árvore no campo vizinho. Esperou aí, arfando e escutando o seu perseguidor. E de facto em breve ouviu passos, aumentando de ritmo, presumivelmente por recearem ter perdido o rasto à presa.

Raven viu-o passar debaixo do candeeiro seguinte, aproximando-se de Haddington Place. Como estava de costas para Raven, não havia como ver-lhe o rosto — não que, àquela distância, se pudesse ver muito. Mesmo no escuro, no entanto, conseguiu distinguir uma cabeça calva e abobadada coroando um corpo alto e musculoso.

Era o dono da King's Wark.

VINTE E DOIS

Raven mudou de posição no lugar, pousando no tabuleiro de prata a chávena acabada de tomar, num tom sonoramente definitivo que esperava fosse a dica para prosseguir. Beattie pareceu não se aperceber, mas a sua paciente pareceu espantar-se um pouco com o som, o que levou Raven a suspeitar de que estava tão nervosa como ele próprio em relação a mais adiamentos no procedimento planeado. Só Beattie parecia descontraído, embora, na ocasião, os seus modos confiantes não se revelassem tão contagiantes como de costume.

Sentavam-se numa sala de estar em Danube Street. Era o primeiro empreendimento de Raven por detrás das portas grandiosas da Cidade Nova, em termos profissionais de qualquer espécie. Por toda a parte, a riqueza era ostentatoriamente exibida. Um espelho de bordas douradas abrangia toda a largura da lareira, realçando a altura do teto, e pinturas de paisagem de grandes dimensões decoravam as paredes. Do teto pendia um par de candelabros de vidro a condizer, cada um dos quais capaz de matar um homem sobre quem caísse. Calculou que, afastando a mobília, haveria espaço suficiente para dançar um octeto em roda.

Pensou para consigo que estava ansioso por começar, mas, na verdade, estava simplesmente ansioso. Isso, em si mesmo, incomodava-o, visto que a ansiedade era desnecessária. Administrara já éter pelo menos uma dúzia de vezes, sem efeitos indesejados e, muito embora o relato de Henry sobre uma morte em Inglaterra lhe assolasse o espírito, Simpson afirmava categoricamente que o caso fora mal gerido e o agente anestésico, propriamente dito, era seguro.

Ainda assim, uma vozinha incomodativa perguntava-lhe constantemente porque é que, se não havia risco associado, não informara Simpson de que ia fazer aquilo. A resposta pura e dura era que precisava do dinheiro mais do que da autorização do professor. Talvez se o seu estágio fosse remunerado decidisse de forma diferente, mas, por agora, temia mais a cólera de Flint do que a do seu empregador.

A criada que os atendeu à porta lançou a Raven um olhar de desdém quando o viu. Ele acusou o toque da desconsideração, pensando para consigo que os seus problemas com criadas se estavam a generalizar — comunicariam elas umas com as outras? Faria Sarah parte de uma congregação de insurgentes? —, até se lembrar de que o seu rosto continuava conspicuamente amachucado. O inchaço desaparecera e os seus traços haviam recuperado a simetria habitual, mas o tom roxo da bochecha transmutara-se numa paleta de amarelo, verde e castanho que, tinha de admitir, estava longe de ser atraente. O seu início de barba não conseguia ainda ocultar as marcas.

Beattie cumprimentou a dona da casa, a Sr.ª Caroline Graseby, com familiaridade descontraída mais próxima de amigo do que de médico, o que levou Raven a perguntar-se há quanto tempo a conheceria. Ela olhou Beattie como que ansiando pela sua aprovação, o que pareceu estranho numa mulher da sua riqueza e estatuto social.

Raven ouvira Mina comentar como certas mulheres se digladiavam por Simpson, sedentas de lhe conquistar as atenções. Beattie não tinha no currículo os feitos de Simpson, mas, dadas as suas roupas de estilo e o seu semblante juvenil, não era impossível imaginar senhoras ricas e entediadas a inventar queixas de modo que as cumulasse de atenções — com os respetivos maridos a pagar a conta.

Beattie advertira Raven para o extremo nervosismo da paciente relativamente a questões médicas e, por esse motivo, pediu-lhe que se lhe dirigisse exclusivamente pelo nome próprio.

— Uma certa informalidade põe-na à vontade, tal como evitar o uso da palavra «doutor».

Sentaram-se todos a tomar um chá juntos, o que pareceu a Raven um estranho prelúdio para qualquer tipo de procedimento cirúrgico. A Sr.ª Graseby estava sentada junto à lareira bebericando o seu *Darjeeling*. Beattie, reparou Raven, sentava-se muito próximo da sua paciente e tocava-lhe frequentemente na mão enquanto falava. Perguntou-lhe pela saúde e fez conversa acerca do tempo e de conhecidos comuns. Ela não o tratava por Dr. Beattie, mas antes por «Johnnie», o que parecia não apenas informal, mas um diminutivo familiar. Dada a natureza daquilo que Beattie se preparava para fazer, Raven interrogou-se sobre como se conjugava isso com a objetividade profissional que Beattie anteriormente defendera. Talvez a forma como o médico se comportava e aquilo que genuinamente sentia fossem duas questões distintas; do que não havia dúvida era de que o homem sabia apresentar uma versão de si próprio adaptada a quem tinha pela frente.

Raven começava a perguntar-se se aquela visita se revelaria um mero prelúdio para executar o procedimento em data posterior, quando Beattie pousou a chávena e declarou:

— Acho que é melhor deitarmos mãos ao trabalho.

Nesse momento, a Sr.ª Graseby empalideceu visivelmente e limpou repetidamente os lábios com o lencinho.

— Suponho que lá terá de ser — disse, levantando-se da cadeira. Olhou Raven com apreensão, como se este pudesse interpor-se e parar tudo. — O quarto foi preparado — acrescentou em voz baixa.

Conduziu-os da sala até à parte de trás da casa, passando pelo retrato de um indivíduo de aparência austera com um bigode exuberante. Apercebeu-se de que Raven o examinava.

— É o meu marido — disse.

Raven partira do princípio de que se tratava do pai, considerando a manifesta diferença de idades entre os dois.

Entraram para um quarto mais pequeno na parte de trás da casa, do qual toda a mobília fora retirada, à exceção de um sofá-cama e de uma mesinha de apoio. Beattie solicitou que trouxessem uma mesa maior, de modo a poder espalhar os seus instrumentos, e seguiu-se alguma agitação enquanto uma criada procurava no andar de cima uma mesa de dimensões adequadas antes de a trazer para o quarto.

Raven não estava ainda seguro da natureza exata do procedimento que Beattie tencionava levar a cabo, e pouco lhe fora dito inicialmente acerca da própria paciente, com exceção de ser nova e desfrutar de boa saúde. Pressionara Beattie para lhe facultar mais pormenores enquanto se dirigiam a casa, mas o único aspeto em que se abrira um pouco era a razão das suas reticências.

— Se este procedimento for bem-sucedido — e estou totalmente confiante em que o será — será alvo de grande procura, e eu só lucrarei totalmente com a minha descoberta se for o único médico a disponibilizá-la.

— Eu não vou poder replicar a sua técnica se não puder vê-la — argumentou Raven. A minha parte situa-se no extremo oposto, por isso você podia explicar-me, pelo menos, os aspetos gerais daquilo que está a tentar fazer.

— É justo — reconheceu ele com um suspiro. — Vou fazer uma manipulação com vista a corrigir um útero retrovertido, o que, como assegurei à Sr.ª Graseby, aumentará as suas probabilidades de conceber. O marido anseia por um filho e herdeiro, e começa a mostrar-se francamente impaciente com aquilo que considera uma falha da parte da esposa.

— E o Sr. Graseby estará presente? — perguntou Raven, pensando que passava bem sem a pressão.

— Meu Deus, não. Está no Ultramar. Na América, parece-me.

Raven viu Beattie dispor sobre a mesa uma série de sondas, entre elas uma sonda uterina. Como aquela manipulação ajudaria a conceção, não tinha total certeza, mas o que quer que se pretendesse fazer não parecia excessivamente complicado, e deveria, por isso mesmo, ser rapidamente executado.

Retirou um frasco de éter da mala, ouvindo a voz de Simpson soar dentro de si. *A única diferença entre um medicamento e um veneno é a dosagem.*

A Sr.ª Graseby, deitada no sofá-cama, colocou o seu lencinho sobre os olhos. Tinha a respiração fraca e rápida, e Raven reparou que pequenas gotas de transpiração lhe orlavam o lábio superior. Apercebeu-se, talvez um pouco tarde demais, de que o caso dela não se assemelhava ao de mais ninguém que tivesse anestesiado até aí. Nomeadamente, não tinha passado várias horas em trabalho de parto e estava consideravelmente mais nervosa do que as suas antecessoras. Em muitos casos, as mulheres estavam tão desesperadas por perder a consciência que tinham forçado a mão de Raven até aos seus rostos. A Sr.ª Graseby, pelo contrário, começou por afastar a esponja, choramingando para a almofada.

— Então, Caroline — disse Beattie em tom firme. — Sabe muito bem que temos de fazer isto.

Ela engoliu em seco, após o que aquiesceu com um aceno de cabeça. Inspirou duas vezes o éter, mas a seguir tentou afastar a mão de Raven. Falando-lhe em tom calmo, como vira Simpson fazer, aproximou-lhe a esponja do nariz e da boca, e ao fim de poucos minutos pareceu sucumbir.

Beattie deu início ao procedimento e Raven mediu as pulsações. Estava tudo em ordem.

— Reparei que não há um quadro dela — observou Raven em voz baixa.

— Não — respondeu Beattie. — É bastante caro, por isso, muitas vezes, só encomendam o quadro da mulher depois de ela dar à luz um herdeiro. E sobreviver.

— Exceto se for um casamento por amor — sugeriu Raven, deduzindo que este, muito provavelmente, não o era.

— Nestas questões, nunca devemos especular — respondeu Beattie. — Mas não, neste caso, suspeito que não.

— Ela, definitivamente, parece ter um fraquinho por si — arriscou Raven, injetando uma nota de humor no seu tom de voz.

Beattie pareceu divertido na sua resposta.

— É uma faca de dois gumes — disse ele. — As mulheres tendem a achar as minhas feições juvenis, e o seu instinto maternal atrai-as para mim. Por isso, é fácil criar empatia, mas há o risco de interpretarem erradamente as minhas intenções.

— E essas atenções são assim tão indesejadas? — inquiriu Raven, curioso com a expressão maliciosa de Beattie, e sentindo, tinha de o admitir, um pouco de inveja.

— Quando uma mulher se sente atraída pelo meu ar jovem, isso implica simultaneamente, em geral, a tendência para me considerar novato e frívolo. Pior ainda é quando a mulher é ela própria jovem e frívola e me acha o par ideal. Você poderá pensar que essas atenções são lisonjeiras, mas eu já tenho a minha dose de *flirts*.

Raven lembrou-se de como Beattie falara durante tanto tempo com Mina ao jantar, e viu essa conversa a outra luz.

As suas divagações foram interrompidas quando a Sr.ª Graseby soltou um gemido e a sua mão se movimentou repentinamente para cima, aparentemente em resposta a algo que Beattie fazia. Atingiu Raven no lado esquerdo do rosto e ele gritou, mais de surpresa do que de dor. O grito fez Beattie deixar cair o instrumento que segurava.

— Por amor de Deus, Raven. Mantenha-a imobilizada, por favor.

Raven deitou mais éter na esponja, que forçou no rosto da mulher que se contorcia. Ao fim de poucas inspirações, acalmou-se de novo. Beattie levantou o olhar para Raven como se lhe apetecesse esfaqueá-lo com o instrumento que apanhara do chão.

— Eu já não devo demorar com isto, mas estou num momento crítico dos procedimentos. Veja, por favor, se ela não se mexe de novo.

Beattie tinha o rosto congestionado, e Raven decidiu não discutir com ele. Acenou simplesmente com a cabeça em sinal de assentimento e continuou a medir o pulso. Verificou que acelerara bastante, tal como o seu próprio, nos últimos minutos. Mas enquanto o seu acalmava, o da Sr.ª Graseby continuava a acelerar.

— Está tudo bem aí? — inquiriu Raven. — Não há hemorragia, ou há?

— Há só um bocadinho — respondeu Beattie, com um pouco de impaciência na voz.

Alguns minutos depois lançou os instrumentos sobre a mesa e enxugou a testa.

— Acabei — declarou.

— Estou preocupado com a pulsação — disse Raven. — Está muito alta.

— É do éter. Você deve ter-lhe dado demais.

— Não me parece — argumentou, muito embora, na verdade, não pudesse ter a certeza.

Olharam-se enquanto Beattie limpava as mãos.

— Não há hemorragia — repetiu ele. — Temos simplesmente de esperar que ela volte a si.

As horas seguintes foram das piores que Raven já conhecera. A Sr.ª Graseby permaneceu sonolenta, sem nunca recuperar inteiramente os sentidos. A pulsação manteve-se alta, e a pele de uma palidez cadavérica.

— Vai correr tudo bem — assegurou-lhe Beattie, não mais perturbado do que se a paciente sangrasse do nariz. — Tempo e paciência, é só do que precisamos. O melhor é você deixá-la ao meu cuidado e ir para casa.

Raven não tinha a menor intenção de a abandonar naquele estado, e recusou categoricamente deixar a sua cabeceira. Finalmente, porém, a pulsação começou a abrandar, o que relatou a Beattie com algum alívio.

— Ela agora vai voltar a si — insistiu este. — Volte lá para Queen Street e veja se descansa um pouco. Parece exausto.

— Preferia esperar até ela despertar completamente.

— O seu trabalho está feito, Will. Mas eu mando chamá-lo assim que ela abrir os olhos.

Raven obedeceu, sentindo o fardo começar a deixá-lo enquanto caminhava ao longo do curto percurso de volta a Queen Street. Suspeitava de que a sua ansiedade fora aumentada pelo facto de estar a trabalhar pela primeira vez sem a supervisão de Simpson. Talvez, porém, dar passos difíceis sozinho fosse a única forma de aprender. Ainda assim, sabia que só se sentiria totalmente seguro quando voltasse a Danube Street e visse a Sr.ª Graseby novamente de posse de todas as suas faculdades.

Comeu pouco ao jantar, o que despertou o interesse indesejado de Mina.

— Está com problemas de digestão? Se calhar, era melhor experimentar um dos meus pós estomacais. Comprei-os na Duncan e Flockhart e funcionam muitíssimo bem.

Declinou respeitosamente e pediu licença para se levantar assim que lhe pareceu adequado, incapaz de se concentrar na conversa. Retirou-se para o quarto, esperando impacientemente notícias e saindo em falso por duas vezes quando ouviu tocar a campainha com mensagens para o professor.

Quanto mais tempo esperava, mais começava a temer, como se sentisse que não era de bom augúrio a Sr.ª Graseby demorar tanto tempo a recuperar. Isso dito, era possível que Beattie se tivesse esquecido da sua promessa, e estivesse a namoriscar com a paciente.

Finalmente, por volta das dez horas, a campainha tocou pela terceira vez. Alguns momentos depois, Jarvis bateu à porta de Raven.

— Está aqui o Dr. Beattie para o ver — disse em voz baixa. Raven perguntou-se com ansiedade o que poderia inferir do tom neutro do mordomo, mas disse para consigo que tal era um simples reflexo da hora. Mesmo assim, desceu apressadamente as escadas e encontrou Beattie esperando à meia luz do átrio de entrada.

Agarrava firmemente o chapéu. O estômago de Raven transformou-se instantaneamente em pedra.

Beattie esperou que estivessem sós e, quando falou, as palavras que emitiu pouco mais foram que um sussurro.

— Ela não recuperou.

— Meu Deus. Como assim?

— Receio que tenha sido o éter.

Raven sentiu-se mirrar. A escuridão em volta ameaçava tragá-lo.

— Estou acabado. Vou ter de dizer ao Dr. Simpson.

Beattie agarrou-lhe o braço e sussurrou-lhe ao ouvido.

— Você não vai dizer nada a ninguém. Eu é que o meti nisto. Vou tratar de que não seja responsabilizado.

Com essas palavras, encaminhou-se para a porta e fechou-a silenciosamente atrás de si. Enquanto Raven o via retirar-se, sentiu uma gratidão imerecida, mas nenhum alívio e absolutamente con forto algum.

VINTE E TRÊS

Raven submergiu na mais desoladora tristeza, confinado a uma prisão por si próprio construída. Mas o que tornava a provação ainda mais difícil de suportar era ter de ocultar a sua dor a todos à sua volta. Tinha de conduzir-se como se nada se passasse, sem a possibilidade de se retirar e esconder do mundo, uma vez que o dia seguinte foi frenético de trabalho.

O dia começara por uma manhã de consultas tipicamente preenchida, durante a qual fora assediado por pobres almas incautas perante as quais sentia dever confessar ser uma perigosa fraude. Sentiu-se nervoso e pouco confiante nos seus diagnósticos e nos conselhos que dispensava. Por consequência, várias pacientes deixaram-no com a impressão de não ficarem convencidas com o que lhes dissera e, portanto, com menor probabilidade de seguirem os passos por ele recomendados.

Pensou nos homeopatas e nos benefícios experimentados pelos seus pacientes exclusivamente devido à confiança que nutriam pelos seus médicos. Se houvesse um efeito oposto, então ele estaria seguramente a gerá-lo.

Houve, no entanto, um caso em que o diagnóstico não lhe ofereceu dúvidas, embora a sua confiança não lhe permitisse um resultado melhor. A paciente era uma certa Sr.ª Gallagher, que se apresentara com o que descrevera inicialmente como uma queixa em relação ao estômago. Raven palpara-lhe o estômago sem observar grande resposta, mas quando exercia a menor pressão sobre as costelas, ela encolhia-se e furtava-se ao contacto. Reconheceu instantaneamente do que se tratava, ao verificar a relutância dela em levantar a camisa e mostrar-lhe os flancos.

— Eu preciso de procurar um certo tipo de irritação cutânea que pode ser infeciosa — mentiu, com o fito de a convencer a cooperar.

Encontrou a contusão onde esperava, extensa, mas fácil de ocultar.

— Foi o seu marido que fez isto — declarou.

Ela pareceu sentir-se encurralada, receosa até por Raven o ter dito em voz alta.

— A culpa foi minha. Queimei os *scones* e não havia mais farinha. Ele teve um dia muito cansativo e eu devia ter prestado mais atenção.

— Onde é que posso falar com o Sr. Gallagher? — perguntou Raven, mas ela dirigia-se já à porta.

Partiu rapidamente, deixando-o com a impressão de que piorara as coisas, ou pelo menos assustara-a o suficiente para se ir embora antes que pudesse fazer algo por ela.

A essa mísera manhã seguiu-se a rotina da assistência às palestras e as visitas ao domicílio. Para piorar ainda mais as coisas, uma destas assinalou a primeira vez que acompanhava Simpson a uma cliente abastada na Cidade Nova, onde, realmente, teve de administrar éter. Quando Simpson sugeriu, olhou em volta na esperança de avistar um dos panfletos do Reverendo Grissom, mas não foi contemplado com essa bênção.

As mãos tremeram-lhe enquanto vasculhava a mala em busca do frasco, a ponto de Simpson lhe perguntar, com uma mistura de preocupação e irritação, se estava tudo bem.

A provação final foi o jantar, quando teve de novo de ocultar as suas tormentas, não fosse alguém perguntar-lhe o que o perturbava. O pior daquele fardo era não poder partilhá-lo com ninguém.

Poucas vezes na vida se sentira tão isolado, tão só, mas pelo menos os seus esforços de ocultação pareciam ser bem-sucedidos. Depois de, na noite da véspera, ser alvo das atenções de Mina, e da sua oferta de pós estomacais, na noite seguinte estas não recaíam já sobre si. Parecia distraída com uma qualquer excitação secreta. Tinha notícias que estava impaciente por partilhar, mas tinha de esperar o seu momento.

Raven suspeitou de que Simpson o adivinhara, pois arrastou a ação de graças antes da refeição como que com o intuito de a frustrar. Habitualmente, isso teria frustrado igualmente Raven, com a sua refeição já colocada diante de si. Mas sentia pouco apetite.

De cabeça curvada, Raven observou que lhe fora servida uma porção maior que a dos outros comensais. Levantando os olhos, cruzou-os com os de Sarah e encontrou no seu rosto uma expressão conciliatória que lhe fez ver que o seu verdadeiro estado de espírito não passara inteiramente despercebido. Ela não podia fazer ideia de qual era o problema, apenas de que ele sofria.

Retribuiu o gesto com um minúsculo aceno de cabeça, em sinal de reconhecimento. Só esperava que ela não interpretasse mal caso ele não conseguisse limpar o prato.

Concluídas as formalidades, Mina nem sequer fez uma pausa para comer antes de dar o seu contributo.

— Tive hoje uma notícia absolutamente horrível — disse. — Verdadeiramente horrível e completamente trágica.

Raven sentiu-se gelar por dentro quando lhe ocorreu que ela se preparava para revelar a morte da Sr.ª Graseby, ali mesmo, diante do Dr. Simpson.

— Lembram-se da criada da família Sheldrake, aquela que tinha fugido?

— Sheldrake? — perguntou James Duncan, com curiosidade azeda, a fim de sublinhar que não participara na discussão a que Mina se referia.

— O Dr. Sheldrake é dentista — informou-o a Sr.ª Simpson —, e tem um consultório de grande sucesso. Uma das suas criadas de dentro fugiu recentemente.

— Rose Campbell — informou Mina. — Foi encontrada morta, e dizem que foi assassinada. Pescaram-na nas docas, lá em baixo em Leith. Dizem que foi o homem com quem ela fugiu que a matou.

— Que coisa horrível para os Sheldrake — comentou a Sr.ª Simpson. — E para o pessoal que a conhecia.

— Pensa-se que pode ter sido o próprio comportamento dela que contribuiu para o seu triste fim — prosseguiu Mina. — Tinha fama de ser pródiga nos seus favores.

Abanou a cabeça como se a relevância desta última afirmação fosse evidente por si própria. Raven ponderou sobre aquele sentido de justiça natural que as pessoas pareciam retirar de tais juízos, como se qualquer conhecimento carnal que não merecesse a sua aprovação levasse inevitavelmente às mais funestas consequências. Talvez o fizessem para se assegurarem de que nunca encontrariam um destino semelhante, devido à moralidade que observavam.

Sentia por vezes pena de Mina pelo facto de parecer não ter maior propósito de vida do que casar-se a todo o custo, e ainda por cima não fazer grandes progressos nesse campo. A excitação e o escândalo alheios tinham, por esse motivo, um significado desproporcionado para ela, e transmitia de bom grado todo o tipo de coscuvilhices. Falava com fascínio mal disfarçado do destino macabro da pobre rapariga, como se o tivesse lido num romance de cordel.

Os olhos de Raven brilharam por momentos ao pousarem em Sarah. Estava perturbada e procurava dissimulá-lo. Os seus esforços eram exatamente tão bem-sucedidos como tinham sido os dele, no sentido em que uma e uma só pessoa percebera a verdade.

Sarah conhecia a rapariga.

As divagações de Mina foram cerceadas pelo professor, que já ouvira que chegasse.

— Esse tipo de especulação não é próprio para a mesa de jantar, Mina — atalhou com firmeza. — E são meras especulações. Hoje, calhou encontrar-me com o McLevy, o detetive da polícia, e ele não mencionou de todo assassínio.

— O que é que ele lhe disse? — inquiriu Mina.

— Os pormenores não são para partilhar junto de pessoas decentes — respondeu Simpson, encerrando a questão até ao fim do repasto.

Raven fez questão de procurar o professor por sua iniciativa no fim do jantar. Intercetou-o quando se dirigia às escadas, antes de desaparecer no seu escritório.

— O que é que o McLevy lhe disse, *sir*?

Simpson olhou-o como que surpreendido com o seu interesse, até uma expressão de curiosidade satisfeita lhe iluminar o semblante, ao recordar-se de que Raven estivera presente no cais.

— Está à espera de uma autópsia do médico-legista da polícia — respondeu Simpson em voz baixa. Não havia ninguém ao alcance do ouvido, mas preocupava-o talvez a possibilidade de uma porta se abrir por perto a todo o momento. — Eu dei a entender à Mina que não tinha havido assassínio, mas a verdade é que o McLevy não afastou nenhuma possibilidade até ter mais elementos.

— Quer dizer que ouviu alguma coisa específica a sugerir homicídio?

— Ele foi muito reservado. Aqui entre nós, o McLevy, por vezes, fala demais. Gosta de exagerar a enormidade daquilo que tem pela frente, de modo que se reflita o mais possível sobre o seu feito quando apanha o seu homem. Mas acho que não é o caso desta vez. Pediu-me discrição, o que você compreende que também lhe peça a si.

— Absolutamente, *sir*.

— Com uma mulher jovem encontrada morta daquela maneira, ele não quer que se espalhe a ideia de que anda por aí um monstro à solta.

Raven recordou a conversa absurda que ouvira acerca de diabos e satanistas. Compreendia bem a histeria que podia seguir-se, para já não falar nas acusações. Recordou igualmente o dono da taberna, tão inquisitivo relativamente à natureza do interesse de Raven, e que o seguira depois. Poderia, até, ter descoberto onde Raven vivia, não fora tê-lo despistado.

— O McLevy tinha alguma suspeita relativamente ao que possa ter ocorrido?

— Como disse a Mina, a Rose Campbell, segundo os rumores, encontrava-se com muitos homens, e é bem possível que tenha fugido com um deles.

— Quando a vimos junto ao cais, ela tinha o corpo estranhamente contorcido. Qual é a sua opinião acerca disso?

— O McLevy não mencionou essa parte. Mas como não temos a mínima noção do tempo que ela passou na água, isso poderia resultar simplesmente do *rigor mortis*. Porque é que pergunta?

O que poderia Raven dizer-lhe*? Porque uma pega minha conhecida, com quem por vezes dormi, morreu com uma postura contorcida semelhante, e eu me escapuli para proteger a minha reputação.*

— Estou simplesmente curioso em relação ao que possa tê-lo causado.

Ficou a ver o médico entrar silenciosamente no seu escritório. Nada mais podia saber dele, mas havia uma pessoa na casa que poderia saber algo mais.

Esperou até ter a certeza de ela ter completado o seu trabalho e se ter retirado para as suas acomodações. Subiu as escadas até ao último andar e bateu suavemente à porta.

— Sim, entre?

Não obstante o convite para entrar, Raven abriu a porta, mas permaneceu no mesmo sítio, por lhe parecer inadequado entrar completamente no quarto. Sabia que não era quem Sarah esperava quando ela respondera. Estava sentada na cama, com um livro no regaço.

Ostentava uma expressão familiarmente implacável: um misto de desafio e reprovação, embora, nesse caso, sem a nota habitual de divertimento a raiar o desprezo. O seu rosto não conseguiu esconder a surpresa por o ver.

Fechou o livro e levantou-se.

O quarto cheirava a roupa lavada: limpa e inteiriça. A própria Sarah emanava um aroma a carne cozinhada, cheiros que tinham aderido à roupa pelo facto de trabalhar na cozinha da Sr.ª Lyndsay.

— Em que é que lhe posso ser útil, Sr. Raven?

Portanto, hoje não era Wilberforce. Fora apanhada desprevenida e utilizava o formalismo como barreira defensiva. A vermelhidão dos olhos sugeria que estivera recentemente a chorar.

Raven ficou surpreendido com quão pequeno e despido era o quarto dela. Imaginaria que fosse pelo menos do mesmo tamanho que o dele, considerando que o seu lugar era temporário, enquanto o dela era de longo prazo. Apercebeu-se com embaraço íntimo de que tirara uma conclusão infundada, e, para dizer a verdade, descabida. O quarto de Sarah parecia tão sem graça, tão inadequado, e, no entanto, era o que lhe calhara.

A mobília consistia numa cama pequena, uma mesa de cavalete e uma cómoda de gavetas sobre a qual havia um cesto de costura e uma bacia de lavagens. Não havia retratos nas paredes estreitas, nem tão pouco prateleiras cheias de livros. Imaginara que ela teria pelo menos uma coleção de romances, mas compreendia agora que deveria tomá-los de empréstimo da biblioteca do Dr. Simpson.

Atrás dela, sobre a cama, estava o livro que acabara de fechar. Uma obra ilustrada sobre o cultivo de ervas e outras plantas. Lembrava-se de a ver a cuidar de um canteiro do jardim, nas traseiras da casa. Sobre a mesa de cavalete estava *Outlines of Chemistry, for the Use of Students*, do Professor William Gregory, que dava aulas na Universidade. Intrigou-o o que ela poderia aprender de uma tal leitura. Ele próprio achara o livro de leitura bastante difícil — seria possível que ela aprendesse algo nas suas páginas?

— O que é que está a ler? — inquiriu.

— Eu interesso-me pelas propriedades curativas das ervas — respondeu ela, com um tom de impaciência na voz que claramente não convidava a mais perguntas.

— Então e o Gregory?

Ela olhou o volume que em tempos tanto o atormentara.

— A Química é que contém a chave para identificar as propriedades das plantas individuais que provocam efeitos específicos. Mas como o senhor não tinha forma de saber que estes livros aqui estavam, posso presumir que não foi sobre eles que me veio interrogar.

— Não, não foi — admitiu ele. — Posso entrar?

Sarah acenou afirmativamente com a cabeça, apesar de cruzar os braços sobre o peito e dar um passo atrás — Não que houvesse no pequeno quarto muito espaço para os separar.

— Rose Campbell, a mulher jovem que foi encontrada. Você conhecia-a, não conhecia?

Sarah baixou o olhar por momentos, e a expressão do rosto toldou-se-lhe.

— Mal. Conhecia-a, sobretudo, através de uma amiga comum, a Milly Conville. Encontramo-nos por vezes na cidade quando vamos tratar de coisas.

— Ela e essa Milly eram empregadas na mesma casa?

— Eram. Acho que o Sr. Sheldrake tem o consultório dentário mais rico da cidade, e a clientela dele provém principalmente daqui, da cidade. E tem pessoal doméstico a condizer. O que é que isso tem?

— Houve quem dissesse que a Rose tinha fugido com alguém. Você tinha ouvido alguma coisa nesse sentido?

Sarah estreitou os olhos.

— O que é que quer saber?

— Estou simplesmente curioso.

— Suficientemente curioso para se aventurar pelo território desconhecido do último andar e bater a esta porta. Isso não é curiosidade pela curiosidade, Sr. Raven. Algo mais o deve motivar, por isso bem podia fazer-me a cortesia de me revelar o quê.

Raven não tencionava de todo fazê-lo, mas tinha de proceder com diplomacia. Se ela não soubesse nada, ter-lho-ia simplesmente dito.

— Quando a *Miss* Grindlay disse que ela tinha morrido, pareceu-me que você ficou perturbada. Fiquei preocupado consigo.

Sarah olhou-o nos olhos, acenando com a cabeça para si própria.

— Teria sido muito solícito da sua parte, Sr. Raven, caso fosse verdade.

— É verdade — insistiu ele. — Tive a noção de que você podia não ter ninguém com quem falar sobre o assunto, por isso procurei-a.

— Quero eu dizer, a verdade toda. O senhor descreveu um mero pretexto. Qual é a verdadeira natureza do seu interesse?

Raven procurou algo para onde pudesse desviar o olhar. Havia apenas uma janelinha, através da qual nada se via no escuro da noite.

— Tem a ver com matérias que não seria apropriado discutir com alguém da sua posição.

Os olhos de Sarah relampejaram de cólera.

— A minha posição? Como criada de dentro, ou como mulher? Que fraca opinião deve ter de mim para vir até aqui procurar informação, mas sem qualquer intenção de corresponder, ainda que eu o pudesse ajudar pelo que lhe pudesse dizer.

Raven aguentou a ira dela, pois esta traía aquilo de que ele suspeitava.

— Quer dizer que você sabe mais alguma coisa?

— Não vou responder-lhe a mais pergunta nenhuma até o senhor responder a algumas das minhas. Por exemplo, porque é que tem parecido tão abatido nos últimos dois dias. Tem alguma coisa a ver com o seu interesse pela pobre Rose?

— Não. Tenho simplesmente sofrido as provações inerentes ao meu estágio e ao facto de certas obrigações serem novas para mim.

Sarah exibiu pela primeira vez o seu olhar desdenhoso.

— Não acredito em si. Se estivesse a ter problemas no seu trabalho, eu percebê-lo-ia na reação do Dr. Simpson. Há alguma coisa mais específica a afligi-lo. Terá a ver com essa Evie, cujo nome você escreveu no seu diário? Quem é ela?

Raven sentiu algo apertar-se dentro de si, um instinto que o levou a cruzar os braços também ele.

— Isso não é absolutamente da sua conta.

— Realmente não é — retorquiu ela. — E como eu não tenho o menor interesse nos seus assuntos, desejo-lhe boas noites. — Passou por ele para lhe abrir a porta do quarto. — Mas antes de ir, Sr. Raven, sugiro que procure a minha amiga Milly em casa dos Sheldrake. Veja se ela quer falar abertamente, com toda a franqueza, acerca desta perda brutal e dolorosa. Não estou a ver impedimento algum. Afinal de contas, o senhor já estabeleceu uma empatia tão grande comigo que não vejo razões para isso não se repetir com uma perfeita desconhecida.

Raven captou a mensagem. Conseguia imaginar vivamente como correria provavelmente tal abordagem.

— Muito bem — disse ele. — A Evie era uma amiga que vivia no Canongate, perto do sítio onde eu vivia.

— Era? Vivia? Quer dizer que já não está entre nós?

Ele deteve-se por momentos a calcular o que poderia revelar, procurando prever ramificações e mais ramificações. Era impossível. Não podia dizer-lhe o que quer que fosse sem lhe dizer tudo. Se queria realmente saber mais, teria de se comprometer, não fazendo reserva de nada.

— Para lhe contar isto, tenho de ter a sua total confiança. Preciso de saber que posso confiar em si.

Sarah pareceu momentaneamente apanhada de surpresa.

— Garanto-lhe a minha discrição. As suas palavras não sairão de entre estas paredes.

— Não terão de o fazer. Que ouça o que eu tenho para dizer será suficiente. Depois de lhe contar o que tenho de contar, não vai gostar de mim, *Miss* Fisher. Ou melhor, vai gostar ainda menos de mim do que agora.

Sarah olhou-o quase com compaixão.

— Não é verdade que eu não goste de si, Sr. Raven. Interpretou mal. Sabe, eu estou nesta casa para servir, mas isso não significa que possa automaticamente ser senhor do meu respeito ou do meu afeto; ou mesmo, ainda que isso bastasse a alguns, de um simulacro dos dois. Mas pode contar com a minha confiança.

Raven viu no rosto dela uma sinceridade que não observara até aí. Raramente testemunhara outra coisa que não neutralidade estudada, indiferença treinada e hostilidade pura e simples.

— A Evie era uma prostituta — disse ele em tom neutro.

Sarah refletiu por momentos no que ouvira.

— A quem recorreria?

Ele soltou um suspiro, lutando contra a sua própria resistência.

— Eu tinha... relações com ela, sim. Mas era isso que ela fazia, era assim que ganhava a vida. Eu não a julgava por...

— A quem recorria — repetiu ela. O tom não era ácido, mas insistente e incontornável.

Raven sentia agora a vergonha, do que fizera, da vulnerabilidade que explorara. As mentiras que em tempos contara a si próprio acerca da natureza da relação desmoronavam-se agora.

— Sim — admitiu. — Nessa altura era mais jovem, curioso. Sujeito a tentações. Ela parecia muito acima de mim, qualquer coisa de desconhecida e proibida — e, no entanto, alcançável. Eu, na altura, andava perturbado, dado a surtos de... abandono. Mas sim, recorri a ela. A princípio. Depois, tornámo-nos amigos.

— Amigos chegados? Ou simplesmente uma prostituta e um antigo cliente que poderia voltar a sê-lo?

— Eu achava que éramos amigos chegados, mas agora aceito que nunca o saberei. Quem leva uma vida como a Evie levava, não se pode dar ao luxo de confiar, nem de se tornar íntimo de ninguém, embora se possa ganhar o hábito de o fingir.

Raven fez uma pausa, visualizando Evie como fora em tempos, perguntando-se se a amizade dela era tão ilusória como as suas intimidades de alcova.

— Ela pediu-me dinheiro — prosseguiu ele. — Não quis dizer-me porquê, apenas que tinha uma necessidade urgente. Dei-lho. Depois visitei-a na noite antes de vir para aqui viver, na esperança de a ouvir dizer-me que resolvera os seus problemas. Mas, em vez disso, fui dar com ela... morta, com o corpo deformado em contorções de agonia. E quando vi a Rose Campbell deitada no cais, o estado dela era semelhante.

— Contou a alguém aquilo que descobriu? Ou mencionou essa semelhança entre as duas?

— Não pude. Na noite em que encontrei a Evie, tive de sair sem ser visto, antes que alguém pensasse que era responsável pelo que lhe acontecera.

A reação de Sarah espelhou tudo aquilo que ele sentia acerca de si próprio.

— Bom, parece-me que será justo concluir que você não foi *responsável*.

— Não me orgulho do que fiz, mas entrei em pânico. E se pensassem que eu era um assassino?

— Portanto, pensa que ela foi morta?

— Suspeito de que foi envenenada, sim. E é bem possível que a Rose também o tenha sido, pelos mesmos meios, se não pela mesma pessoa.

— Houve alguma investigação quando encontraram o corpo?

— Não. Partiram do princípio de que morreu do álcool.

— Apesar de ela ter sido encontrada como você descreveu?

— Ninguém olha com atenção quando se trata de «mais uma pega morta», como ouvi um polícia chamá-la.

— A Rose não era pega nenhuma. De certeza que vão investigá-la. Tem de contar ao McLevy aquilo que sabe.

Assim que as palavras lhe emergiram da boca, ficou claro que Sarah sabia que as coisas podiam não se passar assim.

— Só que não pode fazê-lo, não vão eles pensar que esteve envolvido — corrigiu.

— Dizem que o McLevy apanha sempre o seu homem, mas eu, que vivi na Cidade Velha, ouvi uma versão diferente. Lá, o que se diz é que ele apanha um homem, e depois não se preocupa especialmente se é o homem certo, desde que a história bata certo e o júri condene.

Raven engoliu em seco, olhando-a nos olhos.

— Eu quero saber o que aconteceu à Evie, o que implica que quero saber mais acerca da Rose. Ajuda-me?

Sarah devolveu-lhe o olhar, ponderando, avaliando. Pareceu chegar a um veredicto.

A minha ajuda tem um preço, Sr. Raven.

— Como você deduziu corretamente, tenho muito pouco dinheiro.

— Não é esse tipo de preço. Peço-lhe o mesmo que me pediu a mim. Confiança. Não me esconderá nada, e, ao longo desta missão, tratar-me-á como sua igual.

— Dou-lhe a minha palavra. Fica combinado, então?

— Ainda não. Essas eram apenas as minhas condições. O preço, dir-lho-ei quando chegar a hora.

VINTE E QUATRO

Sarah deu por si, repetidamente, a acertar o passo com Raven, vários passos atrás dele, enquanto caminhavam ao longo do Cowgate. Emergira um padrão segundo o qual Raven, em resposta, abrandava, apenas para, logo depois, ela se colocar de novo na retaguarda. Acabou por parar repentinamente, voltando-se para ela com uma expressão crítica.

— Porque é que vai a pisar ovos? Está a tentar atrasar-nos?

Foi preciso ele dizê-lo para ela compreender o que estava a fazer. Sentiu um impulso para pedir desculpa, mas dominou-se.

— Eu não estava a pisar ovos — retorquiu. — Estou habituada a acompanhar a *Miss* Grindlay, ou, de vez em quando, a Sr.ª Simpson, e não se espera dos empregados, na verdade não se lhes permite, que caminhem ao lado dos patrões. É uma questão de hábito, e não um reflexo do seu estatuto percecionado — acrescentou.

A ignorância de Raven relativamente aos aspetos práticos diários da condição dela revelava-se uma fonte de frustração para ele próprio e de irritação avassaladora para Sarah. Ao longo dos dois dias seguintes à discussão de ambos a horas tardias, ele aparecia constantemente na cozinha ou intersetava-a nos corredores com a mesma questão.

— Teve alguma oportunidade? — perguntava ele.

Ao fim de uma boa meia dúzia de respostas negativas, ela abriu o jogo com ele.

— As minhas obrigações não me deixam muito tempo para visitas de cariz social, muito menos a horas que sejam seguras ou apropriadas para uma mulher jovem andar pelas ruas. Além do mais, não posso simplesmente bater à porta da cozinha dos Sheldrake e começar a fazer perguntas. Resultará melhor se parecer um encontro fortuito.

— Você diz que conhece essa rapariga. Quando é que a vê, habitualmente?

— No passado, as minhas oportunidades de conversar com a Milly foram obra do acaso. Tal como disse antes, por vezes encontrávamo-nos quando andávamos na rua a tratar de assuntos, por exemplo na retrosaria, ou, de vez em quando, na Duncan e Flockhart.

— Ainda hoje esteve na cidade — apontou ele.

— Mas fui com a *Miss* Grindlay — retorquiu ela.

Raven mostrou-se exasperado.

— Então só Deus sabe quanto tempo vou ter de esperar.

Sarah preparava-se para responder à altura, explicando-lhe que o único tempo livre que tinha era aos domingos, quando se apercebeu de que sabia exatamente onde e quando conseguiria encontrar Milly e, na verdade, todo o pessoal doméstico dos Sheldrake.

— Vai esperar até ao dia do Senhor — disse ela. — Eu consigo falar com a Milly no domingo, depois do culto.

— Os Sheldrake vão à mesma igreja que nós?

— Não — confessou ela, percebendo de imediato onde o seu plano cairia por terra. Toda a família Simpson tinha de frequentar o culto dominical em conjunto em Saint John, uma vez que o Dr. Simpson preferia os sermões de Thomas Guthrie a todos os outros. Milly estaria noutro local. — Embora você talvez pudesse sugerir ao Dr. Simpson que ouviu dizer que o pastor de determinada igreja é um pregador interessante e que estamos ambos curiosos por conhecer a perspetiva dele sobre determinadas questões.

Raven pareceu pouco convencido com a ideia. Sabiam ambos que pareceria bizarro fazer uma tal sugestão ao professor.

— Então e sabe, sequer, o nome desse pastor cuja igreja os Sheldrake frequentam?

— *Só* sei o nome — admitiu Sarah. — Não sei onde é a igreja dele. É o Reverendo Malachy Grissom.

Ouvindo o nome, Raven arregalou os olhos.

— Sabe que mais, se calhar conseguimos mesmo convencer o Dr. Simpson da minha curiosidade.

Era essa a razão de estarem ambos agora a caminhar ao longo do Cowgate, depois de Raven descobrir a localização da igreja. Era uma manhã de domingo luminosa, ainda que fria, mas ele parecia olhar permanentemente em seu redor, como se estivesse ali a vaguear a meio da noite. Este estado de vigilância ansiosa explicava-lhe porventura a irritação por ter de se atrasar para esperar por ela.

— Está à procura de quê? — perguntou ela. — Até parece que está a tentar evitar alguém.

— E estou mesmo. Velhos conhecidos com quem preferia não me cruzar.

— Porquê? Quem são eles?

— Não lhe dizem respeito, e dê graças por isso.

— Pensei que tínhamos acordado que não me esconderia nada.

— Só em questões diretamente relacionadas com a nossa missão comum.

— E como é que eu sei que você diz a verdade sobre o que está ou não relacionado com ela?

— Eu fui atacado, e retalharam-me a cara, lembra-se? Estou preocupado com a possibilidade de encontrar de novo esses patifes.

— Mas porque é que eles fizeram isso? Não me diga que foi roubado por acaso, porque eu não acredito.

Raven soltou um suspiro.

— Porque devo-lhes dinheiro, e não o tenho. Está suficientemente claro para si?

Não estava. Sarah podia fazer muito mais perguntas, nomeadamente a *razão* de lhes dever dinheiro, mas sabia quando parar.

Sarah falara verdade quando negara que não gostasse dele, mas não lhe agradava, de facto, a sua presunção de superioridade sobre ela, tal como não lhe agradava em todos os homens jovens. Caso lhe fossem concedidas as mesmas oportunidades, confiava suficientemente em si própria para saber que superaria qualquer um deles. Doía-lhe, por isso, que vissem nela não mais que uma criada. Por necessidade, Raven olhava um pouco além disso. Ou, pelo menos, ela oferecia-lhe a ocasião para tal. Na esperança de que não a desapontasse.

— Porque é que estava tão seguro de que o Dr. Simpson concordaria com esta ausência do nosso culto normal de domingo? — perguntou ela enquanto passavam por baixo da George IV Bridge.

— É que o Reverendo Grissom tem feito campanha contra a utilização do éter no parto. Tem distribuído panfletos sobre o tema por toda a cidade.

— Por que diabo haveria ele de querer fazer isso?

— Diabo não. Deus. Há um versículo da Bíblia que diz «na dor darás à luz filhos». Ele acredita que as dores de parto são, de alguma forma, sagradas.

— Que estupidez pegada. E vamos ouvir esse homem?

— Eu calculei que o Dr. Simpson teria curiosidade — ou, pelo menos, o divertiria — saber o que mais ele poderia ter a dizer. A Bíblia também diz que, quando cometemos um ato de caridade, a mão direita não deve saber o que faz a mão esquerda. Ora, considerando que a cirurgia pode ser descrita como um ato de caridade, talvez o Reverendo possa sugerir que o cirurgião seja vendado, ou tenha uma das mãos atada atrás das costas, sem ser vista.

Raven considerou a ideia mais divertida do que Sarah, mas isso deveu-se a ter-lhe escapado algo de bastante óbvio.

— Ele jamais sugeriria tal coisa, pois duvido que seja coincidência ter optado por se opor a uma dor que sabe que nunca terá de suportar. Mas se o Grissom tivesse uma fração dessa dor nos dentes, não estou a vê-lo a arranjar uma justificação teológica para o Sr. Sheldrake não usar éter quando arranca dentes.

Raven indicou que o sítio que procuravam estava mesmo à sua frente. A congregação entrava já por um conjunto de portas no lado sul do Cowgate. Parecia ser um modesto salão de reuniões, e não uma igreja no sentido corrente.

— Esperava qualquer coisa de mais grandioso.

— Nem todos os pastores da Igreja Livre tiveram a mesma sorte do Reverendo Guthrie a conservar as suas propriedades a seguir à Disrupção[2] — explicou-lhe Raven. — Muitos tiveram de contentar-se com os salões e locais de reunião que conseguiram encontrar.

Sarah ouvira falar na Disrupção, mas dedicava pouca atenção a questões envolvendo velhos devotos em querelas mútuas. Na sua maneira de ver as coisas, o cisma resumia-se ao direito de padroado, que permitia ao Estado e aos ricos terratenentes apontar pastores para as paróquias, sobrepondo-se aos desejos dos próprios paroquianos. Aqueles que haviam rompido com a Igreja principal, há quatro anos, tinham necessitado, em consequência disso, de formar os seus próprios ministérios, com o apoio dos leigos que quisessem segui-los. Daí a natureza *ad hoc* daquele local de culto.

Os dois entraram, tomando os seus lugares nas filas de trás. Sarah raramente achara as igrejas locais alegres ou inspiradoras, mas esta parecia particularmente pouco atraente, sendo, apesar disso, muito bem frequentada. Alguns minutos depois, viu os Sheldrake alinharem-se perto das filas da frente, refletindo talvez a sua posição as contribuições generosas do dentista para os cofres da nova

---

[2] Disrupção: cisma doutrinal ocorrido em 1843 no qual inúmeros pastores evangélicos abandonaram a Igreja da Escócia para formar a Igreja Livre da Escócia.

paróquia. O Sr. Sheldrake caminhou à cabeça da fila. A sua mulher, o filho e duas filhas tomaram os seus lugares junto dele, enquanto Milly e o resto do pessoal doméstico se arrumavam na fila imediatamente atrás.

Sheldrake pareceu a Sarah um par implausível para a sua esposa deselegante e tristonha de cara. Ele era alto, bem vestido, elegante e de rosto escanhoado. Tal como se pode dizer de certas mulheres que são atraentes, podia-se dizer que Sheldrake era bonito: uma qualidade feminina decorrente não apenas dos seus traços, mas também da forma de se conduzir. O seu vestuário era moderno e à moda, a ponto de parecer haver algo de incongruentemente dissoluto nele, embora, talvez, qualquer nota de elegância parecesse deslocada naquele ambiente austero.

Sarah vislumbrou por momentos Milly entre as filas de cabeças. Parecia atordoada e em choque, esforçando-se por conter as lágrimas. Milly deveria saber há já alguns dias da morte de Rose, mas Sarah sabia por experiência própria o que é regressar pela primeira vez a um local familiar, precipitando todas as recordações e lembrando mais uma vez o carácter final e definitivo da morte.

Fez-se silêncio na sala quando o Reverendo Grissom entrou e ocupou o seu lugar por detrás do ambão que lhe servia de púlpito. Era um homem baixo com o porte orgulhoso de alguém que se achava pelo menos trinta centímetros mais alto. Cabelo grisalho fino pendia-lhe frouxo em redor da coroa, como um cortinado numa sanefa circular. A cabeça era calva, com exceção de uns quantos tufos ralos que faziam Sarah sentir-se constantemente compelida a subir ao palco para os rapar. Mais abaixo, o rosto era dominado por um nariz tão volumoso e pontiagudo que, quando voltava a cabeça, parecia indicar a direção na qual se preparava para partir.

Infelizmente, não partiu durante bastante tempo. Pregou delongadamente, posto que nada tivesse a dizer acerca do éter. Referiu bastante a humildade, muito embora o seu tom, postura e todos os seus gestos físicos emanassem presunção, e a sua expressão permanentemente sisuda não admitisse a menor leviandade.

Sarah pensou para consigo como devia ser esgotante consternar-se constantemente com tantas coisas.

— O orgulho faz dos homens insensatos — dizia ele, com uma voz surpreendentemente potente para um homem tão pequeno. — A vaidade leva-os a buscar a glória no seu próprio reflexo, e não procuram esse reflexo apenas no espelho, mas na admiração dos outros. Ah, como desejam vê-la nos rostos dos seus pares, mas o pior de tudo é como desejam vê-la nos rostos das *mulheres*.

Baixou o tom de voz ao dizer isto, como se a palavra em si fosse obscena.

— E nisto as piores das mulheres são coniventes, pois são elas as tentadoras. O orgulho *delas* é servido por isto. O orgulho *delas* supera o dos homens. Pintam-se, vestem-se, essas jezebéis. Não apenas as decaídas das ruas noturnas, mas também em casa dos maridos. O homem vaidoso procura a sua aprovação. E procura-a sob a forma de conhecimento carnal. É por isso que o pior pecado de uma mulher é o de alimentar essa vaidade, encorajá-la. Pois fazê-lo é ser ocasião de pecado para o outro, é levá-lo a cair em tentação.

— A boa esposa é modesta. A boa mulher é modesta na sua aparência e nos seus modos. É a modéstia que eu recomendo, é à modéstia que vos incito. Tal como era modesta a mãe do Senhor.

Raven inclinou-se para Sarah e murmurou-lhe ao ouvido, quando o serviço religioso terminara e a congregação começava a dispersar.

— E, no entanto, Jesus preferiu a companhia das prostitutas à dos pregadores.

Ela teve de conter um arquejo, receosa de que o comentário dele pudesse ter sido ouvido. Suspeitou, porém, que chocá-la fosse precisamente a intenção dele e decidiu responder-lhe à altura, ainda que mais discretamente.

— Não me parece que as suas próprias aventuras amorosas o tenham aproximado mais do Senhor. Terá sido o pecado do orgulho que o fez procurar uma mulher da noite?

— Tanto quanto me lembro, o pecado da luxúria servia perfeitamente para esse efeito. Não posso ambicionar ter a modéstia do Reverendo Grissom, mas talvez ele tenha mais razões para ser modesto do que eu.

Sarah saiu com desenvoltura para o Cowgate, onde os fiéis se juntavam a trocar saudações dominicais. Ela e Raven mantiveram-se junto das portas, o ponto de observação ideal para intercetar alguém.

— É melhor manter-se um pouco afastado — disse-lhe Sarah, ao ver o Sr. Sheldrake conduzir a família ao longo da coxia até ao vestíbulo. — A Milly não vai estar à vontade junto de um estranho.

A atenção de Raven, de qualquer forma, pareceu ser captada por outra coisa.

— Sim, claro. Encontramo-nos de novo aqui — disse ele, afastando-se rapidamente por entre a multidão.

Sarah viu o Sr. e a Sr.ª Sheldrake deterem-se no vestíbulo para falar com o Reverendo Grissom, enquanto Milly prosseguia para a saída. Saiu-lhe ao caminho e lançou-lhe um sorriso conciliador.

— Sarah! — exclamou Milly, denotando surpresa na voz. Parecia mais abatida do que o costume, e o seu tom de voz mais nasal. Sarah apercebeu-se de que chorara bastante nos últimos dias. — O que estás aqui a fazer?

— Tive autorização do Dr. Simpson para vir ao culto aqui hoje. Queria ver-te, para te dizer como fiquei desolada quando soube da Rose.

Milly engoliu em seco, como se os olhos fossem de novo encher-se de lágrimas. Acenou com a cabeça.

— Obrigada. Não tem sido fácil.

— Nem consigo imaginar. Sinto-me culpada.

— Culpada? Porquê?

— Porque quando me disseram que ela tinha fugido, invejei-a. Imaginei que tivesse fugido para uma vida excitante qualquer. Tinha ouvido rumores de que ela andava a ver alguém e que tinha fugido com ele. Foi verdade?

Milly olhou para o lado, na direção dos Sheldrake. Era perfeitamente inocente estar a conversar com Sarah, uma colega de ofício, mas estava claramente preocupada em não ser ouvida. De momento, não estavam ao alcance de ouvidos nenhuns.

— Não sei dizer — respondeu Milly. — A Rose tinha segredos, e havia um homem envolvido. Essa parte é inescapável.

Sarah estranhou a palavra pouco usual.

— Como assim, inescapável?

Milly olhou novamente de relance os patrões. Pareceu recear ter revelado algo que não devesse.

— É melhor não dizer mais nada. Já disse demais.

— Podes confiar em mim, Milly — implorou Sarah.

— E confio. Mas não foi a ti que eu disse demais.

Sarah pousou-lhe a mão no ombro. A pobre parecia uma concha vazia, onde antes houvera tanta coisa.

— Tens de me avisar do funeral — pediu Sarah, tentando mantê-la a conversar.

O pedido, porém, pareceu sobrecarregá-la ainda mais, e as lágrimas ameaçaram brotar de novo.

— Não sei, sequer, se haverá funeral. E a culpa é minha.

— Como é que a culpa pode ser tua?

— Um polícia foi lá a casa fazer-nos perguntas. Era irlandês, chamava-se McLevy. Eu só estava a tentar ser honesta, mas, por causa do que eu lhe disse, ele acha que a Rose se matou.

— Mas porque é que a Rose havia de tirar a própria vida?

Os olhos de Milly desviaram-se de novo para o lado. Os Sheldrake já tinham parado de falar com o Reverendo Grissom e dirigiam-se à porta.

— Ela tinha a certeza de que ia ser despedida, e não sabia o que mais podia fazer.

Sarah segurou o braço de Milly, para o caso de ela se ir embora.

— Despedida por que razão?

Com o Sr. Sheldrake em breve ao alcance do ouvido, as últimas palavras de Milly não foram mais que um sussurro.

— Ela estava de bebé.

VINTE E CINCO

Raven acabava de ser instruído a manter-se à distância quando o seu olhar foi atraído por algo do outro lado do Cowgate. De início, não teve a certeza, porque os vislumbrou apenas no meio do grupo que abandonava a igreja; mas quando ultrapassou a multidão e o par se aproximou, não teve dúvidas. Caminhando para oeste, na direção do Grassmarket, estava a mulher que recentemente fora ter com ele com horríveis contusões, acompanhada por um homem carrancudo de faces vermelhuscas.

Estavam ambos vestidos para ir à igreja — dirigiam-se a casa após os serviços religiosos. Ela seguia de cabeça baixa, como se se sentisse relutante em cruzar o olhar com alguém, enquanto ele caminhava de queixo projetado para a frente, e os olhos perscrutadores pareciam desafiar o mundo em seu redor a dar-lhe satisfações. Era domingo de manhã, mas a noite de sábado ainda se fazia sentir no seu semblante, um rosto de bêbado, roliço e rosado, com um nariz abatatado. Estas eram as únicas partes do seu corpo de aparência mole. O resto do homem assemelhava-se a uma mola comprimida.

Já tinham passado quando Raven atravessou a estrada.

— Sr. Gallagher! — chamou, assegurando-se de que o fazia à pessoa certa.

O homem voltou-se, com uma expressão que denotava uma curiosidade irritada, pelo facto de não reconhecer quem o chamava.

A mulher, pelo contrário, não escondeu o seu temor, pelo facto de ter identificado imediatamente o homem que os abordava. Estava manifestamente aterrada com as possíveis repercussões de o marido ficar a saber aquilo que Raven inferira, ou até com o simples facto de ela ter consultado um médico.

— O que é que você quer? — perguntou ele, mirando Raven de cima a baixo. Manifestava desdém evidente pelo facto de ter sido sumariamente interrompido por um qualquer jovem fino, apesar de Raven ter reparado que o olhar se lhe detivera na cicatriz.

— Preciso de falar consigo.

— Então fale.

A Sr.ª Gallagher permanecia de cabeça baixa. Raven estava certo de que tremia.

— Tem a ver com uma questão delicada, inapropriada para falar diante da senhora sua esposa.

O Sr. Gallagher pareceu confuso e evasivo, minimizando instantaneamente, por irrelevante, o que quer que Raven tivesse a dizer-lhe.

— Por favor, tenho a certeza de que o que tenho a partilhar consigo será para seu total benefício. Vamos só afastar-nos um pouco para termos alguma privacidade.

Raven conduziu-o para fora do Cowgate, até um beco estreito entre dois edifícios. O burburinho da Congregação da Igreja Livre desvaneceu-se de imediato.

— Pois bem — disse Gallagher em tom impaciente —, desembuche.

— Eu sou o médico da sua mulher. Achei que devíamos falar sobre um problema de saúde crónico que a tem afetado.

Os seus olhos desconfiados estreitaram-se um pouco mais.

— E que problema de saúde é esse?

— Por favor, faça-me a fineza de não me tomar por parvo. Ela tentou ocultar a fonte das suas contusões por medo de sofrer ainda mais. Mas eu percebi bem demais aquilo que tinha diante dos olhos.

Gallagher pareceu indignado com a impertinência de Raven.

— Ela não presta atenção. Distrai-se. Um homem trabalha o dia todo para chegar a casa e ver que ela deu cabo da última farinha. O que é que você tem a ver com a forma como um homem governa a casa ou disciplina a mulher?

— Ah, estamos a falar de disciplina? Será a mesma coragem de que necessita para dizer não a mais um *whisky* quando já bebeu a sua conta e gastou o dinheiro de que a sua mulher precisa para viver?

— Com quem raio pensa que está a falar, rapaz?

— Estou a agir em nome dos interesses da minha cliente.

— Não, está mas é a meter o bedelho naquilo que não é da sua conta. Portanto, é melhor ver se não se dá mal com isso.

Raven apercebeu-se de que o outro cerrara o punho. Não fora preciso muito. Sabia alguma coisa sobre aquele tipo de homens.

Exibiu as palmas das mãos num gesto conciliatório.

— Muito bem, Sr. Gallagher. A forma como o senhor disciplina a sua mulher só a si diz respeito. Tal como a forma como eu trato o problema de saúde dela só a mim diz respeito. E como eu identifiquei que a fonte desse problema é o monte de merda que tenho à minha frente, vou prescrever aqui mesmo um remédio. Vou pedir à sua mulher que vá com regularidade à minha consulta e, se vir mais indícios das suas mãos no corpo dela, vou ter consigo e dou-lhe cabo do canastro. Desse modo você trata do que lhe diz respeito e eu trato do que me diz respeito a mim.

A raiva acumulava-se em Gallagher, mas não se mexeu. Ainda.

— Eu faço o que quiser com estas mãos, filho, incluindo desfazê-lo em papa se voltar a cruzar-se comigo. — Cerrou de novo o punho. Estava quase no ponto. Mas algo o retinha ainda: o facto evidente de Raven não denotar medo.

— Porquê esperar? Estou aqui mesmo à sua frente. Vamos lá, você foi muito homem a bater numa mulher. Porque é que não me mostra como é que se bate num homem?

— Não vou fazer isso no sabat.

Raven baixou as mãos sobre os flancos, expondo o corpo.

— Quer isso dizer que a sua esposa pode queimar os *scones* impunemente hoje?

Foi a gota que transbordou o cálice, o momento em que a raiva de Gallagher superou a cobardia. Rodou o corpo reunindo todo o seu vigor, e lançou o punho contra o rosto de Raven. Este, porém, foi rápido a esquivar-se, suficientemente rápido para se esquivar a um bêbado. Afastou a cabeça numa fração de segundo e Gallagher esmurrou a parede com toda a força da sua raiva.

Caiu de joelhos soltando um gemido gutural enquanto olhava horrorizado os dedos desfigurados, partidos e a sangrar. A única coisa que desfizera em papas fora a própria mão.

Raven colocou-se diante dele, segurando-lhe o queixo e obrigando-o a olhar para cima.

— Lembre-se de que eu fiz isto sem sequer lhe tocar. Mas se você voltar a tocar nela, o caso muda de figura.

VINTE E SEIS

Sarah procurou Raven em seu redor, incapaz de o encontrar no amontoado de gente derramada do serviço religioso do Reverendo Grissom. Os Sheldrake tinham reunido o seu pessoal e caminhavam na direção de Blair Street. Milly seguia de cabeça baixa. Não voltou a olhar para trás.

Sarah localizou-o a sair de um beco do outro lado da rua. A sua postura corporal contrastava vincadamente com a dos fiéis que se dirigiam a suas casas. As expressões destes eram adequadas a quem cria ter acabado de comungar o Senhor, enquanto a de Raven indiciava contactos bem menos sagrados.

Sarah sentiu confirmar-se a sua impressão instintiva de que havia qualquer coisa de inquieto e impetuoso em Raven. Calculava que ambos esses traços de carácter tinham desempenhado o seu papel no que quer que levara às lesões da sua cara. Mas duvidava de que ele alguma vez lhe contasse a verdade a esse respeito. Havia um turbilhão enevoado de segredos obscuros por detrás dos seus olhos cor de avelã.

Conseguia admitir haver lá igualmente algo de mais gentil, embora em Queen Street qualquer um pudesse passar por simpático por comparação com o Dr. James Duncan — ou Dr. James Matthews Duncan, como insistia agora que lhe chamassem. Esse era igualmente inquieto e impetuoso, mas movido exclusivamente pela ambição e o desejo de construir um nome para si próprio, como evidenciava a sua preocupação em que o seu próprio nome fosse distinto.

Raven, pelo contrário, envidava grandes esforços em nome de uma mulher demasiado morta para lhe agradecer. Talvez tentasse redimir-se por não a ter ajudado suficientemente a manter-se viva. Sarah sabia estar atenta a tais motivações, por mais nobres que parecessem. Diziam que o caminho para o Inferno estava cheio de boas intenções, e suspeitava de que Raven era temerário que chegasse para a arrastar consigo caso ela não cuidasse de ver onde pisava.

— Falou com ela? — inquiriu.

— A Rose estava grávida — respondeu ela. — Estava com medo de ser despedida assim que se soubesse. Foi o que disse a Milly ao McLevy, e com isso ele concluiu que ela se afogou a si própria.

Raven tirou um momento para absorver a informação.

— Tenho uma suspeita de que a Evie também podia estar grávida.

— Como é que sabe? — perguntou Sarah, antes de se aperceber das implicações possíveis da pergunta.

— Não teria sido de mim — respondeu em tom neutro. — É como eu lhe disse, eu já não recorria a ela dessa forma.

— Então o que o faz pensar que...?

— Não sei. Simplesmente bate certo. Mas aquilo que não bate certo é a ideia de a Rose se ter afogado propositadamente. Isso não explicaria as contorções, semelhantes às da Evie.

— Você disse que suspeitava de terem sido ambas envenenadas. Não acha que pudessem ter tomado veneno para se matarem?

Raven ponderou a possibilidade.

— Teoricamente, sim. Mas o mesmo? E um veneno que as atormentou de dor? Porquê escolher morrer de forma tão horrível?

— Talvez tenham sido levadas a supor que lhes daria uma morte sem dor, como o ópio.

— Custa-me a crer que a Evie pudesse pôr termo à própria vida. Para que precisaria ela de dinheiro com tanta urgência, se pensava matar-se?

— Eu tenho a mesma dificuldade em relação à Rose, mas como pode alguém dizer o que faria numa situação do mais total desespero? Estar grávida, mas não ter meios para sustentar o bebé, ou a si própria, por estar prestes a ser despedida.

— O Professor Ziegler, do Maternity Hospital, por acaso, disse que tinha tido conhecimento de mulheres jovens que se tinham matado — admitiu Raven, em tom ligeiramente defensivo. — Em alguns casos, não conseguiam encarar, sequer, a possibilidade de as suas famílias descobrirem o seu estado. Mas parece um recurso de total desespero.

— Que outro recurso teria uma rapariga como a Rose?

Raven lançou-lhe um olhar que dizia que ela já sabia a resposta para essa pergunta; e que não podia ser formulada em voz alta ao alcance dos ouvidos de estranhos.

Aceleraram o passo, distanciando-se dos fiéis que abandonavam a igreja.

— As mulheres desesperadas recorrem a todo o género de opções antes de cometerem assassínio sobre si próprias — disse ele. — Há pouco tempo, deram com a perna de um recém-nascido numa sarjeta perto da Royal Exchange. Suspeito de que o pobre bebé foi morto pela própria mãe.

Não era a primeira vez que Sarah ouvia tal coisa.

— Mas a mãe deve ter conseguido manter o seu estado secreto — observou. — Já no caso da Rose, duvido que essa fosse uma opção. Ela já receava ser despedida muito antes de essa possibilidade se lhe abrir.

— Existem outras medidas desesperadas — disse Raven, em voz baixa, apesar de não haver ninguém por perto. Era um convite à cumplicidade.

— Realmente — respondeu Sarah, aceitando o convite.

— Embora, caso tivessem optado por essa via, as coisas pudessem ter acabado da mesma forma para elas. O meu amigo Henry deparou recentemente com dois casos de mulheres jovens que morreram de abortos tentados.

Sarah tentou imaginar o medo e o desespero que Rose teria sentido, perguntando-se o que faria ela própria na mesma situação. Suspeitava de que admitiria todas as possibilidades.

Foi então que lhe ocorreu uma ideia.

— Então e se tomaram um veneno não para se matarem, mas convencidas de que ele purgaria o fardo que carregavam?

Raven voltou-se em reação à hipótese, o que fez Sarah perceber que não era descabida.

— As mulheres ingerem todo o tipo de mistelas na esperança de conseguir induzir trabalho de parto prematuro — assentiu ele. — Até agora, têm sido totalmente ineficazes, ou feito mal apenas à mãe.

— Em todo o caso, podia-se cobrar um bom dinheiro por uma pílula ou uma poção que prometesse resolver tal problema, desde que quem comprasse acreditasse. Seria para isso que a Evie precisaria do dinheiro?

— A Evie não era uma crédula sem juízo. Mas o desespero, muitas vezes, leva a uma fé equivocada. Acho que você pode ter razão.

Raven levantou o olhar para o céu cinzento, como se as respostas pudessem estar dissimuladas por detrás do dossel de nuvens.

— Só queria saber que tipo de veneno é que ela pode ter tomado.

VINTE E SETE

Raven retomou a consciência no meio do escuro. A sua desorientação semidesperta refinou-se subitamente em consciência alerta ao observar um vulto aos pés da sua cama, de lamparina na mão. No seu estado sobressaltado e à luz débil, levou alguns momentos a reconhecer no intruso Jarvis, o mordomo.

— Que raio faz você aí?

— Vim acordá-lo, Sr. Raven.

— Então porque está especado sobre mim como um maldito fantasma? Porque é que não me chamou pelo nome?

— Já o chamei pelo seu nome três vezes, e antes disso estive algum tempo a bater-lhe à porta, sem qualquer resultado. O meu passo seguinte teria sido ir buscar um copo de água para lhe atirar à cara. Felizmente, porém, não chegou a ser preciso recorrer a esse expediente.

Como sempre, a voz de Jarvis era calma e implacável, respondendo às perguntas com paciência, mas sem deixar de transmitir a impressão de que o simples facto de falar com Raven estava de alguma forma abaixo das suas obrigações. Raven alimentava alguma esperança de quebrar o gelo com Sarah, mas suspeitava de que o desdém de Jarvis para consigo permaneceria para sempre.

— Que horas são?

— Quatro e um quarto. O Dr. Simpson foi chamado a um caso urgente e gostaria que o senhor se preparasse para o acompanhar.

— Sabe para onde vamos? — perguntou, calculando que uma viagem de carruagem lhe daria tempo mais que suficiente para acordar e retomar o discernimento.

— É perto, parece. Albyn Place.

— Nem a duzentos metros daqui — observou Raven. — Por uma vez, pelo menos, a paciente deve poder compensar adequadamente o Dr. Simpson por se deslocar a uma hora destas.

Jarvis manifestou audivelmente o seu desprezo pelo comentário. Era difícil ver a sua expressão à meia-luz, mas Raven não teve dificuldade em a imaginar vividamente.

— O que foi?

— O senhor tem estudado sob a orientação do professor, mas apreendeu tão pouco sobre ele.

— Apreendi que não aceita pagamento dos pobres, mas decerto que não terá de estender tais exceções aos ricos.

— Sr. Raven, este não é o momento para discutir a questão aprofundadamente, mas talvez me baste dizer-lhe que em certa ocasião fui dar com o Dr. Simpson a usar rolos de notas de cinco libras para parar a trepidação de uma janela.

Chegaram à base das escadas no momento em que Simpson saía do seu gabinete no piso de cima, de mala na mão. Jarvis estendeu-lhe prontamente o chapéu e o casaco, escovando este último depois de vestido pelo professor e colocando-lhe o primeiro sobre a cabeça, num movimento ensaiado, antes de abrir a porta.

O frio atingiu Raven como o copo de água que Jarvis ameaçara lançar-lhe ao rosto. Olhou com inveja o sobretudo de pele de foca do professor, enquanto seguiam apressadamente por Queen Street.

— Esta manhã de segunda começa cedo, mas vai ser excitante com toda a certeza — comentou Simpson, com um crocitar na voz que denunciava que fora recentemente arrancado do leito.

— Deitou-se tarde, não foi? — perguntou Raven, sabendo que Simpson ainda estava fora de casa quando ele próprio chegara.

— Jantei em casa do Professor Gregory. Ficámos imenso tempo à conversa.

— Voltou a encontrar-se com o McLevy durante as suas deslocações? Estava aqui a pensar em quais teriam sido os resultados da autópsia à Rose Campbell.

— Não ouvi falar em nada, não. O que é que lhe interessa, especificamente?

— Continuo curioso em relação àquilo que pode ter feito o corpo ficar tão retorcido. Será possível haver indícios de veneno?

— Isso não sei — respondeu Simpson. Mas se são os venenos que lhe interessam, o homem certo para si é o Christison.

Raven sentiu o pulso acelerar. Aquela informação podia fazer valer a pena ter sido arrancado da cama a meio da noite.

— O Professor Christison? O senhor era capaz de nos apresentar?

— Apresentá-lo à obra dele, sem dúvida. Tenho o compêndio dele no meu gabinete. Pode aprender imenso a lê-lo.

— Obrigado — disse Raven, posto que não fosse gratidão o que sentia.

Simpson não se sentia curioso relativamente ao sucedido a Rose Campbell, além de, eventualmente, uma explicação fisiológica para o que acontecera ao seu cadáver. O drama mais amplo em redor dela não parecia visível ao médico. Talvez só visse esse tipo de coisas em abstrato, e essa fosse precisamente a razão pela qual conseguia distanciar-se dos horrores e tragédias com que lidava na sua profissão.

Pensou na história contada por Jarvis, a de Simpson consertar uma janela trepidante com um rolo de notas de banco. O dinheiro não tinha qualquer significado para ele. Habitava um mundo feito de livros e teoria.

Se tivesse sido a Sr.ª Gallagher a ir ter com Simpson em vez de Raven, aquele ter-lhe-ia tratado as lesões, mas não lhe teria ocorrido de que forma abordar a respetiva causa. Quando se deslocava a zonas perigosas da cidade, as multidões abriam alas para ele passar.

Todos conheciam o seu nome, admiravam-no, queriam-lhe bem. Era como um deus que não habitava o mesmo plano que os meros mortais. Embora os ajudasse, não era afetado pelos seus dramas.

— Vamos lá então pôr à prova as suas faculdades nesta hora impiedosa — disse Simpson ao aproximarem-se de Albyn Place. — A paciente que vamos tratar é uma mulher jovem que se encontra no oitavo mês de gravidez, e começou subitamente a sangrar, de forma indolor, mas intensa. Diagnóstico?

Raven procurou a resposta no seu cérebro cansado. Diversas possibilidades se apresentavam, mas descartou aquelas que não justificariam correrem a ajudá-la àquela hora da noite.

— *Placenta praevia* — respondeu.

Simpson assentiu com a cabeça com ar entendido, no momento em que uma porta se abria diante deles.

Uma criada deu um passo em frente para os receber, angustiada e à beira da histeria. Balbuciou palavras indecifráveis, tropeçando nas suas próprias frases incoerentes enquanto apontava para as escadas no interior da casa. Raven só conseguiu apanhar o nome: Sr.ª Considine. A mão da criada, segundo reparou, estava manchada de vermelho, e uma risca de escarlate intenso estendia-se da cintura da saia até à bainha.

Simpson subiu as escadas dois degraus de cada vez. Raven foi um pouco mais lento, sobrecarregado com as recordações do que acontecera pela sua mão noutra morada da Cidade Nova, nem há duas semanas ainda. Não lhe saía da mente que alguém morrera em resultado dos seus atos, mas consumia-o igualmente a questão de como tudo acontecera. Fora incompetente? Seria o próprio éter perigoso?

Procurara debater a questão em termos gerais com o Dr. Simpson, na esperança de salvar a sua consciência.

— Tem algumas preocupações relativamente à segurança do éter, considerando que um número reduzido de mortes tem sido atribuído à sua administração? — perguntou numa manhã, a seguir ao pequeno-almoço.

— As mortes a que se refere ocorreram dois ou três dias após operações muito delicadas, e não devem ser atribuídas à inalação do próprio éter. Muitas das alegadas falhas e desventuras que lhe são apontadas resultam, em minha opinião, de erros de administração — declarou Simpson. A resposta não trouxe grande conforto a Raven. — Uma eterização bem-sucedida exige a administração de uma dose integral narcotizante através da impregnação do ar respirado pelo vapor tão extensa quanto o paciente possa suportar. O bisturi do cirurgião não deverá nunca ser aplicado antes de o paciente se encontrar total e inequivocamente soporizado.

Raven lembrou-se da relutância inicial da Sr.ª Graseby em inalar o éter e do seu movimento repentino em resposta à manipulação de Beattie.

— Alguma vez experimentou dificuldades? — perguntou.

— Ao longo dos últimos nove meses, utilizei a técnica em praticamente todos os casos de trabalho de parto a que fui chamado, sem quaisquer consequências adversas. Não tenho a menor dúvida de que daqui a alguns anos esta prática estará generalizada, o que quer que digam os pequenos teólogos da *kirk*.[3]

Simpson riu-se, desconhecedor do crescente incómodo de Raven com o rumo da conversa.

Mas o que era uma dose soporizante? Como podia tal coisa ser medida? Qual a diferença entre a primeira vez que Simpson utilizara o éter e o seu uso, não supervisionado, por Raven, na Sr.ª Graseby? Ocorreu-lhe que se tratava tanto de uma arte como de uma ciência, e que os seus próprios esforços não deviam seguramente ter-se desviado o suficiente dos requisitos para causar uma morte. Não obstante, não tinha qualquer outra explicação para o que sucedera.

---

[3] *Kirk*: designação corrente da Igreja Presbiteriana da Escócia.

E sem uma explicação, continuava a inclinar-se a atribuir as culpas a si próprio.

Foram encontrar a paciente num quarto do segundo andar, com a porta escancarada. Candeeiros e velas tinham sido dispostos sobre todas as superfícies disponíveis. A dança bruxuleante da luz fazia sobressair um pouco por todo o quarto um brilho escuro, um espetáculo macabro que fez Raven dar graças por não ter tomado o pequeno-almoço. A Sr.ª Considine estava deitada de costas sobre a cama de dossel. A sua roupa de dormir formava uma massa encharcada vermelha levantada até aos joelhos. Havia sangue por toda a parte, sobre a alcatifa e todas as peças de mobília que tivessem sido tocadas pela paciente ou a sua criada.

A Sr.ª Considine parecia ter mergulhado em estado de inconsciência, o que constituía um grande alívio para Raven, por o dispensar de administrar éter.

Quando Raven fechou a porta do quarto, já Simpson despira o casaco e arregaçara as mangas. Realizou então um exame rápido com vista a determinar a causa da hemorragia.

— Will, prepare uma dose de ergotina — disse, sem levantar o olhar. — Despache-se, homem. tenho de fazer a criança nascer sem mais demoras. É a única forma de parar a hemorragia.

O médico praticamente gritava as suas instruções. Raven nunca o ouvira levantar a voz, o que era quase tão perturbador como o sangue. O seu diagnóstico prévio revelara-se correto: uma placenta em posição baixa, as secundinas, situada na abertura do útero de tal forma que saíra antes do bebé. Raven recordava, palavra por palavra, a descrição do compêndio, principalmente devido ao texto que se seguia: *Em tais circunstâncias, é inevitável uma hemorragia catastrófica, da qual resulta a morte de uma em cada três mães.*

Sem saber bem o que fazer com as mãos, Raven fez como foi instruído. Media ainda a dose necessária quando Simpson puxou as nádegas para fora, e depois o bebé, o qual, surpreendentemente, continuava vivo. A placenta problemática foi então retirada, administrada a ergotina, e aplicada pressão ao útero flácido, mas agora esvaziado.

O fluxo de sangue reduziu-se até um fiozinho e a paciente despertou um pouco, mas Raven teve relutância em experimentar qualquer alívio, enquanto Caroline Graseby permanecia fresca na sua memória. Também ela registara sinais de recuperação, apenas para sucumbir horas depois enquanto ele aguardava ansiosamente notícias.

Surgiu então um pequeno exército de criadas, munidas de água quente e toalhas. O bebé foi embrulhado e colocado a um canto enquanto se limpava a parte pior da desordem.

A Sr.ª Considine tentou sentar-se, mas o esforço excedeu as suas energias e deixou-se afundar de novo nas almofadas, absolutamente exausta. Lançou um olhar cansado mas terno ao recém-nascido, e só então Raven sentiu que podia respirar livremente.

Foi então que a Sr.ª Considine começou a arrepanhar a parte da frente da sua camisa de noite, com um ar de temor no rosto. Raven tentou ajudar desapertando os fechos junto ao pescoço. Tinha a respiração acelerada, arfava, e olhos esbugalhados pelo pânico. Era como se lutasse por encontrar ar suficiente na sala para se manter.

Raven olhou o professor, que se encontrava do lado oposto da cama, com uma expressão do rosto invulgarmente abatida.

— Dr. Simpson, o que devemos fazer? — inquiriu.

Simpson engoliu em seco e, quando respondeu, fê-lo com voz baixa e inexpressiva.

— Fale com ela.

Três palavras que lhe disseram que não havia esperança.

Raven tomou-lhe as mãos e tentou dizer coisas tranquilizadoras. A sua própria voz pareceu-lhe distante, como se se observasse a si próprio a partir de fora. A Sr.ª Considine continuava a fitá-lo, de olhos escancarados e expressão aterrorizada, trazendo-lhe à memória o olhar na face de Evie quando a encontrara. Encorajou-a a continuar a respirar, na esperança de que tivesse conservado sangue suficiente para permanecer viva.

A sua respiração abrandou, e depois parou.

Raven olhou Simpson, esperando palavras de sabedoria, algum pensamento consolador que ajudasse a dar sentido àquilo que acabava de acontecer. Em vez disso, porém, Simpson voltou-se e dirigiu-se ao canto do quarto, espalhando descuidadamente sangue por uma área cada vez maior. O professor sentou-se e enterrou a cabeça nas mãos.

Um silêncio lúgubre abateu-se sobre o quarto, quebrado apenas pelo som desconcertante do sangue a pingar. Então o bebé começou a chorar.

VINTE E OITO

O n.º 52 de Queen Street encontrava-se num estranho estado de suspensão. Raven estava sentado junto a uma janela na sala de estar com o pesadíssimo *Treatise on Poisons* do Professor Christison sobre o regaço, enquanto George Keith e James Duncan se tinham instalado de cada um dos lados da lareira, igualmente debruçados sobre jornais e livros. A casa estava inquietantemente silenciosa e imóvel para aquela hora da manhã, e nada funcionava nos moldes habituais. Pelo segundo dia, as consultas matinais haviam sido canceladas, e ninguém sabia exatamente como se ocupar.

O pequeno-almoço fora servido sem se esperar que o Dr. Simpson chegasse para dar graças, o que indicava que o pessoal sabia que não devia contar com ele. Após o seu regresso de Albyn Place na manhã da véspera, recolhera à sua cama, e não saíra ainda do quarto. A Sr.ª Simpson juntara-se-lhes brevemente na sala de jantar, dando duas ou três trincas nas torradas antes de se retirar de novo sem uma palavra.

O silêncio imperava, com a única exceção do crepitar do lume e de um ou outro silvo do papagaio. Apesar da ausência de distrações, Raven não fazia quaisquer progressos na identificação de uma causa possível para as aparentes agonias de Evie e Rose.

Apercebeu-se de que Duncan fechara o livro que tinha diante de si e olhava pensativamente na sua direção. Isso raramente constituía prelúdio de algo de bom.

— Está a enfrentar o Christison, é? — comentou ele. — Excelente recurso, incontestavelmente, mas nós, médicos, temos de nos assegurar de que não deitamos fora o bebé com a água do banho.

Habitualmente, Raven não o teria encorajado a alargar-se, mas de momento deixava-se de bom grado desviar do esforço da sua busca infrutífera.

— O que quer dizer com isso?

— Pode-se argumentar que todo o veneno é, no essencial, uma sobredose. Porque haverá, decerto, propriedades em todas as substâncias mencionadas no Christison suscetíveis de serem benéficas na medida certa, ou que possam induzir um efeito de que possamos tirar partido no interesse do paciente.

— Sim, mas determinar a relação entre dose e efeito implica grandes dificuldades. Eu que o diga, que tenho sido exposto a todo o tipo de vapores nefastos, quase todos os serões depois de jantar.

— Sim, mas através de tais experiências, pode ser que a posteridade lhe reserve ao menos uma nota de rodapé na história da medicina — retorquiu Duncan.

Keith esboçou um sorriso afetado perante o comentário, o que, por sua vez, suscitou um sorriso a Duncan. Raven suspeitou fortemente de que este último não percebera exatamente a qual dos dois o primeiro achara graça.

Raven não se sentia tão propenso a frivolidades; considerava o modelo de testagens em curso uma catástrofe à espera de acontecer. Simpson tinha todos os professores e químicos seus conhecidos de sobreaviso em relação a potenciais compostos capazes de exibir propriedades anestésicas. Sempre que alguém identificava um novo composto, levava uma amostra lá a casa, a ser testada após o jantar por todos os médicos presentes. O Professor Miller, o cirurgião que vivia na porta ao lado, no n.º 51, adquirira o hábito de passar pela casa todas as manhãs a caminho do Infirmary, só para se assegurar de que todos tinham sobrevivido à noite. Até aí, nada do que haviam testado tinha provocado nada de mais dramático do que tonturas, náuseas e dores de cabeça inibidoras da visão; mas Raven achava que tal se devia à sorte, não a um discernimento adequado. Não lhe custava imaginar o professor Miller a chegar um dia tarde demais e encontrar o grupo todo fatalmente envenenado.

— Preferia não ser honrado postumamente, antes sequer de ter licença para exercer — observou Raven.

— Oh, não seja melodramático. Embora não deixe de ter razão quando diz que a testagem continua a ser o grande desafio. Ao qual não ajuda a oposição ativa atualmente registada no estrangeiro à utilização de animais como cobaias. De que outra forma podemos determinar as doses letais, e de que outra forma podemos determinar os efeitos, se não podermos dissecar as criaturas depois?

— Sou da opinião de que todo aquele que se oponha a que um cão teste veneno deveria voluntariar-se em seu lugar — sugeriu Raven. Não falava a sério, mas divertia-o que Duncan não se apercebesse disso.

— Sem dúvida. O problema é que a fisiologia canina não é suficientemente parecida com a nossa para podermos retirar conclusões adequadas. Só queria era que tivéssemos uma reserva semelhante de indivíduos humanos descartáveis.

— Que tal prisioneiros? — sugeriu Keith.

Raven olhou-o e detetou-lhe o brilho no olhar. Por amor de Deus, não lhe dês ideias, pensou.

Tarde demais.

— Sem dúvida — respondeu Duncan com ar pensativo. — Era uma forma de assassinos e ladrões contribuírem com alguma coisa para o bem geral da Humanidade.

— E porque não pegas? — perguntou Raven, com um tom de voz mais agressivo e enérgico do que pretendia.

Duncan respondeu com um olhar estranho, como se sopesasse o que pudesse subjazer àquela interpelação. A tensão que se seguiu foi acentuada pelo silêncio pouco costumeiro da casa, até ser esvaziada pelo desvio de tema por parte de Keith.

— Em qualquer dosagem, há alguns venenos cujo único efeito é nocivo e, no entanto, continuam a ser receitados. O mercúrio, por amor de Deus. Além de causar ulceração da boca, e a perda tanto dos dentes como do cabelo, o seu único efeito é precipitar a salivação, que a sabedoria superficial interpreta como o corpo a purgar-se a si próprio com vista a equilibrar os humores. Esse tipo de raciocínio é positivamente medieval.

— É por isso que os homeopatas continuam a prosperar — sugeriu Raven. — Há tantos medicamentos alopáticos tóxicos que o benefício da homeopatia, propriamente dito, é não ficarmos mais doentes senão em resultado da progressão natural da nossa doença.

— E como irá aprender, Will, os pacientes exigem pílulas, e os médicos estão sempre mais que disponíveis para lhas ministrar, desde que tenham dinheiro a ganhar com isso. A polifarmácia é praticada por charlatães gananciosos em grau igual ao da homeopatia: os médicos comercializam combinações complexas de remédios, para de seguida receitarem mais ainda para contrabalançarem os efeitos colaterais dos primeiros. Eu sinto que estou a pregar no deserto quando digo aos meus pacientes que a via mais segura para uma boa saúde é uma dieta adequada e exercício regular. Mas eles sentem que só recebem pelo dinheiro que gastaram se saírem do consultório com uma receita. E na cabeça deles, quanto mais complexo o medicamento, mais competente o médico.

— Ainda assim — argumentou Duncan — comprovámos a eficácia de alguns medicamentos verdadeiramente notáveis, pelo que haverá, seguramente, mais a serem descobertos. E com isto não me refiro a um tónico manhoso como o pó de Gregory. Quem sabe que doenças não podem ser atenuadas, ou mesmo curadas, através de um qualquer derivado natural, ou simplesmente pelo composto certo? Eu atribuí a mim mesmo a tarefa de o descobrir.

— Embora, até conseguir resolver o problema atrás mencionado de como os testar — disse Raven —, o seu destino seja fracassar.

Duncan pôs-se de pé e encarou Raven por momentos, um pouco como um mocho olharia um rato do campo.

— Veremos — disse, em tom sereno, após o que saiu da sala.

Raven regressou ao Christison, embora o seu empenho na leitura não tenha sido favorecido pelo intervalo. Percorreu algumas páginas mais e soltou um profundíssimo suspiro. Seria bem mais fácil se soubesse o nome de determinado veneno e desejasse saber mais sobre os seus efeitos catalogados, mas aquilo que tentava fazer era exatamente o oposto.

Keith pousou a revista que lia e olhou-o do seu canto.

— Está tudo bem consigo, Will? Parece profundamente inquieto.

— Acho que o estado de espírito da casa está a infetar-me.

Keith assentiu com a cabeça, recostando-se para trás na cadeira e contemplando por momentos o vazio.

— A maioria dos casos que encontrará com o professor serão difíceis. Tem de se preparar para isso.

Em resposta, Raven esboçou um ténue sorriso, pensando para consigo que a verdadeira razão para ter testemunhado tão poucos partos normais desde o início do seu estágio era a circunstância de não lhe ser permitido acompanhar o professor nas visitas aos seus clientes mais aristocráticos. As obstruções do parto dos pobres — era o que lhe deixavam.

— Fazia-lhe bem uma diversão — prosseguiu Keith. — Uma atividade não médica que lhe proporcionasse um pouco de ar fresco e uma nova perspetiva.

Keith procurava dar a ideia de que ponderava as diversas possibilidades, mas Raven apercebeu-se de que ele tinha já algo de específico em mente. Suspeitou igualmente de que tinha uma qualquer agenda escondida.

— Desde que me salve do Christison, estou aberto a quaisquer sugestões.

— Já ouviu falar em fotografia?

A atenção de Raven ativou-se subitamente. Keith referia-se à técnica notável de fixar luz refletida em papel quimicamente tratado, criando imagens imensamente mais pormenorizadas do que as saídas das mãos do melhor pintor.

— Já ouvi falar, mas confesso que nunca vi nenhum exemplo. Conhece alguém que tenha uma câmara fotográfica?

— Conheço duas pessoas que se contam entre os expoentes mais reputados dessa arte. Talvez se recorde do meu amigo David Hill: ele visitou a casa há poucos dias.

Raven acenou afirmativamente com a cabeça. Recordava-se vagamente de Keith ter apresentado a Simpson um seu conhecido, mas não ouvira os pormenores, visto estar de saída, encarregado de ir levantar alguns compostos químicos destinados ao Dr. Duncan.

— Ele e o seu sócio Robert Adamson têm o seu estúdio em Calton Hill, onde utilizam um novo processo, o calótipo. Pediram ao Dr. Simpson que posasse para um retrato fotográfico, mas duvido que pudessem obrigá-lo a permanecer imóvel durante o tempo necessário. O homem nunca está sossegado.

Raven sorriu à ideia de o professor tentar manter uma pose por mais de trinta segundos seguidos.

— Já você, seria ideal. Eles andam em busca de pessoas com rostos interessantes. Não era capaz de posar para eles?

Raven não gostava de pensar no seu rosto como «interessante». No seio da fraternidade médica, esse raramente era um adjetivo lisonjeiro. Perguntou-se se Keith se referia aos seus traços gerais, ou à sua cicatriz, a qual, embora em vias de regeneração, tendia, ainda assim, a atrair atenções indesejadas.

— Como retratado?

Keith assentiu com a cabeça.

— Vou estar com o Sr. Hill hoje. Vou sugerir fazermos-lhe uma visita amanhã logo de manhã. Tem de ser quando a luz é mais intensa.

— Será uma honra para mim — disse Raven.

Keith lançou-lhe um sorriso estranho; aprovador, mas calculista.

— Você saiu no domingo com a criada, a Sarah, não saiu?

Raven sentiu-se bastante exposto. Não pensara nas repercussões da excursão de ambos, além de reportar a Simpson acerca da mestria oratória de Grissom a transformar humildade em autoengrandecimento.

— E então?

— Se tem uma certa afinidade com ela, talvez possa convidá-la a juntar-se também a nós. Eles estão particularmente interessados em trabalhar com mulheres. E eu acho que ela daria uma esplêndida participante.

Raven apercebeu-se de que aquela era a agenda de que suspeitara. Hill devia ter visto Sarah de relance durante a sua visita, e era nela que estava verdadeiramente interessado. Keith arquitetara simplesmente um pretexto para a levar até lá, sendo Raven o seu instrumento.

Não se importou. Preferia ser instrumento de Keith e Hill do que de Duncan, e se isso o libertasse do manto de desânimo que cobria a casa, não desperdiçaria a oportunidade.

VINTE E NOVE

Sarah caminhava para as garras de um vento gélido e tempestuoso, mas sentia-se aliviada por estar fora de casa. O simples facto de abrir a porta da frente para dar início ao dia fora como levantar o testo de uma panela de água a ferver, deixando escapar a pressão que se acumulava no interior. Uma atmosfera de tristeza descera sobre o n.º 52, e a experiência de Sarah dizia-lhe que assim se manteria durante pelo menos mais um ou dois dias.

O Dr. Simpson tinha tendência para se retirar para o quarto de tempos a tempos, quando as suas reservas de energia e entusiasmo tinham sido consumidas até à última gota por aquilo com que se via confrontado diariamente. Sarah tinha a noção de que ocorrera um caso que descarrilara e ele se culpava por isso. Ao longo do ano, aproximadamente, em que trabalhara em Queen Street, aprendera que Simpson era generoso a partilhar a felicidade dos seus sucessos; mas o corolário disso era que os seus fracassos, levava-os tremendamente a peito.

Por isso, quando aquela saída à rua fora sugerida, Sarah agarrara a oportunidade, não obstante as reservas da Sr.ª Lyndsay no campo da decência.

— Onde é que já se viu uma coisa destas? — dissera ela, manuseando a massa com uma violência só explicada pela ofensa lançada ao seu bem desenvolvido sentido do decoro. — Uma criada de dentro a acompanhar os senhores da casa numa caminhada pela cidade? Daí não pode vir bem ao mundo, sabes perfeitamente.

Se dependesse dela, teria proibido liminarmente a combinação, disso Sarah não tinha a menor dúvida. Mas fora o próprio Dr. Keith a solicitar-lhe a presença e a garantir a concordância da Sr.ª Lyndsay antes de lhe dizer para que necessitava dela. A cozinheira já tinha o sangue a ferver por ter sido anulada a suspensão que ordenara das obrigações clínicas de Sarah, devido à insistência do Dr. Keith, pelo que esta última sabia que teria de pagar por isso, mais tarde, em termos de tarefas suplementares e da desaprovação furiosa da Sr.ª Lyndsay. Estava, não obstante, entretanto, a desfrutar da sua excursão.

Sarah pensara para consigo que a caminhada poderia proporcionar-lhe uma oportunidade de partilhar quaisquer novos dados a respeito de Evie e Rose. Tentara progredir na leitura do *Treatise on Poisons* de Christison (fora-lhe entregue por Raven, que desistira totalmente de o ler), mas era um calhamaço imponente e pesado, e o tempo de que dispunha era reduzido. Estava a achar o livro fascinante, mas a sua leitura não lhe permitira ainda lançar qualquer luz sobre a área particular de interesse dos dois. Só desejava dispor do dia inteiro para o estudar. Que abençoada era a vida de um estudante, pensou para consigo.

Raven estava invulgarmente calado, como se a melancolia omnipresente da casa se revelasse contagiosa. Amuava frequentemente, mas tinha em geral algo a dizer em seu nome, mesmo quando tal parecia inapropriado; aliás, especialmente quando parecia inapropriado. Caminhava ao lado dela em silêncio, de mãos nos bolsos, pontapeando pedras soltas da calçada.

— Como é que ele o convenceu a aceitar isto? — inquiriu ela. Indicou com um gesto da cabeça George Keith, que caminhava a passos largos mais à frente, murmurando excitadamente acerca das condições inequívocas e das implicações que isto tinha para os eventos da manhã.

— Ele pensou que eu precisava de distração.

— E precisa?

— Suponho que sim. Estou a começar a sentir-me assoberbado por entrar para uma profissão que está para sempre condenada a travar uma batalha perdida.

Sarah sentiu-se começar a perder as estribeiras perante esta perspetiva pomposa, em que ele se colocava no centro de um drama ponderoso. Exibia a característica tipicamente masculina de se convencer de que o mundo girava em seu redor, em geral porque assim acontecia de facto.

— Essa parece-me uma interpretação bastante autoindulgente — respondeu-lhe, esforçando-se por não deixar o incómodo transparecer na voz, embora fosse já bastante evidente nas palavras.

— O que é que você sabe acerca disso?

— Está-se a esquecer de que alguns bem gostariam de ter os seus problemas. Está a aprender uma profissão — acrescentou enfaticamente.

Raven assumiu uma atitude invulgarmente submissa. Ao contrário de alguns homens, isso indicava, ao menos, que compreendera o ponto de vista dela.

— De qualquer forma, isso não me facilita a circunstância de me ver confrontado todos os dias com o sofrimento e a morte.

Sarah olhou-lhe o rosto, as olheiras escuras, a cicatriz ainda lívida na bochecha, e sentiu a sua cólera atenuar-se.

— A minha avó, uma vez, contou-me a história de um rei que buscava um só pensamento que lhe levantasse o ânimo quando estivesse em baixo, mas o mantivesse vigilante quando estivesse feliz.

Raven levantou a cabeça, curioso, senão otimista, acerca do que ela poderia dizer.

— Um homem sábio disse ao rei apenas três palavras: «Também isso passará.» O Dr. Simpson não permanecerá enclausurado muito tempo no seu quarto, e as coisas já antes estiveram pior do que agora.

— Em que sentido?

— Já deve ter reparado que a Sr.ª Simpson está de luto?

— Nunca pensei que vestidos de negro fossem a nova moda.

— Eles perderam a filha em fevereiro, Mary Catherine. Imediatamente antes de fazer dois anos. Já tinham perdido a primeira, a Maggie, com quatro.

— Morreram de quê?

Junto de outro grupo de pessoas, Sarah teria considerado esta uma pergunta cruel e insensível, mas estava suficientemente habituada ao convívio com médicos para não se surpreender. Fora do comum teria sido ele não procurar esclarecer aquele ponto.

— A Maggie foi antes do meu tempo — respondeu. A Mary Katherine morreu de escarlatina. Foi horrível. Chorava constantemente a pedir água, mas não conseguia bebê-la.

— Lamento muito — disse ele. — É difícil ver uma criança morrer.

— É difícil ver qualquer um morrer, não é?

Raven pareceu pensativo.

— Algumas mortes custam menos do que outras.

— Suponho que você se encontre em melhor posição para o julgar, embora eu já tenho tido o meu quinhão.

— Não me diga — replicou ele, em tom distintamente cético.

Sarah parou de caminhar.

— A minha mãe morreu no parto e o meu pai seguiu-se-lhe pouco depois. De coração destroçado, disse o médico. Foi assim que eu vim para cá trabalhar. Não tinha ninguém, e o nosso pastor conhecia o Dr. Simpson.

Raven teve a decência de se mostrar contrito.

— Desculpe se pareci insensível. Mal do ofício.

Caminharam de novo em silêncio durante alguns metros, precedidos por George Keith, subindo apressadamente o declive. Apesar do frio, estava um belo dia para sair, pois o vento expulsara o nevoeiro e o sol brilhava num céu limpo. Ao subirem Calton Hill,

Edimburgo surgiu-lhes aos pés em todas as direções. Para norte, Sarah conseguia ver até ao Forth e mais além, com as velas dos barcos a salpicarem a água numa procissão a entrar e a sair de Leith. A geometria da Cidade Nova era gritantemente vívida ali de cima, com uma disposição tão precisa e uniforme em contraste marcado com todos os bairros que a rodeavam. Transmitia uma imagem de ordem e elegância, mas também de rigidez e regras inflexíveis.

Quando Raven tomou de novo a palavra, o tom era um pouco mais animado.

— A *Miss* Grindlay parece notavelmente pouco afetada pela tristeza instalada, não lhe parece?

Era verdade que Mina passara a maior parte da semana invulgarmente bem-disposta.

— Porque acha que é assim? — prosseguiu.

— Imagino que devemos agradecer ao seu conhecido Dr. Beattie.

— Beattie?

Podia estar enganada, mas Raven pareceu estranhamente desconfortável à menção do nome dele. Partira do princípio de que eram amigos, mas sabia como os médicos tinham por hábito desentender-se.

— Sim. Têm-se visto muito ultimamente.

Raven acenou com a cabeça para si próprio.

— Agora que fala nisso, tive a certeza de que cheirei a água-de-colónia dele de uma vez que regressei do meu trabalho.

— Imaginaria que você ficaria mais surpreendido — confessou ela.

— Porquê?

— Eu não imaginaria a Mina do género de se interessar pelo Beattie. É mais velha que ele, e certamente que ele não tem falta de afetos de senhoras mais novas.

Raven bufou com ar trocista.

— Não me diga que tem ciúmes?

— Não seja ridículo. Que interesse teria eu num homem assim?

— O mesmo interesse que muitas mulheres parecem ter. Como você mesma disse, parece não lhe faltarem afetos de senhoras mais novas.

— Não me diga que tem ciúmes? — ripostou Sarah.

Raven ignorou o comentário.

— O Beattie é mais velho do que aparenta, e disse-me que acabou por achar esse tipo de atenções galantes um pouco triviais e cansativas. Fiquei com a impressão de que ele poderia ter encontrado alguma coisa na Mina que falta às outras mulheres.

— Sim — retorquiu ela —, o nome do cunhado e os contactos a ele associados.

Raven pareceu chocado com a frontalidade dela, o suficiente para a fazer recear ter ido longe demais.

— Só digo isto porque odiaria ver a *Miss* Grindlay dececionada.

— Não é uma sugestão disparatada — admitiu ele. — Mas, do mesmo modo, a Mina pode andar à procura de marido: não me parece ingénua nessas matérias. Aquilo que veem um no outro pode não ser aquilo que o resto de nós presume. Ela pode estar consciente de que a conexão a Simpson confere determinadas vantagens, mas isso não exclui o companheirismo.

Sarah franziu o sobrolho.

— Você faz a coisa parecer um negócio. Faz sentido, mas soa terrivelmente desumano.

— No casamento, há coisas piores de se ser do que desumano — retorquiu Raven.

— Como assim?

Olhando-o nos olhos, percebeu que ele não ia desenvolver o tema.

— Digamos apenas que, se você perdeu o seu pai cedo demais, eu perdi o meu demasiado tarde.

Ao circundarem o Royal Observatory, acelerando o passo para apanhar o Dr. Keith, Sarah tropeçou numa pedra solta da calçada.

Raven agarrou-lhe o braço para que não caísse, mas continuou a segurá-lo depois. O seu aperto era firme e ela descobriu que não tinha quaisquer objeções.

— Interessa-se por fotografia? — inquiriu ele.

— Não posso dizer que perceba muito disso, mas o Dr. Keith já teve a gentileza de me mostrar os seus daguerreótipos. Das viagens que fez pela Palestina e a Síria.

— Que sorte a sua — observou Raven, sorrindo pela primeira vez nesse dia.

TRINTA

Raven sentia-se já mais animado à chegada à Rock House, depois de a caminhada ter exercido o efeito que Keith tão fielmente prometera. Tinha de admitir que a oportunidade de conversar com Sarah também lhe fizera bem. Tratar-se-ia talvez, apenas, de alívio por contraste com o rumo negativo dos primeiros encontros de ambos, mas retirava um certo grau de satisfação do facto de conversar simplesmente com ela sem rancores.

Dera até por si a sorrir pela primeira vez em vários dias, e verificou com prazer que conseguia fazê-lo sem causar dor ou tensão no lado esquerdo do rosto.

A Rock House era um edifício de dois andares com um pátio em frente que ostentava uma pequena fonte com uma urna grega no centro. Ficava a um pulo de Princes Street, mas parecia contida num casulo arbóreo, abrigada do ruído e do *smog* da cidade. Foi surpreendente, então, que Keith tivesse de bater várias vezes sem que lhes abrissem a porta.

— Imagino que estejam no jardim — disse enquanto esperavam. Geralmente tiram as fotografias ao ar livre. — Apontou para o céu. — Por causa da luz.

Quando a porta se abriu, foi uma mulher que os recebeu. Envergava avental, mas não touca, e tinha uma mancha negra nas costas de uma mão, visível quando prendeu por detrás da orelha uma madeixa de cabelo grisalho.

— Bons dias para si, *Miss* Mann. Estão à nossa espera.

— É claro, Dr. Keith. Estamos todos na parte de trás da casa.

Voltou-se e conduziu-os através da casa até ao jardim. Raven seguiu Keith, deixando a Sarah a tarefa de fechar a porta.

— A *Miss* Mann é a assistente indispensável do Sr. Hill e do Sr. Adamson — explicou Keith enquanto caminhavam em procissão ao longo do estreito corredor.

Foram dar ao jardim, para o qual parecia que a casa tinha expulsado a maior parte da sua mobília. Havia cadeiras, uma mesa, objetos pendurados da parede e uma gaiola de pássaros, tudo disposto como se se tratasse do canto de uma sala de estar bem decorada. Dois homens atarefavam-se a posicionar a câmara. Estavam tão absortos na sua tarefa que de início nem se aperceberam da chegada dos seus visitantes. *Miss* Mann aclarou sonoramente a garganta, e os dois olharam em simultâneo os recém-chegados.

— Ah, George. Trouxe consigo voluntários participantes, pelo que vejo — disse um deles, como se tudo não tivesse sido cuidadosamente planeado. A fisionomia denotava um comportamento caloroso. Uma melena generosa espalhava-se-lhe sobre o rosto. Caminhou vigorosamente para os recém-chegados e apertou-lhes entusiasticamente as mãos, incluindo a Sarah, de ar surpreso.

— David Octavius Hill ao vosso serviço. E este — prosseguiu, apontando com a mão o outro homem — é o meu bom amigo e colega Sr. Robert Adamson.

O Sr. Adamson era o mais novo dos dois, magro e de ar frágil. Limitou-se a cumprimentar com um aceno de cabeça, antes de regressar ao trabalho.

— O Sr. Adamson é o génio técnico desta parceria — continuou Hill. — Domina a fundo o método da criação do calótipo. Eu não conheço o processo, apesar de se encontrar continuamente debaixo do meu nariz, e estou convencido de que nunca conhecerei. Eu, pela minha parte, organizo os temas a fotografar. Juntos, produzimos arte.

Raven achou tal alegação bastante grandiloquente, até observar os frutos do labor da parceria. Um retrato do Monumento Scott, antes da sua conclusão, impressionou-o particularmente. A clareza da imagem e os pormenores que era possível discernir nela eram notáveis, um autêntico momento congelado no tempo.

— Para conseguirmos essa, tivemos de trepar com a câmara ao telhado da Royal Institution — explicou Hill.

O resto do álbum de impressões consistia, principalmente, em homens soturnos em fatos escuros. Mas antes que pudesse inquirir acerca daqueles modelos de aparência uniformemente severa, tocou a campainha da porta e o Sr. Hill correu a atendê-la.

Regressou acompanhado de mais um visitante, uma mulher de elevada estatura, mais alta que ele por uma cabeça.

— Aqui está a *Miss* Rigby — explicou. — Escritora, patrocinadora das artes e grande apoiante destes nossos empreendimentos.

— Para já não mencionar modelo ocasional — notou *Miss* Rigby, tirando o chapéu. — Quando conseguem arrastar-nos a atenção para longe dos mártires gordos da *Free Kirk* — acrescentou, indicando as impressões para as quais Raven olhava. — O Sr. Hill passou um tempo descomunal em busca das imagens de todos estes pastores para a sua grande pintura da Disrupção. Mas, aqui entre nós, não estou a vê-la ser concluída algum dia. Ele, felizmente, começou a lançar a sua rede artística um pouco mais ampla.

Fitou Raven com uma intensidade que ele achou desconcertante, como se estivesse a ser fisicamente avaliado. Olhou instintivamente em busca de Sarah, desconfortável sob o escrutínio imoderado daquela mulher, embora incerto do socorro que lhe poderia levar. Em qualquer dos casos, ela deslocara-se para a outra ponta do jardim, onde observava o Sr. Adamson e *Miss* Mann a realizarem diversos ajustamentos na câmara.

— Julgo que vai achar as fotografias de New Haven muitíssimo mais interessantes — observou *Miss* Rigby enquanto Raven continuava a virar as páginas do livro, um catálogo infindável de clérigos de fácies soturnas.

Deteve-se repentinamente, reconhecendo um rosto que parecia fuzilá-lo com os olhos a partir da página aberta.

— Aqui está um que eu conheço bem — declarou. — O Reverendo Malachy Grissom.

— Não é da congregação dele, ou é?

O tom da pergunta de *Miss* Rigby sugeria que uma resposta afirmativa seria recebida com desaprovação.

— Não, embora já o tenha ouvido pregar. Culpava as mulheres indecentes pela luxúria masculina e fazia campanha contra as prostitutas.

Miss Rigby exibiu um sorriso maliciosamente divertido.

— Fazer campanha contra elas? Ora aí está uma expressão que eu nunca tinha ouvido.

Raven levantou o olhar para ela.

— Desculpe, não entendi.

Rigby era consideravelmente alta e magra, e tinha o cabelo preso em rolos apertados de ambos os lados da cabeça. Falava com autoridade e franqueza, o que era surpreendente, visto ser inegavelmente uma senhora, mas, ainda assim, aparentemente bem preparada para debater todo o tipo de temas com um homem a quem acabara de ser apresentada. Raven imaginou-a subitamente a agarrar fisicamente o pobre Reverendo Grissom e a dar-lhe umas valentes palmadas no rabo.

— Pelo que me dizem, o Reverendo Grissom sabe do que fala. Denúncias estridentes, quase sempre, escondem uma vergonha secreta — prosseguiu ela, despudoradamente indiferente ao rumo que a conversa estava a tomar.

Raven imaginava-a despudoradamente indiferente a quase tudo. E preferia este tipo de diálogo às jovialidades ocas que tinha de suportar habitualmente em tais circunstâncias.

— Está a querer dizer que ele tem confraternizado com prostitutas?

— *Confraternizado*, não, Sr. Raven. Tem-nas usado. Explorado.

As palavras saíram dos lábios de *Miss* Rigby de forma perfeitamente casual, mas ecoaram-lhe nos ouvidos como trovões.

Raven sentia-se simultaneamente fascinado e aterrado com aquela mulher. Parecia-lhe agigantar-se diante de si, ou seria talvez ele que se via a encolher, enquanto ponderava o que ela poderia pensar dele caso soubesse que tinha usado Evie daquela maneira.

— Mas como pode um indivíduo da posição dele esperar escapar impune com um tal comportamento?

— Muito homem soberbo se perde por imaginar que todos à sua volta são estúpidos. Frequenta sítios onde pensa que é desconhecido, embora, talvez, o bom Reverendo devesse ter viajado um pouco além de Leith e Newhaven. Esquece-se é de que até as prostitutas por vezes vão à igreja.

A conversa continuaria, não fosse a interrupção pelo Sr. Hill, que decidira que Raven devia ser agora posicionado para o seu retrato.

Sentaram-no numa cadeira estofada junto à gaiola do pássaro, e o seu rosto foi examinado de todos os ângulos. A posição dos braços foi fixada e alterada por várias vezes, até Hill se dar por satisfeito.

Miss Mann entregou ao Sr. Adamson uma caixa em madeira que este fez deslizar até encaixar na parte de trás da câmara. Adamson enterrou então a cabeça debaixo de um pano e retirou uma tampa da parte da frente da máquina enquanto *Miss* Mann fazia a contagem decrescente dos segundos com um relógio de bolso.

Raven julgou ter permanecido imóvel, mas apercebeu-se de que Adamson abanara a cabeça.

— Mexeu o braço — informou Hill em tom impaciente.

— É necessário um minuto completo para a exposição — censurou-o *Miss* Mann com um suspiro. — Vou buscar mais.

Raven posou segunda vez, agora com a ajuda de uma caixa para apoiar o braço, de cor preta para que resultasse invisível na imagem final. Sentiu que ficou absolutamente imóvel ao longo do minuto seguinte, mas nem Hill nem Adamson pareceram particularmente satisfeitos.

— Dispomos habitualmente as crianças como se estivessem a dormir — murmurou *Miss* Mann. — Talvez possamos experimentar isso.

Esta sugestão não foi feita literalmente, mas à guisa de censura, e Raven foi dispensado do seu papel de modelo. Pouco tempo depois, aquecia-se com uma chávena de chá enquanto via Hill posicionar Sarah. Esta sentava-se na cadeira, com a cabeça de lado e apoiando-se graciosamente numa mão. Tinha um xaile roxo sobre os ombros e o cabelo atado frouxamente sobre a nuca. Hill deu um passo atrás e examinou-a de diversos ângulos antes de se declarar satisfeito. Implorou-lhe que permanecesse o mais imóvel possível, olhando fixamente para Raven.

Sarah não demonstrou nenhuma das dificuldades de Raven, permanecendo inteiramente imóvel como se tivesse entrado num transe de olhos abertos.

Não foi a única. Raven deu por si contemplando embevecido o rosto dela, a palidez da sua pele, os reflexos dourados do seu cabelo. Uma sensação de tranquilidade invadiu-o, como se a serenidade da sua imobilidade se tivesse de alguma forma transferido para ele.

— Você parece que está hipnotizado — comentou Hill em voz baixa ao passar por ele. — Pena não ter aguentado essa pose antes.

TRINTA E UM

Sarah ficou a ver *Miss* Mann retirar cuidadosamente a placa da câmara, manuseando-a como um recém-nascido. Tinha o olhar concentrado atentamente na tarefa, mas não deixou de se aperceber da atenção de que era alvo por parte de Sarah.

— Você foi um excelente modelo, *Miss* Fisher. Com essa postura, podia perfeitamente posar para um pintor.

Era uma ideia agradável, mas Sarah nem podia sequer imaginar-se a desfrutar de um tal luxo de tempo.

— Eu gostaria imenso de saber o que acontece a seguir — observou. — O processo do calótipo tem a ver com química, não é verdade?

Miss Mann olhou-a com uma expressão tal de consternação que Sarah receou ter dito algo de errado.

— Ou será que estou errada?

— Não, está perfeitamente certa. Eu é que fiquei de boca aberta. A maioria dos nossos modelos mais facilmente acredita que isto é obra de fadas e anjos. E falo apenas nos clérigos. Interessa-se por química?

— Li a obra do Professor Gregory, mas não tive oportunidade de fazer experiências.

Miss Mann pareceu apreciar a resposta, o que, por sua vez, encheu Sarah de satisfação.

— Gostaria de me acompanhar? Eu posso mostrar-lhe como se faz.

— Gostaria muito — retorquiu ela.

Encaminharam-se juntas para a casa. *Miss* Mann não deixou de agarrar possessivamente a placa.

— Seguiu à risca as instruções do Sr. Hill — disse ela.

— Eu sou criada de dentro. Estou habituada a fazer o que me dizem.

— Se eu lhe dissesse, espantava-se. As pessoas mais subservientes, por vezes, têm as maiores dificuldades em seguir instruções, ao passo que os poderosos estão preparados para se apoucarem quando está em jogo um retrato. Uma vez fotografei o Rei da Saxónia e, se você lá tivesse estado nesse dia, pensaria que era eu a monarca e ele o meu súbdito.

— Fotografou um rei?

— Sim. Ele apareceu em Rock House incógnito. A reputação do Sr. Hill e do Sr. Adamson chegaram-lhe no estrangeiro. Infelizmente, nenhum dos senhores estava em casa. Então, disse-lhe que podia executar eu própria o procedimento e ele aquiesceu de bom grado.

Sarah estava siderada. Lembrou-se do fedelho lascivo a juntar pílulas atrás do balcão do boticário, a um quilómetro dali. Manifestamente, havia clientes que nem sempre eram adeptos da ideia de que «tem de ser um homem».

— E ele ficou satisfeito com o resultado?

— Ficou encantado. Disse que lhe reservava um lugar de destaque no seu palácio. Embora, sendo o nome Jessie Mann bem menos conhecido que os de Hill e Adamson, sejam os deles e não o meu que lhe serão associados.

— Isso não é justo — pronunciou-se Sarah.

Miss Mann nada mais disse. O que mais poderia dizer-se?

Conduziu-as a um quarto em cuja janela fora afixado papel de jornal, de modo a impedir a entrada da luz.

— Precisamos de uma relativa escuridão para a preparação do papel do calótipo — explicou ela.

Sarah foi fechar a porta, movida pelo hábito.

— Deixe-a aberta, por agora, caso contrário não vou conseguir mostrar-lhe nada.

— Claro.

Miss Mann indicou uma mesa cheia de frascos e tabuleiros baixos.

— Começa-se por lavar uma folha de papel de boa qualidade numa solução de nitrato de prata, e a seguir numa solução de iodo. Uma vez seco, este papel iodado é mergulhado numa mistura de ácido gálico e nitrato de prata. É esta folha que é inserida na moldura que é introduzida na parte de trás da câmara.

Miss Mann levantou a mão direita, que estava manchada de preto.

— É uma arte negra — disse. — O nitrato de prata mancha a pele.

— Como é que começou a trabalhar com o Sr. Hill e o Sr. Adamson? — perguntou Sarah, enquanto via *Miss* Mann prender uma folha de papel de calótipo preparado a uma moldura de madeira.

— O meu irmão Alexander e o Sr. Hill são amigos — respondeu ela. — Eu sou apoiante da Igreja Livre, e tenho vindo a ajudá-lo com as fotografias para o seu quadro sobre a Disrupção. Os interesses atuais dele, é claro, vão além disso, o que me faz por vezes interrogar se o quadro alguma vez será pintado.

— E o que representará, ao certo, a pintura?

— Será uma representação do encontro em Tanfield Hall que se seguiu ao abandono em massa da Assembleia Geral por parte de duas centenas de pastores e anciãos. Como o Sr. Hill pretende representar todos aqueles que estiveram presentes, recorreu ao calótipo para lhes registar os rostos, de modo a poder trabalhar a partir das fotografias.

Sarah lembrou-se da avó, que dispensava palavras sábias a par de remédios herbais. *Onde houver homens, haverá disputas,* dissera ela um dia. *Ponham dez homens numa sala e em breve haverá dois grupos de cinco.*

Sarah ficou a observar *Miss* Mann preparar cuidadosamente a placa seguinte.

— A senhora deve ter um conhecimento excecional de química para conseguir fazer tudo isso.

— Apenas no que toca ao processo fotográfico. O Sr. Adamson é um professor muito paciente. Porque pergunta?

Sarah fez uma breve pausa. Sentia-se estranhamente desonesta por tocar no assunto, embora não estivesse a emitir um falso testemunho.

— Uma conhecida minha morreu recentemente e, quando foi encontrada, tinha o corpo contorcido como se tivesse sofrido algum tipo de ataque. Parece ter existido a possibilidade de ter ingerido um veneno. Mas se eu não conseguir descobrir qual, nunca saberei se morreu acidentalmente ou...

Sarah deixou por dizer a outra possibilidade.

Miss Mann pousou a folha e a moldura.

— Lamento imenso ouvir isso. Pousou a mão manchada no ombro de Sarah e falou em tom delicado. — Haverá alguma possibilidade de que a sua amiga quisesse fazer mal a si própria? Quero eu dizer, teria alguma razão para isso?

— Estou convencida de que estava muitíssimo perturbada. Mas não faz sentido escolher um meio cujos efeitos seriam tão desagradáveis.

— A sua descrição recorda-me algo — observou *Miss* Mann. — Uma familiar minha sofria de uma paralisia de natureza neurológica. Administraram-lhe um medicamento tónico que a ajudou durante algum tempo, mas ela foi aumentando a dose. Isso fê-la sofrer convulsões cada vez mais graves, que acabaram por a matar. O corpo dela permaneceu numa posição contorcida até muito depois da morte. Isso impossibilitou deitá-la adequadamente, o que causou um grande desgosto adicional aos enlutados. Houve, até, a preocupação de não conseguirem acomodá-la. Percebe, enfiá-la no caixão.

— E sabe o que tinha o tónico? — inquiriu Sarah.

— Sei. Continha estricnina.

TRINTA E DOIS

Os passeios da rua pareciam mais movimentados enquanto percorriam Calton Hill de volta a Princes Street. Sarah ouviu um assobio soprado no vento e, a meia distância, viu vapor elevar-se da nova estação de North Bridge. A vista de nuvens a erguerem-se no ar, em vez de pairarem no céu, levar-lhe-ia talvez muito tempo a habituar-se. Só uma vez havia viajado de comboio e a experiência parecera-lhe barulhenta e assustadora.

O Dr. Keith não se encontrava junto deles, por ter permanecido em Rock House a almoçar com os amigos. Sarah explicara que precisava de voltar para Queen Street e para as suas obrigações, e esperava regressar sozinha, mas Raven declarara que tinha igualmente questões para tratar. Sarah não teve a certeza de que tal fosse verdade, considerando que o Dr. Simpson prosseguia o seu autoconfinamento. Permitiu-se imaginar com prazer que Raven preferira acompanhá-la à perspetiva do que teria sido indubitavelmente uma refeição sumptuosa na companhia dos Srs. Hill e Adamson, bem como da notável *Miss* Mann e da formidável *Miss* Rigby.

Assim que começaram a falar, porém, apercebeu-se de que talvez o principal motivo dele fosse a sua impaciência em partilhar a revelação de *Miss* Rigby.

— O Reverendo Grissom a usar prostitutas? — perguntou Sarah. Manteve a voz em tom baixo, cuidadosa tanto em relação a quem passava a pé como a quem a pudesse ouvir de uma janela. — De certeza que ela não se enganou?

— Ela foi categórica a afirmar que ele é bem conhecido nos lupanares de New Haven e Leith. Será assim tão difícil de acreditar?

Sarah apercebeu-se da sua noção inata do dever, que a levava a questioná-lo, e perguntou-se por que razão deveria ser assim. O que fazia a palavra ou a reputação de um pastor parecer inquestionável? Era possível que *Miss* Rigby estivesse enganada, ou mesmo imbuída de segundas intenções (seguramente não se referira com muita deferência aos «mártires gordos», como os designara), mas Sarah não imaginava a mulher a formular uma acusação tão grave sem estar profundamente convicta da sua veracidade.

— Suponho que uma coisa assim seja mais fácil de acreditar para si — retorquiu, o que fez Raven sentir um ardor no rosto.

— Duvido seriamente de que tenha sido o único estudante a fazê-lo, tal como duvido de que o Grissom tenha sido o único pastor. E como está ligado à família Sheldrake, tenho de me perguntar onde mais poderá ele ter lançado a sua semente.

Sarah baixou a voz até quase um sussurro.

— Está a sugerir que?...

Deteve-se, incapaz sequer de formular as palavras.

— Quando o ouvimos pregar, pareceu determinado em culpar as mulheres pelas tentações às quais os homens sucumbem. *Miss* Rigby sugere que ele sucumbiu frequentemente a tais tentações. O Grissom é o pastor dos Sheldrake. A Rose teria frequentado os seus serviços religiosos e estou certo de que terá visitado a casa dos Sheldrake, uma vez que, segundo penso, o Sr. Sheldrake é benfeitor do seu novo ministério pastoral.

Sarah recordou a impressão que o pastor lhe causara como uma criatura desagradável e egocêntrica. Admitia conseguir imaginá-lo a servir-se de prostitutas para saciar a sua concupiscência, mas criadas de servir eram outra história.

— O que poderia levar a Rose a querer ter alguma coisa a ver com ele? — perguntou.

— Ele é um homem importante. Estatuto social, influência e respeito poderiam exercer uma influência intoxicante numa jovem que não tem nenhuma dessas coisas. E se ela se viu grávida dele, o Reverendo pode ter ficado numa posição difícil.

Sarah sentiu um arrepio pelo corpo, como se tivesse de se confrontar com um castigo terrível simplesmente por, sequer, pôr estas hipóteses. Uma coisa era afirmar que o Reverendo Grissom era um hipócrita, outra totalmente diferente era sugerir que fosse capaz de assassinar alguém.

— Estamos à procura de uma causa comum para as mortes da Rose e da Evie — recordou-lhe ela. A conversa que eu tive com a *Miss* Mann leva-me pensar que pode ter sido a estricnina a responsável pelas suas posturas contorcidas do corpo. Ela conhecia alguém que tinha morrido disso e também tinha ficado de corpo contorcido. Mas não há nada que ligue o Grissom à Evie.

— Será disparatado especular que os apetites dele o tenham conduzido tanto ao Canongate como a Newhaven?

— Eu posso aceitar que uma certa displicência o tenha levado a pensar que não seria reconhecido em locais mais afastados, mas não acredito que frequentasse bordéis a menos de um quilómetro da sua própria igreja?

— Um homem assim poderia perfeitamente julgar-se acima de toda e qualquer suspeita. Se fosse visto a entrar ou sair de uma casa de má fama, poderia sempre alegar estar interessado nas almas das raparigas, e não nos seus corpos, procurando persuadi-las a abandonar as suas vidas pecaminosas. Ninguém acreditaria na palavra de uma prostituta contra a de um pastor.

Sarah teve de lhe dar razão nesse particular, mas aí residia igualmente a razão de Grissom nada ter a recear de Rose.

— E também não daria crédito à palavra de uma criada que alegasse que um homem da Igreja a engravidara.

— Exceto se o Grissom receasse que o patrão da Rose pudesse acreditar nela. Afinal, porque haveria ela de mentir numa questão tão abominável?

Sarah não conseguiu conter uma expressão de desdém.

— Falando na qualidade de criada, acho isso extraordinariamente improvável. A família não permitiria que se alimentasse o escândalo. Uma criada grávida, em si mesmo, já seria embaraçoso que chegasse, mas uma acusação contra o reverendo da família seria simplesmente intolerável. Não, considero a sua hipótese irremediavelmente incorreta, Sr. Raven. Além de que não apresentou razão alguma para ele querer fazer mal à Evie.

Voltou-se para ele à espera de uma resposta, mas os olhos dele espraiavam-se por Leith Street abaixo.

— Lembra-se de alguma vez o ter visto perto dos aposentos da Evie? — inquiriu.

— Reconheci vagamente a cara dele quando fomos à igreja, mas não, não me lembro de o ter visto nessa ponta do Canongate. Não me lembro, definitivamente, de o ter visto na noite em que fui dar com a Evie morta. Uma das amigas dela disse que a única pessoa que a visitou nessa noite foi uma mulher.

— Quem era essa amiga?

Raven não respondeu. Em vez disso, apertou com a mão o pulso de Sarah e puxou-a completamente para o escuro de uma viela estreita. No espaço de um segundo, ela viu-se arrancada à luminosidade da rua e encostada à parede, num beco acanhado e abafado, onde a luz não chegava.

— O que raio pensa que está a fazer? — tentou protestar, mas Raven já lhe tapara a boca com a mão. Agarrou o braço dele com uma mão, empurrando-lhe o peito com a outra, mas ele era forte e ágil. Fisicamente falando, era incapaz de se lhe opor.

O choque e a raiva rapidamente cederam lugar ao terror, enquanto ela se perguntava que ultraje lhe seria infligido. Seria essa a razão de ele ter decidido sair de Rock House e acompanhá-la sozinho? Debateu-se para se libertar, mas o aperto de Raven só aumentou. Olhou-o desesperadamente nos olhos, que lhe devolveram um olhar maníaco, de pupilas dilatadas. Então, diminuindo o aperto sobre a mão de Sarah, levou o dedo indicador aos lábios dela, e indicou com os olhos a entrada da viela.

Sarah ouviu aproximarem-se vozes masculinas, uma delas retumbante e rude, a outra esganiçada e nasal. Viu passar momentaneamente dois indivíduos: um espécime com ar de roedor que parecia ainda mais pequeno junto da criatura aberrante que o acompanhava. Vislumbrou-o apenas por um instante enquanto passavam por eles, dada a velocidade do seu passo desajeitado, aos altos e baixos. Era um indivíduo feioso e de tamanho descomunal, apoquentado por uma qualquer doença ignominiosa que inchara de modo inconsistente certas partes do seu corpo da forma mais grotesca.

Olhou de novo para Raven enquanto as vozes se afastavam. Apercebeu-se de tensão no rosto dele, receoso de que retrocedessem.

Compreendeu então que estes eram os indivíduos aos quais Raven se mantinha tão vigilantemente alerta. Nesse momento, também, tornou-se-lhe subitamente evidente por que razão lhes devia dinheiro, e sentiu-se um pouco envergonhada por tal não lhe ter ocorrido antes.

Evie pedira-lhe dinheiro, movida por uma necessidade urgente. Raven, por sua vez, pedira-o emprestado aos indivíduos, apesar de não dispor de meios rápidos para o pagar de volta: colocara-se em perigo para a ajudar.

Mal se atrevia, agora, a respirar, de olhos fixados na cicatriz mal dissimulada pela barba que Raven deixava crescer. Recordou-se do estado lamentável do rosto dele quando chegara a Queen Street, com o lanho profundo na bochecha mantido fechado por fio de categute, e as nódoas negras por todo o corpo. Os homens que lhe haviam infligido tais ferimentos estavam a poucos metros dali, ainda ao alcance do ouvido. Manteve-se perfeitamente imóvel, perfeitamente silenciosa, sem se atrever a emitir um único som, até o perigo verdadeiramente passar.

Muito depois de os passos e as vozes deixarem de se ouvir, ela e Raven permaneceram imóveis, com os rostos separados por escassos centímetros, mal se atrevendo a respirar. O olhar alerta de Raven transformou-se em outra coisa, de olhos fixos um no outro. Com a sua mão ainda a pressionar o peito dele, Sarah sentiu-lhe o bater do coração e pensou que ele também deveria ouvir o dela.

Sentiu agitações pouco costumeiras em sítios pouco costumeiros. Teve vontade de sentir os lábios dele sobre os dela. Quis puxá-lo para mais perto de si.

Ele, porém, recuou. Aproximando-se da entrada da viela, arriscou-se a olhar ao longo da rua. O momento passara. Rompido o feitiço, Sarah sentiu um influxo de alívio por nada ter acontecido. Não obstante, enquanto recuava de volta à luz, tremia da cabeça aos pés, e não de medo.

TRINTA E TRÊS

O chão estava gelado quando Raven acompanhou Simpson ao longo de Princes Street. As pedras do pavimento faziam os pés escorregar, e o céu sombrio prometia neve. Para aumentar o risco de acidente, *Glen*, o cão, parecia determinado a emaranhar-se na trela enquanto saltava e ziguezagueava diante do dono.

Estavam atrasados, ou pelo menos em risco cada vez maior de o estarem, e o que era particularmente incómodo era o facto de Raven não sentir o menor entusiasmo por alcançar o seu destino. Fora dispensado de dar assistência às palestras da tarde porque o Professor Syme executava atualmente procedimentos cirúrgicos e Simpson considerava que Raven deveria aproveitar a oportunidade para observar. Pelo facto de já ter estudado sob a supervisão de Syme, Raven não tivera falta de tais oportunidades, e não sentia o menor desejo de aproveitar mais uma. Sabia perfeitamente, por outro lado, que não era avisado questionar a vontade do professor em tais matérias.

Seguiam a pé, em vez de desfrutarem da velocidade e conforto do *brougham*, porque, desde que Simpson emergira da sua grande depressão, George Keith lhe impusera, com típica atitude evangelista, os benefícios de uma dieta simples, ar fresco e exercício. Simpson escutara-o com grande paciência e consideração, antes de acabar por decidir que duas em três recomendações teriam de ser suficientes.

— Concordo com uma boa parte do raciocínio do George — disse a Raven —, mas traço a linha vermelha em duvidar da existência de algum benefício no ascetismo culinário que compense o mal que faz à alma. Sou dos que acreditam que devemos viver para comer, e não meramente comer para viver.

Palavras de alguém habituado aos cozinhados da Sr.ª Lyndsay e não da Sr.ª Cherry, gracejou Raven.

Simpson caminhou durante a maior parte do trajeto em passo rápido, avançando pelo pavimento com uma energia inesgotável, cujo restabelecimento completo Raven se sentiu aliviado por presenciar. Progrediam, porém, mais lentamente do que seria de esperar, devido ao facto de o professor conhecer, verdadeiramente, toda a gente. Para a maioria das pessoas com quem se cruzavam, havia tempo apenas para um aceno de cabeça e uma saudação; com outras, porém, havia cortesias mais demoradas a observar, particularmente porque Simpson estivera em confinamento e havia conversa a pôr em dia.

Ao passarem pela Kennington e Jenner, o professor deteve-se uma vez mais, depois de ele e outro caminhante se terem reconhecido com surpresa e satisfação mutuamente correspondidas.

— Eu não o teria reconhecido, *sir* — disse Simpson ao outro. — Mudou consideravelmente desde os nossos tempos de estudantes.

— Vou tomar as suas palavras por elogio — retorquiu o homem.

— Will Raven, este é o Sr. David Waldie — informou Simpson calorosamente, e apertaram as mãos, as de Waldie resguardadas em belas luvas de cabedal protetoras do frio. Era um homem magro, aproximadamente da idade do professor, na casa dos trinta, e fitava-o através dos óculos como se o observasse ao microscópio.

— Reside atualmente em Edimburgo? — inquiriu Simpson. — Tinha ideia de que se tinha mudado daqui há algum tempo.

— Estou de visita a familiares. Vivo e trabalho atualmente em Liverpool, e trabalho como químico para a Liverpool Apothecaries Company.

— Conheço bem a cidade — replicou o professor. — A minha mulher é de lá.

Ao ouvir que Waldie trabalhava como químico, Simpson não demorou a direcionar a conversa para a sua grande pesquisa, explicando o trabalho que desenvolvera com o éter e a sua busca de uma alternativa melhorada.

Em todas as suas investigações químicas, deparou com algo que pudesse exibir propriedades comparáveis?

Simpson mantinha-se verdadeiramente infatigável na sua busca do santo graal, mas Raven sentiu o receio de que os esforços dele se revelassem, em última análise, tão infrutíferos como os de todos os cavaleiros antes dele. Começava a convencer-se de que o éter tinha já esgotado o seu potencial e, longe de constituir o primeiro de uma série de agentes anestésicos cada vez mais eficazes, acabaria por se revelar uma simples anomalia, a miragem que promete água no deserto.

— Há uma coisa chamada percloreto de formilo — disse Waldie.

— O nome não me é familiar. O que é isso?

— É um componente do licor de éter clorídrico, um remédio popular em Liverpool no tratamento da asma e no alívio da tosse crónica. O vapor desse cordial tem sido experimentado como anestésico, por diversas ocasiões, mas sem grande sucesso. Não obstante, acho que tem potencial.

Simpson ficou de sentidos alerta, e *Glen*, detetando o interesse do dono, pôs-se a mirar ansiosamente Waldie, como se este lhe pudesse atirar alguma carne.

— Porquê?

— A ausência de sucesso do licor não é de surpreender, considerando que a percentagem de percloreto na sua fórmula é reduzida — na verdade, os pacientes teriam inspirado apenas o vapor do álcool. Mas eu consegui aprimorar um método de manufatura que produz uma forma pura do composto químico, a qual é então dissolvida no álcool retificado. É esta forma pura que me parece poder ter interesse para si. Quando eu regressar a Liverpool terei o maior prazer em lhe enviar uma amostra.

— Ficar-lhe-ia muitíssimo grato, *sir*.

Mais uma coisa para cheirar no fim de um futuro jantar, pensou Raven para consigo.

— Um encontro afortunado? — perguntou, enquanto retomavam a marcha.

— *Hum*, nunca se sabe — respondeu Simpson, parecendo menos entusiástico do que durante a conversa. — Tenho de investigar todas as hipóteses, mas, se bem me recordo do Waldie, ele é tão capaz de fazer ir pelos ares o seu próprio laboratório como de descobrir algo de engenhoso.

Ainda não tinham chegado a West Register Street quando Simpson encontrou outro conhecido, desta vez o Professor Alison. Nessa altura, Raven sentiu-se obrigado a desculpar-se.

— Tenho de me despedir e prosseguir, *sir*. O Professor Syme detesta faltas de pontualidade.

Tal como detesta a maioria das coisas, pensou Raven para consigo, apressando-se em direção à North Bridge.

Raven começou a correr para recuperar o tempo perdido, embora consciente de que tal poderia fazê-lo dar nas vistas. Era sintomático do terror sem fim que Syme lhe inspirava que tivesse mais medo de incorrer na sua ira do que de aumentar as probabilidades de ser detetado pelos homens de Flint.

O pensamento voltou-se-lhe para o seu avistamento mais recente dos rufias, ao regressar de Rock House. Na verdade, nos dias subsequentes, pensara frequentemente nesse avistamento, mas apenas devido àquilo que a sua ação evasiva precipitara. Aquele brevíssimo *frisson* entre ele e Sarah, aquele vislumbre de possibilidades emocionantes. O instinto de Raven advertia-o que o aguardava menor perturbação no caminho que conduzia a Weasel e a Gargântua. Não obstante, o pensamento regressava-lhe constantemente ao momento, perguntando-se se o mesmo aconteceria com ela.

Ao passar pelo pátio da universidade, Raven apercebeu-se de um aroma inconfundível a laranjas — ou bergamota, como Beattie o corrigira — e, momentos depois, o próprio começou a caminhar a seu lado. Uma brisa fria soprava de leste, contra a qual o casaco gasto de Raven pouca proteção oferecia. O seu companheiro, por contraste, estava envolto num sobretudo esvoaçante que o fazia parecer deslizar sobre as pedras da calçada. Fazia-o, igualmente, parecer mais alto, enquanto Raven, à falta de veste semelhante, parecia encolher-se sobre si próprio.

Apesar de Beattie ter visitado Queen Street inúmeras vezes desde a morte da Sr.ª Graseby, não calhara Raven ficar sozinho com ele vez nenhuma. Não tivera, por isso, a menor oportunidade de a discutir — nem, na verdade, qualquer outro assunto. O distanciamento entristecia-o. Chegara a sentir que estavam à beira de uma amizade preciosa, mas sabia agora que aquele acontecimento terrível se interporia para sempre entre eles — a não ser que aquela fosse mais uma lição que precisava de aprender: a de que tais tragédias profissionais faziam parte do ofício. Não perdeu, por isso, tempo a abordar o assunto.

— Ando para lhe perguntar: houve algum tipo de investigação àquilo que aconteceu em Danube Street?

Beattie adotou uma expressão penalizada ao responder:

— Ela morreu sob os cuidados do seu médico pessoal, por isso pude tratar de todas as formalidades. Mas o cheiro a éter permaneceu entranhado na casa até muito tempo depois, o que suscitou a curiosidade do pessoal. Eram demasiado ignorantes para fazer as perguntas certas, mas a preocupação é sempre a quem poderiam ter mencionado o facto.

Os maiores temores de Raven não se concretizavam, mas tão pouco se sentia inteiramente tranquilizado.

— Estou certo de que não lhe administrei uma dose excessiva. Ela deve ter tido uma reação imprevista.

— Possivelmente. Do que não há dúvida é que a minha paciente morreu em resultado do seu anestésico, muito embora talvez nunca venhamos a saber porquê. Razão pela qual tratei de assegurar que você não venha a ser acusado.

— E por isso, John, fico em dívida para consigo. Tudo o que eu puder fazer para retribuir, faça o favor de me dizer.

Beattie respondeu com um aceno afável de cabeça.

— Vou cobrar-lhe a promessa. Entretanto, seguramente que conhece o meu interesse por *Miss* Grindlay, pelo que, se o Dr. Simpson ou mais alguém da família fizer perguntas acerca do meu carácter, parto do princípio de que posso contar com uma palavra generosa da sua parte?

Raven susteve a sua resposta antes de dar a Beattie as garantias que este procurava, recordando o que falara com Sarah. Estava em dívida para com Beattie, mas sentia-se obrigado por uma lealdade instintiva para com a família que o acolhera.

— Se me puder garantir que a sua afeição é genuína e se dirige a exclusivamente a *Miss* Grindlay.

Beattie deteve-se e olhou-o com ar penetrante, uma mistura volátil de choque, deceção, insulto e indignação. Raven nunca vira tal fúria no seu rosto, habitualmente um autêntico retrato de concentração e compostura.

— Não é minha intenção ofender — procurou explicar. — Trata-se apenas de...

— Tem uma opinião tão fraca de *Miss* Grindlay que não consegue convencer-se de que eu me sinto atraído por ela?

— Pelo contrário. Em Queen Street, somos todos protetores em relação à Mina, pelo que a família nunca me perdoaria se eu participasse num avanço que se revelasse... — buscou a palavra certa — insincero.

Beattie abriu a boca para retorquir, mas pareceu ponderar melhor o que ia dizer. A tal compostura familiar desceu-lhe de novo sobre o rosto como uma máscara que esconde a ira.

— Lembra-se de eu lhe dizer que a verdadeira mágoa nos dá perspectiva?

— Lembro — respondeu Raven com humildade.

— Isso não se aplica unicamente à medicina. Eu, em tempos, estive noivo de uma jovem que iluminava o mundo como o sol da manhã. Você não teria dificuldade em imaginar que as minhas intenções a respeito dela eram sinceras. Ela era o grande amor da minha vida, como seria de qualquer um. Só que morreu na véspera do dia do nosso casamento. Caiu do seu cavalo.

Raven sentiu-se com metade da altura de Beattie. A vida daquele homem fora despedaçada, não uma vez, aquando da morte dos pais, mas duas, e ali estava ele, Raven, a questionar-lhe as motivações.

— Lamento imenso. Como se chamava ela?

Beattie demorou um pouco a responder, como se tivesse de pensar. Manifestamente, estava a preparar-se para a dor de articular a palavra.

— Julia. Chamava-se Julia. Depois da morte dela, não consegui imaginar o meu futuro com mais ninguém. Via pequenas facetas dela em cada mulher que alguma vez mostrava interesse por mim, e isso só me trazia dor. Isso foi até aparecer a Mina. A Mina foi a primeira mulher que verdadeiramente vi em si própria, porque quando olho para ela não estou em busca da Julia.

Raven e Beattie retomaram a caminhada, passando pelo edifício principal do Infirmary na direção do novo hospital cirúrgico de High School Yards, onde seguiram um grupo numeroso de cavalheiros que se dirigiam ao bloco operatório. Dir-se-ia que metade dos médicos da cidade estaria presente para observar. Syme iria adorar.

— Imagino que o anfiteatro vai estar a abarrotar — disse uma voz familiar, mas indesejada. — As novas operações atraem sempre multidões.

Voltando-se, Raven viu James Duncan fazendo-se convidado para os acompanhar. Perfeito.

— Já viu o Syme operar? — perguntou Duncan.

— Já, sim — respondeu Beattie.

Raven nada disse. Já vira Syme operar por várias vezes, mas não tinha o menor desejo de partilhar tal informação com nenhum dos dois, por receio de onde a conversa pudesse levar.

— Pode dizer-se que é o melhor cirurgião do país — arriscou Duncan.

Raven seguramente tinha poucas dúvidas de que o próprio Duncan estaria de acordo.

— Sabiam que ele foi o primeiro na Escócia a executar uma amputação pela articulação da anca?

— Eu sabia — respondeu Raven, dissimulando uma nota de irritação. Desagradava-lhe o modo como Duncan dava por adquirida a ignorância dele. Como se fosse possível estudar medicina em Edimburgo e não estar a par de tal coisa. — Mas o paciente morreu — acrescentou.

— Apenas várias semanas após a operação, o que não é tremendamente relevante.

— Aposto que foi muito relevante para o paciente. Mas enfim, não me parece que o Dr. Simpson concordasse consigo relativamente à proeminência do Syme.

— É provável que não — admitiu Duncan. — Parece que há uma animosidade considerável entre eles. Dizem que quase chegaram a vias de facto nas escadas junto ao quarto de um paciente.

— Porquê? — perguntou Beattie, com o rosto iluminado por uma curiosidade encantada.

— Julgo que o Syme escreveu um artigo numa revista da especialidade no qual criticava a gestão de um caso pelo Dr. Simpson.

— Estou a perceber — disse Raven, embora assim não fosse. Os praticantes mais importantes da medicina pareciam todos entregar-se àquele tipo de comportamento. Criticar os colegas nas páginas de uma publicação científica não era, em geral, considerado motivo para pugilato, pelo que tinha de haver mais qualquer coisa.

O bloco operatório já estava, de facto, apinhado de gente quando conseguiram dar entrada no recinto. Acharam alguns assentos na parte de trás, onde a vista da mesa de operações era obscurecida por um mar ondulante de chapéus, uma situação sobre a qual Raven não se sentia inclinado a queixar-se. Foi então que, acima do murmúrio baixo da multidão, alguém gritou: «Chapéus! Chapéus!» e, num movimento aparentemente síncrono, toda a chapelaria obstrutiva foi retirada. Duncan inclinou-se avidamente para a frente, enquanto Beattie se recostou no assento e cruzou os braços em pose descontraída, como se se encontrassem numa sala de espetáculos. Junto de ambos, Raven sentiu-se tenso e hirto, cada vez mais desconfortável com o que se seguiria.

Alguns minutos depois, a porta traseira do anfiteatro abriu-se e todas as conversas pararam. O primeiro a entrar foi o funcionário dos instrumentos, um homem de pequena estatura envergando um grande avental, que fez a verificação final da mesa bem equipada sob a janela. A porta abriu-se novamente, dando entrada ao Professor Syme, seguido de Henry, o seu cirurgião-chefe.

Raven sentia-se sempre algo surpreendido com a aparência humilde do professor. Este leviatã da cirurgia era um homenzinho magro de rosto austero e sisudo. Era bastante cinzento — nos olhos, no cabelo e no vestuário — e a sua voz era abafada e pouco potente. Não tinha nem a energia nem a exuberância atribuídas a Liston, nem tão pouco a reputação de talento oratório de Knox. Na verdade, havia qualquer coisa de simples infelicidade no Professor Syme, e Raven duvidaria das muitas histórias relativas ao seu volúvel mau génio, não fora o caso de já ter experimentado várias em primeira mão. Não obstante, tinha fama de inspirar uma profunda lealdade a todos os que trabalhavam de perto consigo. Talvez por debaixo do seu exterior taciturno se ocultasse um indivíduo magnânimo e carinhoso. Raven, porém, não encontrara quaisquer indícios que sustentassem essa ideia, antes muitos que a contrariavam.

Syme demonstrara abertamente desdém para com Raven durante o breve período em que este estudara cirurgia sob a sua orientação. As raízes desse desdém, atribuía-as a um incidente infeliz ocorrido naquele mesmo anfiteatro. Acontecera durante uma tarde quente de agosto, pouco tempo depois de Raven começar a frequentar a universidade. A sala estava tão cheia de gente como hoje, mas também sufocantemente quente, e Raven sentiu tonturas antes mesmo do início da operação. Recordava-se de como o cheiro de putrefação do membro doente do paciente lhe enchera o nariz e a garganta, como se o fosse sufocar. Depois, o ranger da faca a cortar através do osso, em conjunto com os gritos horripilantes do paciente, deram-lhe vontade de vomitar. Correu para fora da sala, mas o caminho estava impedido por espectadores, demasiado concentrados no espetáculo para se aperceberem da sua necessidade urgente de sair. Assim retardado, vomitou ao aproximar-se da porta, completamente à vista de Syme, marcando-o indelevelmente aos olhos agudos e implacáveis do Professor de Cirurgia. Desde então, Syme tratou-o como um rafeiro, escolhendo-o para bombo da festa, ridicularizando-o sempre que precisava de destacar uma ideia junto dos pares de Raven.

Recordava-se muito particularmente do riso e da zombaria dos assistentes cirúrgicos de Syme. Reconheceu alguns desses mesmos homens ali no bloco operatório, com categute em abundância a sair-lhes dos bolsos, prontos a entregá-lo ao cirurgião. Antes disso, as suas funções exigiam tarefas mais brutais.

Syme sentou-se numa cadeira simples à esquerda da mesa de operações, inclinou a cabeça numa vénia para os dignitários reunidos na fila da frente, e fez sinal para que lhe trouxessem o primeiro caso.

— Dizem que não desperdiça uma só palavra, nem uma só gota de sangue — sussurrou Duncan com admiração.

Os quatro assistentes cirúrgicos transportaram o paciente num cesto de vime, com um cobertor vermelho grosseiro a cobri-lo e o rosto enterrado nas suas dobras. Quando levantou a cabeça, Raven surpreendeu-se ao reconhecer o homem que confrontara por agredir a mulher.

Gallagher olhou em volta com ar apreensivo, assimilando a vista da grande congregação de desconhecidos ali reunidos para presenciar a sua operação. De início, mostrou-se relutante em prescindir do cobertor, agarrando-o com a sua mão saudável e provocando uma onda de riso no público. Este foi rapidamente silenciado por um olhar de reprovação do professor, ainda sentado.

Raven também não conseguiu encontrar ligeireza na situação. O júbilo da galeria trouxe-lhe à mente as palavras de Simpson relativamente àquela tendência dos profissionais de medicina para fazer pouco do sofrimento: *só se riem das cicatrizes porque nunca sentiram uma ferida.*

Levou a mão automaticamente à bochecha. Sentira aquela ferida, sim, mas sentia agora algo de mais profundo: culpa e vergonha.

Syme levantou-se e, de costas para o paciente, dirigiu-se ao público.

— Este homem tem uma inflamação pútrida da mão direita — disse, retirando o cobertor para revelar o membro defeituoso, fortemente inchado e horrivelmente descolorido. O cheiro da carne em putrefação, característico das enfermarias cirúrgicas do hospital, perpassou até à última fila.

Os membros da assistência menos acostumados ao odor rapidamente procuraram lenços na tentativa de anular o ataque olfativo. Para as narinas de Raven, o cheiro era ainda mais detestável devido ao papel que desempenhara no caso.

— É óbvia — prosseguiu o professor — a necessidade de amputação.

Gallagher dirigiu um gesto a Syme com a sua mão sã.

— Imploro-lhe, *sir*, não haverá outra maneira? É que eu sou marceneiro e, sem a minha mão, a minha mulher e eu vamos para o asilo dos pobres.

— Se eu não amputar, irá para a sepultura, e o que será então da sua pobre mulher?

Como resposta, Gallagher exibiu apenas um olhar de medo e confusão. Mas o homem tinha razão. Perderia o seu ganha-pão: perdera-o desde o momento em que Raven o enganara e o levara a esmurrar a parede. Através dos seus atos presunçosos, Raven condenara a Sr.ª Gallagher à penúria, motivado mais pela sua necessidade de punir o marido do que de lhe proporcionar socorro genuíno a ela.

Syme continuou a descrever o procedimento à assistência, indiferente à ansiedade do paciente, que foi retirado sem especial cuidado do cesto de verga. Raven presenciara mais do que uma vez pessoas na posição de Gallagher gritando e soluçando, em pânico, aterrorizadas, tentando escapar aos corpulentos assistentes enquanto eram arrastados para a mesa de operações como se para um cadafalso. Gallagher nada disse quando um dos assistentes lhe levantou o membro lesionado.

— O antebraço deverá ser amputado fazendo duas incisões iguais à frente e atrás — explicou Syme, apontando ao público as zonas em que tencionava fazer os cortes. — O braço deve ser segurado no estado médio de pronação e supinação, com vista a relaxar os músculos uniformemente e facilitar a operação. A mão poderá ser removida pela articulação do pulso, mas é sabido que o coto maior assim obtido não facilita a adaptação nem aumenta a utilidade de uma mão artificial. Quanto à grande superfície articular que resta, embora possa não atrasar materialmente uma cura, causará sempre uma deformidade.

Raven admirou-se com a insensibilidade do professor. O paciente, sem dúvida alguma, era afortunado por um cirurgião tão eminente o operar e, com isso, lhe salvar a vida; mas era igualmente uma forma de tortura descrever junto dos seus ouvidos a mutilação prestes a ter lugar. A mente remontou-lhe à escola George Heriot, onde um professor de matemática singularmente perverso aplicava a palmatória aos pupilos sempre que as notas não correspondiam aos seus padrões. Raven era um aluno dedicado e diligente, mas, inevitavelmente, conversava de quando em vez, condenando-se a ser punido. O que lhe vinha à ideia, mais do que a dor, era o ritual de execução do castigo. O mestre-escola exibia a temida palmatória e pousava-a na carteira de Raven, obrigando-o a olhá-la durante toda a lição, antes de finalmente a abater sobre as suas mãos. Até hoje, Raven alimentava pensamentos assassinos para com o homem.

Sentiu-se subitamente indisposto, com o seu sentimento de culpa reforçado ainda com o conhecimento do horror prestes a ter lugar. Era sempre impossível prever quais os pacientes que se submeteriam docilmente à sua sina e quais resistiriam; por vezes, os de aparência mais frágil conseguiam encontrar dentro de si forças impensáveis e tentavam desesperadamente retirar o membro no preciso momento em que a lâmina do cirurgião descia sobre ele para executar o primeiro corte. Gallagher pertencia aparentemente ao género mais submisso, chorando baixinho e soluçando quando a faca foi entregue ao professor.

Um assistente agarrou o braço do paciente imediatamente acima do cotovelo, imobilizando-o firmemente. Syme iniciou de imediato o procedimento, cortando a carne com segurança e precisão absolutas, sem se deixar distrair pelos gritos de Gallagher. Raven estava simultaneamente fascinado e horrorizado, pois sentia intimamente a angústia de cada grito e, fosse ele a segurar a faca, tais gritos ter-lhe-iam decerto sustido a mão. Não podia compreender como conseguiam os cirurgiões trabalhar como o faziam, insensíveis à dor que infligiam, sendo a rapidez a única clemência que concediam. Isso, mais do que qualquer outra coisa, é que convencera Raven de que não havia qualquer futuro para ele nessa profissão, levando-o a procurar outro campo profissional.

O próprio professor executava a sua tarefa em silêncio, indicando por gestos ao encarregado dos instrumentos aquele de que necessitava a cada momento. Raven sentiu o suor escorrer-lhe por entre as omoplatas, e apercebeu-se de que sustivera a respiração. A seu lado, Beattie e Duncan observavam com um fascínio distante, sem, manifestamente, se deixarem perturbar por quaisquer respostas emocionais. Bem poderiam estar a ver a Sr.ª Lyndsay trinchar uma pata de presunto.

Ao fim de poucos minutos, a mão gangrenada foi lançada numa caixa cheia de serradura à ponta da mesa, os vasos a jorrar sangue foram atados, as bordas da ferida cosidas e um penso aplicado ao coto.

Um gemido pungente, animalesco, emanava de Gallagher, cujos olhos oscilavam, incrédulos, entre a caixa de serradura e o coto que substituía a mão.

Um dos assistentes cirúrgicos limpou rapidamente o sangue que se acumulara na mesa de operações. Um outro lançou serradura fresca para o chão, cobrindo a maior parte do sangue derramado e pedaços de tecido, como que para ocultar as provas do que acabava de ocorrer.

Raven compreendia agora por que razão Simpson insistira em que ele estivesse presente, porque era o seu mentor infatigável na sua busca por aquele santo graal, e porque ele próprio nunca mais reclamaria contra farejar poções estranhas.

Tinha de haver uma maneira melhor.

TRINTA E QUATRO

A chuva saltava dos passeios enquanto o *brougham* se detinha diante da Royal Exchange. Tal como George Keith explicara, Simpson não mantinha algo de tão convencional como um livro de marcações, argumentando que toda a informação relevante se encontrava seguramente guardada na sua cabeça. Em consequência disso, Raven raramente tinha conhecimento com antecipação razoável do local de destino, ou do que estava envolvido no caso seguinte.

Sabia de facto que chegara um mensageiro à casa durante as consultas dessa manhã, de onde resultava que a sua primeira paragem era uma morada de Canonmills, onde Simpson ajudou a dar à luz um bebé, recorrendo ao seu fórceps. Foi um caso desnecessariamente traumático, visto que a família era mais outra contaminada pelos panfletos do Reverendo Grissom, interditando assim a utilização de éter. A ira latente de Raven ocupou-lhe o espírito na viagem subsequente, impedindo-o de se interrogar sobre o destino seguinte na lista mental de Simpson.

Olhou as janelas encardidas que davam para o passeio, perguntando-se que visões e odores os aguardariam no interior da habitação decrépita que tinha diante de si. Havia uma hospedaria no piso térreo, um estabelecimento pelo qual passara muitas vezes, mas a falta de familiaridade do edifício em si fê-lo perceber quão pouco o seu olhar se erguera acima do nível da rua. Ficar especado a olhar o que quer que fosse demasiado tempo na Cidade Velha constituía simplesmente um convite aos carteiristas.

Simpson olhou para chuva batida pelo vento e acenou a retribuir a saudação de um sujeito postado à entrada de uma casa. Raven reconheceu rapidamente nele McLevy, o detetive policial, acompanhado por um dos seus corpulentos ajudantes.

Simpson voltou-se momentaneamente para Raven, com um olhar estranho no rosto.

— Estamos aqui para ajudar numa investigação policial — esclareceu. Parecia bastante perplexo com a ideia, mas não forneceu mais qualquer pormenor sobre a razão. — É sempre bom a polícia dever-nos favores — acrescentou.

Raven perguntou-se se Simpson aguardava por uma aberta na chuva, quando observou que McLevy vinha ter com eles para se lhes juntar no interior da carruagem. Subiu a bordo, com a água a escorrer-lhe da aba do chapéu, apenas devido aos escassos metros percorridos à chuva.

Simpson fez as apresentações. Em tais ocasiões, a maioria dos homens de estatuto elevado partiam do princípio de que podiam ignorar o estagiário, mas McLevy olhou cuidadosamente Raven de cima a baixo, como que tirando-lhe as medidas.

— Posso pedir-lhe a sua opinião antes de prosseguirmos? — perguntou McLevy. Embora ele o olhasse diretamente, Raven ainda levou um momento a perceber que McLevy se referia a si e não ao professor.

— Faça favor — respondeu Raven.

— Talvez tenha ouvido falar de um animal que descobriu a perna de um catraio num cano de esgoto perto daqui?

Claro que tinha ouvido falar. O caso ocorrera perto da Royal Exchange.

— Ouvi, de facto. E sobre esse caso ouvi todo o tipo de explicações macabras. Desde sacrifícios infantis em rituais de adoração satânica até imigrantes irlandeses praticantes de canibalismo.

— E qual é a sua opinião acerca de tudo isso, Sr. Raven?

— Diria que a causa será mais prosaica. Um bebé não desejado, descartado à pressa, sugerindo desespero e pânico. O ato de alguém que não pensava com clareza.

— *Aye* — confirmou McLevy com um aceno de cabeça, que fez com que ainda mais chuva escorresse do chapéu. — A perna foi encontrada no interior de um cano principal, no qual confluem os canos de todas as habitações próximas, bem como da estalagem do Sr. White, onde residem vários indivíduos do sexo feminino. Vivem aqui perto diversos indivíduos do sexo feminino de condição social elevada, pelo que tenho de ser muito delicado na condução das minhas investigações; quiçá demasiado delicado, de onde a minha falta de sucesso até agora. Este inquérito inclui uma imputação capaz de manchar para sempre o nome de uma mulher.

Raven notou que tal delicadeza só se aplicava quando as pessoas sob investigação reclamassem um certo nível de respeitabilidade. Não imaginava o polícia assim tão escrupuloso na habitação de Evie. Nem lhe agradava a forma como McLevy utilizava a expressão «indivíduos do sexo feminino». Nos seus lábios, soava como se se referisse a qualquer outra espécie; exótica e relevante, sem dúvida, mas de alguma forma para lá do humano. Ou abaixo do humano.

Perguntou-se como se sairia McLevy no embate com *Miss* Rigby. Essa era, seguramente, de uma espécie à parte, mas que não se deixava situar abaixo de ninguém.

— As minhas averiguações, até agora, deram poucos frutos, mas ouvi dizer recentemente que o Sr. White, o senhorio, é conhecido por se impor a algumas das senhoras jovens que para ele trabalham. A empregadas que têm alojamento assegurado, em parte, a título de remuneração, o que pode acarretar as suas complicações.

Impor-se.

Complicações.

Raven sentiu uma certa obscenidade na escolha de palavras polidas.

McLevy conduziu-os da carruagem ao interior da hospedaria. Reuniram-se na base de uma escada que levava aos quartos; à sua direita, junto à cozinha, havia uma área comum na qual várias mulheres jovens se entregavam ao cumprimento das suas tarefas.

White tinha um nome pouco próprio para um indivíduo de rosto tão vermelhusco. Não pareceu satisfeito por ver McLevy, mas rapidamente o dissimulou sob uma exibição gordurosa de obsequiosidade.

— Como lhe posso ser útil nesta ocasião, Sr. McLevy? Chegou a ir até ao fundo daquela questão desagradável que o trouxe até cá da outra vez?

— É de facto ela que me traz de volta, *sir*. Preciso de falar de novo com as empregadas domésticas.

White semicerrou os olhos.

— Tal como lhe assegurei anteriormente, se uma delas se encontrasse nesse estado, a coisa não me teria escapado. E teria decerto tomado medidas a esse respeito, uma vez que a minha casa tem a sua honra e reputação a defender.

Enquanto falava, McLevy voltou o olhar para as jovens, concentrando numa delas, em particular, a sua mirada penetrante. Varria o soalho junto à porta das traseiras, mantendo a cabeça baixa de forma algo pronunciada.

— Aquela ali — anunciou McLevy. — Não me lembro de a ter visto da última vez.

Raven suspeitava que sabia porquê, muito embora permanecesse sem grandes certezas sobre qual poderia ser o papel de Simpson em tudo aquilo.

— Como é que ela se chama?

— Mary Brennan — respondeu White.

A rapariga estremeceu à mera menção do seu nome. Olhou o seu senhorio de rosto pálido, em pânico, embora Raven hesitasse se era ele ou McLevy que ela mais receava.

— Gostaríamos de falar a sós com ela.

White soltou um suspiro, após o que mandou as outras raparigas sair da zona comum.

— Eu disse que gostaríamos de falar com a Mary a sós — reiterou McLevy em tom firme, de olhos fixos em White.

O senhorio retirou-se de forma hesitante, lançando um último olhar a Mary antes de fechar a porta. Raven sentiu-se seguro de que o pormenor não escapara a McLevy.

Mary Brennan ficou diante dos quatro, agarrando uma vassoura como se, sem ela, pudesse cair. Tremia.

— Estamos a investigar a descoberta da perna de uma criança pequena, embrulhada em pano e descarregada pelo cano. Sabe alguma coisa acerca disso?

Os olhos dela correram os homens alinhados, como que em busca de um aliado.

— Não, senhor — respondeu com voz débil. Havia nela, porém, determinação: a consciência do que estaria em jogo caso cedesse.

— Sabe quem é este cavalheiro? — perguntou McLevy.

— Não, senhor.

— O nome dele é Professor James Young Simpson. Esse nome diz-lhe alguma coisa, Mary?

Tinha o rosto inexpressivo, mas denotando ainda maior preocupação por não conhecer o significado potencial da presença daquele cavalheiro ilustre.

— É um dos médicos mais reputados da cidade, especializado nos cuidados às mulheres grávidas, ajudando-as a dar à luz.

McLevy voltou-se então para se dirigir ao professor.

— Dr. Simpson, no caso de examinar uma jovem como aqui a Mary, conseguiria determinar se ela deu à luz recentemente?

— Certamente que sim, e de forma inequívoca — respondeu Simpson.

Não foi preciso mais nada. A rapariga caiu de joelhos e rompeu em lágrimas, derramando ali mesmo, no chão, uma confissão, como que aliviada por conseguir finalmente alijar o seu fardo.

— Deus me perdoe, confesso que dei à luz aquela criança, mas estava mortinha quando veio ao mundo. Eu, louca de tristeza e dor, cortei-a aos pedaços e atirei-os para o cano. É que o Sr. White está sempre a dizer que tem uma casa respeitável.

Enquanto dizia isto, olhou para a porta. Do outro lado residia uma ameaça maior do que tudo aquilo com que se confrontava do lado de cá.

— De quem era a criança? — perguntou McLevy, embora a pergunta tenha parecido redundante a Raven.

Ela deixou pender a cabeça, praticamente varrendo com o cabelo as tábuas do soalho.

— Um homem malvado seduziu-me — foi a sua resposta, sem olhar nenhum deles nos olhos.

McLevy pressionou-a, mas sem a conseguir levar a pronunciar o nome.

Não precisava de o fazer.

O assistente de McLevy ajudou-a a levantar-se e conduziu-a para fora da sala. O seu olhar parecia vazio, como se estivesse em transe, quando de repente o rosto se agitou de pânico:

— Vou ser enforcada? — perguntou a McLevy, aterrorizada.

— Se aquilo que nos disse é verdade, de a criança ser nado-morta, não, não vai ser enforcada. Será simplesmente presa por pouco tempo.

Simpson abanou tristemente a cabeça enquanto ela era conduzida para fora da sala.

— É uma tragédia que esta jovem mulher possa sofrer qualquer punição maior que aquela que já sofreu — declarou.

— E a injustiça é amargamente acentuada pelo facto de não haver consequências algumas para o senhorio — opinou Raven, esforçando-se por afastar o azedume da voz.

— Vou dizer-lhe duas ou três palavras duras — assegurou-o McLevy. — Vai ficar a saber que o tenho debaixo da vista, mas que mais posso fazer?

Raven pensou no que mais gostaria de fazer, após o que se recordou do destino da Sr.ª Gallagher, em risco de ir parar ao asilo dos pobres em resultado da sede de justiça dele.

McLevy agradeceu a Simpson a colaboração prestada, que consistira em pouco mais do que na sua augusta presença. Mas Raven teve de dar crédito à perspicácia do polícia por saber que só aquele expediente resolveria o problema.

— Estou à sua disposição, como sempre — respondeu Simpson.

— Se eu alguma vez puder ajudar, é só dizer.

— Certamente. Mas entretanto, julgo que o Sr. Raven tem uma certa curiosidade acerca de um outro caso que o senhor tem em mãos.

— E que caso seria esse?

— Rose Campbell — respondeu Raven. — Era criada de dentro do Sr. Sheldrake, o dentista. Tiraram o cadáver dela da água, em Leith.

— Ah, sim. O Dr. Renfrew, o nosso médico-legista, levou a cabo um exame completo aos restos mortais dela. Chegou à conclusão de que se afogou.

— Portanto não encontrou vestígios de veneno?

— E porque haveria de encontrar?

— Por causa da postura agonizante do corpo dela. Sou da opinião de que isso pode ser um sintoma de estricnina.

Consciente de que Simpson o olhava atentamente, Raven não pôde deixar de continuar a pressionar enquanto tinha McLevy diante de si.

— Como eu disse — prosseguiu McLevy —, não foram encontrados quaisquer vestígios de veneno. Quando os corpos dos afogados são retirados da água, os seus membros podem estar contorcidos, em resultado da sua luta final pela vida. Essas contorções persistem devido à rigidez que se segue à morte.

Isso pode até ser verdade, pensou Raven para consigo. Mas a Evie não morreu afogada.

— Este foi um caso de morte acidental — disse McLevy, com um tom categórico que sugeria que quaisquer outras questões eram supérfluas. Raven fingiu não reparar.

— O senhor não estava convencido, anteriormente, de que ela tinha posto fim à própria vida?

McLevy olhou-o com desconfiança e alguma surpresa.

— Estava, de facto, uma vez ter sido informado de que ela estaria grávida, até cinco ou seis meses. Mas o mais estranho é o seguinte: Quando a autópsia foi feita, ela, afinal, não estava de bebé.

Raven vacilou ao ouvir isto, como se as paredes em seu redor se tivessem movido.

— Tem a certeza?

McLevy permitiu-se um sorriso.

— Para falar com toda a franqueza, o Dr. Renfrew não é exatamente o melhor médico que eu já conheci, mesmo nas raras ocasiões em que está sóbrio, mas estou certo de que nem ele se enganaria em relação a uma situação como essa.

Raven sentiu-se entorpecido na sua confusão, com o mundo a rodopiar em seu redor enquanto o *brougham* se afastava, com a chuva a tamborilar no tejadilho.

— Não ouviu as respostas por que esperava — observou Simpson.

Isso, para dizer o mínimo. A sua convicção de uma ligação entre Rosie e Evie, que tanta certeza lhe suscitara, parecia agora destituída de fundamento. Não tinha indícios reais de que qualquer uma das duas tivesse sido envenenada, depois de McLevy ter avançado uma explicação adequada para o estado do corpo de Rose, ao sugerir que o *rigor mortis* se instalara antes de o corpo ser retirado da água. Agora sabia-se que Rose não estava grávida, e ele via-se forçado a admitir que fora mera especulação da sua parte a ideia de Rose estar de bebé.

— Não vou ser indiscreto e perguntar porque estava você tão interessado na morte de *Miss* Campbell, mas vou realçar uma lição que poderá ser-lhe útil na sua prática da medicina.

Raven levantou o olhar, ansiando pelo conforto que a sabedoria poderia trazer-lhe.

— Lembre-se sempre de que é o paciente que tem a doença.

A expressão de Raven revelou que não compreendera.

— É fácil deixarmo-nos sobrecarregar de responsabilidades, e ficarmos tão obcecados com um problema que perdemos a perspetiva. Os dados reais podem confundir-nos, as coincidências improváveis acontecem de facto, e uma mente demasiado elaborada pode saltar para as conclusões erradas. Lembre-se do seu próprio bom discernimento quando o McLevy lhe perguntou como explicaria a questão da perna do bebé morto. Nessa ocasião, o seu distanciamento foi-lhe útil. Muitas vezes, as pessoas formulam hipóteses sensacionais enquanto se mostram inexplicavelmente cegas aos factos óbvios que têm diante dos olhos.

TRINTA E CINCO

A chuva abrandou enquanto a carruagem os levava pelo Mound abaixo, e de novo para norte, na direção da Cidade Nova. Simpson entretinha-se com um livro, enquanto Raven remoía as palavras que o professor lhe dirigira. Começou a perguntar-se se não teria congeminado uma enorme malfeitoria perpetrada por um vilão imaginário como meio de lidar com o seu próprio sentimento de culpa em relação a Evie. Na sua necessidade de fazer algo por ela após a sua morte, receava agora ter elaborado uma fantasia, sustentando-a em elementos retirados à sua volta, investindo sobre moinhos de vento como Dom Quixote. Pior ainda, arrastara Sarah para isso.

O *brougham* começou a abrandar após dobrar uma esquina para uma rua conhecida de Raven, da forma mais desconfortável. Com tremenda inevitabilidade, o cocheiro fez os cavalos parar junto a um edifício razoavelmente bonito, mas que não conseguia olhar sem um sentimento de culpa a revirar-lhe o estômago.

A residência Graseby.

Fez por evitar que o rosto revelasse o seu alarme, já preocupado que chegasse em que o perspicaz Simpson descobrisse o funcionamento interno da sua mente. Quando a carruagem se deteve, o professor levantou o olhar do livro. A sua expressão era levemente curiosa, como acontecia frequentemente quando buscava o artigo da sua lista mental que o levara aonde se encontrava. Depois, o rosto obscureceu-se-lhe.

— Aqui, Sr. Raven, receio ter de insistir em que sigamos cada um o seu caminho. Fui chamado a esta morada a propósito de uma questão muito delicada, sob condições de confidencialidade tão estrita que me não é permitido discutir seja com quem for as razões da minha visita.

Raven sentiu-se tolhido por um temor incapacitante. Concretizavam-se os piores receios de Beattie. Alguém mencionara o cheiro persistente do éter no seguimento da morte da Sr.ª Graseby, e isso levara à convocação do homem considerado o maior especialista no tema de toda a cidade. Se alguma pontinha de sorte ali havia, era que o requisito de confidencialidade poupara Raven a entrar ali, agora, e ser reconhecido.

Seria, em todo o caso, apenas uma questão de tempo.

— Devo permanecer por aqui, entretanto? — inquiriu.

— Não, preciso que se ocupe de uma tarefa. Lembra-se do encontro com o Sr. Waldie, que nos falou num licor que continha percloreto de formilo e prometeu mandar-me algum?

— Recordo-me de o Professor ter comentado que ele tinha tanta probabilidade de fazer explodir o seu próprio laboratório como de inventar algo de engenhoso.

— Para demonstrar que muitas palavras premonitórias são ditas como gracejo, a amostra dele nunca chegou a ser enviada, devido a um incêndio que houve no Liverpool Apothecaries Hall. Está por apurar se o Waldie foi pessoalmente responsável por isso, mas a verdade é que fiquei intrigado com a sugestão dele. E, sendo improvável que ele cumpra a promessa nos tempos mais próximos, pedi à Duncan e Flockhart que me preparasse um lote para experimentação. E precisava que mo fosse lá buscar.

— Com certeza, *sir*.

Apressou-se a sair da carruagem, mantendo a cabeça baixa apesar de a chuva ter parado. Não queria correr o risco de ser visto por qualquer elemento do pessoal doméstico numa altura em que faziam as suas mentes recuar à noite da morte da senhora da casa.

Desfrutou da caminhada ao ar livre, depois de ter sentido a carruagem fechar-se sobre si como uma cela assim que Simpson anunciara o motivo da sua deslocação. Não deixava, no entanto, de sentir as pernas pesadas. As investigações de Simpson conduzi-lo-iam agora decerto a Beattie, e este não teria razão alguma para o proteger. Enquanto caminhava a passos largos ao longo de George Street, tinha a perfeita consciência de que, naquele preciso momento, fora posto em movimento o mecanismo através do qual a sua carreira médica em breve chegaria ao fim.

Ao aproximar-se da drogaria, o seu nariz foi acometido por uma diversidade de aromas medicinais. Através do vidro da porta, viu um jovem assistente a reunir pílulas sobre o balcão de mármore e o Sr. Flockhart, bem vestido e de óculos postos, a verter líquido límpido em diversos frasquinhos de vidro. Todos os seus sentidos ficaram aumentados de imediato, como se bebendo tudo o que pudessem, por essa poder ser a última vez que o fariam.

Aquele estabelecimento sempre exercera sobre ele um enorme fascínio, mais do que qualquer padaria ou confeitaria. Nos armários sucediam-se filas cuidadosamente ordenadas de sabões, pós dentários, loções e unguentos, enquanto sobre as prateleiras uma centena de garrafas e frascos cintilava num infinito jogo de cores. O soalho estava sempre varrido e encerado, um sítio onde nunca seriam tolerados poeira nem desordem. Aquilo que mais o atraía, porém, era saber que se fabricavam medicamentos naquelas instalações. Ali se moíam, misturavam, infundiam e diluíam, criando tinturas, pílulas e poções a partir de raízes, ervas, minerais e inúmeras outras substâncias. Ali se faziam experiências, ali se desenvolviam remédios para todo o tipo de enfermidades. Ali, produzia-se progresso.

Sempre quisera fazer parte daquele mundo, e apreciar cada visita, mesmo quando a fazer recados ao Dr. Duncan. Começara igualmente a convencer-se de que tudo aquilo fazia parte do seu mundo, do seu futuro. Agora, receava que tudo lhe fosse tirado.

Flockhart levantou os olhos do que o ocupava.

— Sr. Raven. Suponho que terá vindo buscar *isto* — disse ele com ênfase marcada, pegando numa garrafa que tinha à sua esquerda sobre o balcão. Continha um fluido tão viscoso que poderia manter uma colher de pé.

— Com efeito, *sir*. Para o Dr. Simpson. Julgo que ele lhe terá pedido para reproduzir uma fórmula sugerida por um certo Sr. Waldie de Liverpool.

Flockhart emitiu um suspiro austero.

— Foi o que nós fizemos. E resultou numa pequena explosão que chamuscou as nossas paredes e o teto e poderia ter resultado em danos oculares irreparáveis, se não usássemos, na altura, os nossos óculos protetores. Suponho que posso acrescentar o custo da pintura à conta do Dr. Simpson?

Raven não respondeu, sem ter a certeza de dispor da autoridade para aprovar a despesa, ou, sequer, de que Flockhart não estivesse a gracejar. Pegou na garrafa e partiu.

Ao chegar a Queen Street, dirigiu-se diretamente à sala de jantar, onde pretendia deixar a garrafa, pronta para a experimentação após o jantar dessa noite. Foi dar com James Duncan ajoelhado junto às portas abertas do aparador, sobre o qual estavam dispostas todas as amostras anteriores, bem como uma dúzia de outros frascos.

— Estou a tentar pôr ordem nesta confusão e deitar fora algumas coisas — disse ele, em tom que denotava irritação pela interrupção de Raven, ou pela sua mera presença. — O que tem aí?

— Uma coisa que o Dr. Simpson encomendou na Duncan e Flockhart. Imagino que pretende testá-la depois de jantar.

— Deixe-me dar uma olhada.

Duncan pegou na garrafa, inclinando-a um pouco, e franziu o sobrolho, como que reprovando a densidade do líquido. Destapou-a então e levou o gargalo aberto ao nariz, que franziu, embora não por reação reflexa. Cheirou um pouco mais, após o que abanou a cabeça, devolvendo a garrafa.

— Muito pouco provável que resulte — previu.

Raven cheirou igualmente. Pareceu-lhe sentir uma ligeira tontura, mas que poderia resultar simplesmente de ter-se deslocado tão depressa para ali.

— Talvez se fosse aquecido para a tornar mais volátil — sugeriu Raven, consciente de que a garrafa fora arrefecida por estar exposta ao tempo lá fora. — O calor da sala vai encarregar-se disso até ao fim do jantar.

— *Peut-être* — retorquiu Duncan, em tom que não indiciava grande expectativa. Tinha o irritante hábito de derivar para o francês, um expediente afetado destinado indubitavelmente a relembrar a todos a sua recente chegada dos seus estudos prodigiosos em Paris.

Raven sentiu-se, ainda assim, relutante em descartar tão rapidamente a garrafa, lembrando-se depois da recomendação do Dr. Simpson de não se centrar em si próprio relativamente a questões de evidência científica. Atribuía importância ao material devido ao incêndio que poderia ter causado em Liverpool e à subsequente explosão no laboratório da drogaria, para já não mencionar a distância que percorrera a pé para o ir buscar.

— Mas eu tenho expectativas mais elevadas para isto — declarou Duncan, levantando outra garrafa. Retirou a rolha e colocou-a sob o nariz de Raven. O cheiro tinha algo de intenso e acre, o que o fez recuar. Sentiu igualmente, de imediato, uma tontura. Percebeu o otimismo de Duncan, ao mesmo tempo que previa já a consequente enxaqueca do dia seguinte.

Duncan observou com um sorriso rapace.

— Que substância é essa?

— Uma fórmula que sugeri ao Professor Gregory.

— Quer dizer que isto é conceção sua? — perguntou Raven. Isso explicaria, certamente, o entusiasmo do outro.

— De facto, muito embora isto seja apenas um destilado preliminar. Ele garantiu-me que um lote refinado estará pronto hoje à noite. E, já que aí está, pode ir buscá-lo.

— Tenho de voltar para o Dr. Simpson — protestou Raven. As visitas dele ainda não acabaram.

— Não tem coisas a fazer, depois, no Maternity Hospital?

— Tenho.

— Nesse caso pode ir depois de as fazer. O Professor Gregory trabalha até tarde no laboratório dele. Na verdade, acho que até dorme lá.

Não era rigorosamente verdade que Raven tivesse de voltar ao Dr. Simpson, uma vez que o professor não lhe transmitira instruções diretas nesse sentido. Sentia, sim, uma compulsão urgente em voltar ao contacto dele, devido a uma combinação de sentimento de culpa e ansiedade, e à sua consequente impaciência por que essa incerteza se desvanecesse. Se tinha de haver um ajuste de contas, queria enfrentá-lo o mais depressa possível, embora não tão depressa que se sentisse preparado para o acelerar ele próprio, abrindo o jogo. Embora houvesse ainda esperança de que o seu papel na morte da Sr.ª Graseby pudesse nunca vir à tona, não desistiria, apesar de tudo se tornar cada vez mais angustiante.

Partiu para Danube Street, caminhando em passo vivo para norte, ao longo de Gloucester Lane. Não tinha qualquer garantia de que Simpson se encontrasse ainda na residência Graseby, mas pouco mais de uma hora passara desde que se haviam separado. Foi ao atravessar o cruzamento de Doune Terrace que avistou um *brougham* e a sua parelha, parados nem a cinquenta metros. Viu então Simpson sair dele e atravessar rapidamente o passeio na direção da porta de entrada de uma moradia geminada.

Acelerou o passo para o alcançar, mas, ao fazê-lo, Angus, o cocheiro, atravessou-se-lhe no caminho, impedindo-o de prosseguir.

— Não se pode incomodar o professor — disse ele.

— O quê, aqui também não? — perguntou Raven.

— Aqui também não — confirmou o homem com um aceno solene da cabeça.

Raven olhou para a casa, cuja porta se fechava atrás de Simpson. Talvez fosse imaginação sua, mas pareceu-lhe detetar alguma ansiedade em Angus, um certo alerta por Raven lhe ter aparecido tão inesperadamente.

Preparava-se para se voltar para a carruagem quando se apercebeu de movimento pela janela da grande sala da frente. Viu uma mulher jovem, elegantemente vestida, levantar-se e cumprimentar Simpson quando este entrou na sala. Abraçaram-se afavelmente, trocando palavras inaudíveis para Raven.

O professor dobrou-se por momentos, desaparecendo da vista, e quando se levantou de novo tinha uma criança nos braços: uma bebé de uns dezoito meses, envergando um vestido cor-de-rosa. Simpson abraçou a criança contra si enquanto a mulher os olhava, sorrindo com ternura e afeto.

Parecia não haver qualquer questão médica a tratar, e muito menos uma emergência.

— O que veio o Dr. Simpson aqui fazer? — perguntou Raven. Não esperava uma resposta direta, mas procurou encontrar algum pormenor revelado na forma como Angus fugisse à pergunta.

— Só sei que é uma questão privada, por isso não tratei de saber mais pormenores. O senhor faria bem em fazer o mesmo, se não quiser que o Dr. Simpson seja informado da sua curiosidade.

— Posso esperar na carruagem?

Angus convidou-o a entrar com um gesto. Raven interrogou-se sobre a lealdade do cocheiro: que segredos poderia saber; que mais segredos não *sabia* que o outro sabia.

O pensamento recuou-lhe à conversa tensa que escutara inadvertidamente entre Mina e Jessie:

— *Ele anda a pagar doze libras por ano a outra mulher. Não achas que a questão óbvia é: porquê?*

— *É um ato de caridade. Estou certa de que ninguém pode lançar calúnias sobre algo de tão nobre.*

— *A experiência diz-me que as pessoas estão sempre prontas a lançar calúnias sobre seja o que for quando a moralidade de determinado ato é questionável.*

Raven recordou o conselho que o próprio Simpson lhe dera nessa manhã relativamente a hipóteses sensacionalistas. Mas esta mulher não necessitava de caridade, e ali estava Simpson a visitá-la sozinho, sabendo que Raven fora enviado alhures, e o seu cocheiro lhe guardava a privacidade. Teria Mina tentado abrir os olhos a Jessie?

Simpson não permaneceu muito tempo na casa, talvez apenas meia hora. Caminhou apressadamente de volta à carruagem, denotando surpresa por encontrar Raven à sua espera. Se essa surpresa foi acompanhada de alarme, dissimulou-a rapidamente. Mesmo assim, seguiu-se um momento de silêncio após ambos se sentarem, um introito desconfortável durante o qual se evidenciou que a presença de Raven era tão indesejada como inesperada.

— Estava a voltar para Danube Street quando vi a sua carruagem — ensaiou Raven à guisa de explicação. Engoliu em seco, de modo a conseguir manter a voz firme e clara nas suas palavras seguintes. — E quanto à sua visita ali? Eu sei que era confidencial, mas correu tudo bem?

A contenção de Simpson pareceu transformar-se em pesar, como nuvens a acumular-se. Soltou um profundo suspiro.

— Um assunto lamentável — disse, olhando pela janela. — E um assunto que ainda não está concluído a meu contento.

TRINTA E SEIS

Sarah abriu a porta da sala com o cotovelo, equilibrando o tabuleiro do chá no braço. Manobrou cuidadosamente entre a desarrumação do chão, tentando não pisar nenhum resto de material nem nenhuma parte do corpo da modista, prostrada aos pés de Mina, fazendo ajustamentos na bainha do seu novo vestido. No tabuleiro havia uma única chávena, uma vez que *Miss* Tweedie era considerada de condição demasiado baixa para merecer saciar a sede.

Sarah pousou o tabuleiro numa mesinha a um canto.

— Sirvo, minha senhora?

— Daqui a um minutinho, Sarah. Acho que já quase terminámos por aqui.

Mina rodou sobre si mesma para se voltar para Sarah, ignorando o facto de *Miss* Tweedie estar ainda a espetar alfinetes na bainha.

— O que achas?

Sarah cruzou os braços, simulando convincentemente um exame atento. Sabia de experiência que não adiantava responder demasiado depressa. O vestido era de cetim de seda roxo, de decote amplo, cintura estreita e saia rodada.

— É lindo, *Miss* Grindlay.

E era, de facto. Mas Mina, por esses dias, ficaria bem com qualquer trapinho, simplesmente devido ao brilho de felicidade que dela emanava.

— Como sabes, Sarah, eu precisava desesperadamente de um vestido de noite novo.

Uma ligeira ênfase foi acrescentada à penúltima palavra para recordar a Sarah, caso se tivesse esquecido, de que Mina era agora levada com alguma regularidade a eventos noturnos.

— A moda agora é o simples — pronunciou-se *Miss* Tweedie, ajoelhada no chão e falando por entre dois alfinetes seguros entre os lábios. — Sem decorações aplicadas. — Soltou um pequeno gemido ao levantar-se. — E agora, vamos tirar-lhe isso e fazer os ajustes de que falámos.

Sarah ajudou a modista a retirar penosamente Mina do vestido, voltando ao antigo.

— Quando é que vai estar pronto? — inquiriu Mina. — Porque eu tenho vários compromissos importantes nos próximos tempos.

Sarah notou que a palavra *compromissos* merecia igualmente realce suplementar, embora não tanto que garantisse que *Miss* Tweedie apreendia o respetivo significado.

— Final da semana, eu diria — respondeu *Miss* Tweedie, juntando os seus alfinetes.

— Estou certa de que o Dr. Beattie vai gostar dele — observou Sarah, proporcionando a Mina a oportunidade de falar acerca dele, posto que raramente necessitasse de ser incentivada.

— Sim, também acho que vai, sim.

— É o seu noivo? — perguntou *Miss* Tweedie, pegando no vestido.

— Ainda nada foi formalizado — replicou Mina, dando a entender, todavia, que brevemente o seria.

Estas palavras fizeram Sarah interrogar-se, provocando-lhe uma tensão involuntária no peito. Por mais feliz que estivesse por Mina, mantinha uma suspeita instintiva relativamente às intenções de Beattie. Seria talvez uma cautela natural decorrente da sua preocupação em que Mina não saísse magoada. Era uma mulher sensata e determinada, mas, se uma área havia em que pudesse ser vulnerável a ser enganada — ou, mais perigoso ainda, a enganar-se a si própria — essa área era a questão de encontrar marido.

Quando mencionara pela primeira vez a Raven as suas reservas, ele dissera-lhe que Beattie insistira em que não lhe interessavam namoricos triviais. Parecia uma bela resposta, mas não batia totalmente certo com a forma como ele a mirava enquanto desempenhava as suas tarefas. Os homens convenciam-se de que as mulheres não sabem que eles estão a olhar — nem para *onde* estão a olhar.

Olhar e desejar, porém, eram coisas diferentes, e ela admitiu sentir-se tocada ao saber por Raven como Beattie perdera a noiva na véspera do seu planeado casamento. Era verdadeiramente trágico, como um enredo saído de um romance. Não obstante, não se convencia de quc a perda anterior dele implicasse que os seus sentimentos por Mina fossem necessariamente tudo aquilo em que Mina gostaria de acreditar. O simples facto de não lhe trazer à memória a mulher que perdera não parecia a Sarah a base mais forte para edificar sentimentos genuínos. Para dizer a verdade, parecia-lhe o oposto de sentimentos genuínos: um baluarte contra a emoção genuína.

— Acha que está iminente um anúncio? — perguntou Sarah.

Apercebeu-se de imediato de que a sua pergunta poderia ser considerada impertinente, mas convenceu-se de que esse aspeto seria ignorado, tal o desejo de Mina em partilhar as suas novidades.

— Estou em crer que sim.

Um súbito rumor ascendeu-lhe do pescoço ao rosto.

— Que maravilha — disse *Miss* Tweedie, num tom como se fosse sincera.

— Sim — concordou Mina. — Começava a convencer-me de que nunca aconteceria.

Sarah apercebeu-se de que pronunciara estas últimas palavras mais baixo, como que para si própria.

— Ficar solteira será um desastre assim tão grande? — perguntou Sarah. Sabia que Mina estava apaixonada por Beattie; não tinha tanta certeza de que esses seus sentimentos fossem correspondidos. Lembrou-se de Rose Campbell, talvez também atingida por uma paixão avassaladora que não lhe deixasse espaço para dúvida. E era ver onde isso a levara.

Mina olhou-a como se tivesse enlouquecido.

— O quê, ser uma tia solteirona dependente da generosidade da família? Que raio de vida seria essa?

— Será que uma mulher não pode ter aspirações para si própria além do casamento? — retorquiu Sarah.

— «Aspirações»? Que diabo queres tu dizer com isso?

Sarah lembrou-se de *Miss* Mann e *Miss* Rigby, bem como do amor de Mina à palavra escrita. Ninguém que ela conhecesse sabia mais de romances e poesia. Era uma pena não haver meio de fazer florescer essa paixão.

— Algum tipo de profissão. Quero eu dizer, não gostava de que houvesse uma forma válida de dar uso ao seu intelecto e aos seus conhecimentos?

— Sarah, o papel que Deus atribuiu à mulher é o de esposa e mãe. Qualquer profissão é um fraco substituto disso. E que tipo de profissão seria própria para uma senhora? Governanta? Até me dão arrepios só de pensar nisso.

Voltou-se de novo para o espelho e ajeitou o cabelo, prendendo uma madeixa solta com um gancho.

Sarah serviu o chá, pensando para consigo que limitada era a visão de Mina acerca do papel da mulher, quão restritiva. Porque não poderia uma mulher aspirar a mais? Porque não haveria de o fazer? Porque é que Raven podia fazer tudo o que desejasse? Ela achava que as suas origens eram semelhantes e estava absolutamente certa de que tinham intelectos similares. Mas ele desfrutava de oportunidades que lhe eram negadas a ela, e parecia nem sempre saber dar valor ao seu privilégio.

Sarah dobrou-se para apanhar do chão um alfinete desgarrado. Ao fazê-lo, a sua mão roçou no vestido novo. Perguntou-se se algum dia vestiria uma peça feita de algo tão fino. Não estava, seguramente, destinada a permanecer como era, ajudante contratada, condenada para toda a vida à servidão doméstica. Como haveria, porém, de escapar a tal sina? Se um homem de meios se propusesse retirá-la de tudo aquilo, não correria a agarrar a oportunidade? Ou, pelo contrário, representaria isso a troca de uma forma de servidão por outra, ainda que com maior conforto e menos frieiras?

Seria possível conhecer um homem que lhe aceitasse as ambições de cuidar da sua educação e tornar-se útil à sociedade? Existiria, sequer, um homem assim? Se existia tal homem, tinha a certeza de ainda não o ter encontrado.

Recordou igualmente as advertências da Sr.ª Lyndsay relativamente a procurar aperfeiçoar-se. Deveria simplesmente sentir-se grata por aquilo que tinha, aceitar a sua posição na sociedade, que Deus achara por bem atribuir-lhe, e evitar os problemas que inevitavelmente a assolariam caso tentasse mudar as coisas?

Entregou os alfinetes soltos a *Miss* Tweedie, que, depois de embrulhar o vestido novo numa camada protetora de papel castanho, se despediu e saiu da sala.

Sarah decidiu direcionar de novo a conversa para Beattie, uma forma garantida de restaurar a boa disposição de Mina.

— É uma verdadeira bênção que os dois se tenham encontrado, não é?

— Verdadeiramente. Estremeço só de pensar em como o destino pode ser caprichoso.

— Merecem ambos essa felicidade. Aquece-me o coração saber que o Dr. Beattie conseguiu pôr para trás das costas uma tragédia tão dolorosa.

Mina lançou-lhe um olhar perplexo.

— Que tragédia?

Sarah ficou paralisada por momentos, ao descobrir que Beattie não mencionara a Mina o seu noivado anterior. Amaldiçoou a sua própria insensatez: apercebeu-se, subitamente, de todas as razões pelas quais ele poderia optar por lho ocultar. Porque decidira ele confidenciar a Raven era uma questão mais curiosa, mas enfim.

— O facto de ter perdido os pais tão jovem — respondeu, como expediente para dissimular o passo em falso.

— Sim. A vida dele não tem sido fácil. Mas estou certa de que está prestes a melhorar.

Ao sair da sala e dirigir-se ao andar de baixo, Sarah pensou na aparência de Mina no seu vestido novo. Irradiava a alegria de ser admirada, estimada, elevada acima dos seus pares. Se o amor fosse uma poção que pudesse ser engarrafada e vendida, seria realmente a cura para muitas maleitas de sala de estar.

Tentou amenizar as suas dúvidas sobre Beattie. Ele era, afinal, e sob muitos pontos de vista, um bom partido. E talvez amasse Mina de uma forma que não pudesse amar nenhuma outra depois de perder a sua primeira mulher desejada.

Ao contrário de Raven, Sarah estava preparada para aceitar que os seus instintos não eram infalíveis. Mas sabia ser raro estarem inteiramente errados.

TRINTA E SETE

A rapariga da mesa à frente de Raven teria, no máximo, catorze anos, e parecia absolutamente aterrorizada.

— Lynsey Clegg. Há meses que vive na rua — dissera-lhe anteriormente a Sr.ª Stevenson. — O pai pô-la fora de casa quando se descobriu que estava grávida, e não me surpreenderia que fosse ele o responsável pelo estado dela.

A Sr.ª Stevenson não explanou os fundamentos da sua convicção. Não fazia, porém, tais acusações de ânimo leve, e Raven soube que ela fazia ponto de honra de descobrir o mais possível acerca das mulheres que lhe passavam debaixo do teto.

Lynsey era magra, media menos de um metro e quarenta e tinha uma compleição franzina que indicava anos de malnutrição. Ter-lhe-ia sido impossível disfarçar o seu estado muito além dos primeiros sinais de vida do bebé.

— O bebé está de cabeça para cima — observou Ziegler em voz baixa. — Prevejo problemas a fazer sair a cabeça.

Procurou que a rapariga não ouvisse as suas palavras, mas, em todo o caso, Raven imaginou que não compreenderia grande coisa. Estava praticamente histérica devido às dores e ao pânico cada vez maior.

— Ela não tem físico para isto. Tem uma pélvis estreita. É uma simples criança.

— Éter? — sugeriu Raven. A palavra emergiu-lhe dos lábios antes que pudesse ele próprio questionar-se.

Ziegler limitou-se a assentir com a cabeça.

O contraste foi, como sempre, espantoso. A rapariga passou da tormenta a um sono calmo em questão de minutos, e permaneceu indiferente às violentas manobras que Ziegler se viu obrigado a praticar sobre ela. Apesar de tudo isso, Raven não conseguiu deixar de pensar na Sr.ª Graseby. Continuava sem saber o que correra mal, o que lhe provocara a sua reação adversa, e porque esta se revelara fatal, após a aparente recuperação. A verdade, porém, era que tal ignorância constituía exatamente a razão para ele não dever ter administrado o éter sem supervisão.

Ziegler retirou uma menina, que entregou a uma enfermeira enquanto extraía a placenta. Raven alimentou a esperança de que a criança vivesse mais de catorze anos antes de ela própria engravidar. A mãe começou a recuperar os sentidos, despertando lentamente do seu sono para um mundo novo.

Depois de embrulhar a bebé, a enfermeira esticou os braços para a apresentar à mãe. A rapariga pareceu simplesmente ter medo dela.

Nesse momento, foram interrompidos pela Sr.ª Stevenson, que se lhes dirigiu apressadamente através de um corredor, bradando enquanto corria:

— Dr. Ziegler! Precisam de si urgentemente. E de si também, Sr. Raven.

No átrio de Milton House, mesmo junto à porta, do lado de dentro, uma mulher jovem jazia contorcendo-se sobre um catre. Junto de si encontrava-se um sujeito corpulento, que agarrava nervosamente o chapéu.

— Foi ele que a trouxe até aqui — informou-os a Sr.ª Stevenson.

— Queriam chamar o médico — disse o homem —, mas eu sugeri trazê-la aqui, porque era mais rápido. Viemos daqui desta rua.

— Quem é ela? — perguntou Ziegler.

— O nome dela é Kitty. É só o que eu sei.

O homem emanava um odor a pó de tijolo, e tinha as mãos calejadas de um trabalhador braçal.

— E o senhor, quem é?

O homem fez uma pausa, cogitando antes de arriscar dizer o nome.

— Mitchell, *sir*. Donald Mitchell.

Ziegler examinou a mulher, tanto quanto esta lhe permitiu. Contorcia-se de dor, suava por todos os lados e dizia incoerências. Ele fez-lhe algumas perguntas, mas era como se ela não controlasse as suas faculdades. Ziegler olhou de novo o homem que a trouxera.

— O que pode você dizer-nos? O que viu? O que sabe dela?

Mais uma vez, pareceu relutante em responder. Raven julgou saber porquê.

— O senhor estava *com* ela? — perguntou enfaticamente, de modo que o homem não tivesse a mínima dúvida acerca do sentido da pergunta.

Olhou Raven surpreendido, mas com a surpresa de alguém que tivesse sido apanhado com a boca na botija.

— Eu estava com outra — admitiu ele. — Do outro lado do piso. Ouvimo-la berrar como se o demónio lhe tivesse entrado no corpo. Dei um pontapé na porta, porque tive medo de que ela estivesse a ser atacada. Então, quando descobrimos que ela estava doente, como eu disse antes, resolvi trazê-la diretamente para aqui.

Raven sentiu o contraste com a sua própria conduta, escapando de forma a não ser visto. Gostava de se convencer de que teria agido de outra forma caso Evie não estivesse já morta, mas não duvidava de que Mitchell, sob vários pontos de vista, era um homem mais forte do que ele.

Levaram Kitty para um quarto com melhor luz, embora, àquela hora, a diferença não fosse muita. Pareceu perder momentaneamente os sentidos, o que deu a Ziegler a oportunidade de a palpar.

— Está grávida. Já passou a fase de o bebé dar sinais de vida.

A calma não durou muito. Assim que os seus olhos se abriram de novo, o corpo encurvou-se-lhe e contorceu-se como se, na verdade, tivesse o diabo não apenas no corpo, mas dentro dele. Vendo-a contorcer-se, Raven soube estar a testemunhar o que acontecera a Evie antes da chegada dele naquela noite.

— Tomou uma poção, ou uma pílula? — perguntou-lhe. — Estava a tentar livrar-se do que tinha dentro de si?

Os olhos dela fixaram-se tempo suficiente para o levar a acreditar que ouvira a pergunta, mas não respondeu palavra.

— Se tivesse sido assim, não lhe dizia — disse a Sr.ª Stevenson. Por medo.

— Só estamos aqui para a ajudar, Kitty — insistiu ele. — Por favor, se tomou alguma coisa, diga-nos.

Nesse momento, as convulsões agravaram-se, como se as palavras de Raven tivessem agastado o demónio que a possuía. Os membros tornaram-se-lhe rígidos, e lançou a cabeça para trás.

Ziegler tentou administrar-lhe algum láudano, mas a mandíbula fechou-se, bloqueada. As convulsões prosseguiram ininterruptamente e tornou-se evidente que estavam impotentes para intervir.

— Não podemos fazer nada — declarou ele em voz baixa. — É melhor sair agora, Raven. Vá para casa descansar, porque isto recomeça tudo amanhã.

— Preferia ficar — respondeu Raven. — Se mais ninguém pode fazer nada, ao menos isto posso fazer.

Ziegler olhou-o curioso por momentos, após o que acenou com a cabeça em sinal de aquiescência.

Raven sentou-se junto dela ao longo das horas seguintes, observando os seus tormentos impiedosos, com o corpo agitado por contorções, como se tentasse escapar ao seu próprio ser. Embora mal estivesse consciente de ali estar, não ia deixá-la suportar as suas provações sozinha como acontecera com Evie.

Nem mesmo o fim fora um esvaecimento suave, mas sim um sobressalto final e brutal.

Raven permaneceu imóvel junto dela, profundamente ansioso que ela pudesse recomeçar a sua agonia. Mas, ao fim de breves instantes, tomou-lhe o pulso e não o encontrou.

— Morreu? — perguntou Ziegler, assomando à porta. Ausentara-se por insistência de Raven, mas este perguntou-se se chegara a ir longe.

— Morreu. Eu informo o Mitchell.

Ziegler pareceu compungido.

— Foi-se embora há um bocado. Já foi generoso que chegasse por a trazer cá.

— Ele disse-lhe mais alguma coisa? De onde é que a trouxe, ao menos?

— Não. Ele não ficou muito tempo à espera. Acho que nem a conhecia.

— Então e temos alguma forma de saber quem ela era?

— Só se vier alguém reclamar o corpo.

Raven lembrou-se de Evie, a descer as escadas embrulhada num lençol imundo e jogada para cima de uma carreta.

Sem funeral, sem enlutados, sem lápide.

— Nunca cheguei a saber o apelido dela — disse.

— O Mitchell não o disse.

Mas Raven não se referia a Kitty.

TRINTA E OITO

Começava a ficar tarde quando Raven saiu do Maternity Hospital, com pontadas de fome a trazê-lo de volta a preocupações mais imediatas. O jantar já teria terminado quando regressasse a Queen Street, mas a Sr.ª Lyndsay havia de lhe servir alguma coisa. Talvez Sarah até lhe guardasse alguns restos do jantar, embora não soubesse o que lhe diria acerca das descobertas contraditórias do dia.

Aquilo que tornava tudo pior era que, apesar de chegar tarde demais para a refeição, regressaria a tempo da experimentação depois do jantar. A sua breve exposição ao material repugnante que Duncan preparara bastava para fazer supor que todas as suas anteriores dores de cabeça se revelariam reminiscências felizes por comparação com os efeitos colaterais daquilo.

Com este pensamento, apercebeu-se de que tinha meio de o evitar. Duncan expusera-o a uma destilação preliminar, e Raven fora instruído a ir buscar uma amostra mais refinada. O professor Gregory poderia já ter ido para casa a esta hora, mas daria, ainda assim, uma volta junto ao edifício da universidade. Em qualquer dos casos, isso fornecer-lhe-ia um motivo plausível para adiar o seu regresso até a testagem estar concluída e todos se terem retirado para a sala de estar para fumarem os seus cachimbos e bebericarem o seu *whisky*.

O laboratório do Professor Gregory estava alojado numa extremidade distante dos edifícios universitários. Raven atribuía a sua localização remota à natureza explosiva do seu trabalho. Não era fácil de encontrar, tendo Raven sido obrigado a atravessar um labirinto de corredores e escadas, embora fosse possível discernir estar a aproximar-se pelo facto de os odores serem cada vez mais intensos.

O laboratório constituía a perfeita antítese das instalações imaculadas da Duncan e Flockhart: uma câmara claustrofóbica e permanentemente atravancada forrada do chão até ao teto de estantes de livros e prateleiras. O chão era um caos em permanente mudança constituído por caixas, caixotes e equipamento descartado. As estantes de livros alojavam uma coleção alargada de livros antigos e, nalguns casos, poeirentos, alguns dos quais Raven suspeitou nunca terem sido mexidos depois de lá colocados, não pelo incumbente, mas pelo seu antecessor.

No centro da sala havia uma grande mesa de madeira cheia de nódoas e chamuscadelas. Uma figura encurvada segurava um balão de vidro sobre uma lâmpada de álcool. A chama arroxeada incidia sobre a parte de baixo do balão, fazendo o líquido do seu interior borbulhar furiosamente, como que enfurecido por lhe ser aplicado tal calor. Raven esperou à entrada da porta para não interromper, mas o professor, sem levantar o olhar, fez-lhe sinal com a mão antes de afastar da testa uma volumosa madeixa de cabelo preto.

William Gregory era um homem magro que parecia mais velho do que de facto era. Mancava ao caminhar, consequência de uma doença de infância da qual nunca recuperara inteiramente, mas tinha uma energia vivaz quando o seu entusiasmo era espicaçado — em geral, pelo seu trabalho. O seu pai, James Gregory, fora o reputado autor da fórmula do pó de Gregory, o medicamento mais receitado da *Edinburgh Pharmacopoeia* e, desse modo, o padrão pelo qual James Duncan tencionava medir o seu próprio sucesso.

Segundo Simpson, Gregory sénior fora, por natureza, um homem beligerante, atreito a conflitos com indivíduos e instituições. Andava habitualmente munido de uma bengala e, numa ocasião famosa, servira-se dela para desancar o então Professor de Obstetrícia, James Hamilton, no seguimento de uma disputa. Daí resultara uma audiência em tribunal na qual se condenava Gregory a pagar a Hamilton 100 libras por danos causados, que ele declarou que «pagaria de novo só para ter outra oportunidade de cascar no obstetrazinho».

William Gregory, pelo contrário, era bem conhecido pela sua calma e autodomínio, tendo herdado do pai apenas a excelência académica. Simpson contou a Raven que, no início da sua carreira, desenvolvera um processo de produção de morfina em elevado estado de pureza. O Dr. Simpson não pôde, porém, deixar de compartilhar também que Gregory era um entusiasta da frenologia e do hipnotismo, sendo voz corrente que escolhera a esposa unicamente após um exame frenológico.

Raven aproximou-se contornando um banco de três pernas sobre o qual estava montada uma proveta junto de uma longa retorta, mesmo a pedir para ser derrubada e desfazer-se em cacos. Ao seu lado havia uma pilha de livros encadernados em cabedal, e o que aparentavam ser dois coelhos mortos numa caixa de madeira. Raven perguntou-se se teriam sido entregues por encomenda, embora não desejasse aprofundar a que fim se destinavam.

Gregory retirou o balão da chama e ergueu-o, agitando o conteúdo sob a luz débil de uma lamparina de gás, com um olhar de insatisfação perante os resultados.

— Sr. Raven — dirigiu-se-lhe Gregory. — Posso presumir que está aqui a pedido do Dr. Duncan?

— Assim é.

— Ele está sempre a fazer-vos trazer-lhe e levar-lhe alguma coisa. A destilação inicial deste material foi recolhida por uma rapariguinha. Deixou-me curioso. Tem ideia de quem possa ser?

Raven não pôde deixar de sorrir.

— É a criada do Dr. Simpson.

— A sério? — replicou Gregory, parecendo refletir. — Criada dele. Quem me dera que os meus alunos mostrassem metade da curiosidade dela. Ou do conhecimento. Ora bem, onde é que eu...

Gregory voltou-se para o conjunto de recipientes de vidro que tinha diante de si, estendendo a mão para o frasco por que Duncan esperava, mas a sua atenção foi subitamente desviada para um pó vermelho.

— Esqueci-me de dizer à rapariguinha quando ela cá esteve. Você tem de levar isto ao Dr. Simpson a título de oferta. Recebi um lote deste material do Professor João Parreira, da Universidade de Coimbra, em Portugal. Conhecemo-nos em Paris no verão.

— Ele é químico?

— É, e dos mais reputados, mas este não é um composto químico. É um pó obtido triturando pimentos secos: uma estirpe potente originária de África, se não me engano. Chamam-lhes *peri-peri*.

— O que é que esse pó faz?

Gregory animou-se, de entusiasmo estampado no rosto.

— Dá à comida um sabor enriquecedor. Faz grandes milagres, acredite. Consegue transformar o guisado mais mesquinho e sensaborão num prato capaz de nos encantar o paladar.

Com a sua própria escala de cozinha mesquinha calibrada pelo tempo passado na Ma Cherry, Raven olhou com uma expressão cética o frasco que Gregory lhe apresentava.

— Prove um bocadinho — convidou ele, desatarraxando a tampa. — Só uma pitada.

Raven mergulhou três dedos no gargalo do frasco e colheu o equivalente a uma colher de chá, transferindo-o rapidamente para os lábios.

A admoestação de Gregory — «Eu disse uma pitada!» — atingiu-lhe os ouvidos no preciso momento em que o pó projetava o seu efeito aparentemente incendiário no interior da boca. Sentiu a língua irromper em chamas e os olhos inundados de água. Cuspiu tudo, mas o ardor continuou.

— Água — implorou tossindo, ao que Gregory, divertido, respondeu oferecendo-lhe uma chávena. Raven despejou-a pelas goelas, mas tal só pareceu exacerbar a intensidade, como quem despeja água em óleo a ferver.

Tinha de admitir que o pó tinha um sabor estranhamente fumado, mas pensou, preocupado, se isso não corresponderia tão-só à sua própria carne queimada.

Os olhos de Gregory também estavam húmidos, mas apenas devido ao divertimento proporcionado pela aflição de Raven.

— Escuso de o advertir para avisar a cozinheira do Dr. Simpson para o usar com parcimónia.

Raven perguntou-se se seria sequer possível impor à Sr.ª Lyndsay empregar o pó nos seus cozinhados de todo. Era uma excelente cozinheira, mas, no dizer de Sarah, extremamente ciosa dos seus costumes. Não obstante, Raven mal podia esperar para oferecer uma prova a Jarvis e a Duncan. Pensava recomendar a ambos uma colher bem cheia.

Recolocou a tampa e guardou o recipiente no bolso do casaco, de modo a ficar com as mãos livres para levar o frasco em que Gregory pegava agora.

— Achei que conseguia melhorar o processo de destilação, mas a verdade é que é praticamente idêntico ao da primeira tentativa. Não tive a certeza relativamente a alguns dos ingredientes que o Duncan sugeriu. A combinação pareceu-me potencialmente letal, um perigo em relação ao qual ele me pareceu descontraidamente ambivalente.

Sim, era o que seria de esperar de Duncan, pensou Raven para consigo. Não imaginava o homem a verter lágrimas caso as suas experimentações acaso matassem alguém. Veria provavelmente nisso um sacrifício necessário de oferecer no altar do Progresso. Com isso em mente, resolveu caminhar lentamente para casa, apesar do seu estômago a dar horas.

— Dito isso, ele parece ter descoberto qualquer coisa — acrescentou Gregory. — Senti alguma relutância em testar a fórmula em mim próprio, pelo que o fiz há momentos com cobaias animais. Deixaram rapidamente de reagir, mostrando-se insensíveis a estímulos dolorosos. Tencionava ir ver de novo como estão, mas a sua chegada distraiu-me.

— Que tipo de animais? — inquiriu Raven.

— Um par de coelhos.

— Dispõe de muitos coelhos para fazer experiências?

— Não. Só aqueles dois ali.

Raven sentiu algo solidificar dentro de si, como o mercúrio no tempo frio. Estendeu as mãos para a caixa de madeira e passou-as em cada um dos coelhos, para o caso de ter interpretado erradamente o seu estado.

Tinha-o interpretado bem.

— Estes coelhos estão positivamente mortos. Que quantidade lhes deu?

— Foi uma dose ligeiríssima de vapor. Uma única gota na musselina.

Uma única gota.

Raven saiu disparado do laboratório, precipitando-se pelas escadas e os átrios. De acordo com as suas rotinas de testagem, Simpson e os outros estariam reunidos nesse preciso momento em torno da mesa de jantar, dispensando quantidades cada vez maiores das substâncias, farejando-as cada vez mais profundamente até que cada uma produzisse um efeito observável ou, pelo contrário, fosse declarada inútil. Tinha de voltar para Queen Street, mas poderia ser já demasiado tarde.

Lançou-se da universidade para Nicholson Street, batida pela chuva, onde procurou um fiacre. Não tinha dinheiro para a viagem, mas pedi-lo-ia ao professor e, se lá chegasse tarde demais, o pagamento seria a menor das suas preocupações.

As ruas estavam praticamente vazias: umas quantas almas desconsoladas dirigiam-se a casa pelos passeios, e nem uma só carruagem se avistava. Recordou-se penosamente de que os convidados para Queen Street se queixavam de nunca se conseguir um carro livre em Edimburgo, em especial quando chovia. Ainda por cima, era já tarde: a maioria das pessoas respeitáveis estaria a digerir o seu jantar ou a preparar-se para ir para a cama. Na rua restavam apenas os bêbados. Um deles cambaleou atravessando-se-lhe no caminho, subitamente enraivecido e vendo irracionalmente em Raven o seu inimigo. Gritou uma praga e desafiou-o a lutar. Raven acelerou e passou por ele sem problemas.

Então, mais à frente, viu uma carruagem aproximar-se do cruzamento com Infirmary Street. O cavalheiro lá dentro seguramente já teria ouvido falar do professor. Decerto colaboraria caso o soubesse em perigo.

Raven correu para a carruagem, agitando os braços e instando o cocheiro a parar. Ouviu uma voz imperiosa lá de dentro, enquanto o cocheiro fustigava os cavalos, fazendo estalar o chicote na direção de Raven, de modo a rechaçá-lo. Tal não o surpreendeu. Devia parecer um louco a tentar atacá-los.

Não teve outra opção senão correr. E ainda que queimasse os músculos e esmagasse os pulmões, correria sem descanso até chegar a Queen Street.

Enquanto corria, calculou o percurso mais direto, o chapinhar dos seus passos ecoando pelos edifícios. O ritmo das suas passadas cada vez mais longas em breve foi acompanhado por um batimento mais e mais intenso no peito, embora sentisse algum alívio quando o trajeto por si escolhido o levou a uma descida acentuada em Cockburn Street, onde conseguiu correr com menos custo para as pernas e os pulmões. Ao aumentar de velocidade, derrapou em qualquer coisa — não parou para ver o quê — e quase caiu. Foi por pouco: um tornozelo torcido teria posto fim, ali mesmo, à sua corrida altruísta.

Endireitando-se, acelerou de novo o passo, de olhos atentos às lajes e às pedras da calçada, esforçando-se por detetar potenciais perigos no escuro. Sentiu então um impacto que lhe sacudiu todos os ossos, e quase o levou a morder a língua quando bateu com os dentes uns nos outros. Sentiu-se como se tivesse embatido numa parede, exceto pelo facto de as paredes não costumarem ser quentes e embrulhadas em tecido. Ressaltou e estatelou-se no chão, sentindo uma pancada na coxa, e o estalido do frasco que trazia no bolso esmigalhado entre o seu corpo em queda e as pedras duras. Ao tentar focar o olhar, viu que dois rostos horrivelmente conhecidos o fitavam sob o brilho de um candeeiro da rua.

Dera de caras com Weasel e Gargântua.

TRINTA E NOVE

Raven sentiu as enormes manápulas de Gargântua envolverem-lhe os ombros, agarrando-o e endireitando-o como se fosse uma carcaça num matadouro.

— Sr. Raven — disse Weasel, deixando escorrer da voz um prazer perverso. — Que surpresa magnífica, deparar consigo. Olhe lá, sabe que horas são?

Com um gesto teatral, exibiu o relógio de bolso do pai de Raven, fazendo baloiçá-lo da corrente.

— Eu digo-lhe. São horas de pagar o que deve — seja em dinheiro, seja em géneros. Parece-me que da última vez mencionei um olho, não foi?

Enfiou de novo o relógio no bolso e tirou dele a mesma navalha com que retalhara o rosto de Raven aquando do último encontro dos dois.

Raven estremeceu ao ver a naifa, mas as mãos de Gargântua mantiveram-no imóvel.

Sentiu-se agoniado de terror. Mal conseguia pensar em alguma coisa que não a dor que teria de suportar, mas uma parte de si ponderava já as consequências posteriores. Conseguiria prosseguir uma carreira com um olho apenas? Apercebeu-se de que era uma questão irrelevante. Ser retido ali, e mutilado, significava que a sua missão dessa noite chegava ao fim. Morto Simpson, de qualquer forma, não haveria mais estágio. Preparava-se para tudo perder, como preço a pagar por ter tentado ajudar Evie.

Para juntar o inútil ao desagradável, e à lesão iminente, nem sequer a ajudara. Para dizer a verdade, era bem possível que tivesse apenas pedido emprestados os meios pelos quais ela adquirira a própria morte.

O medo acelerou-lhe a mente, fazendo-o revisitar os eventos da noite como se os experimentasse todos em simultâneo. Cada imagem, cada cheiro, cada emoção e sensação relampejaram diante de si e, entre todos, um vingou.

Os ombros de Raven continuavam agarrados, mas tinha as mãos livres e conseguia dobrar o cotovelo.

— Não, eu tenho o que é preciso — implorou. — Eu tenho comigo o dinheiro do Sr. Flint. Por favor, suplico-lhe. Acabei de vender um objeto de estimação que herdei, e tenho-o aqui comigo no bolso.

Procurando evitar os cacos de vidro, enfiou cuidadosamente os dedos no bolso e inseriu uma quantidade generosa de pó vermelho na mão em concha. Fechou então os olhos e lançou-a ao rosto do seu sequestrador.

Gargântua largou-o imediatamente e rodou sobre si próprio, dobrando o corpo e gemendo de dor enquanto levava as mãos aos olhos. Entretanto, sem perder tempo, Raven agarrava já outra mão-cheia, que soprou sobre a palma da mão levantada, lançando uma nuvem vermelha sobre os olhos e a boca de Weasel.

Este caiu, fazendo ecoar os seus berros pelas paredes, enquanto, atrás de si, Gargântua permanecia dobrado sobre si próprio, emitindo um gemido baixo e murmurando que fora cego com brasas.

Raven dobrou-se sobre Weasel e retirou-lhe rapidamente o relógio de bolso roubado. Quem lhe dera que o próprio tempo pudesse ser recuperado com tamanha facilidade.

Retomou a sua corrida, acelerando pela relva do Mound no meio do escuro, de olhos fixados nas luzes de Princes Street mais adiante. O coração palpitava-lhe tanto do medo como do esforço físico, mas sentiu-se como se uma poção analgésica lhe percorresse as veias, amenizando as dores das pernas e do peito.

O efeito da poção já se esgotara quando correu por Frederick Street abaixo, mas nessa altura a corrida era já sustentada pela força da gravidade. Quase esmagou um cavalheiro que saía de uma carruagem ao dobrar a última esquina, com a porta da frente do n.º 52 já à vista. Quase não se atrevia a pensar no que o esperava atrás dela.

Raven irrompeu pelo átrio passando por Jarvis, espantado, com dores nas coxas devido ao esforço. Restava-lhe tão pouco fôlego que receou que não lhe chegasse para falar, mas, ao empurrar diante de si as portas da sala de jantar, descobriu que isso já não importava.

Chegara tarde demais.

A sala estava imersa em caos. A toalha de mesa de renda pendia do tampo, vários copos de vidro estavam em cacos no chão de madeira, e várias cadeiras estavam tombadas de lado. No meio dos detritos do chão, por debaixo da mesa de mogno, estavam os corpos inertes de três homens: Simpson, Keith e outro que não reconheceu. Um quarto, James Duncan, tombara de cabeça sobre a mesa, com uma garrafa aberta à sua frente junto a um pano dobrado.

Raven amaldiçoou-o. Na sua busca detestável por um lugar na história, matara-os a todos.

QUARENTA

Sarah levou um tabuleiro para a sala de estar, com um bule de chá, três chávenas e um prato de bolinhos. Não lhe parecia que alguém pudesse ainda ter fome após a refeição copiosa que os vira consumir, mas apercebeu-se dos olhos de Agnes Petrie a acompanhar o progresso dos bolinhos desde a porta até à mesa. Mina afirmava frequentemente ter «um segundo compartimento para coisas doces», à guisa de se desculpar da forma como se atirava a tais guloseimas após um jantar generoso, apesar de Sarah ter reparado que os seus hábitos se tinham tornado mais abstémios nos últimos tempos: mais especificamente, desde que o Dr. Beattie começara a demonstrar interesse por ela.

As senhoras tinham-se retirado para a sala de estar do andar de cima, enquanto os cavalheiros permaneciam reunidos em torno da mesa de jantar, a fim de darem início à atividade preferida do professor após o jantar: a testagem de novos candidatos a melhor desempenho que o éter enquanto xaropes soníferos. Aos Drs. Simpson, Keith e Duncan, juntara-se um leigo, o capitão James Petrie, o qual, descrevendo-se a si próprio como «um homem de espírito intrépido», não hesitara em unir-se à pesquisa pioneira dos homens de medicina.

O capitão Petrie era cunhado da Sr.ª Simpson e de Mina — o viúvo da irmã falecida de ambas. Tinha uma personalidade volúvel, transmitindo a impressão de que não pertencia inteiramente entre as cortesias domésticas. Mostrara-se, porém, afável e polido com o pessoal. Na verdade, enquanto Sarah servia à mesa, pedira-lhe para transmitir à Sr.ª Lyndsay os parabéns por uma refeição notável. Isso, apesar de se perceber em retrospetiva que se tratava de um mero pretexto para se ater ao tema da «única refeição que me seria permitido considerar ainda mais notável».

Passou então à descrição aprofundada dos seus feitos na defesa dos interesses britânicos na Guerra Americana, explicando como em 1814, no seguimento da vitória na Batalha de Bladensburg, a sua companhia marchara para Washington.

— Tomámos a cidade com uma tal rapidez e audácia que o jantar de James Madison ainda estava quente sobre a mesa quando lhe assaltámos a casa e a incendiámos. Tirei um livro de poesia encadernado em cabedal das estantes da biblioteca e sentei-me um momento a acabar a refeição abandonada antes de as chamas tomarem conta de tudo, porque é pecado desperdiçar boa comida.

Sarah ficou deveras impressionada com esta história, achando que o capitão Petrie soava galante e divertido; certamente muito menos empoeirado do que a maioria dos médicos de fisionomias cinzentas que lá tinham jantado. Só quando subiam as escadas ouviu inadvertidamente a Sr.ª Simpson comentar com Mina:

— Gostava de saber quantas vezes já tivemos de ouvir aquela história.

— Quase tantas como o número de soldados que afirmaram ter comido daquela refeição — retorquiu Mina. — O prato devia estar mesmo cheio.

Esta troca de palavras ocorrera, claro, fora do alcance do ouvido de Agnes Petrie, a filha do capitão e sobrinha da Sr.ª Simpson. Agnes era uma criatura anafada e bastante frívola que não pareceu a Sarah bafejada por um grau elevado de inteligência, embora, ao menos, isso não significasse mais uma mente feminina requintada condenada à atrofia por falta de uso. Nem tão pouco herdara a facilidade do pai a lidar com o pessoal. Passava a imagem de uma jovem bastante mimada e egocêntrica.

Sarah servia o chá quando toda a casa foi abalada pelo estrondo da porta da frente a ser arrombada. Seguiu-se um som semelhante ao do trovão, e os passos pesados de alguém que corria pelo átrio com tanta pressa e força que se sentiam as tábuas vibrar debaixo dos pés.

— Que espécie de barulho é este? — perguntou a Sr.ª Simpson.

Sarah correu a investigar, enquanto as senhoras se levantavam. Olhou por cima do balaústre e viu Jarvis encostado à parede com uma expressão indignada no rosto.

— O que é que se passa?

— O Sr. Raven acaba de acometer por aqui adentro como se o próprio diabo o perseguisse — respondeu.

Sarah desceu as escadas a correr, dirigindo-se à sala de jantar. Foi encontrar Raven acocorado sobre o Dr. Simpson, que jazia no chão de rosto para baixo, ladeado pelos corpos do Dr. Keith e do capitão Petrie. Raven rolou o corpo do Dr. Simpson e encostou o ouvido ao peito.

— Está a respirar — anunciou, ofegando pesadamente, com a voz tomada por uma ansiedade à beira das lágrimas. Estava encharcado em suor, e tinha o cabelo colado ao rosto, que estava vermelho do esforço.

— Esteve a correr.

— Corri para aqui do laboratório do Gregory — explicou Raven, procurando ainda recuperar o fôlego. — A fórmula que o Duncan mandou fazer é venenosa. Pôs dois coelhos inconscientes antes de os matar pouco depois. Receio bem que ainda possa fazer o mesmo aqui.

Sarah apercebeu-se de uma garrafa pousada sobre a mesa, junto ao sítio onde o Dr. Duncan se sentava escarrapachado, com os braços bem abertos diante de si, como que a tentar alcançá-la. Reconheceu a caligrafia da etiqueta.

— Mas esta garrafa não é do Professor Gregory. Veio da Duncan e Flockhart. — Percloreto de formilo — leu.

Apresentou-a a Raven, que estendeu a mão para ela com impaciência. Leu o rótulo, com uma expressão confusa no rosto e, enquanto o fazia, os olhos do Dr. Simpson abriram-se.

Sarah voltou atrás em pensamento ao momento em que ali estivera a preparar a sala e pôr a mesa para o jantar. Encontrara cerca de uma dúzia de garrafas desarrumadas sobre o aparador, juntamente com outras aparentemente abandonadas pelo chão. Ao dispor-se a arrumar as primeiras, derrubara uma delas, fazendo-a rebolar para trás, onde caíra no espaço entre a parede e o aparador.

Não tivera forças para deslocar sozinha o aparador, além de que, nesse momento, entrara na sala o Dr. Duncan, que começara a repreendê-la por interferir. Decidira então que seria melhor não mencionar o que acontecera à outra garrafa.

O Dr. Simpson tentou sentar-se, mas deitou-se de novo, piscando várias vezes os olhos e olhando em seu redor como se o que os seus olhos viam não fizesse sentido. Sarah ia buscar uma almofada para o ajudar a sustentar a cabeça, quando a Sr.ª Simpson e Mina apareceram à entrada da sala.

— Oh, Deus dos Céus, o que é que se passou aqui? — perguntou Mina.

A Sr.ª Simpson revirou os olhos. Manifestamente, não era a primeira vez que presenciava tal espetáculo.

O professor concentrou o olhar na mulher e ergueu-se apoiando-se no cotovelo. Olhou os rostos preocupados em seu redor e sorriu.

— Isto é muito mais forte e melhor do que o éter — disse.

O Dr. Keith foi o seguinte a vir a si, mas o seu despertar não foi tão suave. Em vez disso, começou a agitar-se vivamente, pontapeando a mesa como se tentasse fazer tombar os únicos frascos que tinham conseguido manter-se direitos. Foi acompanhado pelo ressonar sonoro do Dr. Duncan.

Ao fim de vários minutos nisto, o Dr. Duncan começou a despertar e George Keith, cessada a sua violência semiconsciente, ergueu-se. Agarrou a mesa com apenas os olhos visíveis acima do tampo, e olhou em volta com a visão desfocada, com uma expressão assustadoramente vazia no rosto, como se o espírito humano o tivesse abandonado. Por alguma razão, dirigiu essa mirada fantasmagórica para Mina, que parecia reciprocamente hipnotizada, horrorizada pelo que via. Assim, exatamente quando todos os outros recuperavam a consciência ou a compostura, Mina ameaçava desmaiar. Uma cadeira tombada foi posta na posição correta para ela, e Sarah foi mandada procurar o seu leque e trazer-lhe um copo de água.

O Dr. Simpson pôs-se de novo de pé, amparado pela mulher.

— O Waldie tinha razão — declarou, com um tom satisfeito na voz. — Esta foi, de longe, a mais prometedora de todas as nossas experiências. — Olhou em volta ansiosamente. — Para onde é que foi? Sobrou algum?

Ainda encharcado, Raven estendeu-lhe a garrafa, mas a Sr.ª Simpson afastou-o com um gesto.

— Parece-me bem que já tivemos todos excitação que chegue para uma noite.

O professor, porém, não se deixou contrariar.

— Mas isto é só o princípio. Podemos muito bem ter descoberto aquilo que procurávamos. Quem mais gostaria de experimentar?

Mina foi a primeira a conseguir falar. Mas não pela afirmativa.

— Eu, por mim, não estou disposta a fazer uma tal figura. O olhar do Dr. Keith, há bocadinho, vai perseguir-me para o resto dos meus dias.

— Ah, vá lá, Mina. Pode ser a tua oportunidade de fazeres parte da história.

O Dr. Simpson tirou a garrafa a Raven, destapou-a e estendeu-a na direção de Mina. Parecendo subitamente alarmada, esta levantou-se da cadeira e recuou para longe dele. O professor começou então a persegui-la à roda da mesa, enquanto ela gritava os seus protestos.

A perseguição não durou muito, pelo facto de o Dr. Simpson ter sucumbido às gargalhadas, vendo-se forçado a desistir. Raven assenhoreou-se da garrafa antes que o respetivo conteúdo fosse inadvertidamente despejado na alcatifa.

— Eu experimento — disse uma voz, que se percebeu pertencer a Agnes Petrie. Mantivera-se à entrada da sala e avançava agora para junto da mesa. — Oh, deixem-me experimentar um bocado.

O Dr. Simpson olhou o pai dela, que assentiu com a cabeça. Sarah suspeitou de que recusara poucos pedidos da filha.

Agnes enfiou o corpo numa cadeira da sala de jantar e começou a inalar o líquido vertido num pires expressamente para ela. Ao fim de poucos momentos, começou a pestanejar e declarou-se mais leve do que o ar, o que pareceu tanto mais notável dado o seu tamanho. Começou então a gritar: «Sou um anjo, sou um anjo», antes de deslizar para o chão de uma forma longe de seráfica. Permaneceu aí, tranquilamente inconsciente, durante uns bons cinco minutos.

O Dr. Simpson decidiu que ingeriria ele próprio de novo o produto, ignorando os olhares preocupados da mulher. O Dr. Duncan acompanhou-o, e o Dr. Keith tirou do bolso o relógio para cronometrar a duração do efeito da droga.

— Percloreto de formilo — declarou Keith, tomando um apontamento. — Um nome muito mais complicado do que «éter». Será que lhe conseguimos desencantar um nome abreviado?

Enquanto o Dr. Simpson levantava o copo ao nariz, fez uma pausa momentânea.

— Acho que o Waldie disse que isto também era conhecido por «clorofórmio».

QUARENTA E UM

Sarah observou Raven enquanto este se retirava discretamente da sala de jantar, suspeitando de que fora a única a reparar. Todos os outros permaneciam focados nas experiências, embora, no caso da Sr.ª Simpson e de Mina, isso se parecesse mais com um ato de vigilância do que com entusiasmo.

Raven observara as recentes atividades sem dizer uma palavra, e declinara a proposta de participar em subsequentes experiências. Parecia esgotado. Surgira em cena parecendo ter sido retirado do rio e, durante algum tempo, ficara mais molhado ainda. O calor da sala fizera-o suar ainda mais depois do que parecia ter constituído um esforço físico considerável. A cor do rosto demorara meia hora a regressar ao normal.

Nenhuma das pessoas por quem se esgotara para salvar se tinha sequer apercebido dos seus esforços. Que nunca tivessem verdadeiramente estado em perigo devido ao incidente anterior de Sarah era algo que ela decidira não dever partilhar imediatamente com ele, posto que soubesse que acabaria por ter de o fazer.

Com a hora a arrastar-se e os seus próprios serviços a parecerem supérfluos perante esta nova distração, seguiu-o alguns momentos depois, subindo as escadas atrás dele. Ele ouviu-a e deteve-se imediatamente antes de chegar ao quarto, voltando-se para ver de quem se tratava.

— Quer uma ceia, Sr. Raven? — perguntou-lhe. — Ainda não comeu.

Ele esboçou a custo um ténue sorriso.

— Isso era excelente.

Tinha um tremor na voz. Ela apercebeu-se de que devia ter o corpo frio, e mais frio ficaria.

— Tem de despir imediatamente essas roupas. Vai ficar com febre. Ande — disse ela, seguindo-o até ao quarto dele, onde acendeu um candeeiro a gás. Voltou-se para o ajudar a despir o casaco, que parecia ter o dobro do peso habitual.

— Eu consigo perfeitamente... — começou ele, antes de parecer render-se à ajuda dela, por lhe faltarem as forças ou a vontade de resistir.

— Tem mesmo de arranjar um casaco em termos, Sr. Raven. Antes de o inverno chegar em força.

— Eu sei.

Levantou-lhe a roupa molhada dos ombros, olhando a forma como o cabelo dele se lhe colava ao rosto.

— Veio a correr o caminho todo desde a universidade?

— Vim, mas essa nem foi a parte pior da minha noite. Vi uma mulher jovem morrer em agonia diante de mim no Maternity Hospital. E tenho a certeza de que ela morreu da mesma maneira que a Evie — atormentada por espasmos. E também estava grávida.

— «Atormentada por espasmos»: da forma como a *Miss* Mann descreveu alguém que tivesse tomado estricnina?

— Precisamente. Mas o mais estranho é que encontrei hoje o McLevy, e ele disse-me que não havia vestígios de veneno no corpo da Rose Campbell. E, mais estranho ainda, que também se verificou que não estava grávida.

Sarah compreendia perfeitamente a consternação de Raven. Parte daquilo, porém, fazia sentido para ela.

— Tenho andado a ler sobre a estricnina no *Tratado* do Christison, e um bónus suplementar para qualquer malfeitor é que não há teste para ela. Não seria detetável em nenhum exame *post mortem*. Por isso, permanece perfeitamente possível que a estricnina tenha sido responsável pela morte da Rose.

— Pois, mas existe um teste *post mortem* irrefutável para a gravidez e, no entanto, o McLevy insistiu em que não se descobriu bebé algum.

Essa parte, Sarah viu-se forçada a admiti-lo, era verdadeiramente estranha.

— A Milly não se enganou acerca disso — argumentou. — Era exatamente a razão pela qual a Rose temia ser despedida.

— O McLevy insiste no contrário, e não podem ter ambos razão.

Enquanto Raven falava, porém, Sarah apercebeu-se de que existia uma razão para poderem estar ambos certos.

— Talvez não estivesse grávida quando entrou na água. E se ela tivesse conseguido livrar-se do seu fardo indesejado? A estricnina provoca espasmos. Poderia ter sido usada no medicamento de forma a induzir as contrações de um trabalho de parto prematuro, coisa que se conseguiu no caso da Rose, para afinal morrer depois?

Raven dilatou os olhos.

— Suspeito de que a rapariga que morreu esta noite tomou alguma coisa para se livrar do bebé. A Evie, se calhar, também, mas, em ambos os casos, matou-as antes de poder induzir qualquer outro efeito.

— Quem era essa rapariga? Poderia ter alguma ligação ao Reverendo Grissom?

Raven adotou uma expressão de pesar.

— Não sei nada acerca dela. Nem sequer o nome completo, apenas que era conhecida por Kitty. Não sei onde vivia, apenas que era suficientemente perto para um homem a ter carregado até lá. Mas, na Cidade Velha, nesse raio pode-se incluir um milhar de casas.

A voz estremeceu-lhe de novo, tomado por arrepios. Até a camisa estava encharcada. Sem pedir licença, ela começou a desabotoá-la.

Já o vira totalmente nu quando ele chegara, necessitado de um banho. Agora era diferente, agora sabia algo acerca dele. Recordou as suas próprias palavras — *o que quer que aí tenha, eu já vi* — e, embora agora de facto já o tivesse visto, desta vez os seus olhos desejaram demorar-se sobre ele.

A mão roçou-lhe no peito enquanto lhe despia a camisa molhada, com o pano colado à pele. Sentiu algo emergir dentro de si, com uma insistência que a incomodou.

Ao soltar o último botão, sentiu algo agitar-se perto do sítio onde lhe tocara, e entendeu, um pouco tarde demais, o sentido da expressão «vaidoso abaixo do umbigo».

Raven reagiu contraindo-se e afastando-se dela, presumivelmente por não conseguir afastar-se de si próprio.

Sarah recuou um passo, de olhos no chão.

— Deve estar esganado com fome — disse em voz baixa. — É melhor ir à cozinha trazer-lhe alguma coisa para comer.

Ele não disse nada enquanto ela saiu. Sarah esperou um momento do lado de fora da porta, pois sentia a cabeça tão leve que receava tropeçar a descer as escadas.

Ao chegar à cozinha, pegou num prato e juntou um resto de tarte, uma fatia de presunto e um pedaço de pão. Segurou o prato na mão esquerda, pegou numa garrafa de *ale* com a direita, e dirigiu-se de novo às escadas.

Ao chegar ao último patamar, encontrou Raven profundamente inconsciente, sem que nenhum agente químico tivesse sido necessário para produzir o efeito.

QUARENTA E DOIS

Ao entrar na Kennington e Jenner de Princes Street, Sarah deu graças por se ver livre do frio. As suas mãos calejadas estavam cobertas de gretas e frieiras, em resultado do tempo passado, na véspera, a lavar roupa de cama. No inverno, tinha as mãos invariavelmente em mau estado. O frio só piorava tudo.

A loja era quente e convidativa, um sítio onde sempre gostara de passar tempo, fantasiando acerca do que compraria caso tivesse dinheiro. Estava sempre bem iluminada, fosse com a luz do dia a inundá-la através das montras, fosse com os grandes candeeiros a gás que pendiam do teto. Rolos de tecido de todas as cores imagináveis arrumavam-se nas prateleiras, enquanto sobre os balcões se dispunham amostras mais pequenas de tecido.

Fora fundada por dois funcionários de uma loja de tecidos que se tinham visto desempregados após uma ausência não autorizada para se deslocarem às corridas em Musselburgh. Ao inaugurarem a sua própria loja, estavam determinados a proporcionar às senhoras de Edimburgo as melhores sedas e linhos, anteriormente disponíveis apenas em Londres. Tinham até ao momento sido bem-sucedidos no empreendimento, adquirindo até as instalações vizinhas para ampliarem o seu empório têxtil.

Sarah gostava daquele enredo; pessoas vulgares a encontrarem o seu caminho no mundo. Enchia-a de esperança. Ou, pelo menos, enchia-a de esperança noutros tempos. Agora, a Kennington e Jenner lembrar-lhe-ia para sempre a última vez que vira Rose Campbell, uma jovem cuja vida fora ceifada no seu auge, tendo sido perdido todo o seu potencial. Fazia-a pensar na carcaça em que Rose se transformara antes mesmo de morrer: triturada por uma vida inteira de servidão, uma versão pálida e exaurida da rapariga cuja autoconfiança e energia, noutros tempos, Sarah achara intimidante.

Olhou os tecidos, sempre elaboradamente expostos. Nesse dia, metros e metros de materiais dispendiosos, numa enorme diversidade de cores vibrantes, tinham sido afixados em pontos altos das paredes, descendo destas em cascata como se tivesse ocorrido uma inundação. Costumava sonhar com os artigos em exibição naquele sítio. Agora, pareciam-lhe uma afronta, e não apenas por as limitações que lhe eram impostas implicarem que nunca possuiria tais luxos. Serviam para lhe recordar que não era apenas àquelas mulheres do andar de baixo que nunca seria permitido concretizar o seu potencial. As de cima não podiam aspirar a mais do que ao casamento e à maternidade, sendo, assim, encorajadas a preocupar-se com roupagens vistosas, tendo por único fito adornarem-se o melhor possível para agradar aos homens.

Sarah teria de bom grado dado meia-volta e abandonado o local, se pudesse, agora que as suas associações agradáveis estavam irremediavelmente maculadas. Mas não lhe era dado dispor do seu próprio tempo, tendo de ir para onde a enviassem. Fora mandada por Mina buscar um comprimento considerável de veludo negro, encomendado na semana anterior, para transformar numa capa a combinar com o seu novo vestido de noite.

Dirigiu-se ao balcão principal, mas, ao aproximar-se, detetou um aroma familiar, a citrinos e sândalo, embora fosse uma fragrância aparentemente incongruente, ali, entre os requintados artigos femininos. A razão, apercebeu-se, era o facto de associar tal fragrância a um homem em particular, e ali estava de facto ele ao balcão, a conversar com a empregada.

Sarah postou-se a espreitar por detrás de uma coluna, relutante em ser vista e, talvez, reconhecida. Beattie nunca lhe parecera do tipo de prestar grande atenção a empregados, além do par de mãos que lhe entregava algo. Mas, tendo acompanhado Mina tantas vezes, se de alguma criada da casa se fosse recordar, seria seguramente dela. A atenção dele, porém, concentrava-se no balcão, pelo que se atreveu a espreitar em redor da coluna, o que se revelou suficiente para ouvir a conversa.

Beattie revirava nas mãos um par de luvas sobre o tampo do balcão.

— Estas são as melhores da nossa coleção, *sir*. De pelica, mas também temos de seda e de algodão, se preferir vê-las.

— Têm de ser de pelica. Seda e algodão é um pouco vulgar, não lhe parece?

Sarah viu a empregada acenar a sua concordância, inclinando-se com satisfação, lisonjeada pelo charme natural de Beattie.

Olhou de novo as suas próprias mãos, a passarem de branco a encarnado no calor da loja. Sabia que devia sentir-se tranquilizada com o que presenciava. Comprar presentes dispendiosos constituía, afinal de contas, o modo consagrado de um homem exprimir o seu afeto, e Mina ficaria decerto deliciada com um tal presente. Não obstante, Sarah sentiu um desconforto persistente. No papel, tudo somado, ele parecia particularmente adequado, mas ela não conseguia deixar de pensar que havia algo sob o verniz que não era exatamente o que parecia.

Sempre que exprimia sua preocupação sobre o pouco que dele se sabia, Mina aprestava-se a fornecer justificações. Pouco se podia saber acerca das suas origens, visto que ambos os pais tinham falecido. O pai de Beattie fora comerciante, e o seu infeliz desaparecimento prematuro muito lamentado. A sua mãe vinha dos arredores de Edimburgo, no Morningside. Sobrevivera-lhe o irmão, um certo Charles Latimer, que residia ainda na casa de família que herdara em

Canaan Lands. Era um homem de compleição frágil, mais ou menos confinado atualmente a sua casa, felizmente dotada de extensos jardins e com vistas para o campo em redor, o que tornava o confinamento mais aprazível.

— O tio tem uma grande estufa — relatara Mina — onde cria frutos e flores exóticos. Foram-me prometidas orquídeas e ananases.

Tesouros, notava Sarah, ainda não oferecidos.

A casa do Sr. Latimer assemelhava-se bastante a Millbank, onde vivia o Professor Syme, a apenas meia hora de Princes Street, mas afastada do fumo e bulício da cidade (bem como, mais importante ainda, dos seus pacientes). Dispunha de grandes jardins e vistas notáveis para Blackford Hill. Sarah sabia-o porque um familiar da Sr.ª Lyndsay trabalhava lá.

A Sr.ª Lyndsay estabelecia frequentes comparações entre o regime em vigor em Millbank e o de Queen Street, procurando inculcar-lhe um sentimento de gratidão relativamente ao seu local de trabalho. Tinha a perfeita noção da inquietude de Sarah, bem como do seu desejo de ter algo mais do que tinha. Na maneira de ver da cozinheira, essa incapacidade para dar valor ao que se possui tinha tudo para provocar alguma forma de intervenção divina que puniria Sarah com uma grande degradação das suas circunstâncias.

Sarah preocupava-se menos com os castigos da Providência, e mais com a menção feita por Mina à dívida acumulada por Beattie na sua tentativa de se estabelecer na prática clínica em Edimburgo.

— Não ponhas esse ar de preocupada — dissera Mina. — É mesmo assim que as coisas são no início. O próprio Dr. Simpson devia uma soma considerável quando casou com a minha irmã.

Podia ser, pensou Sarah, mas o Beattie não é o Simpson.

Sarah observou enquanto a empregada embrulhava o presente de Beattie. Indiferente a quem o pudesse observar, o olhar deste concentrava-se no traseiro da rapariga enquanto esta se dobrava para retirar papel e fita de uma gaveta abaixo do balcão. Sarah nunca o vira olhar Mina dessa forma, mas era a ela que comprava as luvas, pelo que parecia não dever preocupar-se.

Quando a empregada lhe apresentou a conta, Beattie mandou adicioná-la à sua conta na loja. Pegou então no embrulho e dirigiu-se à porta com um passo despreocupado. O aroma da sua água-de-colónia permaneceu no ar muito após a sua partida.

QUARENTA E TRÊS

Raven duvidou de que tivesse havido jamais reunião tão concorrida da Medico-Chirurgical Society. A notícia do clorofórmio começara já a disseminar-se entre os médicos da cidade, muito embora o anúncio de que Simpson e Syme estariam ambos presentes desempenhasse indubitavelmente o seu papel. A perspetiva de um debate entre esses dois conhecidos adversários mobilizava frequentemente multidões.

Embora se tratasse do primeiro anúncio formal da sua descoberta, Simpson não fazia segredo do seu novo agente anestésico, tendo-o utilizado num caso obstétrico quatro dias apenas após as experiências de Queen Street. Fora chamado a uma certa Sr.ª Jane Carstairs de Albany Street, esposa de um médico recentemente reformado do Indian Medical Service. Esperava-se um trabalho de parto difícil, devido ao facto de um trabalho de parto anterior se ter prolongado por três dias, acabando a cabeça do bebé por ter de ser quebrada para permitir a extração. (Raven tinha de recordar frequentemente a si próprio que muitos bebés chegavam realmente ao mundo vivos e intactos.)

Quando as dores se agravaram, a Sr.ª Carstairs fora persuadida a experimentar o clorofórmio.

— Eu próprio já o tomei — tranquilizou-a Simpson. — É bastante agradável.

Despejou-se meia colher de chá do líquido num lenço, depois enrolado em forma de funil e aplicado ao nariz e à boca da paciente. Esta mergulhou rapidamente num sono aparentemente confortável, tendo a criança nascido sem dificuldades uns vinte e cinco minutos depois.

O choro do recém-nascido não foi suficiente para despertar a mãe, o que induziu em Raven uma pontada de ansiedade, ao recordar-se de Caroline Graseby. Começou a suar das mãos, a boca secou-se-lhe, e deu por si a rezar uma oração em silêncio a um Deus que estava convencido de que não tinha interesse em ajudá-lo. Em puni-lo, sim. Em ajudá-lo, não.

A placenta foi expelida e o bebé levado pela enfermeira para outro quarto antes de a mãe começar a acordar. Mas acordou, de facto, para profundo alívio de Raven. Ao recuperar totalmente a consciência, expressou a sua gratidão por lhe ter sido proporcionado um sono tão descansado.

— Agora sinto-me perfeitamente restaurada, e mais capaz de lidar com as provações que tenho pela frente — disse, o que não pareceu a Raven a visão mais otimista da maternidade. Reparou, então, na expressão de preocupação que se espalhara pelo rosto dela.

— Receio que o meu sono tenha de alguma forma parado as dores.

Simpson sorriu e deu-lhe uma palmadinha na mão.

— As suas provações chegaram ao fim — disse.

Chamou a enfermeira do quarto ao lado, que apareceu com a criança já embrulhada e de banho tomado, para grande espanto da mãe.

— Nem acredito — exclamou ela. — É um milagre. Ela está aqui e eu quase não sofri nada.

— Se calhar devia dar-lhe o nome de Anestesia — sugeriu Simpson.

Perante semelhante nome, a Sr.ª Carstairs sentiu ter atingido o limite da sua gratidão.

A reunião foi chamada à ordem pelo presidente da sociedade, o Professor William Pulteney Alison, e os membros do público começaram a ocupar os seus lugares. Raven divisou Henry na multidão e fez rapidamente sinal ao amigo para se sentar a seu lado. Avistara igualmente Beattie, mas não conseguira fixar-lhe o olhar no meio da multidão.

— Esta nova descoberta é verdadeiramente melhor do que o éter? — inquiriu Henry ao sentar-se.

— É tão melhor, ou tão pouco, que até o Syme pode convencer-se a usá-la.

Henry pareceu cético, tal como Raven esperava que acontecesse. Essa era, desde há muito, para ele, uma fonte considerável de frustração.

— Nesse caso, que faça tombar o resto dos dominós — retorquiu. — Ainda há cirurgiões que pensam que as dores das pacientes cumprem a função de guia útil para os seus atos médicos. Na minha opinião, isso só serve para demonstrar que lhes faltam conhecimentos sólidos de anatomia, e a perícia apropriada.

— O Simpson recebe habitualmente cartas dos indignados.

— Sim, tu falaste-me no Reverendo Grissom e nos seus panfletos. A maldição primordial, e assim.

— Para dizer a verdade, os tipos religiosos tendem a não escrever. Os correspondentes mais vociferantes são os outros obstetras. O Barnes, o Lee e o Gream, em Londres; o Meigs, em Filadélfia.

— E quais são as objeções que eles levantam?

— Deus, natureza e linguagem imprópria.

Henry olhou-o de lado.

— Explica, por favor.

— As dores de parto são uma coisa natural, uma manifestação da força vital, uma determinação do Todo-Poderoso, e, portanto, o parto sem dor é antinatural e impróprio. Sob a influência da anestesia, são conhecidos casos de mulheres que utilizam linguagem obscena e repugnante — palavras que nunca deveriam ter tido a oportunidade de ouvir — o que, evidentemente, significa que é errado alguma vez utilizá-la.

Henry começou a rir-se.

— Não consigo imaginar nenhuma mulher minha conhecida a sentir tais preocupações. O que diz o Simpson acerca disso?

— Diz que a mesma lógica indicaria ser antinatural vestir roupa, usar condimentos na comida para ajudar a digestão, ou a diligência aliviar-nos da fadiga causada pelo caminhar.

O Dr. Simpson levantou-se e dirigiu-se ao palanque. O silêncio instalou-se no salão apinhado de gente.

— Gostaria de dirigir as atenções dos membros da sociedade para um novo agente anestésico respirável que descobri — começou ele.

Principiou então a delinear os eventos que tinham conduzido ao teste bem-sucedido do clorofórmio, realçando as múltiplas vantagens que apresentava relativamente ao éter: a dose relativamente pequena necessária; a ação mais rápida e persistente; o odor mais agradável; e o facto de a sua administração não requerer equipamento especial.

Concluída a sua apresentação, seguiu-se uma discussão animada entre os presentes, muitos dos quais perguntaram se podiam experimentar eles próprios o produto. Uma garrafa foi providenciada, e o clorofórmio foi generosamente aplicado a diversos lenços, então passados em volta. Um deles chegou à mão de Henry, que o levou ao nariz.

— Não deixes que te toque na pele — advertiu Raven, indicando um ponto mole abaixo da cana do seu próprio nariz. — O contacto direto produz irritação, semelhante a uma queimadura. Aprendi-o à minha custa.

Henry inalou, mas a dose no lenço era insuficiente para induzir mais do que uma sensação agradável de intoxicação. O efeito foi, ainda assim, suficiente para Henry se sentar, libertando uma linha de visão entre Raven e Beattie. Este último caminhou a passos largos pela sala, ansioso por experimentar ele próprio o produto. James Duncan fez o mesmo, desejoso, seguramente, por reclamar o seu papel na descoberta do novo agente.

— Posso? — perguntou Beattie, embora a sua mão agarrasse já a garrafa.

— Faça favor — respondeu Raven, vendo-o verter uma dose insensata no tecido.

Ponderou avisá-los relativamente ao contacto direto, mas dobrou a língua, devido a um instinto amargo ansioso por causar dano a Duncan, para variar. Mais surpreendente foi a sua ambivalência relativamente à possibilidade de Beattie infligir uma marca ao seu rosto imaculado. Não estava certo de onde lhe viria um sentimento tão desagradável; talvez uma raiva persistente por causa da sua cicatriz, ou um ressentimento latente pelo facto de Beattie o ter arrastado para o incidente Graseby. (Era assim que pensava nele — o incidente Graseby. Era incapaz, mesmo nos confins da sua própria mente, de o designar por aquilo que era: uma morte pela qual era responsável.)

Como Beattie encharcou excessivamente o lenço, os vapores atingiram-no antes mesmo que o pudesse pressionar contra o rosto. Sentou-se num banco, enquanto em seu redor outros cambaleavam e tombavam. Dormiu tranquilamente durante vários minutos, tempo durante o qual Raven deu por si a examinar atentamente os traços enganadoramente juvenis do seu rosto, observando quão velho realmente era, e que eventos o haviam modelado. Refletiu igualmente sobre a maior capacidade de Beattie para lidar com o desastre que partilhavam. Reconhecidamente, o quinhão maior da culpa cabia a Raven pelo facto de ter tentado algo que ultrapassava a sua experiência, mas o outro parecia imperturbado pelo remorso, enquanto Raven se sentia incessantemente torturado pelo que ocorrera nesse dia. Estaria de facto tão pouco perturbado como aparentava? Constituiria esse distanciamento uma característica positiva num médico? Uma necessidade de autopreservação? Talvez assim fosse.

Sabia que era um sentimento errado, considerando tudo o que Beattie fizera por ele, mas sentiu de novo uma pontada de inveja: do que ele tinha, e de tudo o que iria ter. Seguramente em breve desposaria Mina, o que, como Sarah fizera notar, lhe conferia uma vantagem considerável no seu campo profissional. Assim funcionavam as coisas: um médico de origens abastadas introduzia-se mais facilmente no meio, tirava partido da sua associação ao grande Dr. Simpson e, com base nisso, acumulava uma lista de clientes de grandes posses. Raven, em contrapartida, limitar-se-ia a passar pela casa e partir, substituído por outro estagiário assim que tivesse cumprido o seu tempo, após o que seria prontamente esquecido.

Henry pôs-se de pé, olhando o conjunto de médicos dormentes em seu redor com algum divertimento.

— Espero sinceramente poder ir até Queen Street uma destas noites e participar nas experiências — disse.

— Cuidado com o que desejas — retorquiu Raven, pensando nos vultos prostrados deitados debaixo da mesa de jantar.

— Porquê?

— Há uma falta de precaução que por vezes me incomoda. Não tenho o menor desejo de me sacrificar no altar do progresso científico.

Henry escarneceu das preocupações do amigo.

— A ousadia e uma certa falta de precaução são necessárias para que o progresso científico aconteça — declarou.

— Não estou assim tão convencido de que se deva pôr vidas em risco — retorquiu Raven.

— Devemos, sem dúvida, lutar por tornar os nossos métodos mais científicos — sugeriu Henry. — Fazendo uso da estatística e da experimentação, em breve nos veremos livres dos burlões, charlatães e vendedores de banha da cobra, de uma vez por todas.

— Mas terá sempre de haver espaço para um certo grau de engenhosidade, inventividade, criatividade — contrapôs Duncan. — E a marcha do progresso não deve ser retardada pelos fracos de coração.

Raven olhou-o, perguntando-se se aquela afirmação era de carácter geral, ou se se referia a circunstâncias particulares.

— O Simpson gosta de pensar na medicina como sendo algo mais do que pura ciência — contrapôs. — Também tem de haver empatia, preocupação, uma ligação humana.

— Eu sugiro que ambos os elementos são necessários — propôs Henry. — Os princípios científicos aliados à criatividade. Ciência e arte.

Se é uma arte, é por vezes uma arte negra, pensou Raven, mas optando por guardar para si a sua observação.

QUARENTA E QUATRO

John Beattie encontrava-se no gabinete do Dr. Simpson, com uma expressão invulgarmente sincera no rosto, sentado em frente do professor. Sarah trouxera um bule de chá e demorava-se a servir, de modo a tentar perceber o que se discutia, já que o tom da conversa indiciava uma matéria ponderosa.

Pensava frequentemente para consigo que a preocupação da família em beber chá lhe proporcionava acesso sem limites a conversas importantes: a sua presença era tão familiar que, por vezes, era como se deixassem todos de a ver. O tempo de servir o chá, porém, não podia prolongar-se indefinidamente sem quebrar o feitiço, e Sarah viu-se obrigada a sair no preciso momento em que o Dr. Simpson proferia uma afirmação irresistível: «Terá, evidentemente, de escrever ao pai dela, em Liverpool, mas, realmente, não prevejo qualquer objeção.»

Sarah quase perdeu a respiração ao sair da sala. Aquilo só poderia significar uma coisa. Permaneceu junto da porta, determinada a ouvir o que mais era dito.

— Então e o Sr. Latimer? — prosseguiu o Dr. Simpson. — Está satisfeito com a combinação?

— O meu tio, de momento, encontra-se terrivelmente frágil, e o seu médico proibiu-lhe todo o tipo de excitação. Uma visita está, portanto, fora de questão, mas uma carta foi cuidadosamente redigida e enviada. Espero resposta a todo o momento. Não tenho a menor dúvida de que ele concordará inteiramente com o enlace. Para dizer a verdade, acho até que lhe fará lindamente ao moral.

A satisfação de Sarah por Mina foi de curta duração, cedendo instantaneamente lugar à suspeita. Que conveniente, o velhote não poder receber visitas. Sentiu-se igualmente incomodada pelo facto de estas conversas terem lugar na ausência da própria Mina. Era como se constituísse a parte inanimada de uma transação comercial, uma encomenda de óleo de baleia ou ações numa mina de carvão — os lucros não eram garantidos, mas as perspetivas eram boas.

Sarah estava tão concentrada em ouvir o que se dizia do outro lado da porta que não ouviu alguém aproximar-se por detrás, e deu um salto quando ouviu a pessoa em questão aclarar a garganta.

— O que está a fazer, *Miss* Fisher? — inquiriu Raven com gáudio indisfarçado, posto que, a avaliar pelo tom misericordiosamente brando da sua voz, soubesse exatamente aquilo que ela fazia.

Sarah lançou-lhe um ar de censura e levou o dedo aos lábios. Voltou-se de novo para a porta, para prosseguir a escuta, mas o som de passos nas escadas pôs fim à espionagem.

Puxou Raven para um quarto contíguo para evitar que fossem vistos. Permaneceram em silêncio, esperando que passasse quem quer que subia as escadas, ela com as mãos sobre as lapelas dele. Sentiu agudamente a sua proximidade. A respiração dele soou-lhe distintamente nos ouvidos, e sentiu o calor que ele emanava. Cheirava bem, a sabonete, e a roupa beneficiara claramente de ter sido adequadamente lavada e remendada. O seu aspeto geral melhorara consideravelmente, na verdade, desde a sua chegada a Queen Street. O rosto perdera a magreza, mais cheio agora devido à melhoria da alimentação. Veio-lhe à memória a imagem dele no banho, naquele primeiro dia, e a recordação fê-la ruborizar. Agradeceu o facto de ele provavelmente não reparar: como o quarto estava desocupado, as lâmpadas não tinham sido acesas.

Apercebeu-se de que estava agarrada a ele e soltou-o, embaraçada.

— Não quer partilhar comigo aquilo que despertou a sua curiosidade? — inquiriu Raven.

— É o Beattie. Pediu a mão da Mina.

— Bom, já todos sabíamos que isso aconteceria.

Pareceu estranhamente pesaroso com o facto, mas, ainda assim, resignado.

— A mim não me agrada — declarou ela.

— Não importa muito se lhe agrada a si nem a mim.

— Há coisas que me preocupam. Há qualquer coisa de enganador naquele homem. Sinto-o.

— Ainda suspeita de que ele não falou à Mina na tal Julia? Porque não é propriamente uma omissão condenável. Que mulher gostaria de ter o espectro de outra mulher a assombrar-lhe o casamento?

Sarah sentiu-se tomada de irritação.

— Ele não lhe deu as luvas — disse.

— Quais luvas? Está a falar de quê?

Sarah irritou-se com a sua própria impaciência. Tentara esclarecê-lo, mas só conseguira confundi-lo ainda mais.

— Eu vi-o comprar luvas de senhora e parti do princípio de que eram um presente para a Mina, só que ele não lhas deu.

— Se calhar, tenciona dar-lhas mais tarde.

— Ou então, tenciona oferecê-las a outra pessoa qualquer. E afinal nunca lhe chegou a oferecer orquídeas. Nem ananases, já agora.

— Sarah, isso não tem pés nem cabeça.

— Ele prometeu-lhe presentes lá da estufa do tio, mas acabaram por nunca chegar.

— Quais são as suas suspeitas, exatamente?

Sarah não tinha resposta pronta para ele. Havia algo em Beattie que a perturbava, mas que não conseguia exprimir por palavras.

— E, de qualquer forma, o que é que você pode fazer em relação a isso? — perguntou-lhe.

Em retrospetiva, Sarah poderia ter deixado as coisas nesse ponto, mas a sugestão da sua impotência incendiou-lhe o ânimo.

Porque lho incendiou particularmente por a sugestão vir de Raven, era uma questão que não lhe apetecia aprofundar.

QUARENTA E CINCO

O resultado de qualquer sequência de eventos pode sofrer reviravoltas segundo muitos eixos: existe sempre uma multiplicidade de nós, interseções num sistema frágil de casualidades tais que a mais ténue divergência numa delas pode alterar todas. O destino do clorofórmio e o mistério da morte de Evie estavam entrelaçados num sistema assim, e qualquer um dos dois poderia ter sido desviado para um percurso que o menor acaso conduzisse a um beco sem saída.

Por exemplo, o Professor Miller ficou igualmente entusiasmado com a descoberta do seu vizinho de Queen Street e mostrou-se ansioso por ser dos primeiros a utilizá-lo numa cirurgia. Um mensageiro chegou ao n.º 52 no dia seguinte ao do caso Carstairs, solicitando Simpson para administrar clorofórmio a um paciente do Infirmary que sofria de uma hérnia estrangulada. Infelizmente, o médico não se encontrava em casa e o seu paradeiro era desconhecido, o que levou Raven a lamentar uma vez mais a falta de um livro de marcações, bem como a perguntar-se se a recusa em tê-lo não constituiria em si mesma uma tática deliberada para ocultar as visitas mais clandestinas do médico. Vários estudantes, incluindo Raven, foram enviados à sua procura, mas sem sucesso. Sarah chegou a sugerir que Raven substituísse o professor. Ele descartou declaradamente a ideia, mas sentiu-se intimamente lisonjeado por ela o achar capaz de tal.

O Professor Miller viu-se obrigado a iniciar os procedimentos sem qualquer anestesia, visto que a cirurgia não podia esperar. Após a primeira incisão, o paciente perdeu os sentidos e não foi possível reanimá-lo, tendo acabado por morrer antes de concluída a operação. Caso tivesse sido administrado clorofórmio, teria sido este a arrostar com as culpas. E se tivesse sido Raven a fazê-lo, o mesmo lhe teria acontecido a ele.

O Dr. Simpson opinou ter sido uma sorte não o terem encontrado naquela ocasião particular. Os danos causados à reputação do clorofórmio nesta fase precoce da sua utilização poderiam ter-se revelado irreparáveis. Raven sentiu-se compelido a comentar que tal não constituía, decerto, justificação para não haver um livro de marcações.

Apesar de não ter sido, em última análise, crucial em termos da informação que proporcionou, Raven viria a ter as suas razões para agradecer ao acaso, considerando como determinado encontro que ocorreu pouco depois poderia facilmente nunca ter tido lugar.

Foi por entre o caos das consultas da manhã, cada vez mais concorridas à medida que o tempo arrefecia. Ao sair do seu consultório para convocar o paciente seguinte, Raven deparou com Mitchell, o sujeito corpulento que lhe levara a pobre Kitty nos braços, mas partira sem dizer muito mais. Caso Raven se tivesse atrasado um pouco mais com o paciente anterior, ou George Keith tivesse acabado o seu nem que fosse dez segundos antes, Mitchell poderia perfeitamente ter escapado e desaparecido de novo sem que Raven o visse.

Fora um tempo frenético — se bem que emocionante — desde a noite em que os seus caminhos se haviam cruzado pela última vez, considerando que fora a mesma noite em que Simpson descobrira os efeitos do clorofórmio. A questão da morte de Kitty raramente abandonava o espírito de Raven, mas as oportunidades de investigar mais aprofundadamente tinham sido escassas. Não apenas tinha dificuldade em arranjar tempo fora das suas obrigações, mas, acima de tudo, sentia-se relutante em atravessar a Cidade Velha de outra forma que não na segurança da carruagem de Simpson. Sabia que os homens de Flint o procurariam agora com redobrado interesse e, em certos casos, apostados na vingança. Parecia razoável recear que Flint decidisse transformá-lo em exemplo.

Raven cruzara-se momentaneamente com Peggy, que partilhara o alojamento com Evie na casa da Sr.ª Peake. Perguntou-lhe se ouvira falar de uma rapariga chamada Kitty, mas foi mandado embora com uma pulga atrás da orelha quando lhe explicou que partilhavam a profissão.

— Nós não nos conhecemos todas umas às outras — repreendeu-o ela. — Não somos todas amigas, nem somos nenhuma confraria de pegas.

Mitchell estava de pé, a revirar o chapéu nas mãos, tal como fizera da outra vez. Quando levantou o olhar, a sua expressão deixou transparecer que reconhecera Raven, embora os sinais de confusão indicassem que não se lembrava exatamente de onde.

Raven conduziu-o ao isolamento do seu consultório, e deu-lhe ensejo de verbalizar a sua queixa. O seu caminhar desconfortavelmente bamboleante forneceu o pretexto.

Arregaçou uma perna das calças e mostrou a Raven um corte comprido, ligeiramente inchado e com pus a sair.

— Fiz este corte numa tábua rachada, há cerca de uma semana. Pensei que o tempo sarava a ferida, mas aquilo que começou como uma ferida acabou assim.

Raven lembrou-se imediatamente do preparado que Sarah lhe administrara no rosto à sua chegada a Queen Street. Mas não o mencionou de imediato.

— Sr. Mitchell, eu também trabalho no Maternity Hospital. Foi o senhor que teve a bondade de transportar uma mulher doente, há pouco tempo, não foi? Kitty, parece que disse que se chamava.

O homem ficou alerta.

— Fui, sim. Parece que não correu bem.

— Pois não. Infelizmente, não conseguimos fazer nada por ela. Ora, eu preciso de saber quem ela era, e onde é que vivia. Será capaz de me dizer de onde é que a transportou? Ou o nome da rapariga com quem o senhor estava, de forma a eu conseguir encontrá-la?

Mitchell recostou-se na cadeira, cruzando os braços. Raven já o esperava. Uma coisa era agir no calor do momento, outra totalmente diferente levar um homem a falar das suas interações com prostitutas.

— Acho que não me lembro dos pormenores dessa noite — respondeu Mitchell —, nem tenho grande vontade de me lembrar.

Raven acenou com a cabeça, como que mostrando compreender perfeitamente.

— Que pena. E eu que não me lembro da fórmula do unguento que de certeza lhe curava a sua ferida.

Algumas horas depois, Raven encontrava-se num prédio decrépito de Calton Road, onde se confrontava com uma mulher em relação à qual fora advertido por Mitchell. Deslocara-se aí a caminho do Maternity Hospital, raciocinando que não só seria mais fácil detetar Weasel e Gargântua em plena luz do dia como seria menos provável tentarem atacá-lo à vista de todos, numa rua movimentada.

A matrona da casa de passe para a qual fora direcionado era uma mulher corpulenta e de uma fealdade intimidante, que dava pelo nome de *Miss* Nadia. Raven teve dificuldade em imaginar que alguma vez tivesse transacionado o próprio corpo, mas achou-a particularmente capaz no seu papel atual, considerando que depois de os clientes a verem, qualquer rapariga que lhes fosse apresentada seria, por comparação, uma Vénus.

— Queria ver uma mulher chamada Mairi — declarou. — Informaram-me de que trabalha aqui.

Miss Nadia respondeu-lhe com um sorriso amarelo.

— É verdade, trabalha aqui, sim. Posso ir ver se está disponível, mas primeiro quero ver a cor do seu dinheiro.

Caso as finanças de Raven tivessem uma cor, seria pálido desbotado. A mãe enviara-lhe a mesada habitual permitida pelo seu tio avaro, mas isso fora há já três semanas. Como invejava os tipos como Beattie, tal como aqueles seus colegas cujas famílias ricas lhes financiavam confortavelmente as vidas enquanto aprendiam a sua profissão. O seu tio tinha muito mais para dar, e a sua mãe não se pouparia a trabalho algum para o conseguir, se lho pedisse, mas Raven não tolerava vê-la mais humilhar-se perante ele. Uma vez que começasse a ganhar dinheiro que se visse, libertá-la-ia de alguma vez ter de pedir um *penny* mais que fosse a Malcolm. Mas, por agora, tinha de achar outro meio de pagamento.

— Eu sou médico em Milton House. Tratei recentemente uma rapariga chamada Kitty, que trabalhou neste estabelecimento.

— Parece que não a tratou lá muito bem, pois não? Ela nunca mais voltou de Milton House. Veio à procura de pagamento em géneros por serviços prestados? É que não é assim que funciona.

Raven mirou-a com o mesmo olhar que lançara ao Sr. Gallagher. Os seus tratos com Effie Peake tinham-lhe ensinado que era melhor não mostrar fraqueza alguma. Tais mulheres lidavam com emoções de contrafação, e não havia recompensa para a honestidade num sítio assim.

— A polícia está cada vez mais interessada naquilo que poderá ter causado o problema de saúde da Kitty. Por isso, se não preferir o James McLevy e os seus homens a bater-lhe à porta em vez de mim, sugiro-lhe que me faça a cortesia de me responder.

Miss Nadia ponderou por momentos as palavras dele, após o que o instruiu a segui-la até um quarto do segundo andar. Mairi era alta, e parecia-o ainda mais devido à sua malnutrição. A sua pele cor de oliva sugeria origens mais exóticas do que as habituais na zona, embora isso, infelizmente, se devesse provavelmente, sobretudo, a um pai que viera momentaneamente a terra uns vinte anos antes, de um navio originário de Espanha ou Itália.

— Dá-lhe o que ele quer — instruiu Nadia. — E com isso quero dizer, responde-lhe às perguntas. Tudo o que vier à parte, é aos preços habituais.

Raven fechou a porta. Mairi estava sentada na cama com o olhar ansioso, intuindo que as circunstâncias eram fora do vulgar.

— Eu tratei a Kitty em Milton House — explicou. — O teu cliente trouxe-a até nós. Não pudemos fazer nada para a salvar, por isso fiquei junto dela até ao fim.

Mairi mordeu o lábio, com o rosto imediatamente tomado pela tristeza.

— Obrigada por isso — disse.

— Eu queria saber o que lhe causou aquelas agonias. Ela estava de bebé, não estava?

A expressão de Mairi revelou que sabia a resposta, e ainda mais.

— Estou convencido de que ela tomou medidas para se ver livre do bebé, e acho que tu também sabes.

— Sobre isso, não sei nada — respondeu, um pouco depressa demais.

— Então vamos falar daquilo que eu acho que tu sabes. Se tu te visses de bebé, sabias com quem falar para tratar disso, não sabias? Com quem é que a Kitty falou?

Mairi não disse uma palavra, mas, pelo modo como abriu os olhos, era evidente haver algo que não dizia.

— Não tenhas medo. Não estou a querer arranjar problemas a ninguém. Mas sou médico e preciso de saber como é que isto aconteceu. A Kitty não foi a primeira a morrer dessa maneira e eu quero garantir que não há outras mulheres a terem a mesma sorte.

Engoliu em seco, olhando em seu redor, como que temendo que alguém a ouvisse.

— Há uma parteira francesa — respondeu em voz baixa. — Trabalhou ao serviço de rainhas e condessas, dizia a Kitty. Tinha formação especial. Sabe fazer coisas que os médicos não sabem, se é que me entende.

— Entendo muito bem. Sabes o nome dela?

Mairi respondeu num murmúrio:

— A Kitty chamava-lhe Madame Anchou. Dizia que tinha uma capa de capuz do tecido mais fino e falava com um sotaque forte.

— Como é que a Kitty entrou em contacto com essa mulher?

— Ela tem quartos numa pousada, mas tem de falar com o dono. Ele é que combina as coisas.

— E recebe uma parte, de certeza.

Mairi assentiu com a cabeça.

— Custava uma pipa de massa, isso eu sei. A Kitty tinha um medalhão que a mãe lhe deu, e teve de o pôr no prego. Ficou de coração partido, mas não teve outro remédio.

— Em que é que ela gastou o dinheiro, exatamente?

— A questão é mesmo essa: só em pílulas. Eu disse à Kitty que estava a ser roubada se entregasse o dinheiro todo dela só em troca das pílulas, mas ela disse que havia um entendimento. A Madame Anchou garantiu-lhe que as pílulas tratavam do problema: sabe como é, faziam o bebé sair logo. Mas como garantia, se isso não acontecesse, a Kitty voltava lá e a outra fazia o serviço dela, uma vez que já tinha sido pago. A Kitty pensou lá com ela que era melhor tomar as pílulas e ver se funcionava, para se poupar às facas e às agulhas de croché.

Raven recordou a discussão que tivera com Ziegler e a Sr.ª Stevenson. Mulheres desesperadas dispunham-se a pagar principescamente por um «remédio secreto», especialmente se lhes fosse fornecido por uma parteira de Paris, formada no famoso Hôtel Dieu, e em tempos ao serviço da aristocracia francesa. Mas, como a Sr.ª Stevenson advertira, nem sempre eram pílulas inócuas que o seu dinheiro lhes comprava.

— E onde fica a tal pousada a partir da qual ela trabalha? — inquiriu Raven.

— É em Leith. Chama-se King's Wark.

QUARENTA E SEIS

Sarah sentou-se numa mesa junto à janela, escolhida pela vista que proporcionava de Leith Shore, estendendo-se para sul até Tolbooth Wynd. No domingo de manhã, poderia ter afirmado com exatidão que nunca estivera numa taberna em toda a sua vida, e agora dava por si a escolher um tal estabelecimento pela segunda vez em três dias.

Tinha diante de si um copo de *gin*, mandado vir, fundamentalmente, a bem das aparências. Era a primeira vez que provava tal bebida, e jurara a si própria que seria também a última, até descobrir o efeito benéfico que exercia sobre a sua ansiedade. Não conseguia imaginar porque alguém beberia *gin* por prazer, mas em circunstâncias de necessidade, o sabor deveria ser tolerado como o de qualquer outro remédio.

— É a única maneira de fazer sair da toca essa tal Madame Anchou — insistira Raven. Não posso ir eu próprio: que razão teria um homem para solicitar os serviços dela?

— Podia procurá-la em nome da sua amante.

— Pois, só que o tal dono do estabelecimento reconhecer-me-ia. Ele seguiu-me depois de eu ter ido à King's Wark fazer perguntas acerca do cadáver da Rose.

O nome do dono era Spiers, dizia a placa afixada sobre a porta. Era exatamente como Raven o descrevera: careca, alto e corpulento, uma presença intimidatória adequada para expulsar bêbados. Veio ter com ela à mesa sem ser chamado, ao vê-la sentada sozinha. Sarah adivinhou que ele saberia já o que a levara ali.

Sarah nunca se julgara possuidora de dotes teatrais. A sua única experiência nesse campo fora ensaiar cenas de Shakespeare na escola, onde se distinguira unicamente pela sua capacidade de memorização das falas, uma competência adquirida inteiramente através de repetições intensivas. Quando Spiers a abordou, porém, já se apercebera de que não necessitaria de qualquer talento na representação para o enganar. Estava ali para desempenhar o papel de uma criada assustada, e para isso não precisava de fingir.

— Tem a certeza de que está no sítio certo, menina? — perguntou ele.

— Não tenho a certeza. Disseram-me que o senhor tem uma arrendatária, uma mulher francesa chamada Madame Anchou. Ela está? Eu queria falar com ela, se fizer favor.

— E de que é que queria falar com ela?

— Isso é uma questão pessoal, entre senhoras.

— A Madame Anchou, de momento, não está. Ela não mora aqui, mas tem um quarto para consultas. Eu posso marcar um encontro.

— Ficava-lhe muito agradecida.

— Os seus agradecimentos, para isso, são suficientes, mas se precisar dos serviços dela — Spiers fez uma pausa, lançando um olhar à cintura dela — e, se aqui veio, aposto que precisa mesmo — então o preço são dois guinéus.

Embora Raven a tivesse advertido para o custo provável, Sarah arregalou os olhos. Eram mais de dois meses de salário. Era uma extorsão perfeitamente cruel dos desesperados.

Spears apercebeu-se da reação dela.

— Se não consegue pagar esse valor, a menina e a Madame Anchou é melhor não desperdiçarem o tempo uma da outra.

— Eu consigo... arranjá-lo.

— Ótimo. É que, embora os serviços dela sejam caros, valem bem a pena. Ela estudou em Paris e já trabalhou para a aristocracia francesa.

Sarah já ouvira falar da reputação dela.

— A reputação da competência dela é tal — observara Raven — que é uma pena que não estivesse por lá durante a Revolução, porque de certeza que arranjava um bálsamo qualquer capaz de colar a cabeça da Maria Antonieta. O que nos leva a perguntar o que é que lhe aconteceu para ter mudado o negócio para cá.

Spiers oferecera-se para organizar o encontro logo no dia seguinte, mas Sarah sabia que as suas obrigações da segunda-feira não lhe proporcionavam a menor oportunidade de se ausentar. Combinara, por isso, regressar na terça-feira, dia em que tinha sempre coisas a tratar na rua, de tarde, o que lhe permitia estar fora de casa. Reunir dois guinéus num espaço de tempo tão pequeno não era, felizmente uma tarefa da qual dependesse o sucesso do seu plano.

Mesmo dentro dos limites de tal dispensa, sabia que não deixava de arriscar o seu lugar ao participar nestas atividades. A ideia atormentava-a desde o momento em que Raven lhe pedira para ir a Leith, sem que, no entanto, lhe ocorresse dizer-lhe que não. Embora a fizessem tremer da cabeça aos pés, levar a cabo aquelas investigações dava-lhe uma sensação de liberdade e propósito muito maior do que alguma vez poderia sentir a ajudar na clínica.

Espreitou pela janela, na esperança de ainda conseguir ver Raven na doca. Ele escolhera um discreto ponto de observação onde seria pouco provável ser visto pelo dono da pousada, mas suficientemente perto para avançar e juntar-se-lhes assim que Madame Anchou se sentasse à mesa de Sarah.

Uma mais de muitas consultas ao relógio disseram-lhe que a hora combinada chegara e fora já ultrapassada. Spiers advertira-a para não contar com pontualidade rigorosa, mas Sarah estava mais preocupada em concluir as tarefas de que estava encarregada, antes de regressar a tempo das suas obrigações antes do jantar.

Então, enquanto observava o tráfego em constante mudança junto ao cais, apercebeu-se de uma figura destacada aproximando--se do sul. Envergava uma capa negra esvoaçante encimada por um capuz de grandes dimensões. Embora tivesse a cabeça ligeiramente baixa, transmitia uma confiança aprumada ao caminhar. Sarah não teve a menor dúvida de que se tratava dela, tal como descrita nos relatos, indiretos embora, em que Raven se baseara. Era alta e elegante, e deslizava por entre a multidão como se não lhe pertencesse.

Bebeu o resto do *gin*, estremecendo com o sabor. Precisava de algo que lhe transmitisse segurança, intimada que já se sentia por aquela mulher, antes mesmo de entrar na pousada. Sentiu o líquido queimar-lhe as entranhas até ao estômago.

Olhou uma vez mais ao longo de Leith Shore, na expectativa de vislumbrar o rosto sob o capuz, mas Madame Anchou não estava já à vista. Percorreu com o olhar a multidão sobre o cais, esperando que aparecesse de novo a encapuzada, mas esta desaparecera da vista.

O que viu, sim, foi Raven passando a correr pela janela, acelerando numa perseguição urgente.

QUARENTA E SETE

Como sempre em Leith, Raven sentiu-se rodeado de um movimento fervilhante em todas as direções; até mesmo por cima, onde as gaivotas voavam em círculos em volta das nuvens de vapor emitidas por um paquete. Mal conseguia ver a água, oculta pelas velas, enquanto em terra se fazia ouvir o burburinho da multidão, fervilhando de atividade nas suas múltiplas ocupações. Raven ouviu meia dúzia de línguas no espaço de poucos minutos, e apercebeu-se da variedade infindável de traços fisionómicos, cores de pele e roupas nos homens que carregavam caixotes de madeira, fardos e baús.

Odores de café e especiarias pairavam no ar. Raven inspirou-os agradecido, sabendo que a costa nem sempre era tão abençoada. Simpson mencionara-lhe uma carga imensamente menos aromática que ali chegara um dia. Ambos se compraziam nessa história, que não dava a melhor imagem do Professor Syme. Nos tempos anteriores ao *Anatomy Act*, quando escasseavam corpos para dissecação, Syme adquirira diversos cadáveres em Dublin e Londres, transportando-os para Edimburgo por via das docas de Leith. No decurso do verão de 1826, o fedor que emanava dessa carga levou a que os caixotes de Symes fossem abertos e descoberto o seu conteúdo não autorizado, o que gerou indignação e escândalo. A carga de Syme estava assinalada com «bens perecíveis», explicou Simpson, incapaz de conter o riso.

Raven disse para consigo que escolhera bem a sua posição. Era um local onde conseguiria permanecer essencialmente invisível caso calhasse o dono da pousada olhar pela janela. Ao mesmo tempo, proporcionar-lhe-ia uma visão desimpedida tanto para norte como para sul ao longo da costa, uma vez que não sabia de que lado viria Madame Anchou. Como explicara a Sarah, aquilo que o preocupava era que, caso Spiers o detetasse, pudesse desconfiar de que algo de anormal se passava e tomar medidas para avisar a parteira. Outra possível consequência implícita era que o dono da pousada pudesse simplesmente avançar diretamente para Raven, ou, Deus não permitisse, até mesmo para Sarah.

De modo a diminuir a sua exposição ao perigo, Sarah fora instruída a levar a cabo a sua conversa apenas na pousada e não aceitar deslocar-se ao andar de cima, aos quartos da parteira. Deveria discutir os serviços que a francesa poderia proporcionar, mas admitindo logo de seguida não dispor ainda do dinheiro. Isso daria a Raven a oportunidade de seguir Madame Anchou e confrontá-la em terreno neutro, ou mesmo de descobrir onde vivia, de modo a poder escolher judiciosamente o seu momento.

Aquilo que não previra era que ela o visse primeiro.

Saltitava de um pé para o outro enquanto esperava, na tentativa de contrariar os arrepios. O dia estava frio, e um vento implacável soprava vindo da água. Sarah tinha razão: precisava urgentemente de arranjar um casaco mais quente.

Parou de saltar no mesmo sítio e imobilizou-se, rígido, quando viu o seu alvo deslocar-se através da multidão, descendo apressadamente a ladeira, vinda de Tolbooth Wynd. No momento em que avistou o capuz, não teve a menor dúvida de que se tratava da mulher que ouvira ser-lhe descrita. O tecido preto adejava para trás e para a frente a cada passo que dava, de modo que não conseguia vislumbrar senão fragmentos do seu rosto, e nunca a totalidade. A visão era ainda mais dificultada pelas pessoas que entravam ou saíam do trajeto dela, fazendo-a por vezes desaparecer completamente do campo de visão. Considerou que ela poderia ter olhado para ele, mas, com os olhos ocultos na sombra sob o capuz, era impossível ter a certeza. Aproximava-se, porém, consistentemente, pelo que em breve a poderia ver de perto.

Desapareceu de novo da vista, detrás de um estivador que empurrava uma carreta e, quando a viu de novo, ela dera meia-volta e seguia a correr. Raven ficou a vê-la apartar a multidão, correndo no sentido de que acabara de vir.

Ela sabia que algo se passava.

Desatou a correr, indicando a Sarah, pela janela, que o seguisse. Não ia haver encontro algum. Agora, tinham de a apanhar, ou perder-lhe-iam o rasto para sempre.

Entretecendo o seu caminho por entre as pessoas que se acotovelavam na doca, Raven começou rapidamente a conquistar terreno. Sempre fora rápido de pés, e era mais fácil correr com roupa de homem do que de senhora. Por essa razão, sabia que deixaria Sarah muito para trás; mas o importante, agora, era não deixar a parteira escapar.

Era mais fácil não a perder de vista agora que se movimentava mais depressa, uma vez que isso lhe permitia acompanhar o seu movimento enquanto as pessoas se afastavam para lhe dar passagem. Quando, porém, chegou à primeira rua lateral, virou a esquina e desapareceu da vista. Raven acelerou o passo e, para seu grande alívio, voltou a avistá-la ao alcançar a esquina. Ambos corriam agora ao longo de uma rua mais estreita, mas também menos concorrida.

Anchou olhou para trás ao ouvir os passos dele, após o que se desviou um pouco para trocar breves palavras com três estivadores acabados de sair de um portal. Raven não conseguiu ouvir o que dizia, mas viu-a apontar para ele, pelo que não lhe foi difícil deduzir o teor da conversa.

Ela retomou a corrida enquanto os três estivadores se dirigiam a Raven, um deles brandindo um pau pesado. Calculou poder derrubar um dos homens, ou, ao menos, ser suficientemente rápido para se lhe esquivar, mas não os três ao mesmo tempo. Para sua própria segurança, teve de recuar e, na sua retirada, não conseguiu perceber para onde fora a parteira. Para retomar a perseguição, teria de dar meia-volta e retornar ao mesmo local, após o que ela estaria já longe, ou pelo menos teria tido mais do que tempo para se esconder.

Ao dobrar a esquina de volta à doca, viu Sarah a correr para ele.

— Ela safou-se — confessou ele. — Arranjou maneira de uns estivadores me barrarem o caminho. Deve ter-lhes dito que eu queria fazer-lhe mal.

— Mas porque é que ela se pôs a correr? — perguntou Sarah.

— Parto do princípio de que me reconheceu, o que bastou para saber o que eu andava a fazer.

— E, por isso, teve medo de que você também a reconhecesse. Mas de onde?

— Não faço a menor ideia. Não conheço nenhuma francesa.

— Então, se calhar, ela não é francesa — sugeriu Sarah —, mas sim uma mulher que finge ser quem não é.

Raven compreendeu subitamente até que ponto o exotismo de Madame Anchou fazia parte do seu processo de atração de potenciais clientes. Poderia ser tão falsa como os medicamentos que impingia.

Raven esperou até ver passar os três estivadores, após o que entrou de novo na rua lateral. Os dois chegaram a uma rua larga que corria paralela à doca, mas não havia sinal dela. Percebeu que não havia nada a fazer.

— Ela pode ter ido para qualquer lado — admitiu.

— Há de haver uma altura, seguramente, em que terá de voltar à King's Wark — lembrou-lhe Sarah.

Não faziam a menor ideia de quando isso aconteceria, nem dispunham da opção de se manterem vigilantes à espera. Tinham, no entanto, razões de sobra para visitar o estabelecimento.

— Há umas quantas perguntas que devíamos fazer ao Sr. Spiers — disse ele.

— E se ele não tiver vontade de responder? Ou mesmo se lhe der para ser violento?

Raven ponderara a possibilidade, mas sabia estar agora em vantagem sobre ele.

— Ele também a viu a si. Vou dizer-lhe que você está à minha espera e, se eu não voltar ou se algum mal me acontecer, a Sarah irá ter diretamente com o McLevy contar-lhe aquilo que sabemos.

— Não sabemos grande coisa.

— É verdade, mas aquilo que ele receia que saibamos é que o vai coibir.

Regressaram à King's Wark, aproximando-se pelas traseiras, depois de terem descrito um círculo.

O plano de Raven de manter Sarah longe da vista de Spiers ficou imediatamente comprometido quando o viram entrar no pátio das traseiras da pousada. Inclinou-se para a frente, como que para correr na direção deles, mas quando Raven mudou de postura e estendeu um braço para avisar Sarah, tornou-se claro que o dono da pousada, na verdade, cambaleava. Caiu, então, para cima de uma pilha de barris de cerveja, agarrando um deles para tentar manter-se direito. Ao voltar-se, Raven divisou uma mancha de sangue escuro no meio da sua camisa sebenta.

Spiers apercebeu-se deles e estendeu uma mão à guisa de súplica antes de cair de joelhos.

Os dois correram para o pátio.

— Ela espetou-me — disse, agarrando o flanco com a mão. — A cabra da francesa foi tão rápida. Nem cheguei a ver a lâmina.

— Porquê?

— Não sei. Ela não se deu ao trabalho de explicar.

Raven ajudou Spiers a acomodar-se contra um barril. A mancha de vermelho aumentava segundo a segundo. Ele e Sarah trocaram olhares. Spiers sangrava intensamente e ambos sabiam que lhe restava pouco tempo.

— Qual era a sua combinação com essa mulher?

— Não vou incriminar-me com o meu testemunho — declarou, no meio de esgares de dor.

— O seu ferimento é grave, *sir*. Se não receber ajuda, morrerá em menos de uma hora. Eu sou médico. Posso mantê-lo o tempo suficiente para o levarmos ao Professor Syme, que é o melhor cirurgião da cidade. Mas só se responder às nossas perguntas.

— Não me tome por parvo, filho. Não há cirurgião nenhum que me trate disto. Ela deu cabo de mim.

— Então não lhe deve lealdade nenhuma. Fale, homem.

— Ela é uma parteira francesa que arrenda quartos. É só isso que eu sei.

— Tem de saber mais do que isso. Ela faz abortos nas suas instalações e paga-lhe uma percentagem. Quem é ela mesmo? O que sabe mais acerca dela?

— Nada. Ela disse-me que se eu não fizesse perguntas, ficávamos os dois protegidos.

— Pois bem, parece que o seu silêncio, hoje, não lhe serviu de muito, pois não? O que é que sabe mais?

Spiers refletiu um pouco, com uma expressão amarga no rosto, do qual a cor desaparecia visivelmente.

— Ela tem um sócio — disse ele, engolindo em seco.

— Quem é?

— Nunca soube o nome e só o vi uma vez. Tentei entrar no quarto dela quando pensei que ela não estava em casa e fui dar com ele lá.

— Que aspeto é que ele tinha?

— Só o vi durante alguns segundos, e mesmo assim, só de costas. Ainda mal tinha aberto a porta quando ele me empurrou para fora do quarto e a fechou. Estava de pé junto a uma mesa, e em cima da mesa estavam instrumentos e poções. Era um médico, tal como você. Mas mais velho.

— Então e a Rose Campbell? — inquiriu Sarah.

— Quem?

— Aquela que era criada. Aquela que pescaram da água.

— Sobre essa, não sei nada.

— Você seguiu-me depois de eu ter perguntado por ela — recordou-lhe Raven. — Vá lá, não quer confessar, para poder enfrentar a morte sem nada temer?

Spiers estremeceu, com o sangue a escorrer por entre os dedos, com os quais agarrava o tecido encharcado. Parecia agora tomado pelo medo.

— Ela veio cá e pagou o dinheiro. O procedimento correu bem, mas depois ficou doente. Muitas vezes ficavam... E púnhamo-las fora, apesar de mal conseguirem caminhar. Deixávamo-las ficar dois ou três dias, mas, se víamos que já não recuperavam, púnhamo-las fora, porque não queríamos ter de nos ver livres de corpos nem de explicar mortes. Deus me perdoe — acrescentou, com a voz a fraquejar.

Sarah descobriu uma caneca de madeira sobre um banco e retirou a rolha de um barril para a encher. Ofereceu a Spiers, que bebeu agradecidamente.

— A vossa, essa Rose... estava a recuperar bem. Passou aqui alguns dias, mas estava a melhorar. Eu levava-lhe água e de comer. Até que, numa noite, acordei com os gritos dela. Quando fui ao quarto, ela estava nas últimas. Morreu toda retorcida, em agonia.

Sarah ofereceu-lhe mais um gole, embora ele mal tivesse forças para isso. A maior parte escorreu-lhe pelo queixo e, quando retomou a palavra, tinha a voz seca e débil.

— Fiquei morto de susto. Tive medo de que aquilo tudo me fosse desabar em cima, caso descobrissem o que a gente fazia aqui. Tinha de ver-me livre dela, por isso levei-a até à água e atirei-a. Mas não a matei. Deus é minha testemunha, eu não... a matei...

Com estas palavras, a sua voz transformou-se num sussurro digno de lástima e a cabeça tombou-lhe para o peito.

— Foi-se — declarou Raven.

Sarah tinha a face pálida, mas não era apenas a visão de um homem morto que a perturbava.

— O que fazemos agora?

— Vamos embora. Rapidamente.

— E abandonamo-lo simplesmente aqui? Não devíamos alertar a polícia?

— Só se se sentir confiante a explicar ao McLevy o seu papel em tudo isto.

Estas palavras afastaram quaisquer escrúpulos morais que Sarah pudesse alimentar relativamente ao plano de ação dele. Olharam à esquerda e à direita para fora do pátio das traseiras, para se assegurarem de não terem sido vistos, após o que seguiram discretamente pela mesma rua estreita por onde haviam chegado.

— Porque havia a Anchou de o matar? — perguntou Sarah enquanto caminhavam em passo ligeiro mas discreto de volta à anonimidade do bulício da doca.

— Não sei, mas receio bem que tenham sido os nossos atos que a levaram a esfaqueá-lo. Ela sabia que andávamos a investigá-la, e havia qualquer coisa que ela temia que o Spiers pudesse contar-nos.

— Então porque não contou? Não nos disse nada de importante.

— Talvez houvesse qualquer coisa que ela simplesmente temesse que ele soubesse, e não pudesse correr o risco.

Sarah empurrou subitamente Raven contra uma parede, com as mãos sobre o peito dele. Ele sentiu o coração palpitar contra os dedos dela, com o corpo todo ainda a tremer pelo que acabava de presenciar.

— O que é que... — fez ensejo de perguntar.

— Não posso ser vista — disse ela, em tom de urgência. — Devia estar na cidade a tratar de coisas. Posso ser despedida.

— Vista por quem?

— Não olhe — insistiu ela. — Baixe a cabeça.

Por essa altura, porém, já ele detetara o problema. A caminhar rumo a sul, ao longo de Leith Shore, seguia o homem que por esses dias se designava afetadamente a si próprio por James Matthews Duncan.

— O que é que ele anda a fazer por aqui? — perguntou-se Raven em voz alta.

— Não faço ideia. Veja mas é se ele não ouve.

Como que para o garantir, fê-lo baixar a cabeça mais para junto da dela. Estava suficientemente próxima para conseguir cheirar aquele aroma familiar, a roupa lavada. O pensamento regressou-lhe ao encontro de ambos na noite em que ele correra para casa à chuva. Muitas vezes desde então, revisitara a recordação das mãos dela sobre o corpo dele, enquanto o ajudava a despir a camisa.

Permaneceram assim por algum tempo. Raven viu Duncan sair do seu campo de visão, mas demorou a assinalá-lo, pois não desejava que o momento terminasse tão depressa. Com o tempo teria de terminar, porém.

Separaram-se, com algum constrangimento mútuo, como se não soubessem reconhecer o que acabara de acontecer. Felizmente, havia muito de que falar.

— Você tinha razão no seu raciocínio acerca da Rose — disse ele. — Aquilo que o Spiers nos contou explicaria por que razão o médico-legista concluiu que ela não estava grávida.

— E, no entanto, claramente, ela morreu da mesma forma que a Kitty e a sua Evie. Se ela tinha conseguido ver-se livre do bebé, porque é que havia de tomar as mesmas pílulas?

Raven fazia a si próprio essa mesma pergunta.

— Pode ser que não as tenha tomado de livre vontade — sugeriu ele. — Ela pode ter descoberto alguma coisa acerca da Madame Anchou que a parteira tenha querido manter em segredo.

— Ou então acerca do sócio dela. Será que é ele que de facto executa os procedimentos, enquanto ela arranja clientes com o pretexto de ter-se formado em Paris e trabalhado para a aristocracia francesa?

Era uma suposição astuta, coerente com a mística que lhe permitia cobrar quantias exorbitantes.

— Já para não falar de que, sendo mulher, podia conquistar-lhes mais facilmente a confiança — acrescentou Raven. — Uma combinação desse tipo permitiria a um médico praticar essa arte negra sem o risco que correria se publicitasse esse tipo de serviços.

Caminharam a passos largos na direção da cidade. A multidão ia ficando mais escassa à medida que se afastavam da água. Raven não pôde deixar de olhar em frente para o caso de avistar o capuz negro, enquanto, suspeitava, os olhos de Sarah estavam mais preocupados com o paradeiro do Dr. Duncan.

— Nos últimos meses tem havido vários casos de mulheres jovens que morrem no seguimento de abortos — disse Raven.

— Quer dizer que podem resultar todos do trabalho da Madame Anchou e do seu sócio?

— O Spiers admitiu que punham fora as doentes, de modo a não morrerem na pousada. E se a Rose foi deliberadamente envenenada, pode ter sido morta por qualquer um dos dois. Viemos aqui em busca de um malfeitor anónimo e partimos à procura de dois: a Madame Anchou, que pode ser, ou não, quem diz ser, e um médico destituído de consciência e de humanidade.

QUARENTA E OITO

Sarah manteve uma distância respeitosa enquanto o funcionário da paróquia atendia o sujeito que chegara a St. Cuthbert imediatamente antes dela. Era um homem jovem, mas parecia carregar todo o peso do mundo sobre os ombros descaídos. Tentava alugar o pano mortuário da paróquia para o funeral da sua mãe, mas parecia haver algum tipo de problema com o valor a pagar.

O funcionário examinou o monte de *pennies* depositado pelo homem em cima do balcão. Separou-os com a ponta da caneta, como que relutante em conspurcar os dedos com o conteúdo dos bolsos do jovem. Suspirou, e depois franziu o sobrolho.

— Isto não chega. Sugiro que volte com o valor que já foi estipulado, ou então a sua mãe terá de ser enterrada sem o pano paroquial.

De seguida, sorriu ao homem enlutado com uma cortesia gélida e convidou-o a sair como se tivessem estado a discutir uma frivolidade qualquer sem significado real. O homem não disse uma palavra, emudecido pela adesão inflexível do funcionário à sua lista de preços eclesiástica. A caridade cristã, manifestamente, não se estendia ao pano funerário da paróquia. Deu meia-volta e saiu do gabinete do funcionário, de volta à nave da igreja.

O funcionário viu-o sair abanando ligeiramente a cabeça, como se a pobreza dos outros constituísse uma afronta, após o que voltou a sua atenção para Sarah, fitando-a sobre a parte de cima dos óculos.

E, de qualquer forma, o que é que você pode fazer em relação a isso?, perguntara Raven quando ela lhe mencionara as suas suspeitas relativamente a Beattie. Para ele, tratava-se de uma pergunta retórica. Mas ela demonstraria que ele não tinha razão dando resposta à pergunta.

— Em que posso ajudá-la? — perguntou o funcionário, num tom que sugeria não ter grande intenção de o fazer.

— Venho a pedido do Dr. James Young Simpson — respondeu Sarah, na esperança de que a menção do nome do professor oleasse devidamente o mecanismo da cooperação.

O expediente pareceu surtir algum efeito, pois o funcionário endireitou-se um pouco na cadeira, empurrando os óculos para trás sobre a cana do nariz. O tom da sua voz tornou-se oleaginoso, e um leve indício de sorriso apareceu por entre os seus lábios finos.

— Em que posso ser útil ao professor?

— Uma mulher morreu no Maternity Hospital — disse Sarah. — O filho dela está vivo. O nome da mulher é conhecido, mas não o do seu familiar mais próximo. É necessário encontrar alguém que cuide do bebé, a fim de o batizar e educar convenientemente. O professor pediu-me consultar os registos paroquiais, a ver se ela era casada, e quem são os seus pais, caso ainda sejam vivos.

O rosto do funcionário iluminou-se momentaneamente à menção do batismo, mas reagiu menos bem à sugestão de um casamento. Era bem sabido que muitas das mulheres tratadas no Maternity Hospital não possuíam cônjuge. Franziu o nariz, como que assaltado por um odor indesejado.

— Espanta-me que tenha sido encarregada de uma tarefa tão importante. O professor não tem um estagiário, ou outra pessoa qualquer habilitada a tratar disso?

— Por acaso tem, sim — respondeu ela. — Mas andam todos tão ocupados, com este surto recente de tifo.

O homem procurou imediatamente o lenço, levando-o ao nariz como se a mera menção da doença a fizesse acontecer. Olhou-a por um momento, ponderando o seu pedido. Talvez não devesse ter mencionado o Maternity Hospital. Ou o tifo.

— A informação que pede levará algum tempo a obter — disse, por fim. — E devo avisá-la de que os nossos registos estão longe de ser completos: aqueles que não estão preparados para despender o valor necessário, em geral, não se preocupam com registos nenhuns.

— Eu compreendo — disse Sarah. Já vi que o senhor é um homem muito ocupado, e não quero roubar-lhe tempo. Talvez me pudesse deixar consultar eu própria o livro.

Olhou o seu balcão imaculado, e de seguida as mãos dela.

— As minhas mãos estão lavadas, *sir* — disse ela. — O Dr. Simpson insiste constantemente nisso.

A nova menção do nome do professor pareceu inclinar os pratos da balança a favor dela.

— Vai ter de consultar vários dos registos. O atual remonta apenas a 1840.

A pesquisa dela consumiu-lhe de facto algum tempo, e não trouxe nenhuns frutos. Quando começou a ficar escuro na sacristia, tentou não pensar no que diria a Sr.ª Lyndsay quando ela voltasse, e que castigo teria de suportar em resultado do seu atraso. Teria de encontrar uma desculpa adequada, ou as suas obrigações clínicas seriam severamente truncadas.

Sarah sempre se considerara uma pessoa honesta, e sentia-se cada vez mais desconfortável com as mentiras que dava por si a contar com regularidade. Sentia que a sua preocupação com Mina justificava as suas ações atuais, mas teria de se certificar de que esta propensão para o subterfúgio terminasse assim que tudo se resolvesse.

Mesmo enquanto pensava nisso, porém, ponderou no que estava a fazer e comparou-o com a pessoa que era antes, há apenas poucas semanas. Essa dócil criada não se teria atrevido a enganar ninguém, e muito menos a entregar-se a ações clandestinas nos domínios de abortistas e assassinos. Dava conforto e segurança termos a noção do nosso lugar e não fazermos perguntas. Mas ela nunca achara que um papel de mansidão e aceitação *fosse* o seu lugar.

Sarah foi minuciosa na sua busca, mas não logrou encontrar registo algum de Charles Latimer ou da mãe de Beattie. O nome «John Beattie» era citado, mas as datas não conferiam, a não ser que um médico aparentemente no vigor da juventude tivesse, afinal, perto de oitenta anos.

Enterrou-se na cadeira, sem saber exatamente como interpretar esta falta de informação. Tinha de admitir que dificilmente constituía evidência de que Beattie fosse algum tipo de personagem fraudulento. Estaria ela completamente na pista errada? Estariam as suas emoções a obnubilar-lhe o discernimento, estaria a sua desaprovação das escolhas de Mina a colorir a sua visão?

Olhou para resma de registos poeirentos à sua frente e perguntou-se se não estaria a desperdiçar o seu tempo. Talvez movida pelo desejo de ganhar alguma coisa com os seus esforços dessa tarde, ocorreu-lhe que a família de Raven poderia eventualmente constar dos registos. Era mais alguém cujo relato das suas origens soava a falso.

Sarah procurou o funcionário, mas este desaparecera. Parecia ter-se satisfeito em deixá-la por conta própria assim que se assegurara de que ela não tinha intenção de alterar inscrições, arrancar páginas ou babar-se sobre o papel.

Calculou que Raven tivesse vinte anos, pelo que procurou os registos para os anos de 1825 a 1830. Não encontrou inscrição alguma para o nascimento de Wilberforce Raven, mas deparou, sim, com um registo do casamento de uma certa Margaret Raven com um certo Andrew Cunningham em 1826. O apelido soou-lhe familiar, mas, por momentos, não lhe ocorreu por que razão. Recordou-se: era o nome inscrito em alguns dos livros de Raven.

Olhou os nascimentos assinalados no ano seguinte e encontrou-o: Thomas Wilberforce Cunningham.

Raven mudara de nome. Mas com que objetivo? Procurou pensar no que mais sabia acerca dele, naquilo que lhe fora dito relativamente às suas origens. A mãe vivia com o irmão em St. Andrews, de onde chegava regularmente a correspondência. Sarah sabia que o pai dele morrera, daí a mudança da mãe para Fife.

Perguntou-se quando teria ocorrido essa tragédia — a partir de que idade Raven fora criado sem um pai. Recorreu de novo aos registos, em busca de enterros. Procurou da atualidade para trás, até ao ano do nascimento de Raven. Não havia qualquer inscrição para o enterro de Andrew Cunningham.

Segundo os registos da paróquia de St. Cuthbert, o pai de Raven, na verdade, não morrera.

QUARENTA E NOVE

A taberna do Aitken estava cheia de gente, e o espesso manto de fumo de cachimbo elevava-se em novelos até às traves do teto. O ambiente estava quente, quase desconfortavelmente quente, pois o contacto próximo dos corpos elevava a temperatura e provocava a condensação de vapor de água nas janelas. Quando Raven regressou do balcão, demorou alguns segundos a localizar Henry, que conseguira arranjar mesa a um canto, onde conversava com um homem que Raven não reconheceu.

Perguntou-se de novo porque fora convocado para ali. Henry abordara-o quando se encontrava de pé junto da carruagem de Simpson, à espera de acompanhar o professor a casa. Raven confidenciara ao amigo o caso da parteira francesa e do seu cúmplice médico, após o que Henry lhe comunicara ter notícias que poderiam ser do seu interesse.

— Que notícias são essas? — perguntou, mas Henry agitou um dedo, negando-lhe a resposta à pergunta.

— Trata-se de informação que só partilharei de caneca na mão, porque há muito tempo que não ceamos juntos.

Raven receou que o amigo lhe estivesse a vender gato por lebre, pois preferia de longe conhecer o valor da dita informação antes de a trocar por um transporte seguro para casa.

O homem sentado junto de Henry parecia jovem, mas extremamente cansado, com olheiras escuras sob os olhos que traduziam uma profunda falta de sono. Não se surpreendeu quando Henry o apresentou como um médico do Royal Infirmary.

— Apresento-te o Fleming — disse. — Foi substituir o McKellar, o funcionário residente do Christison que morreu de febre no mês passado.

Raven sentou-se e deu um longo gole na sua cerveja, calculando involuntariamente que fração da dívida a Flint o preço de uma rodada teria redimido.

— «O bafo venenoso da infeção» — disse, limpando a espuma da barba.

— «Um sacrifício jovem e precoce no altar do dever profissional» — retorquiu Henry em tom irónico. Era uma frase bem conhecida, papagueada pelos professores de medicina quando ocorria um tal incidente, algo demasiado frequente, na opinião de Raven. Não pela primeira vez, sentiu-se aliviado por as suas obrigações atuais raramente exigirem a sua presença no Infirmary.

— Pomos em perigo a nossa própria saúde pelo facto de trabalharmos naquele sítio — declarou o lúgubre companheiro de Henry, fitando a sua cerveja com uma expressão desconsolada.

Raven perguntou-se porque decidira Henry trazê-lo.

— Então e afinal quais são as notícias? — inquiriu Raven, sentindo-se pouco inclinado a desperdiçar o seu tempo. Deixara crescer a barba desde a última vez que estivera no Aitken, mas a razão exata pela qual necessitara de o fazer decorrera de ter sido reconhecido naquele sítio na noite em que fora atacado. Flint tinha vigias ali, disso não duvidava.

— Houve mais uma — disse Henry.

— Mais uma quê?

— Mais uma morte. Uma mulher jovem. — Henry apontou com um aceno de cabeça o seu companheiro sonolento, que fitava ainda a cerveja. — Aqui o Fleming é que lidou com o caso. — Tocou com o pé no jovem por debaixo da mesa, o que o fez despertar.

— Sim — confirmou Fleming, esfregando os olhos. — Deu entrada já moribunda e não acordou.

— Qual foi a causa da morte? — perguntou Raven.

— Peritonite. Com todos os sinais de sépsis puerperal, mas nem sinal de bebé.

Raven sentiu a ansiedade crescer. Receava que, se viesse a ser apanhado pelos homens de Flint, isso se ficaria a dever a uma quebra evitável de vigilância ao serviço de um risco ironicamente inútil. Dirigir-se ali unicamente para tomar conhecimento de mais uma vítima do seu abortista anónimo classificava-se, definitivamente, nessa categoria.

Como que se apercebendo da deterioração da disposição do amigo, Henry acotovelou-o novamente.

— Diz-lhe o que me disseste a mim.

— Ah, sim — respondeu ele, como se, na sua fadiga, o seu cérebro precisasse de um empurrão. — Ela tinha um cheiro muito fora do comum. Estava-lhe entranhado na roupa quando deu entrada: um cheiro doce. Como fruta demasiado madura. E tinha marcas estranhas em volta da boca

— Escoriações?

— Não, não eram escoriações.

— Contusões, então? — sugeriu Raven em tom impaciente.

— Não, pareciam...

— Marcas de ligaduras, como se tivesse sido amordaçada?

— Tem dó, Raven, deixa-o falar.

— O que é que foi, então? Porque é que me trouxeram para aqui?

— As marcas pareciam mais de uma queimadura — explicou Fleming.

Raven compreendeu.

— Clorofórmio.

— Vês? — disse Henry, com um floreado da mão. — Esse indivíduo que tu procuras tem-se mantido a par dos novos desenvolvimentos.

À parte o facto de demonstrar com que rapidez o novo anestésico estava a ser adotado, Raven não compreendeu em que é que isso o podia ajudar na sua investigação. A título de consolação, deu um gole sombrio na sua cerveja.

— Não pareces ter ficado muito satisfeito — observou Henry.

— Porque havia de ficar? Essa informação não me faz ficar mais perto de conhecer a identidade dele.

O familiar sorriso astuto do jovem cirurgião informou-o de que havia algo que lhe escapara.

— Não já — disse Henry. — Mas posso dizer-te onde encontrarás o nome dele escrito.

CINQUENTA

Sarah encontrava-se em Princes Street, espreitando pela montra da Duncan e Flockhart. Escolhia cuidadosamente o momento e, enquanto aguardava a oportunidade de que necessitava, fazia todos os possíveis por manter o domínio de si própria, uma vez que, pela primeira vez em toda a sua vida, preparava-se para cometer um crime.

Não ia roubar nada, simplesmente pedir emprestado sem autorização, mas, através desse empréstimo, pretendia realizar uma invasão de propriedade. Tecnicamente, tratar-se-ia de roubo, embora, mais uma vez, não implicasse tirar nada que não informação. Não obstante, embora não fossem ter lugar roubo nem danos, não desejava ter de se ver explicá-lo a quem quer que fosse, muito menos a McLevy. Poderia ser matéria suficiente para a mandar para a cadeia, e seguramente mais do que suficiente para ser despedida.

Duncan e Flockhart eram os principais produtores de clorofórmio em Edimburgo. Todos os médicos que o utilizavam adquiriam aí os seus suprimentos. As aquisições eram registadas no livro-razão da drogaria. Raven perguntara ao Sr. Flockhart se poderia saber quem tinha vindo a encomendar o produto, fingindo-se curioso relativamente à aceitação do novo agente anestésico, mas Flockhart respondera-lhe com a necessidade de o livro-razão permanecer confidencial. Relativamente à aquisição de drogas, os clientes deviam poder confiar na discrição dos seus fornecedores. Um desses clientes, no entanto, era o misterioso associado de Madame Anchou e, muito possivelmente também, o homem que assassinara Rose Campbell.

— Preciso de ver essa lista — disse Raven a Sarah, quase incapaz de conter a frustração. — Mas como posso fazê-lo se está trancada à guarda deles?

— Toda a fechadura tem uma chave — replicou Sarah. — Só temos de conseguir obtê-la.

— Eu não conseguiria localizá-la, muito menos apoderar-me dela sem que se soubesse.

— Há um chaveiro pendurado de um gancho na parede atrás do balcão, mesmo à direita da caixa registadora. O chaveiro está a cargo do Ingram, o assistente. Eu soube que ele abre a loja e prepara as instalações antes de os senhores Duncan e Flockhart chegarem.

— E como é que propõe que eu lhes deite as mãos sem ser visto?

— Não proponho, de todo, que lhe deite as mãos. Uma tarefa desse quilate requer uma pessoa a quem ninguém preste atenção. Por exemplo, uma criada.

Olhando pela montra, observou aquilo que esperava: o Sr. Flockhart tratava de algum assunto ao balcão, ajudado pelo minorca presunçoso, cujas capacidades para o lugar eram consideradas maiores do que as dela unicamente devido ao que lhe pendia entre as pernas. O Sr. Duncan, como de costume, não estava à vista, atarefado no laboratório das traseiras do prédio. O Sr. Flockhart era o mais loquaz dos dois e, por esse mesmo motivo, a face pública mais frequente da parceria.

Ao fim de algum tempo, viu o Sr. Flockhart desaparecer igualmente da vista, fosse para o laboratório ou para um dos armazéns. Sabia, por experiência, que ele não se importava de deixar Ingram atender clientes de menor estatuto, como por exemplo uma criada a fazer um recado. Estava devidamente estabelecido que, se chegasse alguém importante, o rapaz mandaria chamar o patrão.

Este era o momento dela.

Ao entrar porta adentro, fazendo a campainha tocar, Sarah sentiu-a retinir por todo o corpo. A tensão ressoava dentro de si. Não a experimentava unicamente no bater acelerado do coração ou no aperto do estômago; sentia formigueiros nos dedos, nos cotovelos, nos joelhos. Sentia a tensão no aumento do estado de perceção que lhe afetava todas as sensações. As cores da sala pareciam-lhe mais vivas, os cheiros mais distintos, os sons mais pronunciados.

Perguntou-se se isso se deveria à consciência aguda de tudo o que tinha a perder caso fosse apanhada. Nunca mais lhe seria permitida a entrada nesta loja. Na realidade, seria posta fora de casa, e que futuro lhe restaria então? Sentia-se intimamente furiosa sempre que alguém sugeria que devia sentir-se grata pelo seu trabalho de criada, mas sabia que havia destinos piores. Havia, no entanto, alguém nesta cidade que considerava as criadas de servir e outras mulheres jovens como algo de descartável, e estava decidida a desmascarar a sua malvadez.

— Posso ajudá-la, menina? — perguntou o assistente.

Apeteceu-lhe bater-lhe. Calculava ter mais um ano, possivelmente dois, do que ele.

— Venho buscar alguns artigos para o Dr. Simpson.

— O Dr. Simpson de Queen Street?

Voltou a irritar-se. O assistente verificava a conta a processar, embora visse Sarah pelo menos duas vezes por semana. Das duas, uma: ou fingia não a reconhecer, ou de facto não a reconhecia, e nem sabia dizer qual deles lhe parecia o maior insulto.

— Esse mesmo.

— E de que é que precisa o Dr. Simpson?

Sarah enunciou uma curta lista e lançou o olhar às prateleiras altas enquanto Ingram recolhia os seus pedidos, todos facilmente acessíveis.

— Ah, e ele também quer uma certa quantidade de ácido carbónico.

Ingram franziu o sobrolho e voltou-se para procurar nos armários próximos. Não encontrou o que procurava. Isso porque ela lhe encomendara uma certa quantidade de ar transformado, o gás transparente e incolor que, segundo o *Outlines of Chemistry* de Gregory, ele exalava nesse preciso momento, sem disso ter a noção.

— Vou só perguntar ao Sr...

— Está ali mesmo — interrompeu-o Sarah, passando para detrás do balcão e apontando para uma prateleira lá no alto.

— Não estou a vê-lo.

— Então deixe-me buscá-lo — disse ela, fazendo ensejo de pegar na escada.

Ingram barrou-lhe o acesso.

— Isso não é permitido — disse-lhe, em tom de admoestação.

— Porque tem de ser um homem — murmurou Sarah para consigo, afastando-se, mas aproximando-se da caixa registadora.

Enquanto Ingram subia, atento a cada travessa da escada em que firmava o pé, Sarah retirou o chaveiro do gancho e enfiou-o no bolso.

— Continuo a não o ver — declarou ele.

— Peço desculpa. Acabei de me lembrar que o Dr. Simpson só o mencionou. Não queria que eu comprasse, caso contrário tinha-me dito a quantidade, não é verdade?

Ingram suspirou de irritação com aquela mulher estúpida.

Quando ele começou a descer, já Sarah se dirigia à porta, como se uma qualquer força a propulsionasse para fora da loja antes que fosse apanhada. Sentia as bochechas a arder e conteve-se para não começar a correr assim que pôs o pé em Princes Street.

Poucos metros andara quando ouviu a voz.

— Jovem! Pare!

Sentiu o tempo paralisar, enquanto a temeridade dos seus atos desabava sobre si. Viu McLevy a levá-la, o rosto severo de um juiz, ratazanas e correntes numa cela da cadeia.

Quando se voltou para confrontar o seu futuro sombrio, viu Ingram a correr para ela, com um saco de papel castanho na mão.

— Esqueceu-se de trazer aquilo que o Dr. Simpson encomendou *mesmo* — disse ele, em tom condescendente e carregado de escárnio. — Levava uma bela reprimenda quando chegasse a casa, não levava?

— Obrigada — disse ela, com um alívio que dava sinceridade ao seu tom de voz. — Levava, sim.

Só comparável à reprimenda que levaria por surripiar as chaves de uma loja.

CINQUENTA E UM

Raven tentou rodar mais uma chave sem sucesso, a coberto da escuridão, na porta das traseiras do prédio. Embora fosse pouco provável passar alguém àquela hora, optara por aproximar-se pelas traseiras, por estas não estarem visíveis. Infelizmente, porém, também não recebiam a iluminação do candeeiro mais próximo. Sarah tentou acender uma vela, mas o vento estava demasiado forte, mesmo ali atrás, soprando por todas as frestas que encontrava.

Ele tinha as mãos geladas e tremia de frio. Nenhuma dessas circunstâncias o ajudava.

— Tem a certeza de que trouxe as chaves certas? — perguntou.

Ela não lhe respondeu, mas ele conseguiu imaginar-lhe a expressão. Sarah só lhe entregara as chaves a caminho dali, depois de todos se terem ido deitar em Queen Street. Fora a sua maneira de garantir que ele não podia ir sem ela. Raven não percebia porque havia ela de querer acompanhá-lo, mas começava a convencer-se de que era inútil argumentar.

— Somos iguais nesta missão — limitou-se a dizer-lhe.

Raven experimentou de novo a primeira chave, e desta vez conseguiu rodá-la. Nos seus tremores ansiosos, não a inserira corretamente da primeira vez.

A porta abriu-se chiando um pouco mais do que lhe seria confortável. Com o vento a soprar com tanta força, o som não alcançaria mais do que poucos metros, mas aos ouvidos de Raven soou ao lamento de uma alma penada que chamasse a atenção para o seu crime.

Agora que tinha um pouco de abrigo, Sarah acendeu a vela. À sua ténue luz, conseguiram dar com o caminho para o laboratório, onde Raven descobriu uma lamparina de azeite. Ao aumentar a chama, viu dezenas de livros encadernados em cabedal enchendo uma estante, entre prateleiras infindáveis que alojavam pós e líquidos. Garrafas, provetas e balões refletiam a luz. Raven receou as muitas retortas que sobressaíam das prateleiras, convidando ao acidente, o qual lhes comprometeria a intenção de passarem por ali sem deixar vestígios.

Levou a lamparina às lombadas dos livros. Nenhum era o pretendido.

— Vi muitas vezes o Sr. Flockhart tomar apontamentos no seu livro-razão, em cima do balcão — disse Sarah. Imagino que o guarde perto daqui.

Seguiram pé ante pé para a parte da frente da loja, embora Raven se perguntasse porque pisava tão ao de leve. O brilho da lamparina através da janela seria mais facilmente apercebido do que quaisquer passos no soalho.

Baixou, por isso, a intensidade da chama, e esperaram que os seus olhos se habituassem mais ao escuro, apenas um pouco atenuado pelas luzes dos candeeiros de Princes Street.

Sarah dirigiu-se à parte de trás do comprido balcão de atendimento ao público e abriu uma gaveta pouco funda. Aí estava, de facto, o livro-razão.

— Vamos levá-lo para um sítio onde possamos aumentar a luz do candeeiro — propôs Raven.

Regressaram ao laboratório, e colocaram o livro sobre uma mesa. Raven virou cuidadosamente as páginas, enquanto Sarah aproximava o candeeiro. Não tiveram dificuldade em encontrar o que procuravam. As vendas de clorofórmio só tinham tido início no mês anterior.

Raven passou um dedo pela coluna mais à direita, onde se registava o que fora adquirido. De cada vez que encontrava a palavra «clorofórmio», deslocava o dedo para a esquerda, até ao nome do cliente correspondente.

Os primeiros casos não constituíram surpresa.

Simpson.

Simpson.

Simpson.

Começaram então a surgir outros nomes: Professor Miller, Professor Syme, Dr. Ziegler, Dr. Moir. Cirurgiões, obstetras. Ali estava igualmente o Dr. J.M. Duncan, fazendo questão da letra suplementar, como reparou Raven. A maioria dos nomes, reconhecia-os, levando-o a interrogar-se se consideraria mesmo que o abortista era um deles.

Avistou dois nomes que lhe eram desconhecidos: um Dr. John Mors, e um Dr. Edgar Klein. Preparava-se para pedir a Sarah que lhe fosse buscar papel para os apontar quando o cliente seguinte o fez deter-se com um estremeção. Os olhos de Sarah foram mais rápidos que o dedo dele, e pronunciou o nome em voz alta enquanto Raven o lia.

— Adam Sheldrake. O patrão da Rose.

Raven ficou boquiaberto, sentindo-se um idiota. Recordou a lição de Simpson do lado de fora da taberna, perto da Royal Exchange: *muitas vezes, as pessoas formulam hipóteses sensacionais enquanto se mostram inexplicavelmente cegas aos factos óbvios que têm diante dos olhos.*

Estivera o tempo todo diante dos seus olhos. Ele e Sarah tinham ido à igreja dos Sheldrake para falarem com Millly, o que os levara a suspeitar de Grissom. Mas ele nunca se lembraria de que o próprio Sheldrake é que era o suspeito óbvio.

— Não é um médico, mas é um homem da medicina, de certa forma — disse Raven. — Um dentista. Talvez o mais rico da cidade. Poderia até ter sido responsável pelo problema da Rose. Ela tinha medo de ser despedida caso ele descobrisse.

— Ouvi a Mina mencionar um homem de Glasgow que se pensava ter assassinado a sua criada por ela estar grávida dele. Mas porque arriscaria um dentista rico a sua reputação para fazer abortos?

— Talvez dentista não seja a sua ocupação mais rendosa. E você está a esquecer-se de que ele tem um meio engenhoso de proteger a sua reputação. A Madame Anchou é o rosto visível do negócio, enquanto ele permanece na sombra. Além do mais, os seus clientes são mulheres jovens das classes baixas, que é pouco provável conhecerem-no enquanto dentista.

— Até ao dia em que uma delas se torna sua empregada.

Raven abriu a boca para prosseguir as suas especulações, mas nenhuma palavra lhe saiu, pois nesse preciso momento ouviram uma chave rodar na porta da frente. Raven olhou pelo corredor e viu a silhueta de um homem de chapéu alto por detrás do vidro.

Embora passasse já da meia-noite, o Sr. Flockhart regressara à sua loja.

CINQUENTA E DOIS

Sarah raramente se movera tão depressa em toda a sua vida. O estado de alerta pronunciado que experimentara naquele mesmo estabelecimento várias horas antes invadiu-a de novo instantaneamente e impulsionou-a para a ação. Num quarto de segundo, reconheceu o Sr. Flockhart à porta e apercebeu-se de todas as possíveis implicações, aplicadas às circunstâncias dela. Compreendeu igualmente que a desgraça que vislumbrara antes, quando ouvira uma voz dizer-lhe «Para!», podia ter sido adiada, mas não evitada.

Apagou o candeeiro enquanto Raven levantava da mesa o livro-razão, e conduziu-o rapidamente à arrecadação. Se o Sr. Flockhart se deslocava à loja a uma tal hora da noite, seria para recolher alguma coisa, ou então porque alguma ideia lhe ocorrera. Ambas as hipóteses o conduziriam ao laboratório. A arrecadação situava-se junto ao corredor que ligava o laboratório à loja. Não era de excluir que Flockhart aí fosse também, mas constituía, apesar de tudo, a melhor hipótese para se esconderem sem serem detetados.

Sarah empurrou Raven para o interior e puxou a porta sem a fechar completamente. Ouviu passos a aproximar-se, e sabia que o som da porta a bater na ombreira seria demasiado pronunciado. Não era tanto uma arrecadação, e mais uma despensa, um espaço pequeno onde deveria entrar apenas uma pessoa, que alcançaria as prateleiras de três lados.

Estavam colados um ao outro, não fosse um deslizar do cotovelo abrir a porta. Sarah sentia o calor de Raven contra o peito, o odor dele nas narinas, e o nariz dela quase lhe tocava no queixo.

Esforçou-se por não respirar ao ouvir passos aproximarem-se. Pela fresta da porta, viu um bailado de sombras, e a auréola de um candeeiro enquanto o Sr. Flockhart caminhava pelo edifício.

Ouviu uma tosse, um tinido de vidro sobre madeira, uma garrafa ou frasco colocada sobre uma mesa. Riso, um risinho ébrio. O Sr. Flockhart era dado a festas e eventos sociais. Parara ali após uma noite de folia, mas com que intuito?

Alguns momentos depois, aproximaram-se passos. Precisaria de alguma coisa da despensa?

Uma vez mais, as sombras tremeluziram, e a auréola bailarina vislumbrou-se pela fresta. Sarah sentiu o coração palpitar contra Raven à medida que os passos se aproximavam cada vez mais.

A seguir, diminuíram de intensidade. Ouviu abrir-se a porta da frente. Flockhart estava a ir-se embora.

Sarah retomou o fôlego, e a seguir a sensação de alívio cedeu o lugar a algo mais poderoso, como se o desaparecimento do medo tivesse rebentado uma barragem dentro de si. Enquanto o som do ferrolho da porta da frente ainda reverberava, puxou Raven para mais perto de si, embora mais perto parecesse impossível. Levantou a cabeça no escuro e encontrou-lhe os lábios. Aquele espaçozinho atravancado parecia o mundo inteiro, e o mundo estava todo iluminado.

CINQUENTA E TRÊS

Raven apagou a lamparina e deitou-se, embora soubesse que não conseguiria dormir. Os eventos da última hora pareciam-lhe ir levar dias a assimilar. Não conseguia sequer concentrar a mente num único componente, perdido no meio de uma tempestade de informações, revelações e emoções. Mas não ficou sozinho no escuro tanto tempo como receava.

Ainda mal pousara a cabeça na almofada quando ouviu a porta abrir-se, e o som de passos delicados no soalho. Sarah estava diante de si com uma vela na mão. À luz bruxuleante, viu que envergava apenas a camisa de dormir.

— O que estás aqui a fazer? — perguntou num murmúrio. Não conseguia disfarçar o seu prazer por a receber, mas não ignorava as consequências caso fossem descobertos.

— Queria abraçar-te só um pouco mais — respondeu ela.

Deslizou para debaixo dos cobertores ao lado dele, abraçando-o e puxando-o para si. Havia apenas duas camadas finas de tecido entre eles enquanto ela pressionava o seu corpo contra o dele.

Raven recordou a sua excitação juvenil quando viu pela primeira vez Evie nua, e tudo o que se seguiu. Mas isto parecia mais forte, embora se limitassem a ficar ali deitados, em silêncio, imóveis, envolvidos pela escuridão como se banissem o mundo lá fora. Sentiu nos ouvidos como que algo a correr, um som calmante, por não ter significado. O sono ainda podia vir, embora não com Sarah ali. Por mais que gostasse de a ter encostada a si, adormecerem os dois era convidar o desastre a acontecer.

Ao fim de algum tempo, Sarah falou em voz baixa, uma única palavra.

— Thomas?

— Sim?

A resposta de Raven foi instintiva, demasiado depressa para se conter.

Experimentou um momento de choque, mas nem medo nem ameaça. Pareceu-lhe uma intimidade, quase tanto como a que a precedera.

— Como sabes?

— Vi nos registos paroquiais. Fui em busca de informação acerca do Beattie, e muito especialmente das suas origens familiares. Mas enquanto lá estava, confesso que tentei dar resposta à minha curiosidade. Cheiraste-me a segredos desde o dia em que puseste o pé nesta casa.

— E a que é que te cheira o Beattie, além de a laranjas e sândalo?

Sarah fez uma pausa.

— Segundas intenções. Um homem cujas verdadeiras intenções estão sempre ocultas.

— O que é que ficaste a saber acerca dele?

— Não há registos acerca do tio dele, nem tão-pouco de a mãe dele alguma vez ter vivido em Edimburgo. Também consultei o diretório dos Correios.

— Falaste nisso à Mina?

— Claro que não, antes que matem o mensageiro. Ela tem uma fé nele compreensível, e consideraria uma impertinência imperdoável que eu lhe revelasse o que descobri, ou, sequer, o que procurei. Ainda assim, não vou deixar que ela seja enganada e embarque às cegas num casamento que não é tudo aquilo que ela pensa. Pode haver uma explicação inocente qualquer, mas desconfio que o Dr. Beattie não é tudo o que finge ser, e é minha intenção obter respostas dele.

— Ele não as dará a uma criada.

— Dará, sim, se a criada ameaçar revelar tudo o que sabe ao seu patrão, o Dr. Simpson. Eu sou tenaz, Sr. Raven. E também gostaria de ter respostas suas.

Pressionou-o com o dedo no peito, em tom acusador.

— Não penses que eu não reparei que mudaste de assunto. Como é que o Thomas Cunningham se transformou em Will Raven?

Raven esperara, de facto, que ela se esquecesse. Mas não podia negar-lhe a satisfação das suas interrogações, ou um pouco de honestidade.

— Mudei de nome quando me inscrevi na universidade — disse ele. — Adotei o apelido da minha mãe e o nome do meio que ela me escolheu. Queria ser inteiramente filho dela e não do meu pai.

— O Dr. Simpson disse que andaste na escola Heriot para crianças sem pai. Mas a paróquia não tem nenhum registo da morte do teu pai.

Raven ficou imóvel por momentos, ponderando a melhor forma de explicar.

— Eu disse ao Dr. Simpson que o meu pai era advogado em St. Andrews. Isso não é verdade. O meu pai era um mulherengo e um bêbado, além de propenso a raivas violentas. Um negociante de vinhos cujo negócio faliu porque gostava demasiado do seu próprio produto, e que descarregou a sua raiva e os seus fracassos sobre nós. A minha mãe e eu vivíamos permanentemente assustados, sem sabermos que comportamento teria quando voltasse para casa. Até que um dia espancou a minha mãe tão violentamente que tive medo de que a matasse. Depois disso, saiu de casa e deixou-nos. Talvez por ver o que provocara, porque sentiu vergonha do que fez, ou talvez, muito simplesmente, para escapar às dívidas do seu negócio falido.

— Partiu e nunca mais voltou?

— Os dias passaram, depois as semanas, e os meses, até que se tornou claro que nos abandonara. O irmão da minha mãe, um advogado, tinha alguma influência na escola George Heriot, e arranjou-se uma modalidade especial, uma vez que eu era, para todos os efeitos, um rapaz sem pai. E tomou a minha mãe a seu cargo, uma vez que ela ficou atolada nas dívidas do meu pai.

— Deves sentir uma grande ternura por um tio capaz de ser tão generoso. E, no entanto, nunca te ouvi falar dele.

— Porque eu desprezo o sujeito. A aparente generosidade dele é, na verdade, uma moeda de troca miserável para ser dono da minha mãe e controlá-la. Ele não concordou que ela casasse com o meu pai e não perde uma oportunidade de demonstrar que tinha razão, enquanto ela era responsável pela vergonha da sua situação. É como se cada *penny* que lhe oferece o elevasse ainda mais, e a rebaixasse a ela. Por isso, tenho a ambição de alcançar sucesso para recuperar a dignidade dela.

— Alguma vez soubeste o que foi feito do teu pai? Achas que pode voltar um dia? E o que é que a tua mãe faria nesse caso?

Eram três questões para as quais Raven não estava preparado para dar senão uma só resposta.

— Já não temos medo — respondeu.

CINQUENTA E QUATRO

Jarvis acendia candeeiros enquanto Raven descia as escadas, vindo do quarto, e a escuridão descia sobre o fim da tarde. Encontrou Sarah quase a correr no patamar do segundo piso, com uma pilha de lençóis lavados tão grande nos braços que se perguntou como conseguia ela saber para onde ia. Parou-a antes que tropeçasse em David e Walter, encolhidos no meio do caminho a travar uma guerra imaginária sobre a alcatifa.

— Qual é a pressa? — perguntou ele.

— Estou a tentar acabar rapidamente o que tenho para fazer de modo a poder ter algum tempo de sobra para as coisas que tenho a fazer na rua antes do jantar. Quero tratar de um assunto meu enquanto estou fora.

— Queres tu dizer, o Beattie. És capaz de não o encontrar em casa — advertiu Raven. — Não estou bem certo dos horários dele.

— Nesse caso vou arranjar tempo para voltar todos os dias até lhe arrancar a verdade.

— Se o fizeres, arranjas outro problema: o de saber o que hás de dizer à Mina.

— Uma coisa de cada vez — respondeu ela, passando por ele para voltar ao trabalho. — Não posso atrasar-me.

Raven sentia uma enorme admiração pela lealdade e sensibilidade de Sarah. Sabia que lhe era frequentemente difícil lidar com

Mina, mas, ainda assim, dava-se a grandes trabalhos para impedir que lhe sucedesse algum mal. O problema era que, caso Sarah desmascarasse Beattie como uma fraude e um patife que procurava aproveitar-se dela, Mina poderia nunca lhe perdoar.

Não obstante, Raven sentiu-se aliviado por Sarah se ocupar agora mesmo da sua busca da verdade. Insistia frequentemente em ser envolvida desde o início nas investigações dele. A sua missão de hoje, porém, levá-la-ia a territórios mais perigosos, e desempenhá-la-ia melhor a sós.

Desde a descoberta que tinham feito na Duncan e Flockhart, Raven perguntara-se qual a melhor forma de investigar Adam Sheldrake, e a resposta fundamental a que chegara fora a seguinte: com muito cuidado. Tratava-se de um homem com muito a perder, o que o tornava perigoso. Era bem possível que já tivesse assassinado Rose devido ao que ela pudesse revelar acerca dele. Ainda que não fosse ele o assassino, sê-lo-ia decerto seu cúmplice. Com a morte de Spiers, Raven testemunhara o que ela era capaz de fazer, sem hesitações, para se proteger.

Desde o recontro nas docas, preocupava-o a rapidez com que a parteira o reconhecera. Inspecionou a memória em busca de todos os rostos seus conhecidos, mas sem conseguir lembrar-se de quando se teriam visto um ao outro. Convencia-se, assim, cada vez mais de que «Madame Anchou» era um pseudónimo de outra qualquer pessoa. Conheceria Sheldrake a verdadeira identidade dela, perguntou-se. E Spiers? Ela eliminara-o assim que lhe parecera que poderia prejudicá-la. Seria o seu nome verdadeiro aquilo que mais receava que ele pudesse revelar?

Raven e Sarah tinham especulado que Rose poderia ter sido envenenada por ter descoberto esse conhecimento interdito. No entanto, se Sheldrake trabalhava secretamente como praticante de abortos, então o dentista tinha as suas próprias razões para silenciar a sua criada depois de a sina desta a ter conduzido à King's Wark.

Talvez fossem ambos capazes de assassinar: talvez cada um deles fosse tão implacável e letal como o outro.

Raven inquirira a localização do consultório de dentista de Sheldrake. Embora também fizesse consultas domiciliárias, estava disponível várias horas todos os dias numa clínica onde os pacientes podiam ser atendidos. A intenção de Raven era a de o seguir sem ser visto, para averiguar aonde mais ia depois de terminar as consultas, uma vez que, a partir de certo momento, teria de voltar a encontrar--se com a sua parceira para praticar aquelas artes negras.

O consultório situava-se nos limites da Cidade Nova, em London Street, a menos de meia hora a pé da taberna de Leith. A clínica devia encerrar daí a uma hora, pelo que, tal como Sarah, Raven não tinha tempo a perder.

Abriu a porta da frente e sentiu de imediato o vento gelado fustigar-lhe as bochechas. Fechou de novo a porta e olhou cobiçosamente o sobretudo do Dr. Simpson, pendurado à entrada do átrio. O professor passaria o resto da noite em casa, ocupado no piso de cima, no seu escritório. Decerto não daria pela sua falta por umas duas horas.

Raven olhou em volta à procura de Jarvis, que desaparecera na sala de estar. Passou o sobretudo sobre os ombros, sentindo-o agradavelmente pesado. Sentiu-se transformado, como um cavaleiro de armadura mais bem equipado para defrontar o seu inimigo, ainda que este fosse apenas o clima. Só queria poder envergar as responsabilidades do professor com tanta facilidade como a de vestir o seu sobretudo de pele de foca.

Ao sair pela porta da frente, com o sobretudo a adejar em seu redor como uma capa, diversos fragmentos desencontrados que rodopiavam nos seus pensamentos coalesceram de imediato num conjunto visível.

Visualizou a figura de capa, caminhando na direção dele em Leith Shore.

Alguém que fingia ser quem não era.

Cada um deles tão implacável e letal como o outro.

Uma parteira francesa que poderia não ser francesa.

Uma pessoa transformada por uma única peça de vestuário.

Uma combinação desse tipo permitiria a um médico praticar essa arte negra sem o risco que correria se publicitasse esse tipo de serviços.

Sheldrake não estava conluiado com Madame Anchou. Sheldrake era Madame Anchou.

Agora percebia tudo. O rosto já de si de traços femininos, disfarçado sob pó de arroz, espreitando das sombras de um capuz. E quão mais fácil é esconder a própria voz falando noutra língua, com outro sotaque. Era a maneira perfeita de proteger a sua reputação enquanto levava a cabo a sua ocupação colateral, ilegal mas muito lucrativa.

Ao sair para Queen Street, Raven tinha a cabeça a andar à roda, razão pela qual não se apercebeu dos três homens que se aproximaram rapidamente, de olhos fixos nele. Nesse momento de revelação, estava insensível ao perigo, até ser já tarde demais.

Dois deles agarraram-no, um de cada lado, e atiraram-no para o interior da carruagem do Dr. Simpson, enquanto o terceiro atirava ao chão o cocheiro e, apesar dos seus protestos, se apoderava das rédeas.

Raven não os reconheceu, mas bastou um nome para saber o que precisava de saber.

— Um certo Sr. Flint requer humildemente a sua presença, *sir*.

— E então, afinal que notícias tem para me dar?

Sarah engoliu em seco. Tinha esperança de que a ansiedade que poderia estar a ostentar fosse lida por ele como sinal da sua apreensão por partilhar notícias desagradáveis.

— A casa do seu tio é em Canaan Lands, não é? No Morningside?

Beattie fez uma pausa antes de responder. Sarah notou o facto de que ninguém deveria ter reservas a uma questão cuja resposta é um simples sim ou não. Suspeitaria de que ela o estava a pôr à prova? Provavelmente não. Homens como ele não acreditavam que as classes baixas pudessem ter a audácia ou a imaginação para ludibriar dessa forma.

— É, sim.

— A *Miss* Grindlay contou-me como o senhor a descreveu, com as suas vistas, belos jardins e mesmo uma grande estufa. Disse que a sua mãe nasceu e foi criada lá, o que torna tudo isto mais difícil.

Ele fitou-a com olhar penetrante, e a expressão impaciente.

— E então? Vá direto ao assunto, *Miss*...?

— Fisher — recordou-lhe ela, embora sem ter certeza de que ele alguma vez tivesse ouvido o seu apelido. — Estive hoje com uma amiga que está ao serviço de uma família de Canaan. Ela estava a falar no que me pareceu ser a mesmíssima casa, onde vivia sozinho um cavalheiro de idade. Canaan Bank, parece-me que foi como ela me disse que a casa se chamava. É essa a casa do seu tio? Ou será que ela disse Canaan Lodge?

— E então? — perguntou ele, cada vez mais irritado. Sarah tomou nota de que não respondera à pergunta.

— Uma terrível calamidade. A razão por que ela a mencionou foi um incêndio horrível que teve lugar durante a noite. Acordaram e viram fumo. A casa está arruinada. Eu estava com esperança de que a notícia já tivesse chegado até si, para não ter de ser eu a transmitir-lha. Infelizmente, parece que não foi esse o caso.

— Não soube de nada.

Sarah notou que não houve uma palavra acerca do bem-estar do tio.

— Suponho que isto deve ser particularmente perturbador para si, uma vez que deveria herdar a casa, não é verdade? Muito embora a *Miss* Grindlay tenha dito que a casa não estava nas melhores condições e não corresponderia às suas expectativas.

Parecia conseguir ver as rodas dentadas em movimento por detrás dos olhos dele. Raven avisara-a de que ele não responderia a perguntas de uma criada, o que a levou a adaptar a sua estratégia. O engodo a que recorreu foi o de apresentar a Beattie uma mentira que lhe permitisse desenvencilhar-se de uma mentira anterior, à qual ela acreditava que ele procurava já escapar. As histórias do mau estado da casa e da doença do tio constituíam um meio de preparar o caminho para dizer a Mina que não havia casa alguma a herdar de um tio que morreria antes que ela o pudesse conhecer. Caso se soubesse que havia de facto na zona uma casa devastada por um incêndio, habitada, ainda por cima, por um idoso solitário, ele teria o problema resolvido.

— Realmente. São notícias terríveis. Descreveu o sítio que eu conheço tão bem. Perdeu-se Canaan Bank.

Sarah conteve um sorriso de satisfação. Ao nomear a casa, ele comprometera-se. Apanhara-o.

— Tenho de lhe dizer, Dr. Beattie, que me causa impressão o facto de não ter perguntado pela saúde do seu tio.

Beattie foi imperturbável na resposta, calma e lógica. O que o traiu ainda mais.

— Parto do princípio de que não morreu, caso contrário, você teria começado por mo dizer.

— Ou será que o bem-estar do seu tio não o preocupa pela simples razão de que o seu tio não existe? Nunca houve uma casa chamada Canaan Bank, nem tão pouco um incêndio. Inventei tudo — tal como o senhor. O que eu gostava era de saber porquê.

Beattie pareceu momentaneamente paralisado, com uma expressão imutável no rosto, como se fosse um dos calótipos de *Miss* Mann. Piscou os olhos uma vez antes de dar a sua resposta, franzindo o nariz em sinal de desagrado.

— Não consigo imaginar o que a levou a congeminar esta charada, *Miss* Fisher, mas sabia que era tudo inventado desde o momento em que aqui entrou. Razão pela qual a deixei prosseguir os seus joguinhos insensatos, para ver até onde a levaria a sua impertinência. E a resposta é que a levou à rua. Vou tratar de fazer que a despeçam por mau carácter.

Depois do tempo que vivera sob essa ameaça, Sarah mostrou menos temor do que ele esperara. Fitou-o despudoradamente.

— Desconfio de que o Dr. Simpson terá uma opinião diferente, a não ser que o senhor consiga apresentar esse tal seu tio, assim como a casa em que ele vive. Ora eu consultei os registos da paróquia e deles não consta nenhum Charles Latimer. Fui igualmente aos Correios, onde verifiquei que, mesmo hoje, não vive ninguém com esse nome na cidade. Porque está a enganar a *Miss* Grindlay, Dr. Beattie?

CINQUENTA E SEIS

A carruagem seguiu aos solavancos, viajando mais depressa que nunca, mais depressa, na verdade, do que fora concebida para viajar. Raven ouviu sucessivamente as rédeas a estalar, enquanto o homem de Flint não demonstrava a menor contenção a espicaçar os cavalos, pouco se ralando com a escuridão e nevoeiro crescentes. Muitos pedestres desprevenidos tinham-se visto à beira de precisar dos cuidados de Syme, depois de se colocarem no trajeto de uma carruagem com tão fraca visibilidade. A tal velocidade, porém, era pouco provável que um desgraçado que se visse atropelado sobrevivesse tempo suficiente para se sujeitar, ainda, às provações da cirurgia.

Cada esquina dobrada ameaçava fazer virar o *brougham*, embora não chegasse a acontecer. Pena, pensou Raven, pois poderia oferecer-lhe a oportunidade de escapar dos destroços e fugir. Tentou estimar os danos que sofreria se se lançasse da carruagem para se evadir, mas era como se os seus raptores tivessem já previsto tal manobra. Sentavam-se um de cada lado dele, entalando-o. Um deles ostentava uma cicatriz desde a testa até ao queixo, como se tivesse sofrido uma espadeirada. O outro distinguia-se por um bócio tão pronunciado que mais parecia um sapo. Mal tinham dito uma palavra, e Raven menos ainda.

Apercebia-se da sua insensatez. Convencera-se de que lhe bastava continuar a fugir a Gargântua e a Weasel, e reservara a sua vigilância às investidas que fazia a sul de Princes Street, como se a Cidade Nova constituísse um qualquer reino protegido preservado do alcance de Flint. Mas eles tinham aguardado, capturando-o assim que pusera um pé fora de casa, fora de Queen Street, n.º 52. Tinham feito perguntas, tinham-no localizado, e agora estava a ser conduzido à sua desgraça, ao destino que tentara iludir durante tanto tempo.

Tens o diabo dentro de ti.

Pensou na temeridade com que encarara a sua dívida. Homens como Flint faziam-lhe medo, mas isso não diminuía o desprezo que nutria por eles, e o último levava por vezes a melhor ao primeiro. Aquela parte de si próprio perversa e furiosa, satisfazia-a desafiando-os. Desse modo, tinha-se não apenas furtado ao pagamento, mas igualmente insultado Flint pela forma como resistira, e chegara a ferir os seus homens.

Como que a zombar dele, a mala do Dr. Simpson estava no banco em frente, um símbolo do futuro que sonhara para si próprio e não chegaria a ver. Fora por insistência do cocheiro que ele passara a deixá-la no *brougham* entre viagens, depois de Angus ter sido inúmeras vezes obrigado a dar meia-volta a meio de uma viagem, pelo facto de Simpson se ter esquecido dela na sua pressa de chegar a um caso urgente.

Sentiu dificuldade em distinguir os edifícios no escuro, mas o seu sentido de orientação indicou-lhe que se encontravam em Fountainbridge, nos arredores da Cidade Velha. Sintomaticamente, a carruagem imobilizou-se não em frente de um edifício, mas nas traseiras, onde foi retirado da carruagem e encaminhado para um pátio traseiro, agarrado de ambos os lados por Scar e Toad.

Assim que ouviu chegar a carruagem, Weasel veio a correr do beco das traseiras do edifício. Fitou Raven com uma mistura feia de raiva e confusão por o ver ser entregue assim. Raven interrogou-se porque parecia tão surpreendido.

Seguia-o uma jovem assustada que ostentava o início de um olho negro, com a pele em redor da órbita direita vermelha e inchada, com alguma hemorragia devido a conjuntivite. Parecia esgotada e pálida, com a roupa suja de sangue. Raven não conseguiu adivinhar qual o seu papel ali, e perguntou-se acerca do paradeiro de Gargântua.

Weasel avançou para Raven e socou-o violentamente no estômago, mas foi rechaçado por Toad.

— Que raio pensas que estás a fazer? Este é o Dr. Simpson, que o Flint nos mandou ir buscar.

— Não é nada — retorquiu Weasel. — Este é o Will Raven, o fedelho que quase me cegou e que deve dois guinéus ao Flint.

— Garanto-te que é o Simpson. O Flint disse-nos que ele vive em Queen Street, 52, e que a maneira de o reconhecermos é pelo seu sobretudo preto de pele de foca. E nós vimo-lo sair de casa assim vestido.

— E eu digo-te que este gajo pode estar a vestir o casaco do outro, mas isso é o mais próximo que vai ter de ser o Dr. Simpson.

Nesse momento, saiu abruptamente de casa o credor da dívida de Raven: Callum Flint em pessoa. Correspondia à memória que dele guardava Raven: não o mais entroncado dos homens, mas magro e rijo, rápido de raciocínio e de movimento. Físico de pugilista e cérebro de trapaceiro.

Contra todas as expectativas, parecia estar com disposição indulgente, uma vez que, estranhamente, tinha o nariz a sangrar, com sangue a correr para uma camisa já húmida. Teria tido lugar uma altercação recente. Raven ouviu gritos vindos do interior, seguramente de alguém castigado por ter desferido o golpe.

— Que raio de diabo está este mijinhas aqui a fazer? — perguntou ele. — Onde está o Simpson?

Weasel compôs um ar de satisfação na cara, desfrutando do momento em que os colegas verificassem a asneira cometida. Era como uma abertura da sinfonia de vingança com que em breve ia ser brindado.

Flint limpou o sangue do nariz com a manga da camisa. Tinha um ar exausto, de alguém que chegou ao fim das forças. Um homem urgentemente necessitado de um escape para as suas frustrações.

— Eles sacaram este inseto por engano — explicou Weasel. — Deve-te dois guinéus, e tem uma dívida para comigo de outro género.

Flint olhou Raven com um olhar algo alheado, como se tivesse a cabeça noutro lado.

— Tens os dois guinéus? — inquiriu.

Raven não conseguiu responder, tal era o seu medo.

Ouviu mais um grito vindo de dentro de casa, pensando por momentos que era um aperitivo dos que ele próprio tomaria em breve. Apercebeu-se de que se tratava de um grito de mulher, e deduziu o que se passava.

— Sr. Flint, mandou chamar o Dr. Simpson. A sua mulher está em trabalho de parto?

— *Aye* — respondeu a rapariga do olho negro, com ar de urgência e súplica. — Está, sim, e já há catorze horas. Está cega e louca com a agonia que está a passar. Ataca os que tentam ajudá-la.

— Eu posso ajudar.

— O que é que tu sabes destas coisas? — perguntou Flint.

— Sou o assistente do Dr. Simpson. Sou parteiro, por assim dizer.

— Eu quero o professor, não o aluno.

— Só que eu estou aqui agora, e o Dr. Simpson ainda está em Queen Street.

Nesse momento, fez-se ouvir mais um berro, vindo do interior da casa.

— Levem-no até lá — ordenou Flint.

— Preciso da mala que está dentro da carruagem — disse Raven.

— Vai buscá-la — disse o Scar. — E vê lá se desta vez não trazes um chapéu ou uma bosta de cavalo por engano.

Raven foi acompanhado ao interior do edifício e conduzido a um quarto do primeiro andar, onde se confrontou com uma cena que lhe trouxe imediatamente à memória a sala de jantar dos Simpson na noite da descoberta do clorofórmio. Vários móveis tinham sido derrubados e uma jarra e uma bacia jaziam em cacos no meio do chão. O cheiro lembrava uma taberna no fim de uma noite concorrida, uma mistura nefanda de vapores de álcool estragado com diversos odores corporais e o cheiro muito distinto do sangue.

A mulher de Flint era contida à força na cama por várias pessoas, incluindo Peg e Gargântua. Estavam todos desnorteados, encharcados em suor, quase tanto como a paciente propriamente dita. Ao avistar Raven, Gargântua deu sinal confusão e raiva, mas sem abandonar o posto.

Entre os que rodeavam a cama havia uma parteira que ostentava uma nódoa negra na maçã do rosto. Olhou Raven quase com tanto desdém como o gigante. As parteiras não tinham em grande conta a sua concorrência masculina. Ser obrigada a ceder lugar a alguém tão novo era ainda mais exasperante. Dito isso, tal como todos os presentes, tinha um ar desesperado. Aí estava uma ocasião em que Raven sabia que não poderia piorar a situação. Mas a sua única hipótese de evitar ser assassinado era conseguir fazer melhor.

— Diga-me o que aconteceu, e despache-se — ordenou, em tom autoritário para disfarçar o medo que sentia.

— As membranas romperam-se às primeiras horas da manhã e tenho estado a dar à Sr.ª Flint doses regulares de *brandy* e água — reportou a parteira.

A mulher contorcia-se e debatia-se vigorosamente, procurando libertar o braço que a parteira sujeitava.

— Só que ela entrou em delírio e ficou cada vez mais agitada. Dei-lhe várias doses de láudano, mas para nada; só ficou mais delirante e, como pode ver pelos seus olhos, ainda ficou mais violenta na sua agonia. Se *você* acha que consegue contê-la onde todos nós falhámos, dou graças por poder vê-lo tentar.

Com estas palavras, soltou o braço que segurava, a fim de facilitar à Sr.ª Flint a tarefa de golpear Raven com ele, e afastou-se da cama.

Raven vasculhou no interior da mala do Dr. Simpson, sentindo inicialmente dificuldade em ver à luz débil do gás. Durante um momento de parar o coração, não conseguiu encontrar o frasco que procurava, mas acabou por o achar.

Verteu umas vinte gotas de clorofórmio num lenço de assoar, que enrolou em forma de cone como lhe fora ensinado. A Sr.ª Flint empinava-se e bradava, agitando um braço na sua direção ao aproximar-se dele. Raven bloqueou o golpe com o antebraço e segurou o lenço humedecido a poucos centímetros da cara dela, após o que o aproximou ainda mais até lhe cobrir o nariz e a boca. Ao fim de cerca de um minuto, as contorções cessaram e os ajudantes puderam soltá-la, embora parecesse que poderia recomeçar a todo o momento.

— Ele envenenou-a! — bradou a parteira. — Sr. Flint, este homem assassinou a sua mulher!

— Isto é clorofórmio, uma droga nova — retorquiu Raven, olhando Flint nos olhos. — Ela vai dormir sem sentir nenhuma dor até eu a reanimar.

Com a paciente agora em repouso, Raven realizou um exame, o qual lhe permitiu averiguar a posição do bebé e a razão da falta de progressos no trabalho de parto. Sentiu um nó apertar-se dentro de si. Enganara-se na sua impressão ao entrar no quarto: havia, sim, uma forma de piorar a situação, pelo menos para si próprio.

O exame que fez identificou não a cabeça do bebé no canal vaginal, mas o seu braço. Mãe e filho podiam morrer ambos ali. Administrara clorofórmio e, embora não fosse isso que a mataria, caso a Sr.ª Flint nunca viesse a si, seria ele a arcar com as culpas. A parteira disso se encarregaria.

Conseguia imaginar aquilo que aconteceria a seguir.

Teria de virar a criança no interior do útero antes de poder tentar extraí-la, uma manobra que nunca executara. Caso falhasse, seria decerto morto. E, ainda que fosse bem-sucedido, a sua sorte estava longe de certa.

Fechou os olhos por momentos e retirou-se do lugar. Para não muito longe dali, a pouco mais de um quilómetro, num quarto sobre o Canongate: o primeiro caso que visitara na companhia do Dr. Simpson. Visualizou o diagrama que o professor esboçara numa folha de papel sobre uma mesa salpicada de cera, naquele quarto quente e fétido. *Pode-se considerar que a criança, como um todo, tem forma cónica, sendo o respetivo ápex, ou seja, a parte mais estreita, os pés. O crânio pode igualmente ser visto como um cone, cuja parte mais estreita é a base.*

Raven respirou fundo e começou. Introduziu sem dificuldades a mão no útero e encontrou facilmente o joelho do bebé. A partir deste, alcançou ambos os pés e puxou para baixo, com firmeza, mas suavemente. O clorofórmio relaxara os músculos maternos e a extração concluiu-se cerca de cinco minutos depois. Um bebé, nado-vivo, muito embora o braço que se instalara no canal durante um tempo considerável tivesse adquirido quase completamente a cor negra.

A placenta seguiu-se pouco depois, e a hemorragia foi reduzida. A criança foi embrulhada pela rapariga do olho negro, que se chamava Morag.

Flint retirou-lhe o bebé dos braços, abraçando-o ele próprio de forma muito possessiva.

A sua mulher acordou pouco depois, espelhando no rosto desorientação e confusão, como se despertasse de um sonho. Flint mostrou-lhe a criança, que contemplou por momentos, incrédula, até a abraçar contra o peito.

— Vi-me nas garras da morte — declarou. — E, no entanto, aqui está esta coisinha mais linda. Como pode ser isso?

— Foi o doutor jovem, minha senhora — esclareceu Morag.

Flint conduziu Raven ao pátio das traseiras, ambos seguidos por Peg e Gargântua. Weasel, Toad e Scar aguardavam, acompanhados pelo homem que conduzira tão aterradoramente os cavalos.

Era uma criatura velha e esquelética, cujos ossos pareciam dever ter-se partido em pedaços com a trepidação. Era, manifestamente, feito de matéria mais rija do que aparentava, tanto por dentro como por fora.

Weasel afiava a navalha arrastando-a pela pedra do edifício, mirando Raven com um olhar cheio de intencionalidade. Eram cinco capangas às ordens do chefe, ordens por que Raven também aguardava, em palpos de aranha.

— Já me lembro de si — anunciou Flint. — Quando veio ter comigo a pedir-me dinheiro, disse que não conseguia devolvê-lo depressa, mas que era um homem com perspetivas de carreira. Agora vejo que não mentiu. Aquela coisa que você usou foi perfeitamente milagrosa. Diga lá outra vez qual é o nome daquilo?

— Clorofórmio — respondeu Raven.

— E onde é que um sujeito pode arranjar esse líquido portentoso?

— Na Duncan e Flockhart, em Princes Street.

— Hmm... — ponderou Flint. Uma loja dessas de certeza que toma nota de quem lhe compra os produtos. Será que não se pode adquirir de outra forma? Através de um intermediário, quiçá?

Raven percebeu aonde o outro queria chegar, mas não estava em posição de recusar.

— Talvez.

Weasel continuava a afiar a navalha, com o rosto denunciando a impaciência por suspeitar de que a noite poderia não terminar como desejava.

— Guarda lá a maldita da naifa — ordenou Flint, como que irritado com o som.

Weasel obedeceu com um suspiro.

— Aqui o Sr. Raven é para ir à vida dele, e ninguém o chateia mais daqui para a frente — declarou perante a assembleia de maltrapilhos. — Esta noite eu é que estou em dívida para com *ele*.

— Mas ele ainda está em dívida para comigo — protestou Weasel. — Quase que me deu cabo da vista.

— Você parece que está a ver bem — retorquiu Raven.

— *Aye* — assentiu Flint com bonomia. — Parece que você, sozinho, levou a melhor aqui sobre estes dois, aqui há uns tempos.

— Ele cegou-me com um pó — resmoneou Gargântua.

— Exatamente — respondeu Flint. — Você parece-me um homem de iniciativa e expediente. Estava aqui a pensar se, para substituir a sua dívida, você e eu não podíamos chegar a um entendimento.

Flint fitou-o, olhos nos olhos. Raven sabia estar a fazer um pacto com o diabo, mas era melhor do que ter o diabo na peugada.

— É possível que sim.

— E haverá alguma coisa que eu possa oferecer, a título de agradecimento?

Raven preparava-se para declinar educadamente, quando lhe ocorreu que aquele homem tinha ouvidos nas entranhas da cidade, e muitos olhos para lhe levarem informações.

— Só se for informações. Ando à procura de alguém. Talvez me possa avisar se o senhor ou os seus homens a encontrarem.

— Uma mulher? Quem é ela?

— É uma parteira francesa que dá pelo nome de...

— Madame Anchou — adiantou-se Toad. — Vende pílulas e poções. Custam os olhos da cara.

— *Aye* — corroborou Scar com uma risada. — Este aqui comprou-lhe uma que era para lhe levantar o orgulho, se é que me faço entender. — Sofre daquilo que acontece a quem bebe demais e deixa de conseguir cumprir a função.

— E não funcionou, ainda por cima — queixou-se Toad com azedume.

— O que é que esperavas? — perguntou Scar. — Não há poção nenhuma no mundo que faça levantar a coisa diante duma gaja que te quisesse.

— Onde é que a viram? — perguntou Raven, impondo urgência à boçalidade da conversa.

— Numa taberna junto ao Canongate. Quem me deu o nome dela foi uma certa Sr.ª Peake, que tem um bordel lá perto.

— O que é que se lembra dela? — perguntou Raven.

— Pouca coisa. Estava escuro e ela estava de capa e capuz na cabeça. Lembro-me de que cheirava a qualquer coisa, um cheiro exótico. Tão forte que dava para sufocar.

Raven sentiu um formigueiro na pele, um arrepio de frio mesmo sob o sobretudo do Dr. Simpson.

— Era a quê, esse cheiro?

— A laranjas.

CINQUENTA E SETE

Beattie tinha agora uma expressão trovejante no rosto. Era o momento em que Sarah esperava ser posta na rua, por entre uma tirada pomposa acerca de indecência e nova insistência em que asseguraria que fosse despedida.

Em vez disso, uma súbita calma pareceu instalar-se nele. Uma transformação. Recostou-se, abrindo as mãos num gesto conciliador.

— *Miss* Fisher, devo-lhe um pedido de desculpas. A menina está correta. Nem tudo é, de facto, como parece. — Levantou-se, com uma expressão sincera. — Peço-lhe a cortesia de me permitir explicar-me. E, a título de contrição, permita-me oferecer-lhe um chá, para podermos tomá-lo juntos enquanto ouve o que tenho para lhe dizer.

Sarah levantou-se quase por reflexo.

— Nesse caso, deixe-me ajudá-lo, *sir*.

— Não, por favor. A chaleira ferve num instante à lareira, e já me serviu vezes que chegue. O mínimo que posso fazer é retribuir-lhe, por uma vez.

Sarah achou por bem não insistir. Viu-o sair da sala, e aproveitou o pouco tempo em que ele estaria ausente para caminhar silenciosamente pelo átrio e inspecionar o estúdio.

Viu espécimes anatómicos guardados em frascos em prateleiras sucessivas, encostados à parede, com o reflexo da luz a gás no vidro. Havia exemplos de todos os órgãos preservados em líquido límpido: corações, pulmões, rins, e até mesmo um cérebro. Sarah não teve dificuldade em imaginar que a coleção pudesse causar desconforto a muitos visitantes inadvertidos. Ela, habituada aos costumes e procedimentos dos praticantes da medicina, não a considerou fora do comum. Dito isso, pareceu-lhe ver algo de pouco habitual nos espécimes, embora, vislumbrando-os de forma tão breve, não conseguisse discernir exatamente o quê. Experimentou uma vaga sensação de desconforto, mas que não se comparava ao choque de ver o par de luvas de pelica pousado sobre a secretária dele.

Regressou à sala de estar mesmo a tempo do reaparecimento de Beattie, trazendo já o prometido chá sobre um tabuleiro. Pousou-o na mesinha baixa, onde se tornou claro que não estava habituado a servir ninguém. Ela apercebeu-se de que as chávenas eram desirmanadas e ele servira previamente o chá.

— Obrigada — disse ela. — É uma honra tão pouco habitual ser servida por um cavalheiro. Será muito atrevimento pedir-lhe um bolinho, ou mesmo um biscoito?

Beattie pareceu incomodado com o esquecimento.

— Mas é claro. Comprei *scones* hoje de manhã, se lhe parecer bem.

Regressou daí a pouco com um único *scone* num prato. Esquecera-se de uma faca, ou de manteiga, mas ela contentou-se com a oferta.

— Então e como é que entrou ao serviço do Dr. Simpson? — inquiriu ele.

Ela respondeu sucintamente, bebericando da sua chávena. O chá era aceitável, mas longe de ser dos melhores.

— É uma família muito fora do comum, não lhe parece? — prosseguiu Beattie. — Que coisas estranhas deve ter presenciado lá.

Para um homem que falava habitualmente apenas de si próprio e das suas ambições, demonstrava um nível notável de interesse manifestado perante quem quer que fosse, quanto mais uma criada. Era quase como se aguardasse que algo ocorresse. Talvez pensasse que, se a empatasse tempo suficiente, ela esqueceria as suas próprias perguntas. Mas ela desenganou-o.

— Dr. Beattie, prometeu-me uma explicação. Eu queria saber por que razão mentiu à *Miss* Grindlay e ao Dr. Simpson a respeito de ter o tal tio. É que, se é capaz de mentir acerca disso, temos de nos perguntar sobre o que mais não será capaz de mentir.

Com essas palavras, esvaziou a sua chávena, como que a assinalar que as cortesias tinham acabado.

Beattie viu-a pousar a chávena no pires, momento em que Sarah teve a certeza de ter detetado nele mais uma transformação. Parecia de novo ele próprio, arrogante e seguro de si.

— Eu perguntei pelo seu trabalho, *Miss* Fisher, na esperança de que compreendesse que nem sempre é fácil conseguir boas oportunidades. Por vezes, têm de ser construídas. As pessoas podem ser encorajadas a acreditar em alguma coisa, de modo a terem confiança nessa coisa. O meu desejo era que tivessem confiança em mim.

Bebeu um gole da sua própria chávena.

— Acertou. Não tenho tio nenhum, nem casa para herdar. Tudo aquilo que tenho, fui eu que o construí para mim próprio. As minhas origens não têm a menor relevância. As minhas perspetivas e o meu futuro, esses sim, é que são importantes. E eu terei um excelente futuro. A Mina tem muita sorte por o ir partilhar.

— Só está interessado nela pela ligação ao Dr. Simpson que esse casamento lhe permitirá, não é verdade?

— Vamos ser realistas. A única esperança da Mina em arranjar marido era alguém que procurasse uma ligação ao Dr. Simpson. Ela tem a sorte de esse alguém ser eu. No meu campo profissional, os meus dotes só são superados pelas minhas ambições.

Revelava finalmente o verdadeiro rosto de que ela suspeitava, e sabia claramente nada ter a recear de tal franqueza. Particularmente da criada que tinha diante de si.

— Por falar em dotes, em presentes, Dr. Beattie, vi-o comprar um par de luvas de pelica na Kennington e Jenner. Parti do princípio de que as tinham embrulhado como presente para a *Miss* Grindlay, mas vi-as abertas e usadas no seu estúdio. Será que tem outra mulher?

— Tenho muitas mulheres. Seria de esperar que a Mina fosse suficientemente realista para compreender a natureza do jogo. Mas admito que essas luvas pertencem de facto a alguém que me é muito querida.

Ostentou um sorriso bizarro, que Sarah achou perturbador.

— Andou, portanto, a espiolhar no meu estúdio — prosseguiu, levantando-se de novo. — Se calhar era melhor vir espiolhar um pouco mais. É que eu tenho lá uma coisa que gostaria que visse.

Beattie agarrou-lhe no braço e obrigou-a bruscamente a pôr--se de pé, arrastando-a da sala com o braço firmemente apertado. Empurrou-a para o estúdio, onde a colocou junto à mesa onde se encontravam as luvas.

— Eu não sou o único disfarçar as suas verdadeiras intenções. Você e o jovem Raven estão secretamente conluiados, não estão?

Sarah não respondeu. Procurava uma forma de fugir, mas Beattie bloqueava a entrada da porta.

— Ora espiolhe lá, então, naquele guarda-fatos, ali, junto à janela.

Sarah aproximou-se, com o coração a disparar. Antes mesmo de abrir a porta, sabia o que lá encontraria.

Pendurado no interior do armário estava o vestido da parteira francesa.

— E agora, já tem respostas suficientes? — perguntou Beattie, num tom perturbadoramente calmo.

Ela olhou o vestido ponderando todas as suas implicações.

— As luvas eram para si. Você é Madame Anchou. Assassinou a Rose Campbell por ela o ter descoberto.

— Tal como você, ela viu coisas que não devia ter visto. No caso dela, pelo menos, não andava a espiar-me. Pensei que estava a dormir e ela viu-me vestir o meu disfarce.

Sarah voltou-se para o confrontar.

— Porque é que me está a contar isso tudo? Porque decidiu mostrar-me isto?

— Parece-me que até uma criada tem a capacidade de perceber porquê.

Sarah engoliu em seco, de boca seca e a voz a falhar-lhe.

— Tenciona matar-me, Dr. Beattie?

— Não, *Miss* Fisher, eu não *tenciono* matá-la. Matei-a há dois minutos, quando bebeu o seu chá.

CINQUENTA E OITO

Raven agarrou-se à parte de dentro da porta enquanto o *brougham* descrevia mais uma curva apertada. O coração saltava-lhe no peito enquanto as rodas de um lado se levantavam do solo, mas impediu-se de mandar o cocheiro esquelético abrandar. Liberto do peso de dois passageiros, conduzia agora os cavalos ainda mais depressa na viagem de regresso, e Raven não tinha a menor intenção de o impedir.

O instinto de Sarah estivera certo o tempo todo. Ela mencionara um cheirinho a fraude, mas tratava-se, isso sim, de um fedor, encoberto por bergamota e sândalo. Não era Sheldrake, mas sim Beattie, a parteira francesa. Beattie, que reconhecera Raven à distância quando ele esperava no cais, Beattie que matara Spiers por temer que o dono da taberna pudesse revelar o seu segredo. E Beattie, finalmente, que Sarah decidira ir confrontar nessa noite, sozinha e sem a menor noção da sua perigosidade.

Raven deduzira tudo isto num relance, no momento em que lhe fora descrito o odor avassalador. Conseguiu ver sob o véu que Beattie lançara sobre si próprio e compreendeu aquilo que tivera desde o início diante dos olhos. Aquela calma que ele exibia diante do sofrimento não se devia a um conhecimento da verdadeira dor. Ele, simplesmente, nada sentia. Não se importava com os seus pacientes. Não se importava com ninguém. Aquela serenidade, aquela segurança em si próprio, decorria de um distanciamento de toda a emoção humana.

Raven recordou o momento em que Beattie lhe falara da sua saudosa Julia, o seu único verdadeiro amor, que morrera na véspera do casamento. Que olhar de raiva precedera essa revelação, uma fúria indignada que viera momentaneamente ao de cima pelo facto de ter sido desafiado. Beattie recuperara então a compostura e respondera com uma história tão trágica, tão pungente e tão talhada para aplacar as suspeitas de Raven.

Recordou-se da pausa que o outro fizera quando lhe perguntara o nome da noiva. Beattie necessitara de um momento para inventar um nome.

Subitamente, todas as conversas que recordava pareciam revelar uma verdade oculta.

É sempre avisado saber o mais possível acerca dos nomes maiores do nosso campo profissional, para o caso de a sorte nos colocar em sua companhia.

Beattie gabava-se de ter estudado a fundo as origens de Simpson. Teria sabido desde sempre da cunhada solteira que lhe poderia proporcionar uma entrada na família de Simpson e acesso ao seu nome? Constaria isso dos seus planos quando enviara o bilhete salpicado de sangue a solicitar a assistência de Simpson?

Raven compreendia agora como Beattie gostava de desempenhar um papel. Podia fingir-se genuinamente interessado em Mina, como poderia fingir proteger Raven das consequências da morte de Caroline Graseby. Raven nunca conseguira entender como poderia ela ter morrido por causa do éter. Tornava-se-lhe agora claro que morrera, sim, por causa de algum ato de Beattie. Matara Graseby e matara tantos outros: alguns, involuntariamente, e outros de forma definitivamente propositada — aqueles cuja própria existência ameaçava expô-lo.

Raven correra sem hesitar do pátio de Flint para o *brougham*, mandando-o seguir a toda a velocidade, até o cocheiro lhe perguntar o destino. Foi então que se apercebeu de que não sabia onde Beattie morava.

Saltou da carruagem antes mesmo de esta ter parado do lado de fora do n.º 52, correndo pelo passeio e abrindo a porta com toda a força. Encontrou Jarvis no corredor, com a Sr.ª Lyndsay a seu lado. Esta tinha o rosto corado, e não apenas devido ao calor do fogão. Parecia fula.

— Onde está o Dr. Simpson? — perguntou Raven.

— Saiu com o Angus à procura do McLevy — respondeu Jarvis. — A carruagem e os cavalos foram roubados — consigo lá dentro, julgo eu. Chamaram um fiacre e partiram para High Street, para a esquadra da polícia. Onde é que você foi? Porque é que tem vestido o sobretudo do Dr. Simpson? E sabe o que é feito da *Miss* Fisher? Ela não voltou para se ocupar do jantar.

— E é melhor que já não volte — acrescentou a Sr.ª Lyndsay — porque, se o fizer, não terá tarefa nenhuma à sua espera. Partiu sem autorização, e foi a última vez que lhe permiti tal coisa. A rapariga pode considerar-se despedida.

Raven subiu as escadas três a três, numa ascensão rápida ao escritório do Dr. Simpson. Sabia que fora trocada entre Beattie e o professor correspondência a partir da qual seria possível inferir a morada respetiva. Sabia, igualmente, que as cartas de Mina tinham constituído a fonte de Sarah, mas havia um certo número de assuntos que não desejava ter de abordar com *Miss* Grindlay para obter a informação.

A secretária de Simpson encontrava-se no seu estado habitual de caos, coberta de tantas folhas de papel que mais se parecia com o chão de uma floresta no fim do outono. Raven examinou-a, separando apontamentos técnicos de correspondência e descartando itens que já abrira atirando-os para o chão. Em breve encontrou o que procurava: uma carta de Beattie a propor formalmente o seu casamento com Mina. Ali estava a morada: Shrub Hill, mesmo nos limites da Cidade Nova.

Assim que os seus olhos deixaram a carta, reparou no registo de casos de Simpson debaixo dela. Estava aberta numa entrada relativa a uma visita a uma casa de Fettes Row, o nascimento assistido por clorofórmio de uma filha de uma Sr.ª Fionna McDonald. Nesse livro, Simpson mantinha apontamentos pormenorizados de todas as suas visitas, incluindo o caso de Danube Street, sobre o qual jurara segredo.

Sabia que o tempo se esgotava, mas tinha de saber, especialmente à luz daquilo que acabara de descobrir acerca de Beattie. Virou as páginas freneticamente até encontrar a entrada, feita horas apenas antes daquele encontro fatal no quarto do andar de baixo.

Sentiu as entranhas revolver-se ao confirmar que o procedimento a que ele dera assistência constituíra de facto uma tentativa de aborto. Mas isso não era nada por comparação com o que leu de seguida. Em lugar de ter dificuldade em engravidar, o problema de Caroline Graseby era exatamente o oposto. Ela estava grávida, mas as datas de uma viagem prolongada de negócios à América impediam ostensivamente que o seu marido fosse o pai. «Evidência inconveniente de indiscrições» fora a formulação delicada encontrada por Simpson. Aterrada com as consequências, a Sr.ª Graseby procurara os meios para corrigir o seu estado.

Segundo as notas de Simpson — que afortunadamente não mencionavam o nome de Raven — o indivíduo que executara o procedimento era um certo Dr. John Mors. Tratava-se de um pseudónimo, e coincidia com um dos nomes desconhecidos que tinham surgido no livro-razão da Duncan e Flockhart. Graseby chamara-lhe Johnnie, e Beattie instruíra Raven, igualmente, a chamar-lhe apenas John. Alegara que essa informalidade deixava a ansiosa Graseby mais à vontade, mas Raven compreendia agora que o verdadeiro motivo era o de impedir que cada um soubesse que o outro o conhecia por um apelido diferente.

Raven recordou o à-vontade com que Beattie e Graseby se tinham sentado juntos, e a pressão a que ele a sujeitara para se submeter ao procedimento. Subitamente compreendeu que Beattie tentara provocar o aborto do seu próprio filho.

Nenhuma destas coisas, porém, era a mais chocante. Simpson conseguira descobrir tudo isso da boca da própria paciente, pois Caroline Graseby não morrera.

CINQUENTA E NOVE

Raven correu para a calçada, onde descobriu que o seu antigo cocheiro desaparecera. Talvez tivessem passado por um cemitério com ar confortável na viagem de regresso e ele tivesse resolvido fixar residência lá. Raven olhou para a esquerda e para a direita na esperança de conseguir encontrar o Dr. Simpson e Angus a regressarem apressadamente. Em vez disso, porém, viu apenas escuridão e nevoeiro.

Não fazendo a menor ideia de como conduzir cavalos ou montar um, não teve outra opção que não correr. Disparou ao longo de Queen Street, dirigindo-se para leste num ritmo que calculou conseguir manter ao longo de toda a viagem. Shrub Hill distava quase a mesma distância que ele percorrera a correr desde o laboratório do Professor Gregory, após descobrir os coelhos mortos. Recordando a ocasião, perguntou-se se voltara a enganar-se relativamente ao perigo real, como quando se descobrira que Sarah tinha desencaminhado o frasco letal. Beattie não teria razão alguma para suspeitar que as investigações de Sarah em nome de Mina indicassem qualquer suspeita relativamente ao seu segredo maior; assim, na pior das hipóteses, mandá-la-ia embora com uma reprimenda por duvidar da sua palavra, e pela sua insolência a tentar esclarecer essas dúvidas.

Afinal de contas, Sarah *não tinha* suspeitas sobre Beattie. Caso as tivesse, nunca lá teria ido.

Enquanto corria, no entanto, viu como Beattie poderia, de facto, suspeitar. Reconhecera Raven no cais, do lado de fora da King's Wark, e percebera que Raven andava a investigar o assunto. Beattie fugira, e a seguir regressara para matar Spiers. Teria visto igualmente Sarah, e deduzido que era ela a criada que procurara os serviços de Madame Anchou a fim de a fazer sair da toca?

Raven atalhou caminho em redor da parte de trás de Hope Crescent, sacrificando a iluminação das ruas à possibilidade de chegar à casa de Beattie pelas traseiras. Não podia apresentar-se à porta da frente, visto que Beattie já o considerava uma ameaça. Teria de o apanhar de surpresa.

Encaminhou-se sorrateiramente, em silêncio, para o terreno atrás das casas, escolhendo cuidadosamente o caminho à luz escassa de uma janela das traseiras. Não viu nenhuma sombra, nenhum lampejo de movimento vindo de dentro, e não ouviu vozes algumas. O som de uma discussão teria sido bem-vindo.

Aproximou-se, agachado debaixo do parapeito da janela, após o que se levantou lentamente para olhar para o interior. Todos os seus esforços furtivos e ações estratégicas voaram-lhe da mente quando espreitou pelo vidro e viu o corpo de Sarah estendido no chão.

Correu diretamente para a porta de trás, pronto a arrombá-la se preciso fosse. Não estava trancada. Precipitou-se para o interior sem quaisquer preocupações de não fazer barulho, e atravessou uma cozinha onde viu de relance um almofariz e um pilão junto de uma chaleira, com um pó fino espalhado nas bordas do almofariz.

Do átrio viu o braço de Sarah esticado, no sítio onde jazia no chão do estúdio de Beattie. Correu para ela, como se empurrado por uma mão nas costas. Ao aproximar-se da entrada, foi derrubado por uma explosão de luz e dor. Algo sólido e pesado atingiu-o na face, com a força do golpe a somar-se ao ímpeto do próprio peso.

Vacilou com o impacto, cego e aturdido, com as pernas a fraquejar-lhe. Viu por um instante fugaz Beattie brandindo um atiçador de lareira ou um bastão. Mais pancadas se abateram sobre ele sem piedade, uma na base da coluna, outra nas barrigas das pernas, outra sobre a cabeça. Colapsou de cabeça no chão, onde mais um golpe no flanco o deixou praticamente incapaz de respirar. Estava à mercê de Beattie.

Este apoiou o joelho nas costas de Raven e começou a atar-lhe os pulsos com corda. Fê-lo com mestria, deixando-lhos bem apertados, fazendo-lhe perceber que não era o primeiro a ser sujeito por este homem.

Tentou levantar a cabeça, mas, ao fazê-lo o sangue escorreu-lhe do escalpe para o olho direito. Pelo esquerdo, viu Sarah deitada na alcatifa a alguns metros dele. Estava totalmente imóvel. Para ela, nem fora precisa corda.

Teria gritado, mas não tinha fôlego para tanto.

Acima do corpo dela, viu prateleiras e prateleiras de espécimes anatómicos dispostos em frascos, sobranceiros ao estúdio. Mesmo no seu estado deteriorado, algo na coleção pareceu estranho a Raven, embora precisasse de um momento para perceber o que havia de errado com ela.

A resposta era: nada.

A maioria das pessoas ligadas à medicina guardava espécimes de órgãos doentes a par de outros saudáveis, por forma a ilustrar problemas de saúde invulgares e nocivos. Mas os exemplares de Beattie eram todos perfeitamente saudáveis, inteiramente normais.

— Você matou-as — acusou Raven, conseguindo finalmente recuperar a voz.

— Matei quem? — perguntou Beattie, como que irritado com a acusação.

— Tantas. As mulheres que tomavam as suas pílulas. Provocou-lhes uma morte lenta e dolorosa, e não se importou minimamente com isso. E as mulheres que operou para fazer abortos morreram igualmente devagar. Também as matou.

Passou o olhar pelo estúdio uma vez mais, esperando algures dentro de si ver o movimento que lhe mostrasse estar errado. Não conseguiu.

— E matou a Sarah.

— Efetivamente — aquiesceu Beattie, como que mencionando um mero pormenor.

Raven lutou por fazer ouvir a sua voz por entre a raiva e a dor.

— Meu Deus, homem. A única mulher que você *não* matou foi a Graseby, e no entanto disse-me que eu a matei. Pensou que eu nunca descobriria?

— Como você sugere, não me ralei com isso. Mas sabia que se você acreditasse na morte dela seria muito mais obediente, quase tão obsequioso como é para aquele moralista pomposo e egocêntrico para quem você trabalha.

— Egocêntrico? Você assassinou a Sarah, a Rose Campbell e o Spiers, só para os calar.

— Foi uma infelicidade, ter de os sacrificar, mas obrigaram-me a isso. Estou prestes a concretizar coisas notáveis que trarão benefícios indizíveis ao mundo. Deixar que uma criada ou um taberneiro impedissem o meu trabalho teria sido um verdadeiro desastre.

Beattie confirmou que as cordas que prendiam os pulsos de Raven estavam bem apertadas e começou a atar-lhe os tornozelos.

— Você, pelo contrário, não será grande perda. Nunca teria dado um bom médico, Raven. Deixa-se toldar pelo sentimento e a empatia com o seu semelhante. Para ser verdadeiramente bem-sucedido, tem de separar os pacientes de si próprio, e eu não encontrei qualquer indício de que conseguisse fazê-lo, razão pela qual acho que você nunca poderia ser mais do que enfermeiro.

— Separar os pacientes? Você usa-os como objetos de experimentação. Envenenou aquelas mulheres. Não lhe bastava já ganhar dinheiro com o desespero delas, vendendo-lhes uma pílula inútil a um preço exorbitante? Tinha de lhes provocar uma morte dolorosa, por forma a impedir que viessem exigir-lhe a devolução do seu dinheiro?

— A minha intenção não era essa. Mais uma vez, você não percebe nada. Esses foram sacrifícios necessários no caminho para o progresso. Eu procurava obter a dose certa, de modo a induzir trabalho de parto prematuro sem causar dano à mãe. Imagine a dádiva que não será, quando eu aperfeiçoar um método seguro e eficaz de lidar com os frutos indesejados da paixão, para já não falar na limitação preventiva da reprodução imparável dos pobres.

Pôs-se de pé, sobranceiro a Raven enquanto lhe dava o sermão. Sempre adorara o som da própria voz. Quanto a Raven, não se fazia rogado a mantê-lo a falar, uma vez que a sua única esperança de salvação residia em que Simpson e McLevy recebessem a sua mensagem por via de Jarvis e se encaminhassem para ali em seu socorro.

— Eu comercializava o meu remédio de boa-fé, Raven. Se as pílulas não provocassem o efeito desejado, eu oferecia a operação. Houve muitas que tomaram formulações da minha droga e, apesar de não terem obtido o efeito desejado, sobreviveram de facto para requerer o procedimento.

— Altura em que as matava com a sua carniçaria desastrada.

— Como é que se há de aprender, senão praticando? E é de uma importância vital aperfeiçoar uma técnica antes de a propor às senhoras abastadas da Cidade Nova. Por isso, que haverá de melhor do que aprender em prostitutas e criadas, uma vez que as primeiras serão enterradas sem identificação e as últimas enterradas sem que ninguém as chore?

— Então e a Graseby? A sua técnica ainda não estava suficientemente aperfeiçoada quando a operou, pois eu sei que já matou outras desde então.

— Isso foi uma emergência. O marido dela ia causar problemas, por isso tive de passar à ação, e sabia que, se ela morresse, resolvia o meu problema de uma maneira ou de outra.

— Quer dizer que o bebé era seu filho. Você é uma abominação, Beattie. *Primum non nocere.* Não se lembra de me citar essas palavras? Diz que eu me deixo tolher pelos sentimentos e a empatia com o meu semelhante, mas qual é o nosso objetivo, senão o de aliviar o sofrimento? Prolongar a nossa existência humana, e não interrompê-la? E, para fazer essas coisas, o médico não pode estar separado dos seus pacientes, mas sim tem de ser um só com eles.

Beattie esboçou um sorriso desdenhoso, desagradável mas divertido.

— Você parece o seu mentor: sobrecarregado pelas emoções a ponto de parecer uma carruagem sem ninguém a conduzir. Acha que a posteridade o recordará só por ter poupado a umas quantas mulheres uma dor natural de todos os dias. Tenho de admitir que o clorofórmio dele se revelou útil, mas, no esquema geral das coisas, sofrer tem um propósito importante, Raven. É necessário. Tal como o é o sacrifício.

Raven engoliu em seco, tão tolhido pelo medo como pelas cordas que lhe prendiam os pulsos. Beattie dissera já tudo o que se lhe oferecia, e preparava-se para passar à ação.

— O que tenciona fazer?

— O jovem Dr. Duncan é que tinha razão, apesar de estar a gracejar. Você ainda pode vir a ter uma nota de rodapé na história da medicina. Não será nunca médico, mas fará uma contribuição significativa para o campo da experimentação.

O olhar de Raven foi imediatamente atraído pelos frascos. Sentiu um pânico crescente, que o levou a debater-se com os laços que o prendiam, mas que continuavam a sujeitar-lhe firmemente mãos e pés.

— Não, não, não percebeu — disse-lhe Beattie. — A falecida *Miss* Fisher cumprirá adequadamente esse objetivo, pelo que lhe estou grato. Mesmo com o *Anatomy Act*, continua a não ser fácil dispor de cadáveres para dissecação. Ao passo que você, Raven, me proporcionará algo de muito mais valioso: a oportunidade de ensaiar múltiplas técnicas cirúrgicas num paciente vivo.

Sentiu as mãos dele bruscamente prender-lhe os ombros, enquanto o arrastava para fora do estúdio.

— Previno-o — disse Raven, quase sem fôlego. — Você já está perdido. Quando eu saí de casa, o Simpson já tinha ido buscar o McLevy. E eu mandei-lhe recado para virem a esta morada.

— E, no entanto, não há meio de chegarem. Mas obrigado pela advertência: vou apagar as luzes, de modo que, se realmente cá vierem, pensem que não estou em casa. É que os únicos candeeiros que estarão acesos serão na minha cave, a iluminar o nosso trabalho em colaboração.

Raven reconheceu para consigo a verdade incontornável, e não lhe restou senão gritar: «Assassínio!»

Enquanto gritava, percebeu que a sua voz não chegaria fora da casa. Ainda assim, Beattie parou e debruçou-se sobre ele para lhe enfiar um lenço na boca.

É assim que isto tudo acaba, pensou Raven. É assim que isto acaba, como sempre esteve destinado a acabar. Onde começara o seu percurso: com dois corpos jazendo no chão, um homem e uma mulher. No princípio, o homem estava morto, e a mulher viva, embora assustada e a sangrar. No fim, foi a mulher que foi assassinada e o homem ficou a sangrar, mas respirando ainda — embora não por muito tempo.

Onde começara: na cozinha da mãe, a ver o pai esmurrá-la e pontapeá-la, indiferente ao sangue e aos gritos, demasiado embriagado e cego na sua raiva para perceber que em breve a mataria.

Demasiado embriagado e cego para ver o filho aproximar-se, de candelabro na mão, com a base redonda e pesada virada para cima.

Arremetera com ele uma única vez, na parte de trás da cabeça do pai. Tencionava apenas detê-lo, mas o seu golpe fora mais eficaz do que tencionava.

Tens o diabo dentro de ti, dizia ela sempre.

E, naquele momento, o diabo assenhoreou-se dele.

Raven embarcou numa missão para se redimir, para se tornar médico: para curar, para salvar, para reparar. Era uma de muitas missões impossíveis na sua vida, pois não havia redenção: apenas o caminho tortuoso que o conduziria aqui, à sua condenação definitiva.

Ouviu então um som como o de um chicote, de algo a trespassar o ar.

Beattie deteve-se. Soltou Raven, arregalando os olhos enquanto agarrava entre as pernas, com uma expressão de agonia incompreensível e paralisante no rosto.

Tombou de joelhos, revelando Sarah atrás de si. Agarrava com ambas as mãos um atiçador, e os olhos ardiam-lhe de raiva.

— Também sou capaz de perceber que um onanista presunçoso que se vê como um Deus não espera ser surpreendido por uma simples criada.

Quando estas palavras chegaram aos ouvidos de Beattie, o atiçador fendeu de novo o ar, desta vez abatendo-se-lhe sobre o crânio.

SESSENTA

O chá é que se revelara a sua salvação.

Essa mais mundana de todas as tarefas acabara por definir de forma insultuosa a sua vida diária: um ritual interminável a preparar e servir bebidas quentes, mas, por mais que lhe custasse admiti-lo, salvara-lhe igualmente a vida.

Miss Fisher, devo-lhe um pedido de desculpas.

A disposição de Beattie alterara-se assim, tão repentinamente. O seu olhar de raiva acumulada desaparecera num instante, substituído por uma solicitude que deveria tranquilizá-la, mas lhe suscitou, pelo contrário, um impulso para fugir. Sentiu uma noção vincada de perigo iminente, um instinto de temor mais profundo do que jamais conhecera.

Poderia tê-lo minimizado como uma mera acumulação de ansiedade ao confrontar Beattie com as suas mentiras; mas que ele pretendia fazer-lhe mal tornou-se evidente quando, momentos depois, se ofereceu para lhe fazer chá. Um homem com a sua maneira de ser não prepararia chá para qualquer um, mas muito menos para uma simples criada de servir.

Nesse exato momento, Sarah compreendeu que ele planeava envenená-la e, a partir dessa horrível conclusão, começou a compreender bem mais do que isso. Para ter a certeza absoluta, porém, ofereceu-se para se lhe juntar na cozinha. Não forçou a oferta, pois, se não lhe facilitasse a tarefa de executar o seu plano, ele decerto improvisaria outro.

Por mais que o seu instinto fosse o de fugir a correr, temeu ser apanhada, o que lhe retiraria a única vantagem de que dispunha: o facto de ele não imaginar que ela sabia o que ele preparava. Ele trancara a porta da frente? Sarah não se lembrava. Ainda que estivesse aberta, não obstante, ele seria sempre mais rápido e, seguramente, mais forte. Ela teria, portanto, de saber escolher o seu momento, quando ele se convencesse de que já tinha tratado dela.

Enquanto Beattie se atarefava a preparar-lhe a morte, Sarah aproveitou a oportunidade para examinar o gabinete dele. Alguma coisa a perturbava nos seus exemplares de anatomia, mas aquilo que mais lhe fazia acelerar a mente fora ver as luvas pretas. Todas as peças encaixaram quando as viu. Percebeu então quem as andava a vestir, e porquê. Soube, então, que Beattie era Madame Anchou.

Levou o chá já servido, o que era francamente impróprio. Fê-lo porque introduzira algo numa das chávenas: duas chávenas diferentes — igualmente impróprio — para que soubesse qual oferecer-lhe, e também uma garantia de que ela não adivinhasse as suas intenções e as trocasse após o distrair.

Galvanizando-se para ocultar o seu medo, ela pediu-lhe um biscoito. Assim que ele saiu da sala, despejou o seu chá num vaso, enchendo-o com chá do bule antes de ele regressar.

Depois disso, a conduta dele fora inteiramente transparente. Procurava ganhar tempo, evitando revelar o que quer que fosse até estar absolutamente certo do destino dela. Como seria de esperar, a sua atitude alterou-se assim que a viu esvaziar a chávena.

A partir daí, era uma questão de escolher o melhor momento para simular os efeitos. Para se ajudar na tarefa, tinha de saber aquilo que ele pensava ter-lhe feito beber.

Agarrou a barriga numa resposta reflexa.

— Estricnina?

Beattie exibiu um sorriso paternalista.

— Sim, já vi que tem andado a ler o seu Christison. Não que, imagino eu, tenha percebido a maior parte do que leu. Mas não, descanse que não usei *nux vomica*. Tenciono fazer a sua dissecação, e não quero ter de esperar tanto tempo que as contorções diminuam. Não, o que eu lhe dei foi ácido prússico. É um veneno narcótico, rápido e indolor. Acredite que eu teria feito o mesmo pela Rose caso o tivesse à mão. Não sou adepto da crueldade desnecessária, *Miss* Fisher. Não sou nenhum monstro.

Ácido prússico. Conhecia-o das suas leituras. Os sintomas iniciavam-se dois minutos após a ingestão, e provocavam a morte ao fim de dez. Sabia igualmente que, ao contrário da estricnina, o ácido prússico era detetável após a morte, mas tal só seria relevante caso um corpo chegasse a ser encontrado.

Sarah olhou os frascos e compreendeu toda a extensão das intenções de Beattie.

Pouco depois, as pernas fraquejaram-lhe. Caiu no chão, respirando lentamente de início, após o que começou a arquejar freneticamente durante alguns instantes antes de ficar absolutamente imóvel. Beattie não lhe mediu o pulso, o que facilmente a teria traído, pois palpitava com ritmo intenso. Pareceu absolutamente confiante na ação do veneno, o que a fez interrogar-se se não seria a primeira vez que ele o fizera.

Pouco depois, ouviu abrir-se a porta das traseiras, seguindo-se o som de passos vindos da cozinha. Atreveu-se a abrir um pouco os olhos, e quase gritou para avisar quem quer que se aproximava, quando viu Beattie brandir um atiçador de madeira, mas era já demasiado tarde. Só teria uma oportunidade de agir, e não podia desperdiçá-la.

Sarah desatou Raven e juntos apertaram a corda em torno de Beattie, que começava a vir a si. Ele e Raven sangravam ambos, mas o seu instinto de cuidadora aplicava-se apenas a um deles. No caso de Beattie, limitava-se a desejar tê-lo golpeado mais do que duas vezes.

Lá de fora fez-se ouvir o som de cascos de cavalos na calçada.

— Simpson — disse Raven.

Não tinha, portanto, mentido em desespero quando dissera a Beattie que tinha pedido ao professor para se deslocar ali.

O Dr. Simpson precipitou-se pela porta da frente. A sua expressão de irritação e curiosidade transformou-se em confusão e incredulidade quando deparou com a cena que o esperava: a sua criada, de noite, em casa de outro homem, o seu estagiário ferido e a sangrar, e ambos sujeitando a figura amarrada do prometido da sua cunhada.

— Tenho uma ou duas perguntinhas a fazer, meu rapaz — disse ele em tom tranquilo.

Raven contou-lhe tudo.

Sarah raras vezes vira o professor zangado. Era um processo lento, como o das nuvens a acumularem-se sobre as Penlands, engrossando e escurecendo, antecipando gradualmente a tempestade iminente. Olhou com fúria e indignação Beattie, o qual, por sua vez, fitava o grupo que tinha diante de si com uma calma que a irritou.

— Onde está o McLevy? — inquiriu Raven.

— Partiu assim que voltámos, e encontrou o meu *brougham* exatamente onde deveria estar. Ofereci-lhe uma bebida pelo incómodo, mas tinha de voltar a um assunto que tinha em mãos. Quando entrei em casa, vi o Jarvis fora de si, e isso não é algo que se veja todos os dias.

— Temos de o ir buscar novamente — insistiu Raven. Diga-lhe o que se descobriu. E depois, este espécime diabólico de certeza será enforcado.

Beattie sorriu desdenhosamente.

— Este cavalheiro e médico, seguramente não o será — declarou, com confiança arrogante, apesar do seu infortúnio. — É que não têm provas de nada. O que é que podem apresentar? Um vestido que afirmam que eu vestia para me disfarçar de parteira francesa? Têm a noção do ridículo em que incorrem?

— Você assassinou o Spiers e a Rose Campbell — retorquiu Raven. — Administrou-lhes veneno. Matou não sabemos quantas mulheres.

Beattie encolheu os ombros, como se tudo aquilo mais não fosse que um aborrecido contratempo para ele.

— Repito: não têm prova nenhuma.

Sarah teve vontade de o atingir de novo com o atiçador, mas havia algo pior do que a sua atitude. Ele poderia ter razão. A estricnina não podia ser objeto de testagem. Não deixava vestígios detetáveis. Não havia provas algumas de que Beattie levasse a cabo os abortos fatais, uma vez que as únicas testemunhas estavam mortas, e as que haviam sobrevivido não se chegavam à frente para admitir os seus próprios crimes.

— Vamos revistar este sítio e descobrir as suas pílulas — disse-lhe.

— E como é que prova que a minha intenção ao prepará-las não era a mais nobre? Como pode, sequer, provar o efeito que as pílulas poderiam ter? Ou então, talvez se possa voluntariar para tomar uma em tribunal, Sr. Raven, para demonstrar a sua hipótese. Esse é um julgamento em que eu bem gostaria de estar presente.

Sarah sentiu-se como se o terreno sólido debaixo dos seus pés se transformasse em lama. Raven sentiu o mesmo. Olharam ambos o professor, que tinha sempre uma palavra sábia a dizer, que tinha sempre uma resposta.

O Dr. Simpson conduziu-os do gabinete para o átrio, de modo que Beattie não os pudesse ouvir.

Isto é impensável exclamou Raven. Será que ele consegue sair incólume de tudo isto e escapar à justiça como disse?

— Não consigo ter a certeza — respondeu o professor. — Dá-se o caso de que aquilo que sabemos e aquilo que conseguimos provar são muitas vezes coisas completamente diferentes, e o tribunal pode ser um sítio muito difícil para ver essa diferença demonstrada. Mas há mais uma consideração a fazer.

Sarah notou a expressão invulgarmente perturbada do rosto do Dr. Simpson, e adivinhou de que se tratava antes que ele próprio o expressasse.

— Um julgamento assim seria devastador para *Miss* Grindlay.

— Precisamente, Sarah. Imagine a angústia da Mina caso isto seja tudo transformado num espetáculo público. Não apenas o facto de toda a gente saber como ela foi usada e defraudada, mas saber-se que ela entregou o coração a esta criatura vil.

Raven pareceu mirrado e pálido na sua incredulidade, como se os últimos resquícios de esperança o abandonassem.

— Não pode estar a sugerir que ignoremos tudo aquilo que sabemos simplesmente para poupar a Mina.

— Eu não poderia poupar a Mina a essa dor caso isso impedisse a administração da justiça, mas também não a faria passar por isso quando há o risco real de, no fim de contas, o assassino sair impune. Mas você tem razão: não podemos ignorar aquilo que sabemos, porque um homem como o Beattie de certeza repetirá os seus crimes. Isso seria, como você disse, impensável.

— O que podemos então fazer?

O professor olhou para criatura nefanda deitada no chão do gabinete, fitando-o prolongadamente. Olhou então a multiplicidade de frascos, contendo tantos exemplares de proveniência desconhecida. O seu rosto ganhou um ar de determinação férrea.

— Aquilo que temos de fazer é igualmente impensável — disse ele. — E, como tal, o pecado que implicará ligar-nos-á aos três, num fardo que teremos de carregar para o resto dos nossos dias. Mas esse dever calhou-nos a nós e não nos resta outra opção.

O Dr. Simpson pousou uma mão no ombro de Sarah, com um tom grave na voz.

— Vá à carruagem — instruiu-a. — Traga-me a minha mala. Raven, ajude-me a carregá-lo para a cave.

SESSENTA E UM

«Nenhum ser humano jamais vem ao mundo sem que outro ser humano seja literalmente atormentado horas ou dias a fio.» Raven evocou estas palavras de John Stuart Mill ao trabalhar num sótão atravancado sobre o Lawnmarket. Não era grande leitor de tratados filosóficos, por não ter tempo para isso, pelo que deveria ter ouvido a citação ao professor, ou quiçá a um dos dignitários de visita a Queen Street. Raven podia suar devido aos seus esforços, apesar de o sótão estar frio, mas sabia que a mulher que jazia diante de si já dera muito, antes de ele chegar para lhe dar assistência.

A transpiração dele não se devia exclusivamente aos seus esforços físicos, mas também à sua ansiedade em que tudo corresse bem. Simpson confiara-lhe o caso, por não o ter considerado suficientemente difícil para o afastar de uma manhã particularmente preenchida na clínica. Raven foi enviado em seu lugar, tendo-lhe sido dito: «Você já se sentiu suficientemente capaz para administrar éter sem supervisão.» Quão típico de Simpson, emitir palavras simultaneamente de conforto e de admoestação.

Raven puxou firmemente o fórceps enquanto o útero se contraía de novo. Quase riu de alívio ao sentir o movimento da cabeça do bebé em resposta aos seus esforços, enquanto, diante de si, a paciente dormia apesar das suas manipulações tudo menos suaves. Além de eliminar a dor, que fora considerável, o clorofórmio exercera a sua magia habitual descontraindo as vias maternas, permitindo a Raven aplicar facilmente as lâminas do fórceps. A insensibilidade da paciente permitiu-lhe igualmente prescindir do cobertor pudico que habitualmente, e sem qualquer utilidade prática, lhe impedia a visão. Ocultar a visão do trabalho de parto equivalia a pedir a um cirurgião que operasse no escuro. Perguntou-se o que faria Syme caso lhe fizessem tal pedido.

Mais uma contração e a cabeça emergiu, seguida do tronco e de possivelmente uns cinco litros de líquido amniótico, que rapidamente lhe inundaram os sapatos. Raven não se importou com isso, pois acabara de realizar a sua primeira extração com fórceps — com um par de fórceps de Simpson, claro — e tudo indicava que mãe e filho iriam sobreviver.

— Tão pequenina — observou a mãe pouco depois, ao acordar, chorosa na sua gratidão enquanto a bebé lhe era depositada nos braços. — Deus do céu, és tão bonitinha — disse à filha.

Um pouco depois, após ter arrumado os seus instrumentos, Raven despediu-se e dirigiu-se à porta, com os pés ensopados. Foi impedido de sair pelo marido da paciente, que lhe apertou vigorosamente a mão antes de levar a mão ao bolso.

A situação financeira de Raven melhorara ultimamente, o suficiente para durante algum tempo não ter de pedir dinheiro emprestado à mãe e, por consequência, ela não ter de se rebaixar diante do miserável do seu tio. Para ocultar aquilo que tinham feito a John Beattie, fora necessário transmitir a impressão de que ele fugira de sua casa. Tinham-no feito enfiando parte da sua roupa e pertences num baú, do qual se haviam desfeito discretamente. Apesar de não o comunicar a Simpson, Raven achou por bem, ainda, criar um cenário mais convincente, fazendo parecer que o fugitivo não deixara dinheiro algum para trás.

Era uma pena que esse golpe de sorte não tivesse ocorrido um dia mais cedo, pois ter-lhe-ia permitido saldar confortavelmente a sua dívida a Flint, mesmo depois de dar metade a Sarah. Flint perdoara, claro, a dívida de Raven, mas este receava que as novas relações que mantinha com o homem se pudessem revelar muito mais onerosas no longo prazo.

O novo e sorridente pai depositou-lhe na mão uma série de moedas. Era o primeiro dinheiro que alguma vez ganhara por um ato médico, e pensou com orgulho que o ganhara bem.

Olhou em volta o quarto do sótão no qual passara as duas últimas horas — com alguns móveis, sem carvão para o lume — e chegou a uma decisão assinalavelmente fácil, uma decisão que teria sido impensável apenas algumas semanas antes.

— *Nã, nã* — disse ele. — Deixe lá isso.

SESSENTA E DOIS

Sarah demorava-se no escritório do professor quando a campainha tocou, numa interrupção indesejada mas inevitável de um momento de tranquilidade. Ressoou ainda mais alto por a casa se encontrar invulgarmente sossegada, com os tinidos sucessivos refletindo-se para a frente e para trás das paredes dos corredores vazios. As consultas da manhã tinham terminado, e todos os visitantes tinham sido mandados embora com emplastros e receitas médicas. O Dr. Simpson estava a caminho de Musselburgh para ver um paciente, Raven fazia uma consulta doméstica, a Sr.ª Simpson levara os filhos visitar uma amiga em Trinity e, evidentemente, *Miss* Grindlay permanecia confinada ao seu quarto.

A pobre Mina há dias que não aparecia. Sentia-se perturbada e inconsolável com as notícias de que o seu futuro marido fugira, depois de ser desmascarado como burlão. Fora-lhe explicado que mentira acerca do tio e da bela casa de Canaan Lands, que as suas intenções para com ela não eram sinceras e que, provavelmente, nem sequer se chamava John Beattie.

— É possível que nunca venhamos a saber quem ele verdadeiramente era — informou o Dr. Simpson a sua chorosa cunhada, mas do que ela verdadeiramente tinha de ser protegida era *daquilo* que ele verdadeiramente era. Sarah não gostava de pensar no que faria a

Mina sabê-lo, e, pior ainda, saber o que realmente lhe acontecera às mãos de três pessoas que viviam sob o mesmo teto que ela.

A campainha tocou uma segunda vez. Sarah soltou um susto e preparava-se para dirigir-se à porta quando se lembrou de que não tinha de o fazer. Embora soubesse que Jarvis saíra a tratar de um assunto, a rapariga nova começara a trabalhar no dia anterior, pelo que podia ser ela a ir à porta.

Com um sorriso, recomeçou a tarefa de reabastecer o armário dos medicamentos, dispondo os frascos em filas ordenadas, de rótulos para a frente. Tinha prazer em organizá-los cuidadosamente e em compreender os respetivos nomes, vendo nos medicamentos o símbolo das suas novas responsabilidades.

O Dr. Simpson admitira uma segunda criada de dentro com o objetivo de libertar tempo a Sarah para dar assistência na clínica e em outras matérias relacionadas. Isso resultara de ela ter informado o professor de que se demitiria do serviço na casa para tentar trabalhar como enfermeira no Royal Infirmary.

— Por que raio há de querer fazer uma coisa dessas, Sarah? — perguntou ele, parecendo não apenas surpreendido, mas, tinha de admitir, um pouco sentido.

— Com o trabalho que realizei aqui, sinto-me uma privilegiada por ter ajudado nos cuidados dos pacientes, e preferia um trabalho que me permitisse dedicar mais a isso.

— Isso parece-me um terrível desperdício. Como enfermeira no Infirmary, vai passar a maior parte do seu tempo a lavar o chão e esvaziar arrastadeiras. Uma rapariga inteligente como você aprenderá muito mais se ficar simplesmente aqui.

— Mas o que é que eu ganho em aprender aquilo que não posso pôr em prática? Eu podia até acumular mais conhecimentos do que qualquer homem de Edimburgo, que o meu estatuto nunca deixaria de ser o da criada mais instruída da cidade.

A paixão perpassava as suas palavras, mas receou ter sido precipitada a partilhar as suas frustrações com o Dr. Simpson de forma tão desabrida. O professor, porém, limitou-se a assentir com a cabeça.

— Talvez não seja assim para sempre — respondeu, em tom sereno. — E, se é para as coisas alguma vez serem diferentes, vão ser precisas mulheres como você para as mudar.

SESSENTA E TRÊS

Sente-se de novo vacilante, ali deitado no escuro, uma sensação que não consegue explicar. Tonturas, talvez, como quando bebeu vinho demais. Ouvem-se gritos lá fora, berros de homens, como trabalhadores entregues às suas tarefas. Estão estranhamente emudecidos, porém, e os sons não ecoam nas paredes dos edifícios.

Descobre que já consegue abrir os olhos. Tem memória de antes não o ter conseguido. Julga ter sido vendado. Ainda assim, não consegue ver muito. A divisão está quase completamente imersa em escuridão. As mãos continuam amarradas, mas os pés estão livres.

Sente um cheiro horrível, intenso e sufocante, e apercebe-se de uma humidade junto à bochecha. É vómito, o seu próprio vómito. Recorda-se das náuseas, mas não de vomitar. A consciência tem sido visita ocasional, ultimamente, mas não amiga leal. Recorda-se do estado indistinto semidesperto, uma sensação de desorientação, e não conseguir ver nada não ajuda. Exaustão, apesar de nunca ter estado totalmente desperto. O sono, quando vem, é uma bênção.

Não sabe há quanto tempo jaz ali. Leva as mãos amarradas ao rosto e sente a barba crescida. Calcula que há pelo menos três dias que não se barbeia.

As recordações chegam lentamente, focando-se por pequenos incrementos, como se ajustasse minuciosamente a lente de um microscópio.

Arrastado para a cave. Deitado na sua própria mesa de operações, amarrado a ela, incapaz de se mexer. Sem a menor noção do tempo, longos segundos temerosos que se transformam em minutos, que se transformam em horas. Molha as calças por não ter outra forma de se aliviar.

Raven e Simpson regressam. Nenhum deles fala. Raven forma um cone com um lenço, que embebe no clorofórmio. Depois, o esquecimento. E a seguir esta câmara escura, de localização desconhecida.

Senta-se e bate com a cabeça em algo. A princípio, pensa que o teto deve ser baixo, mas percebe, com as mãos, que há um beliche por cima. Não há janela, nem candeeiro, e não consegue encontrar uma porta.

Hesitantemente, põe os pés de lado e levanta-se devagar. Bate de novo com a cabeça, pois o teto é de facto baixo.

Avança, com as mãos estendidas até encontrar uma superfície. Tem sorte, acha, pois os seus dedos tocam em madeira. É a porta. Agora tem de encontrar a maçaneta.

Não consegue. Procura com as mãos, e descobre que tudo à sua volta é madeira. Mas que raio de câmara é esta, afinal? Será que está no campo, na floresta?

Cerra os punhos e começa a dar murros, gritando para o deixarem sair.

Pouco depois, passos. A luz inunda a divisão, encadeando os seus olhos pouco habituados enquanto uma porta é aberta numa parede perpendicular àquela em que a procurara. Mãos fortes agarram-no e conduzem-no por um corredor. Mesmo aqui, tudo à sua volta é de madeira. Os homens que o levam estão fardados de soldados. Terá sido levado para o castelo de Edimburgo?

Ao subir por uma escada estreita, ouve mais berros de homens e sente de novo baloiçar. Com uma fúria que o consome, compreende. Ouve as ondas bater num casco, e sente o frio cortante ao subir ao convés.

A toda a volta, somente água, de horizonte a horizonte.

Apresentam-no a um cavalheiro de barbas, claramente alguém de alta patente, a avaliar pela farda.

— Bom dia — cumprimenta ele. — Sou o capitão Douglas Strang.

— Onde é que eu estou?

— Está a bordo do navio de investigação da Royal Navy, HMS *Fearless*, a navegar para América do Sul numa missão prolongada de cartografia da costa marítima.

— A que distância estamos de Leith? Tem de dar imediatamente meia-volta!

Strang ri-se.

— Não vamos dar meia-volta durante muito tempo. Talvez, até, nunca cheguemos a dar meia-volta, uma vez que poderemos vir a realizar uma circum-navegação, dependendo de ordens futuras. A nossa comissão de serviço, inicialmente, é de três anos.

Beattie sente as pernas a fraquejar, e não devido ao mar.

— O capitão James Petrie ofereceu os seus serviços como cirurgião do navio. O cunhado dele, o Dr. Simpson, insinuou que o senhor teve problemas de conduta com senhoras, pelo que estou certo de que gostará de saber que não se cruzará com nenhuma enquanto estiver sob o meu comando.

— Isto é ilegal. Isto é recrutamento forçado!

— O capitão Petrie avisou-nos desde logo que a combinação poderia não lhe agradar, por isso chegámos a um certo entendimento. Nesse sentido, eu sou obrigado a oferecer-lhe uma alternativa caso decida não aceitar o cargo.

— E qual é essa alternativa?

— Atirá-lo borda fora. A escolha é sua, Dr. Beattie.

AGRADECIMENTOS

Os meus agradecimentos mais calorosos a:

Sophie Scard, Caroline Dawnay e Charles Walker, da United Agents.

Francis Bickmore, Jamie Byng, Jenny Fry, Andrea Joyce, Becca Nice, Vicki Watson, e todos na Canongate. A vossa paixão e entusiasmo por este livro foram avassaladores.

Ao Professor Malcolm Nicolson, do Centre for the History of Medicine da Universidade de Glasgow, cujo *Master of Science* conduziu ao material no qual este livro se baseia.

A Moniack Mhor, do Creative Writing Centre da Escócia. O vosso curso sobre ficção histórica foi inspirador.

À National Library of Scotland, cujas plantas digitalizadas da cidade e diretórios dos Correios constituíram um recurso inestimável.

E, claro, ao Jack, por ouvir sem se queixar longas histórias do século XIX; e à Natalie, pelo seu entusiasmo infatigável por este projeto desde o momento da sua conceção.